아직 이루지 못한 도전

Agnes Davis Kim 著/ PTA 編

식민지 국가에 대한 외국인 선교사들의 편견을 넘어
한국유학생을 사랑하며 예수의 삶을 닮고자 열망했던
한국 근대사 최초 국제결혼의 당사자
아그네스 데이비스 김의 러브 스토리

한국은 이제 나의 고향이다.
한국의 大地, 그 아름다운 자연을 사랑한다.

아직 이루지 못한 도전

제1판1쇄 발행 / 2016년 9월 15일
지은이 / 아그네스 데이비스 김 · 김주항
편저자 / PTA(The Positive Thinkers Association)
　　　　(연락처: 02-551-5981, hanarha05@hotmail.com)
펴낸곳 / 도서출판 세시
펴낸이 / 소준선
출판등록 / 1994-000049호
주소 / 서울시 마포구 토정로 25길 9 태민빌딩
전화 / 02-715-0066
팩스 / 02-715-0033
ISBN / 978-89-98853-28-0

화 보

2세 때   18세 때(고등학교 시절)

고교 졸업 사진(앞에서 4번째 줄의 왼쪽에서 4번째)

김주항 선생과의 결혼 사진(1934년)   61세 때(1961년)

대학 재학시절(당시 25세) 모습　　　　결혼 기념 사진(1934년)

3세 때 사진

신혼시절 직접 지은 돌집 앞에서
부군과의 즐거운 한때(1937년경)

학생들과 화단에서(1962년경)

서재에서(1975년경)

미국에 머무를 당시 농장에서(1950년경)

서울여대 재직시 영어 실습시간에 학생들과 정담을 나누는 여사(1962년경)

서울여대 재직시 故 고황경 학장과 함께(1962년경)

서울여대 재학생들과 야유회에서(1962년경)

홍은동 자택 농장에서 실습생들을 가르치는 모습(1965년경)

홍은동 자택 화단에서 PTA 학생들과 함께(1979년)

동생 회갑연에 가족들과 함께(1964년)

양화진외국인선교사묘원의 부부의 영면 장소(2015년)

아그네스 할머님을 기리며…

제자 방시영

(HPM Global Inc. 대표, PTA 회장)

아그네스 할머님이 돌아가신 지 25주년을 지나면서 본인의 저서 일부와 남편이신 김주항(David Kim) 선생님의 유고를 한데 모아 출간하게 되어 할머님을 오랫동안 옆에서 모셨던 제자의 한 사람으로서 대학시절로 다시 돌아가 할머님을 만난 듯한 깊은 감회를 느끼게 된다.

군대를 제대하고 대학교 3학년에 복학했을 무렵 할머님을 만나게 된 인연은 나의 삶에 로드맵(roadmap)을 그려준 은혜로운 사건이다. 할머님은 나에게 신앙이 무엇인지를, 어떤 책을 읽어야 할지를, 또 덤으로 영어라는 실용적인 삶의 무기를 가르쳐주셨다. 당시 자신에 대한 부정적 자아상을 갖고 있던 나에게 자신감을 심어주고, 후일 사회인으로서의 성장에 필요한 자양분을 공급해준 계기가 되어 주었다.

아그네스 데이비스 김 할머님은 1930년대 이름조차 알려지지 않은 한국이란 식민지국가에서 온 유학생인 김주항 씨를 만나 결혼에 이르기까지 여자로서 겪은 정신적 고뇌를 이 책에 상세히 설명하고 있다. 그 당시 미국 사회에서 교육 받은 엘리트로서 부족한 게 없던 여성이 한국인을 만나 결혼을 결심하기까지, 그리고 결혼을 결심한 후 과연 결혼이 성공할 수 있을지, 한국이란 동양의 국가에 가서 남편이 자기 때문에 사회적으로 문제가 되지는 않을 것인지 등등, 두 사람 간의 인간적인 고민이 너무나 우리의 가슴에 와 닿음을 느끼게 된다.

대학 4학년으로 올라가는 해, 나는 할머님이 갖고 있던 신앙 및 종교 관련 서적을 탐독하고자 학교등록을 포기하고 일 년 동안 할머니와 보낸 일이 있었다. 할머님은 그 당시 천여 권의 종교, 철학, 원예학 등 다방면의 장서를 보유하고 계셨는데, 나는 다음해 학교에 복학하기 전까지 일 년이란 시간을 할머님 댁을 오가면서 독서에 바치는 귀중한 경험을 했다. 지금 돌이켜 생각하면 고시공부도 아닌 단지 지적인, 신앙적인 갈구로 학교를 중단하고 일 년이란 시간을 독서로 보낸 것이 기업을 경영하고 있는 지금의 나에겐 두 배, 세 배 보상이 되어 돌아온 느낌을 갖게 된다.

그 당시 우리들은 홍은동에 소재한 할머님 댁에서 매주 3번 만나(수, 토, 일요일), 한두 시간 정도 수업을 하였으며, 보통 10~15명의 대학생과 직장인들이 참가하였다. 할머님의 강의는 성경의 말씀과 그 당시 N. V. 필(Norman Vincent Peale), E. 홈즈(Ernest Holmes), J. S. 골드스미스(Joel S. Goldsmith)를 포함한 저명한 목사나 선교사 및 신학자들의 저서를 교재로 삼아 강의하셨다.

성서가 우리의 개인 삶을 어떻게 궁극적인 선으로 이끌어주는가를 가르치셨으며, 모임의 명칭도 성서가 가르치는 적극적이고도 긍정적인 가르침을 배우자는 의미의 PTA(Positive Thinkers Association)로 정하였다.

나는 할머님의 삶을 세 가지로 요약하고 싶다. 남편 김주항 선생님에 대한 헌신적 사랑, 하느님의 은총에 대한 흔들리지 않는 믿음, 젊은이에 대한 가르침의 열정이 그것이다.

본 책의 전반부에 해당하는 할머님의 저서는 지난 1986년도에 출간된

『미처 깨닫지 못한 도전』의 일부인데 이번에 나혜수 교수 등 할머님 제자들의 노력으로 초판의 오역 또는 부실한 내용을 새롭게 가다듬어 내놓게 되었다. 할머님의 가르침으로 말미암아 각자의 삶에 커다란 긍정적인 변화를 가져올 수 있었던 우리 제자들은 이번에 뜻을 모아 한 외국 여성의 삶이 우리 모두에게 주었던 크나큰 교훈과 할머님의 삶을 보다 많은 독자들에게 알리기로 하였다. 이 글을 읽는 독자들에게 우리가 느꼈던 할머님의 귀중한 가르침이 조금이라도 전달이 되어 삶의 에너지와 방향을 찾는데 도움이 되기를 바란다.

2016년 1월 20일

국경을 가로지르는 여성지식인,
아그네스 데이비스 김

이선옥

(숙명여자대학교 리더십교양학부 교수)

아그네스 데이비스 김의 『나는 코리안의 아내』를 처음 읽던 때는 2006,7년 경이었다. 어느새 이 작가를 알게 된 지도 십 년의 시간이 흘렀다. 그녀의 책이 다시 발간되어 오늘의 독자들과 만나게 된다는 소식에 기쁜 마음으로 이 글을 쓰고 있다. 1950, 60년대 잡지 강독을 하던 한국여성문학회 소모임 회원들은 당시 『여원』 잡지를 함께 읽고 있었다. 이 잡지는 전후의 불안과 새로운 삶을 시작하는 여성들의 기대가 뒤섞인 흥미로운 잡지였다. 영화 『자유부인』의 잡지판이랄까. 여성들의 교양에 대해 고민하고 합리적인 삶의 방식을 배우려는 욕망이 잡지의 내용을 가득 채우고 있었다. 그 한편으로 서구적인 문명화된 삶에 대한 선망과 좌절도 이 잡지의 한 축을 이루고 있었다. 그 속에서 우연히 만난 작가가 아그네스 데이비스 김이라는 생소한 이름의 여성이었다. 한국으로 시집온 미국인이라는 소개가 붙은 그녀의 책은 『나는 코리안의 아내』라는 제목으로 1957년 『여원』에 번역 연재되면서 한국 독자들과 처음 만나게 되었다. "근래에 보기 드문 흥미 있는 소설체의 수기"로 "각계각층의 열광적인 환영을 받고 있다"는 편집실 후기와 함께 독자들의 독후감 모집도 이루어질 정도로 『여원』의 뜨거운 관심을 받았다.

이 책에는 1934년 8월부터 1953년까지 비교적 긴 기간 동안의 그녀의 한국살이가 생생하게 펼쳐져 있다. 조선인 청년과 결혼해서 한국으로 온 미국인 여성의 수기는 식민지시기 조선의 생활상에 대한 생생한 기록이면서 미국인이면서 한국의 며느리인 독특한 그녀의 위치성 때문에 매우 흥미로웠다. 유학생 김주항과 만나게 된 사연부터 두 사람의 연애와 결혼 결심 그리고 힘들었던 한국행의 이야기에 낯선 한국살이까지 그녀만이 경험하고 볼 수 있는 다채로운 한국의 풍경이 이 책에 담겨 있다. 부록으로 실려 있는 '한국음식 만드는 법'과 '한국의 바느질법 배우기'에는 상세한 설명과 그림으로 당시 풍속을 전하고 있어서 이 책을 읽는 즐거움을 더해준다.

그녀는 어떤 사람일까. 식민지 조선으로 시집와서 미국인이면서 국제법상 일본인의 국적을 가지게 되지만 사회적으로는 조선인으로 인정받아야 하는 경계에 서게 된 이 인물에 대한 궁금증이 늘어갔지만 어떻게 접근해야 할지 난감한 상황이었다. 그때 나의 고민을 듣고 도와준 이가 미국에서 한국학을 연구하고 있는 리사 킴 데이비스 교수였다. 그녀의 도움으로 영문텍스트를 구할 수 있게 되었고, 저자에 대한 이야기도 들을 수 있었다. 아그네스 데이비스 김은 서울여대와 서울대에서 강의를 하던 교수였고, 칼럼리스트로 활동한 유명인사였다. 문학연구자들의 자장에

늦게 감지된 것일 뿐 시야를 조금만 돌리면 평생 봉사와 헌신의 삶을 산 종교인으로, 교육자로서의 그녀의 삶을 쉽게 만날 수 있었다. 한국을 제 2의 고향으로 선택해 실천적 지식인으로서의 삶을 살았던 그녀는 사후에 양화진 외국인 묘지에 남편과 함께 잠들어 있다.

이 책을 읽으면서 인상 깊었던 대목은 그녀의 결혼에 대한 사람들의 반응이었다. 1934년 6년의 연애 끝에 조선유학생 김주항과 결혼을 결심하고 조선행을 결행하던 그녀에게 백이면 백 주변 사람들의 반응은 한결같았다고 한다. "만약 당신이 이 남자와 결혼한다면 두말 할 것 없이 당신의 인생은 비참이라는 두 글자로 끝나고 말 것입니다"라고. 그도 그럴 것이 1920, 30년대의 식민지조선으로 시집을 오는 미국여성을 상상이나 할 수 있었을까. 종교적인 세계평등주의를 신념으로 하고 있다 해도 결코 쉽지 않은 선택이었을 것임은 분명하다. 『나는 코리안의 아내』에는 이들 부부의 운명적인 만남부터 알콩달콩한 연애시절 이야기, 조선행을 준비하는 과정에서 여행에서 본 풍경까지 여러 이야기들이 흥미진진하게 전개되고 있다. 조선에서의 생활을 위해 기술을 배우고 우물 파는 법이나 집 짓는 법, 의학지식까지 온갖 준비를 하는 이야기들을 읽어가다 보면 거의 경탄할 지경에 이른다. 게다가 그림과 이야기가 실감나게 연결된 꼼꼼한 기술방식은 수기장르로서도 수작이라 할 만하다. 그녀의 열정은 어디에서 오는 것일까. 책을 읽다 보면, 사랑과 종교의 힘으로만 설명하기에는 뭔가 부족하다 싶을 정도의 인간적인 에너지에 감동하게 된다. 그러나 그녀의 삶이나 그녀의 책 모두 그리 평탄한 운명은 아니었던 것 같다. 그 궤적을 따라가면서 내가 느꼈던 어지러움은 국경의 경계 밖에 선 여성지식인의 쉽지 않은 삶의 결이 느껴졌기 때문이었다.

먼저 이 작품은 텍스트에 대한 이해가 필요한데, 가장 먼저 출간된 텍스트로는 1953년 간행된 원작 Agnes Davis Kim, 『I Married A Korean』(The John Day Company, 1953)과 1959년에 간행된 번역본(양태준역, 여원사)이 있다. 이후 1980년대 Ras Korea Reprint Scrics로 재판된 영문 텍스트기 있고 이를 번역한 『한국에 시집온 양키 처녀』(이정자역, 뿌리깊은 나무)가 1986년에 다시 출간되었다. 여원사 번역본이 번역자의 소설이라는 불만을 토로하면서 수정번역본이 출간된 것이었다. 그러나 영문재판본의 수정보완과 이를 번역하면서 또 다시 수정보완되는 1986년도 번역본의 운명도 그녀의 삶처럼 경계에 선 어려움을 보여준다. 조선의 며느리이면서 미국인인 그녀의 미묘한 위치성 때문에 영어에서 한국어로 다시 영어로 번역되는 이 책의 운명처럼 그녀의 말걸기는 쉽지 않아 보인다.

오랫동안 잠들어 있던 그녀의 책이 지금 다시 먼지를 털고 독자들과 만날 준비를 하고 있다. 아그네스 데이비스 김의 책이 지금 독자와 만난다면 어떤 의미의 만남이 될까. 책의 운명은 언제나 저자의 것이 아니라 독자의 몫이기에 이 책이 지금의 독자들과 다시 만날 때 만들어질 의미 생산이 궁금해진다. 그녀의 책이 발간되었던 1950년대, 1980년대 독자들의 수용방식보다는 그녀의 삶에 대한 열정이나 사랑이 좀더 자유롭게 읽히길 바라는 소박한 기원을 해본다. 늘 복잡하게 얽힌 컨텍스트 안에서 읽힐 수밖에 없는 경계적 지식인의 담론들이 그저 삶의 텍스트로 한 번쯤은 읽혀도 좋을 것 같다.

예수의 도전이란
빛과 평화와 함께 사는 것이다

아그네스 데이비스 김

"눈에 보이는 것들은 보이지 않는 것들로부터 만들어진다." 오래 전부터 내려오는 이와 같은 영적(靈的)인 통찰은 자연 현상의 본질에 대한 현대 과학의 발견을 통해서 계속해서 지지받고 입증되고 있다.

우주에 존재하는 모든 삼라만상의 원자적인 본질에 대한 통찰은 우주에 관한 유물론적이고 기계적인 관념을 무색하게 했다. 원자적인 본질이란 중심 전하(電荷)의 주위를 돌고 있는 에너지의 전하들을 의미하며 심지어 이 전하들은 다시 파동역학으로 귀착되기도 한다.

아무것도 사라지는 것은 없다. 하물며 하나의 전하도, 혹은 파동역학 속의 하나의 파동조차도 사라지지 않고 영원히 우주 속에 남아 있다. 우리 눈에 보이는 물질의 세계를 형성하고 있는 눈에 보이지 않는 "氣(stuff)"는 영원히 사라지지 않는다.

우리의 우주 내에서 끊임없이 서로 의존하며 작용하는 프로세스의 상호 조정은 이미 모든 분야의 과학적 탐구에서 밝혀진 바 있다. 빛과 소리의 파동에서부터 나오는 자기장(磁氣場), 사람과 우주의 자기장과의 관계, 자연의 모든 프로세스를 관통하는 이법적(理法的) 본성, 점(點)에서부터 시작된 전지(全知), 전재(全在)의 지혜(Intelligence)와 권능(Power), 즉 눈에 보이지 않지만 초월적인 삼라만상의 근원(Source)이며 보편성

(allness)으로서의 지혜와 권능에 이르기까지 모든 프로세스가 과학적 탐구에 의해 밝혀졌다.

에너지는 어떻게 해서 존재하며 모든 생명체는 어떻게 생겼는가 하는 등등의 삼라만상의 시초는 아무도 대답할 수 없는 신비의 세계이다. 그러나 생명을 이루고 있는 물질의 목적지향적이며 조직적이고 자율적인 본성들은 생명체 자체에 언제나 존재하는 내재적인 보호와 인도의 힘이 있음을 암시해 주고 있다.

나사렛의 예수의 계시에서 그 기본이 되는 "하느님 나라는 너희 가운데 있다."라는 말은 생명 자체의 본질을 밝힌 모든 과학적 발견과 일맥상통한다. 예수의 일생, 그것은 곧 모든 인류에게도 가능한 자유와 권능의 현현이었다. 단(但), 이러한 자유와 힘은 우리가 자신 속에 깃들어 있는 무한한 신성(神性)을 깨닫게 될 때 우리의 것이 된다. 이러한 깨달음은 예수를 따르려는 사람들에게 자신의 삶을 지배할 수 있는 힘을 준다. 예수를 따른다는 것은 하느님의 전지전능한 권능이 우리 안에 거하도록 하면서 언제나 그 권능에 기댈 수 있다는 의식 속에 존재하는 것을 의미한다.

예수는 많은 인생의 율법들을 계시했다. "너희가 믿는 대로 될 것이다.", "누구든지 (하느님의 의식에 대한 깨달음을) 얻은 사람은 더 받을 것이나 얻지 못한 사람은 가진 것마저 빼앗길 것이다.", "누구든지 살고자 하는 사람은 죽을 것이며 죽고자 하는 사람은 살 것이다.", "너희는 먼저 하느님과 하느님의 의로움을 구하여라. 그러면 그 밖의 모든 것은 얻게 될 것이다." 이러한 예수가 밝힌 인생의 율법들은 풍요한 삶을 인도하는 지침이다.

우리는 역동적인 영적 세계 속에 살고 있다. 이 영적 세계는 우리의 아군이지 결코 적군이 아니다. 우리는 이 무한한 권능과 일치함으로써 우리의 삶과 환경을 지배하는 데 필요한 지혜와 힘을 끌어들일 수 있다.

우리의 경험을 결정짓는 것은 우리와 우리를 둘러싼 환경에 발생하는 사건이 아니라 일어나는 사건에 반응하는 방법, 즉 환경에 대처하는 우리의 정신이다. 그러므로 우리의 경험을 결정짓는 원인은 우리 안에 존재한다. 많은 사람들이 믿고 있듯이 우리의 전생(前生)의 업보가 초래한 결과로서 특정 상황에 처하게 되거나 특별한 재능과 능력이 주어지게 된 것이든 아니든 간에-나로서는 확인할 길이 없다-여하튼 우리가 한번 이 세상에 태어나 자기 자신의 사고(思考)나 행동에 책임을 질 나이에 도달하게 되면 우리는 의식적(意識的)으로 관념과 태도와 신념과 이미지를 선택할 수가 있다. 그리고 이러한 것들이 우리 정신의 잠재적인 영역으로 유입되면 그것이 우리의 인격을 형성하고 자신의 방식대로 반응하도록 하며 결과적으로 우리가 겪게 되는 경험으로 이끌어준다.

우리 안에서 흘러나온 것을 다시 우리에게로 끌어들인다. 우리의 내면적 의식의 질에 따라 우리의 인격과 반응 방식의 질이 결정된다. 따라서 우리의 모든 경험의 원인은 우리의 의식 안에 존재한다. 이것은 내가 어언 82년의 생을 살면서 나의 일부분이 된 신념이다.

또한 내가 확신하는 바는 예수의 삶과 가르침의 생생한 도전이 제대로 인식되지 못하고 있다는 점이다. 그렇기 때문에 개개인의 삶은 물론이고 세상 속에 존재하는 하느님 나라의 도래가 유보(留保)되고 있다. 예수의 삶과 가르침의 의미를 충분히 깨달은 사람들에게 예수의 도전이란 예수를 따르는 것이고 빛과 평화와 함께 살아가는 것이다. 빛과 평화는 예수의 도전을 깨닫지 못한 사람들이 평화와 빛의 숨은 비밀을 알고자 하면서 예수의 도전을 기꺼이 받아들이고자 하는 사람들이 원하는 것이다.

이 책에서 나는 나의 인생과 경험을 형성시킨 그 미묘한 영적(靈的) 영향에 대해 쓰고자 했다. 또한 나는 예수의 삶과 가르침의 진정한 의미에 대한 내 나름대로의 좀 더 깊은 이해를 이 책에 담으려고 애썼다. 거의 대부분에서 예수의 삶과 가르침을 충분하게 깨닫지 못하고 있다는 것도 또한 나의 소견이다. 나 자신이 예수에 대한 권위자여서가 아니라 다만 나는 이 책을 통해서 예수의 일생과 그 도전의 권위를 찾고자 했을 뿐이다. 나는 단지 빛을 통과시키는 하나의 투명체로서 예수의 권위를 그대로 비춰 보일 수 있기를 감히 바라는 마음뿐이다.

목차

◆ 아그네스 할머님을 기리며… · 9
◆ 추천의 글-국경을 가로지르는 여성지식인, 아그네스 데이비스 김 · 12
◆ 책머리에 · 17

PART 1   내 삶의 스케치 · 23
　　　　　1 지금도 생생한 유년시절의 기억 · 25
　　　　　2 성경학교에서 내가 가야 할 길을 찾다 · 36
　　　　　3 드류 대학에서 나의 반려자를 만나다 · 43
　　　　　4 편견과 반대에 대처하는 지혜를 터득하다 · 47
　　　　　5 코리언의 아내가 되다 · 55

PART 2   그 미묘한 영향력 · 73
　　　　　6 꿈과 이상은 어디에서 오는가? · 75
　　　　　7 아이를 키우며 보다 나은 인간으로 끌어올려지다 · 86
　　　　　8 모든 사물을 하느님의 표현으로 보기 시작하다 · 93
　　　　　9 서울여자대학에서 가르치다 · 99
　　　　　10 홍은동 신혼집으로 돌아오다 · 103

PART 3   새로운 모험 · 109
　　　　　11 인생에서 찾아오는 시련의 순간이란 · 111
　　　　　12 록스베리에서의 즐거운 모험 · 125
　　　　　13 서울여자대학에서 열정을 쏟아내다 · 143
　　　　　14 홍은동에서 기독교인의 삶의 철학을 가르치다 · 158
　　　　　15 데이비스가 있는 곳이면 그곳이 나의 집이다 · 163

PART 4   할머니를 회고하며 · 169
　　　　　◆ 김주항 선생님과 아그네스 데이비스 김 부부의 생애와 의의 · 171
　　　　　◆ 인생의 길잡이 '아그네스 데이비스' 할머니를 회고하며 · 182
　　　　　◆ 그때 그 말씀 · 185
　　　　　◆ 우연히 들은 순간의 이야기가 한 인간의 인생을 변화시키고 · 187
　　　　　◆ 아그네스 데이비스 김(Agnes Davis Kim) 여사 약력 · 191

PART 1

내 삶의 스케치

그 후에 내내 그 먹고 싶었던

블랙베리의 유혹을 물리쳤다는 것을 기억할 때마다

그때 맛보았던 만족감이 되살아나곤 했다.

1
지금도 생생한
유년시절의 기억

　나를 낳아준 부모에 대한 감사의 정과 함께 나는 여기에 한 저명한 의학박사가 주장한 '부모가 아이들에게 끼치는 영향력'에 대한 견해를 인용하고자 한다.

　로널드 S. 멜러 박사는 그의 저서 「인생은 공동의 창조이다」에서 정신과 육체의 매우 분명한 연관성에 대해 지적하고 있다. 정신과 육체가 서로 조화를 이루지 못할 때 정신이상을 초래하게 되며, 또한 그러한 불균형은 육체적 질병을 일으키게 된다고 한다. 그는 인간의 사고(思考)와 마음가짐이 육체에 여러 가지 결과로 나타난다고 말하고 있다.

　그는 특히 부모가 임신 중에 했던 아기에 대한 기대가 어긋났을 경우 그것이 아기에게 미치는 영향에 대해 언급하고 있다. 예를 들면 아들이 기를 기대하던 부모에게 딸이 태어나는 경우 어머니의 뱃속에서 자라고 있는 아기의 정신 형성에 혼란을 초래한다는 것이다. 뱃속의 아기에게 했던 부모의 생각과 태도와 욕망이 그 아이의 타고난 재능이나 능력과는 어긋날 수도 있다. 만약 이와 같은 부모의 기대가 자라나는 아이에게 계속 압력을 가하게 되면 결국 그 아이는 자기의 타고난 재능과 자기표현의 욕구와 갈등을 일으키게 되어 중압감에 시달리게 된다.

　어린아이는 하느님이 이 세상에 보낸 선물이다. 어린아이는 부모의 소유물도 아니며 부모가 그 아이를 창조한 것도 아니다. 그 어느 누구도 수정된 단세포에서 어린아이라고 하는 감탄할 만큼 복잡하고 조화로운 존재를 어떻게 창조하는지 제대로 알지 못한다. 하느님이 바로 창조주이며 영적으로 볼 때 아이는 하느님의 형상대로 창조된 하느님의 자식이다.

이와 같은 견지에서 나는 하느님이 우리 아버지와 어머니를 택하여 나를 이 세상에 태어나게 한 것에 대해 참으로 다행하게 생각한다. 어머니는 내가 첫돌을 지내고 5주 만에 폐결핵으로 그만 세상을 떠났다. 그래서 내게는 어머니에 대한 기억이 전혀 없다. 다만 나는 할머니와 아버지, 친척들, 그리고 어머니의 친구분들에게서 들어서 알고 있을 뿐이다. 그분들은 한결같이 어머니가 둘도 없는 독실한 기독교신자였다고 입을 모아 말하곤 했다.

어머니는 나를 임신하고 있었을 때 가끔 할머니에게 아기가 자라 하느님의 뜻에 어긋나지 않는 삶을 살아주기를 바라는 자신의 끊임없는 기도에 대해 이야기했다고 한다. 어머니의 뱃속에 있는 아기는 바로 하느님의 선물이며 그래서 임신기간 내내 기꺼이 그 아기를 하느님에게 봉헌했던 것이다.

아주 어렸을 때부터 하느님이 그렇게도 생생하게 느껴졌던 것은 이러한 태교의 영향 때문이었을까? 아무튼 나는 그렇다고 믿고 있다. 그러나 내 어린 시절의 기억은 하느님과는 그렇게 상관이 없었다. 어머니가 돌아가신 뒤 나는 할머니에게 맡겨졌다. 아버지와 할머니는 한 번도 내게 어린아이에게 하는 투의 말을 쓰지 않았다. 언제나 간단하면서도 또록또록한 말씨였기 때문에 나는 두 돌이 되기도 전에 또렷하게 말을 할 수 있었다.

내가 두 살로 접어든 그해 가을과 겨울, 우리는 큰 농장을 가지고 있는 큰아버지네와 함께 살게 되었다. 그해 가을 대여섯 명의 노동자들이 옥수수 껍질 벗기기 작업을 거들기 위해 큰아버지 농장의 작업장에 머물렀다. 그들의 식사도 큰아버지네가 제공했으므로 그들은 식사 때마다 살림집까지 오곤 했다. 저녁 식사를 기다리며 그들은 장작을 팰 때는 난롯가에 둘러앉아 있곤 했는데, 그럴 때면 큰아버지는 꼭 나를 무릎 위에 앉혔다. 언젠가 나는 새 옷을 입고 있었던 것으로 기억하는데, 일꾼들은 번갈아가며 내 머리카락을 잡아당기거나 옷자락을 잡아당기며 장난을 쳤다. 그때 나는 소리를 쳤다.

"하지 마. 우리 할머니의 아기의 머리카락을 잡아당기지 말란 말이야!"

"하지 마, 우리 할머니의 아기 옷을 좀 가만 놔두란 말이야!"

그들은 계속 장난을 쳤고 나는 끈기 있게 그와 같은 항의를 되풀이했다. 한참 만에 뒤를 돌아보니 문지방에 할머니가 웃음 띤 얼굴로 서 계셨다.

"아니 우리 아기를 그렇게 끊임없이 놀려대다니요."

할머니의 말을 듣자마자 그것이 나를 놀리는 것이라는 것을 알아채고는 나는 더 이상 대꾸를 하지 않고 입을 굳게 다물어 버렸다.

큰아버지네에는 아주 영리한 셰퍼드가 한 마리 있었다. 그 개는 주로 젖소를 몰아오거나 돼지들이 마당으로 들어오면 쫓아 버리곤 했는데 아주 온순하고 말도 잘 들었다. 그러나 나는 어느 날 이 개가 누구라도, 심지어 그렇게 따르는 주인조차도 자기를 때리거나 하면 가만히 당하고 있지 않는다는 사실을 알게 되었다. 그것은 실로 놀랍고 아픈 경험이었다.

매년 3월 17일이면 큰어머니는 사향연리초 꽃씨를 심었다. 이것은 우리 집안의 전통이었다. 봉지에 그려진 아름다운 꽃이 피게 될 거라는 기대감에 꽃을 심는다는 것은 언제나 나의 호기심을 자극했다. 그런데 꽃씨를 뿌린 지 며칠 지나지 않아 우리의 충직한 셰퍼드가 갓일구어 놓은 흙더미를 보고서는 자신이 드러누울 근사하고 폭신한 침대를 만들기 위해 구덩이를 파고 있었다. 그때 나는 겨우 두 살 반밖에 안된 어린아이였지만 나쁜 짓을 한 개는 당연히 매를 맞아야 한다는 생각에 막대기로 개의 등을 내리쳤다. 순간, 개는 획 돌아서며 단숨에 내 뺨을 물어버렸다. 아프기도 했지만 개의 서슬에 놀란 나는 왈칵 울음을 터뜨렸다. 그때 할머니는 내가 울음을 그칠 때까지 당신의 가슴에 나를 꼭 품고서 부드럽게 타일렀다.

"온순하고 말 잘 듣는 개는 그 대신 남이 때리는 것을 절대로 허용하지 않는단다."

다행히 상처는 심하지 않아 살갗이 약간 벗겨졌을 뿐이어서 곧 아물긴 했지만 그것은 오래도록 내 뇌리에 남아 사람은 언제나 조심스럽게 행동해야 한다는 교훈을 가슴 깊이 새겨 주었다.

그때 내가 살았던 집은 내 머릿속에 생생하게 남아 있다. 방안의 가구들이며 문이 있었던 위치, 재봉틀이 놓였던 자리, 식탁, 찬장, 그리고 할머니와 내가 함께 쓰던 침실이며 전부 기억 속에 있다. 그리고 몇 년의 세월이 흐른 뒤 나는 어느 심리학 강의에서 아이들의 기억력은 네 살이 되어야 형성된다는 이야기를 들었다. 그러나 나는 그 교수의 의견이 틀렸다는 생각이 들어 내가 기억하고 있는 모든 것—집과 가구들, 그리고 헛간으로 통하는 좁다란 통로며 작업장의 위치 등을 세세히 그렸다. 그리고는 큰어머니에게 내 기억이 틀림없는지를 확인했다. 그러한 기억들은 불과 내가 두 살에 접어들 무렵인 1년 9개월에서 2년 4개월 사이에 이루어진 것들이었다. 그해 여름 큰아버지가 다른 농장으로 이사를 해버려 그 이후 그 농장을 다시는 가 볼 수 없었다. 큰어머니는 내가 그린 그림이 하나도 틀리지 않다면서 감탄을 금치 못했다. 그래서 나는 그 심리학 교수의 이론을 부정하는 입장이며 다른 아이들도 아주 어렸을 적 일을 기억할 수 있다고 믿고 있다.

또 하나 내 기억 속에 남아 있는 것은 네 살에 접어들던 해의 겨울과 이듬해 봄 사이에 일어났던 일들이다. 우리는 일리노이 주의 잭슨빌에 있는 한 셋집으로 이사를 가게 되었다. 큰아버지의 새 농장은 잭슨빌에서 조금 떨어진 곳에 자리잡고 있었다.

큰아버지가 난로를 피울 때는 옥수수 속대를 불쏘시개로 사용하여 난롯불을 붙였다. 그런데 이 속대를 쌓아 놓던 헛간으로 가끔씩 다람쥐들이 살금살금 다가왔다. 아직 알갱이가 몇 개 붙어 있는 옥수수를 먹으려는 것이었다. 털이 보송보송한 꼬리를 하늘 위로 치켜세우고 조그맣고 귀여운 앞발로 옥수숫대를 움켜쥐고 야금거리는 모습이란 얼마나 귀엽고 신기한지 나는 멀찍이 떨어진 곳에 쪼그리고 앉아 넋을 잃고 바라보곤 했다.

인상적인 추억들은 또 있다. 우리 집에 함께 살면서 같이 학교를 다녔던 사촌언니에 대한 기억이며 고불고불 꼬아 만든 장미넝쿨을 연상케 하는 장밋빛 비단 끈에 대한 추억도 잊을 수가 없다. 언니와 나는 비단 끈을 할머니가 손수 만들어준 옷에다 장식용으로 달곤 했다. 그리고 이웃집 화단에 봄이면 피어나던 보랏빛 오랑캐꽃은 좀처럼 잊을 수 없는 아름다운 추억이다. 그 집 주인은 꽃을 따도 내버려 두었기 때문에 우리는 꽃을 따서 가지고 놀곤 했다. 벨벳같이 매끄러운 꽃잎은 은은한 자줏빛이 감돌았다. 그것은 숨이 막힐 정도로 경외심마저 들게 하는 아름다움이었다.

그해 여름에 우리는 내가 태어난 농장에서 얼마 떨어져 있지 않은 미구리 주의 칠리고시로 다시 이사를 했다. 우리는 할머니의 친구가 사시는 집 근처에다 세를 얻었다. 할머니의 친구 집은 여섯 명의 아이가 있었는데 그중 막내가 내 나이 또래였다. 우리는 아주 친해졌고 지금까지도 우정을 유지하고 있다. 우리는 그 집에 쌓아둔 모래더미 위에서 뒹굴며 놀았고 그것도 싫증나면 어지러워 쓰러질 때까지 매암을 돌았다. 한번은 너무 심하게 돌다 어지러워 나도 모르게 픽 쓰러져 버렸다. 겨우몸을 세워 일어나긴 했으나 팔을 도무지 굽힐 수 없을 정도로 지독하게아팠다. 그때 우리는 도심에서 1마일 정도 떨어진 곳에 집을 새로 구입했기 때문에 그곳으로 이사할 준비를 하느라 짐을 꾸리고 있던 참이었다.

할머니가 우선 급한 대로 팔꿈치에다 뜨거운 찜질을 해주었지만 쑤시는 아픔은 가라앉지 않았다. 그런데 새로 이사할 집 바로 이웃에 우리집과 교분이 두터웠던 의사가 살고 있었다. 그는 내가 처음으로 세상 구경하러 태어날 때 나를 받아 세상맛을 보게 해준 분이었다. 그는 내 팔을 보더니 팔꿈치가 삐었다고 하며 우선 진통제 한 알을 주었다. 삔 팔꿈치를 제대로 맞추려고 내 팔을 이리저리 만지작거리면서 그는 쉴 새없이 재미있는 옛날이야기를 해주었다. 이야기가 너무 재미있어서 나는그만 모든 아픔을 잊고 그의 이야기에 정신이 팔려 있었다.

"자, 이제 됐어. 팔이 다 나았단다."

갑자기 그는 활짝 웃으며 말했다.

그는 나의 주의를 딴 데로 돌리기 위해 계속 그렇게 재미나는 이야기를 해 주었을 것이다.

그곳에 살면서부터 무척 즐겁고 재미나는 일들이 많이 있었던 것 같다. 하루는 튀겨 먹으려고 닭을 한 마리 사왔는데 너무 말라 먹을 것이라고는 하나도 없었다. 그래서 살찌기를 기다리느라 6주간이나 그 닭을 키워야 했던 일이 있었다. 할머니는 꼬박꼬박 먹이를 주었고 그러는 사이 나와 닭은 정말 친해졌다. 닭은 어디를 가나 나를 따라다녔고 내가 앉을 때는 무릎 위에 날름 올라앉곤 했다. 그리고는 내 눈매를 들여다보고 "구구구"하며 무엇이라 쉴 새 없이 말을 걸었다. 완벽하고 깊은 우정이라고 할까. 나는 그 닭이 너무나 좋았다. 그러던 어느 날이었다. 닭이 보이질 않는 것이었다. 불러보았지만 끝내 나타나지 않았다. 나는 할머니에게 닭의 행방을 물었다.

"아, 닭 말이지? 애야, 그 닭은 저녁 식탁 위에 오를 거란다."

할머니는 예사롭게 말했다.

청천벽력이었다. 내 얼굴에 나타난 놀라움과 슬픔을 읽은 할머니의 표정에도 갑자기 어두운 그늘이 서렸다. 나는 그만 울음보를 터뜨렸고 그리고는 울고 또 울었다. 그것도 모자라 포도넝쿨을 받치기 위해 세워 놓은 기둥에 매단 그네에 올라앉아 그네의 흔들림에 몸을 맡긴 채 그칠 줄 모르는 눈물을 흘리며 울었다. 밥상을 대했으나 밥을 넘길 수 없었다. 그런 일이 있은 후 나는 지금까지도 닭고기를 싫어한다. 물론, 전혀 못 먹는 것은 아니지만……

그 집에 살면서부터는 나도 어느 정도 철이 들어 할머니로부터 많은 것을 배웠다. 할머니는 헴스티치 놓는 법이며 뜨개질로 레이스를 뜨는 법, 코바늘 뜨개질, 그리고 재봉틀 질에서부터 바느질하는 법까지 일일이 가르쳐 주었다. 바로 이웃에 살았던 한 아주머니는 나를 무척 귀여워하여 사람과 동물에 얽힌 재미있는 이야기를 들려주곤 했다. 그녀는 남편을 잃은 후 쭉 혼자 살고 있었는데 나는 심심하면 그 집에 가곤 했다. 하루는 그녀가 보이지 않아 마당을 둘러보았다. 거기에도 역시 그녀는 없었고 탐스럽게 익은 블랙베리만 나의 시선을 끌었다. 군침이 돌았디. 흰입 베어 물면 달짝지근한 맛이 혀끝에 녹아든다. 만약 그녀가 있었더라면, 그래서 내가 이렇게 먹고 싶어 한다는 것을 알면 얼마든지 줄 것이다. 나는 속으로 '저 많은 블랙베리 중 하나쯤 따 먹는다고 해서 그녀가 뭐라고 하진 않겠지?'라는 생각이 들었지만 그 순간, 할머니의 말이 뇌리에 떠올랐다.

"절대로 남의 것을 몰래 가져서는 안 된단다. 비록 아무도 네가 가져가는 걸 보지 못했다 해도 네 자신은 그걸 훔쳤다는 것을 알 터이고 또한 하느님도 아신단다. 그러니 마음이 편하고 즐거울 수가 있겠니?"

할머니의 음성이 나의 귓전을 때렸다. 나는 그대로 돌아섰다. 그때 느낀 만족감은 몇 알의 블랙베리를 먹은 것보다 훨씬 더 컸다. 그후 내내 먹고 싶었던 블랙베리의 유혹을 물리쳤다는 것을 기억할 때마다 그때 맛보았던 만족감이 되살아나곤 했다.

그해 여름, 내가 다섯 살이 될 무렵이었다. 나는 그때 일어났던 한 사건을 두고두고 잊을 수가 없다. 그것은 나에게 참으로 소중하고 값진 경험이어서 지금도 생생하게 떠올릴 수가 있다. 할머니는 늘 이웃사람들에게 인정을 베풀고 사려 깊게 대했다. 언젠가 딸 하나만 데리고 사는 이웃 아주머니가 그만 병이 나서 드러눕고 말았다. 그 딸이 하루는 장을 보러가는 길에 우리 집에 들렀다. 자기 어머니를 혼자 두기가 걱정이 되니 할머니에게 잠시 돌봐 달라는 것이었다. 할머니는 쾌히 승낙하며 나에게 함께 그 집으로 가겠느냐고 물었다. 나는 그때 인형에 입힐 옷을 재봉틀에 박고 있었기 때문에 그냥 혼자 남겠다고 했다. 발틀이었기 때문에 의자에 앉아서는 손이 닿지 않아 한쪽 발은 땅에 딛고 다른 한쪽 발로 발판을 밟아야 했다. 그러고도 간신히 손이 닿을 수 있었다. 그때 몹시 힘들었지만 재미가 있어 혼자 집에 남기로 했던 것이다. 몹시 무덥고 후덥지근한 날이었다.

그런데 갑자기 번개가 번쩍 하고 하늘을 가르더니 천둥이 고막을 때렸다. 거센 바람이 휘몰아쳐 나뭇가지를 땅에 팽개치는가 싶더니 억수같은 비가 창문을 후려쳤다. 그런 무시무시한 폭풍우 속에서 나는 혼자 있어 본 적도 없었거니와 내 생전 그런 천둥번개와 거센 비바람을 본 적이 없었다. 공포가 온몸을 휘감았다. 그때 할머니가 들려주었던 하느님의 사랑과 보살핌이 내 머릿속에 떠올랐다. 나는 창가에 무릎을 꿇고 앉아 마음을 가라앉혔다. 그리고 낮은 소리로 이와 같이 말했다.

"사랑하는 하느님, 지금 여기에는 아무도 없습니다. 저를 보살펴 주세요. 지금 저에게는 오직 하느님밖에 없습니다."

그러자 곧 나는 따스하면서도 사랑에 가득찬 무엇인가가 내 몸을 감싸는 듯한 느낌을 받았다. 그것은 곧 하느님의 존재였던 것이다. 하느님이 나와 함께 하시니 나는 조금도 두려워할 필요가 없다는 것을 깨달았다. 바로 그날부터 지금까지 사랑의 하느님에 대한 생생한 경험이 내 삶의 진실이 되었으며, 그러한 느낌은 언제나 나와 함께 한다. 어린아이는 얼마나 쉽게 믿고 또한 얼마나 쉽게 받아들이는가! 그리고 그들은 서슴없이 자기를 내맡기고 신뢰한다.

유치원 때부터 나는 일요 성경학교를 열심히 다녔다. 그때 나는 리본을 잔뜩 만들어 가지고 있었는데 그것을 보고 어른들은 나더러 모자 가게를 차려도 되겠다고 말했다. 그래서 나는 속으로 그렇게 될 수도 있겠지 하고 생각했었다. 그런데 일요 성경학교의 1학년 선생님이 교회의 일꾼이 되어 하느님을 돕는 일을 할 사람은 손을 들라고 했을 때 나의 이런 생각은 바뀌었다. 처음엔 잠시 망설였지만 모자 가게 주인보다는 하느님의 일이 훨씬 중요한 일일 것 같아 번쩍 손을 들었다. 교회에서 돌

사오자마자 나는 할머니에게 모자 가게 주인이 되는 것을 포기하고 교회의 일꾼이 되겠다고 말했다.

여섯 살이 되던 해 여름, 우리는 미주리 주의 출라에 있는 큰아버지네 농장을 방문할 계획을 세웠다. 독립 기념일인 7월 4일이면 우리는 언제나 폭죽을 터뜨리고 딸기와 크림을 포식하곤 했다. 그런데 어느 날 내 혀가 갑자기 이상했다. 할머니가 내 혀를 들여다보곤 깜짝 놀라 바로 이웃 의사에게 나를 데리고 갔다. 그는 혀를 들여다보자마자 곧 말했다.

"홍역에 걸렸군, 그래."

그날은 7월 3일이었다. 우리는 독립기념일의 그 즐거운 시골 여행을 포기하지 않을 수 없었다. 나는 너무 실망하여 마구 울었다. 비참한 느낌이 가슴에 파고들었다. 할머니와 아버지는 그야말로 온 정성을 다해 나를 간호했다. 덕분에 나는 거뜬하게 홍역에서 회복할 수 있었다.

그해에는 유난히도 비가 많이 왔다. 그리하여 마침내 그랜드 강이 노도처럼 범람하여 대홍수가 일어났다. 나는 홍역도 낫고 하여 하루는 자두나무를 구경하러 밖으로 나갔다. 그런데 갑자기 오한이 나면서 온몸이 떨리는 것이었다. 어질어질하여 서 있기가 어려웠다. 나는 곧 할머니에게 가서 아프다고 말했다. 의사는 이번에는 내가 말라리아에 걸렸다고 했다. 식탁에 앉아 나에게 먹일 말라리아 치료제인 키니네를 칼로 잘게 부수어 캡슐에 채워 넣고 있던 아버지의 모습이 아직도 생생하다. 말라리아에서 회복되자마자 이번에는 또 장티푸스에 걸렸다. 그야말로 병마의 연속이었다. 병세가 위험한 고비에 이른 어느 날 아버지는 걱정스런 얼굴로 할머니에게 물었다.

"제가 집에 있어야 되겠죠?"

"아니다. 네가 있어도 뭐 뾰족한 수가 있겠니? 차라리 네가 벌어 올 오늘 분의 돈이 더 필요한 걸."

할머니가 말했다.

1907년은 심한 경제 불황으로 여기저기 실직자들로 넘쳐나던 때였다. 나는 마음속으로 '아빠는 물론 일하러 가셔야 해. 난 괜찮을 거니까…' 라고 생각했다. 이번에도 나는 간신히 위기를 넘길 수 있었다. 그러자 또 한숨을 돌리기도 전에 장출혈을 일으켰다. 장티푸스균이 장의 내벽을 갉아먹은 것이었다. 약초 전문가인 인디언 의사가 아버지에게 개쑥갓의 즙을 짜서 먹이라고 일러주었다. 신기하게도 개쑥갓의 즙이 효력이 있었는지 나는 그것을 먹고 나았다.

내가 그 모든 병마에서 회복되었을 때는 벌써 9월에 접어들고 있었다. 몸이 쇠약할 대로 쇠약해진 나는 도저히 학교에 다닐 수가 없었다. 어찌나 말랐던지 팔꿈치와 정강이가 꼬챙이 같은 팔다리에 마치 매듭처럼 톡 튀어나와 있었다. 팔에는 살이라고는 붙어 있지 않아 어깨 바로 밑의 팔뚝마저도 나의 조그만 손으로 한 주먹밖에 안되었다. 하도 힘이 없어 걷는 것마저 다시 배워야 했다. 엎친 데 덮친 격으로 가을에는 백일해를 앓아 6개월 동안이나 기침을 했다.

학교에 간다는 것은 생각도 못할 일이었다. 여덟 살이 되어서야 학교에 다니기 시작했는데 그것도 몸이 좋지 않아 1년에 겨우 50일 남짓 학교를 다니는 것이 고작이었다. 한반 친구들이 숙제를 일러주고 때로는 과제물도 갖다 주곤 하여 아버지와 함께 집에서 공부를 하며 그런대로 진급은 할 수 있었다.

2
성경학교에서
내가 가야 할 길을 찾다

4학년 때 담임은 남자 선생님이었다(5학년 때도 같은 담임이었다). 그
분은 우리들에게 '공부한다는 것은 흥미 있는 것들을 배우는 재미있는
놀이'라는 느낌을 갖도록 해주었다. 그래서 우리는 공부를 아무런 긴장
감 없이 놀이처럼 즐겁게 하는 방법을 선생님에게서 배울 수 있었다(하
트 선생님 고맙습니다). 해마다 우리는 짝을 바꾸었지만 나는 계속 한 아
이하고만 짝이 되었다. 맴 돌기하다 넘어져 팔을 삐었을 때 함께 놀던
그 친구였다. 나는 그 아이를 무척 좋아했지만 나를 괴롭히는 한 가지가
있었다. 그녀는 노상 나의 윈터그린 향기가 나는 풀 한 병을 먹어치우곤
했다.

하트 선생님은 한꺼번에 두 학년을 맡았다. 한 교실을 반으로 나누어
한쪽은 4학년이 앉고 다른 한쪽은 5학년이 앉았다. 담임선생님이 보통
전 과목을 맡아 가르쳤으나 음악과 미술만은 예외여서 담당 선생님들이
따로 오셔서 가르쳤다.

내가 다니던 분교는 5학년까지만 가르쳤기 때문에 그 이후로는 본교
로 가서 배워야 했다. 5학년 때 우리는 집을 팔고 본교 가까운 곳에 집을
한 채 살 때까지 우선 셋집으로 이사를 했다. 세 든 집은 아주 큰 저택이
었으나 지은 지가 오래 된 꽤 낡은 집이었다. 그 집에는 벽난로와 2층 침

실까지 연결되는 나선형 대리석 계단이 있었다. 우리는 꼬불꼬불한 계단 난간을 미끄럼 타며 놀았다. 그때 재빠르게 미끄러져 내려오던 그 재미와 기분은 지금도 잊을 수 없다. 또한 아버지가 커다란 단풍나무에 설치해준 두 개의 그네도 잊을 수 없는 큰 재미였다.

아버지는 널빤지 양쪽에 구멍을 뚫어 로프를 달고 그것을 나무의 한쪽 가지에 매달아 높이가 무려 4.5m나 되는 근사한 그네를 만들었다. 그리고 반대편 가지에다는 톱밥을 채운 자루를 매달아 놓고 그 자루 끝에도 역시 로프를 달았다. 단풍나무에 기대어 놓은 사다리를 타고 올라가면 자루 위에 올라앉을 수 있다. 그리고 누군가가 아래로 늘어져 있는 로프를 뱅글뱅글 돌려주기만 하면 메리-고-라운드 같은 멋진 회전그네가 되는 것이다.

어느 날이었다. 그날도 나는 자루 위에 올라타고 앉아 커다란 원을 그리며 회전그네를 타고 있었다. 그때 이웃집 꼬마가 우리들이 보지 못한 사이에 반대편 널빤지 그네를 힘껏 잡아당겼다가 놓았다. 그때 나는 회전을 하고 있었는데 그 그네가 내 머리를 강타하며 두피에 긴 상처를 내고 말았다. 나는 사정없이 땅에 내동댕이쳐졌고 한동안 숨이 끊어진 채 쓰러져 있었다. 찢어진 머리에서 피가 흘러나와 옷이 온통 피로 물들고 머리카락이 엉켜 붙어 엉망이 된 후에야 나는 숨을 되찾고 정신을 차렸다. 하마터면 죽을 뻔했다. 그 때문에 나는 머리를 잘라야 했고 그 후 몇 년 동안 단발머리를 하고 다녔다.

본교 6학년에 들어가기 전에 우리는 학교에서 반 마일(1마일=1.61km)도 채 떨어져 있지 않은 곳에 집을 샀다. 그래서 점심도 집에 와서 먹을 수 있었다.

6학년 되던 크리스마스 때 막내 고모가 자기네 농장에 얼마간 와 있어 달라는 부탁을 해왔다. 고모와 고모부는 크리스마스 때 그들 손자들의 재롱을 보고 싶어 했다. 집을 비운 사이 아버지가 가축을 돌보고 또 난방용 파이프가 얼지 않도록 집을 지켜달라는 것이었다. 학교가 시작되는 보름 후에는 고모네가 돌아올 것이기 때문에 내가 학교를 다니는 데는 아무 지장이 없을 것 같았다.

그런데 크리스마스가 지난 며칠 후였다. 할머니가 배탈이 나서 화장실에 가시다가 의식을 잃으시면서 곡선 계단 바닥으로 구르셨다. 그래서 할머니는 갈비뼈가 몇 개나 부러지고 쇄골과 대퇴골이 부러지는 중상을 입었다. 가장 가까운 기차역에서 20마일(약 32.2km)이나 떨어진 곳인데다 그때만 해도 자동차는 구경도 할 수가 없었던 시절이라 어떻게 해볼 도리가 없었다. 게다가 길은 온통 진흙투성이어서 말을 탄다는 것도 거의 불가능에 가까운 일이었다.

우선 급한 대로 아버지가 부러진 다리에 부목을 대고 통증을 덜기 위해 뜨거운 소금주머니로 찜질을 하는 게 고작이었다. 할 수 없이 우리는 약속한 보름도 되기 전에 고모네를 불렀다. 그렇더라도 아픈 할머니와 함께 집으로 돌아간다는 것은 생각도 못할 일이었다. 아무튼 나는 고모네 농장에서 도시의 가난뱅이는 꿈도 꿀 수 없는 질 좋은 크림과 집에서 손수 만든 빵, 통조림 된 채소, 그리고 갓 따온 싱싱한 과일이며 농장 근처에서 잡은 고기를 마음껏 먹을 수 있었다. 덕분에 나는 건강을 회복할 수 있었고 몰라보게 튼튼해졌다. 그리고는 매일같이 반 마일이나 떨어진 큰아버지네로 걸어가서는 나보다 두세 살 위인 사촌 언니와 놀다 오곤 했다.

할머니의 병세가 조금 호전되어 딴 곳으로 옮겨갈 수 있게 되자 우리는 그동안 병간호에 시달려온 고모를 잠시나마 쉬게 하려고 큰아버지네로 옮겼다. 그곳에서 할머니는 목발을 짚고 조금씩이나마 걸어다닐 수가 있게 되었다. 그러나 그런 지 얼마 되지 않아 할머니는 뇌졸중을 일으켜 다시 쓰러졌다. 이번에는 음식을 삼키지도 못했고 한 마디 말도 할 수 없었다. 회복될 가능성이 거의 없다고 말하는 의사의 말에 내가 느꼈던 절망감을 나는 지금도 기억한다. 아버지는 접골치료사를 데려와 할머니를 보게 했다. 그의 치료 덕분인지 할머니는 다리와 팔을 조금씩 움직일 수가 있었고 음식을 삼킬 수도 있었으나 여전히 말문은 열지 못했다. 나는 다섯 살 적 언젠가 천둥 번개 치던 날 했듯이 창가에 꿇어 앉아 하느님을 향해 기도했다. 얼마나 지났을까? 시간도, 나 자신도 까맣게 의식하지 않은 채 무엇인가 평화로운 마음에 감싸이면서 눈을 떴다. 뜨거운 눈물이 뺨을 타고 흘러내렸다. 나도 모르는 어떤 신비의 세계에서 감동의 눈물을 흘리고 있었던 것이다. 내가 창가에서 돌아서는 순간, 할머니의 음성이 들렸다.

"얘야, 물 한 모금 갖다 주겠니?"

할머니가 말문을 연 것이다. 그 순간부터 할머니는 급속한 회복세를 보여 그로부터 12년 동안이나 건강한 모습으로 살다 세상을 떠났다.

당연한 일로 나는 6학년을 다시 시작하지 않으면 안 되었다. 그렇지만 몇 달간의 시골생활로 나는 퍽 건강해졌으며 그래서 그 후로는 그렇게 많이 수업을 빼먹지 않아도 되었다. 이번에는 미스 메리 하트 선생님이 담임이었다. 4학년과 5학년 때 담임을 맡았던 훌륭한 하트 선생님의 딸이었다. 그녀는 또한 일요 성경학교 선생님이기도 하였고 학교에서나 교회에서나 무척 잘 가르쳤다. 그녀는 수업이 끝나면 우리들에게 이야기책을 읽어주곤 했다. 그중 특히 '토니의 하얀 방'이라는 이야기는 지금까지의 내 생애에 커다란 영향을 미쳤다. 그 이야기는 한 선교사 선생님의 도움으로 인생의 새로운 길을 찾고 알코올 중독과 나태에 빠진 가족들을 행복하고 정상적인 삶으로 되돌려 놓은 슬럼가의 소년에 관한 이야기였다. 나는 거기서 내가 가야 할 길이 바로 그와 같은 것이라고 생각했다. 사람들을 돕고 그리하여 그들이 스스로의 알찬 삶을 살아갈 수 있는 길을 열어 주는 사람, 그것이 내가 되고자 한 인간상이었다.

시골 큰아버지네 집에 머무르는 동안엔 우리는 교회와 성경학교를 열심히 다녔다. 사촌언니, 그리고 농장 일을 돕는 소년과 함께 이륜마차를 타고 눈 덮인 산길이나 진창길을 우리는 한참 동안이나 흔들려가며 달렸다. 나는 그때 처음으로 성경을 성경답게 읽기 시작했고 교회도 열심히 다녔다. 그러니까 내 나이 열두 살 때였다.

그로부터 2년 뒤의 일이었다. 성경학교에 함께 다니던 한 소녀가 연단에 나가 신앙고백을 한 후에 충실한 교회의 일원이 될 것을 맹세했다. 그 아이가 연단을 향해 나갔을 때 어떤 알 수 없는 위대한 힘이 나를 향해 '너도 앞으로 나아가라'라고 말하는 것 같은 느낌에 사로잡혔다. 나는 찬송가책을 던지고 내 의지와 상관없이 긴 신자석을 걸어나가고 있었다. 무엇인가 또 다른 의지가 나의 의지를 향해 명령하고 있는 것 같았다. 나는 연단에서 신자로서 나 자신을 바치고 나의 생을 하느님에게 바쳐 하느님의 뜻에 따라 살기로 맹세했다. 나는 그 이후로 지금까지 그러한 나의 서약을 한 번도 어겨본 적이 없다.

7학년 때, 두 분의 훌륭한 선생님을 만났다. 미술, 음악, 철자법을 뺀 전 과목을 가르치신 소이어 선생님과 철자법을 가르치신 조던 선생님이었다. 나는 철자법 테스트에서 1등을 했다. 한번은 계단에서 조던 선생님과 마주친 일이 있었다. 선생님은 나에게 오케스트라의 철자를 말해보라고 했다. 나는 맞히지 못하고 얼굴이 빨개졌고, 그때 나는 겸손이라는 귀중한 교훈을 마음에 새길 수가 있었다.

조던 선생님은 8학년 때 우리 담임을 맡았다. 그런데 문학은 다른 반 선생님인 뷸라 브라운필드 선생님에게서 배웠는데 그녀는 우리들에게 발음법도 가르쳤다. 그녀의 교수 방법은 독특하여 거울을 보고 혀의 움직임과 입술의 모양을 쳐다보며 분명하고 또록또록하게 발음하는 법을 가르쳐 주었다. 나는 입술을 과장해서 움직이며 열심히 발음 공부를 했다. 이것이 나중에 크게 도움이 되었다. 또 한 가지는 시를 외우게 하는 것이었다. 나는 처음부터 끝까지 심각한 어조와 긴장된 표정으로 시를 읽거나 낭송했다. 그녀의 지적으로 나는 시의 주제에 따라 의미를 이입시키는 법을 배웠다. 나는 아주 열심이었고, 어느 날 그녀는 나를 자기 방으로 불러 로버트 번즈의 '한 송이 데이지'라는 시를 낭송하게 했다.

그해 나는 연필로 얼굴을 스케치하는 법도 배우게 되었다. 내가 그리고 싶은 얼굴들을 미술 선생님이 가르쳐준대로 그려냈다. 고등학교에서도 나는 그 미술 선생님에게서 배웠다.

그 당시 초등학교는 8학년까지 있었으며 고등학교는 4년 코스였다. 고등학교에 들어간 나는 그때 형편으로는 도저히 대학에 진학할 수 없었지만 어쨌든 대학 진학반으로 들어갔다.

고등학교 3학년과 4학년 때 영미문학을 담당했던 선생님은 기억에 오래 남는 인상적인 사람이었다. 그녀는 열 몇 살인가에 디프테리아에 걸려 완전히 귀가 들리지 않았다. 그러나 그녀는 입술을 잘 읽을 수가 있어서 그녀가 귀머거리라는 사실을 아는 사람은 거의 없었다. 남학생들 중에는 입술을 움직이지 않고 어물어물 입 속에서 대답하는 학생들이 있어 종종 그녀를 당황시켰다. 그럴 때면 선생님은 나에게 눈길을 주어 도움을 청했다. 그러면 나는 소리를 내지 않고 입술만 움직여 그들이 한

말을 반복해 주곤 했다. 나의 8학년 선생님의 발음 훈련이 내가 그녀를
도울 수 있게 만들어준 것이다.

3
드류 대학에서
나의 반려자를 만나다

고등학교를 졸업할 무렵에 나는 브라우닝과 셰익스피어를 배웠다. 나는 수학과 과학에 대해 일가견이 있고 알 만큼 알고 있다는 대단한 자부심을 가지고 있었다. 그러나 대학을 졸업하고서야 이런 나의 자부심이 얼마나 어리석은 것이었는지 알게 되었다.

그 얄팍한 지식이란 얼마나 보잘 것 없는 것이었던가! 대학에서는 화학과 가정학을 복수전공했다. 비로소 나는 알지 못했던 지식의 폭 넓은 영역을 맛보게 된 것이다.

처음에 나는 의과대학을 희망하였다. 그래서 나는 유기 및 생화학과 더불어 생물학, 세균학, 그리고 생리학의 전 과정을 밟았고 장학금을 받을 수 있기를 빌었다. 그것만이 내가 희망하는 의과대학에 갈 수 있는 유일한 길이었다.

기회는 엉뚱한 곳에서 왔다. 나는 감리교 청년회인 에드워드 연맹에서 500여 명의 청년들을 위한 일요 야간예배를 인도하는 책임자로 발탁되었다. 마침 그곳에서 잭슨빌의 일리노이 여자대학의 교수 한 분이 회의를 지도했는데, 잭슨빌이라면 한때 우리가 살았던 곳이라 친밀한 곳이었다. 그 교수는 내가 일하는 것이 마음에 들었던지 하루는 내게 물었다.

"대학에 갈 생각이지?"

나는 경제적 문제 때문에 도저히 대학에 갈 형편이 안 된다는 이야기를 했다. 그랬더니 그 교수는 자신이 장학금을 탈 수 있도록 주선해 보겠다고 했다.

그래서 나는 그녀의 도움으로 장학금을 탈 수 있었고 넓은 세계를 경험할 수 있는 기회를 얻게 되었다.

대학에서 나는 성경을 웨버 교수로부터 배웠다. 나는 그의 강의를 들으면서 비로소 창조가 아담과 이브와 더불어 시작되었다는 좁은 개념으로부터 벗어날 수 있었다. 그로부터의 배움은 나에게 수백만 년에 걸쳐 지구상에서 진화되고 발전되어온 살아있는 생명체에 대한 지식을 통합하여 하나의 새로운 믿음의 기반을 형성할 수 있는 능력을 주었다.

이 새로운 믿음의 기반은 또한 심리학의 학설이나 과학적 발견을 모두 포괄하는 것이었고 그것들은 나의 종교적 신념과도 결코 상충되지 않았다. 사실 이와 같이 넓은 관념의 하느님은 드높이 하늘나라의 옥좌에 앉아 아래를 내려다보며 "생겨라!" 하고 명령을 내려 그 즉시 창조가 이루어지게 하는 하느님보다는 나에게 훨씬 친밀하게 느껴졌다. 그리고 이 넓은 개념의 하느님이야말로 모든 과학 분야의 연구를 통하여 밝혀진 바 있는 '무한한 지혜의 하느님'을 뚜렷이 밝혀 주고 있는 것이다.

웨버 교수는 성서기록에 대한 연구가 성서가 지금까지 전해져 온 방법에 관해 보여주고자 한 것이 무엇인가를 가르쳤다. 우리는 하느님에 관한 진화해온 관념들을 연구했고 인간이 그러한 관념들을 이해하게 되었을 때의 하느님과 인간과의 관계를 연구했다.

우리 안의 하느님의 존재와 성령이 직관적으로 한층 심오한 이해로 인도함으로써 인간은 직관적으로 자신보다 더 위대한 힘에 도달하게 되고 또한 의식 속에서 하느님의 본성과 하느님을 알게 되는 방법을 더 깊이 이해하게 되었을 때 얻는 성경의 영감이 훨씬 더 의미가 있다는 것을 알게 된다. 그런데 종래의 관념에서는 성경은 하느님의 말씀을 기록하는 사람이 아무런 사념없이 하느님이 말씀하신 대로 자동적으로 기록한 것이라는 것이었고, 따라서 성경의 모든 말씀은 하느님의 말씀이고 그러므로 성경은 모든 부분에서 완벽한 것이라고 주장해왔다. 그러나 성경은 하느님의 '최후의 계시'라는 것은 얼마나 어리석은 견해인가! 하느님은 지금 이 순간까지 우리에게 말씀하시고 있고 진정으로 구하는 영혼들은 여전히 직관적으로 하느님의 진리에 대한 심오한 통찰로 인도되고 있다.

모든 생명체는 각양각색의 형태로 표현되는 하느님의 생명임을 깨닫게 된다는 것도 얼마나 놀랍고도 멋진 일인가! 지층의 바위에 새겨진 화석들은 단일한 것에서부터 점점 더 복잡한 형태로 바뀌는 생명체의 진화를 나타내고 있다. 그런데 이 화석들은 깊은 곳에 있는 것일수록 더 오래된 것을 의미한다. 또한 골격의 화석이라든가 초기 동물류의 얼어붙은 유해는 우리가 판독할 수 있는 증거를 지니고 있다.

인간의 의식수준은 직립원인(直立猿人), 네안데르탈인, 크로마뇽인에서 호모 사피엔스로 진화되어 왔다. 우리는 또 구석기 시대에서부터 청동기와 철기시대, 그리고 오늘날의 전자시대에 이르기까지 도구의 진화를 목도했다. 이제 육체적 진화는 완성된 것처럼 보인다. 정신적 진화는 굉장한 발전을 거듭하여 오늘에 이르렀으나 현재 일어나는 세상의 갈등들은 영적 진화가 인류의 다수에게 이르기까지 아직 갈 길이 요원하다는 것을 일깨워준다.

대학 4학년 때는 장학금을 놓치고 말았다. 독감에 걸린 데다 그로 인해 심장이 심한 타격을 받게 되어 6주일 간이나 강의를 빼먹은 탓이었다. 그래서 나는 학자금을 빌려서 겨우 졸업을 했고, 졸업 후에는 빌린

학자금을 갚기 위해 꼬박 1년 동안 교사생활을 해야 했다. 그런 후에 나는 다시 장학금을 타서 뉴저지 주 매디슨에 있는 드루 신학대학에 들어갔다.

이것은 초등학교 6학년 때 사람들이 보다 나은 삶을 살 수 있도록 돕겠다고 결심했던 나의 인생의 목표를 실천하려는 하나의 준비 단계이기도 했다. 그곳에서 나의 목표는 한 발 가까워졌고, 또한 거기에서 장래에 나의 남편이 될 사람과도 만나게 되었다. 그와의 이야기는 나의 저서 〈나는 코리안의 아내〉에 묘사되어 있다.

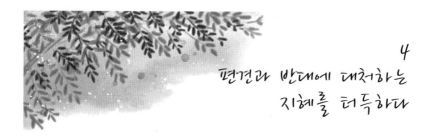

4
편견과 반대에 대처하는
지혜를 터득하다

드류 대학교에 입학하기 몇 해 전, 일리노이 여자 대학(현 맥머레이 대학, 일리노이 주 잭슨빌 소재)에 다닐 때 교회에서 지역 청년 그룹의 모임을 인도하며 '기독교인의 형제애는 인종적 장벽을 뛰어넘는 것을 의미한다'는 주제로 논문을 썼다.

나는 뉴저지 주 매디슨에 위치한 드류 대학교에서 데이비스와 사귀면서 편견과 반대 의견에 대처하는 지혜를 터득했다. 여자기숙사의 사감은 데이비스와의 교제를 만류하며 나를 나무라기도 하고 충고를 하기도 하면서 이렇게 말했다.

"너와 데이비스가 같이 걸어갈 때면 사람들이 곁눈질하면서 쳐다보더군. 설마 사람들의 입에 오르내리면서 좋지 못한 평판을 듣고 싶지는 않겠지? 내가 너의 입장이라면 그와 같은 관계는 끊어버리겠어."

나는 그녀의 말에 대꾸하지 않았다. 그러나 내가 그녀에게 해줄 수 있는 말이란,

"내 생활이 깨끗하고 나의 행동이 진정한 기독교인다운 것이라면 누가 어떠한 편견의 눈으로 쳐다본다 해도 상관하지 않습니다." 이것이었다.

'만약 그러한 편견은 극복되어야 하고 소위 말하는 그리스도의 형제애가 어떤 의미를 지니는 것이라면 누군가가 다른 인종도 우리의 형제임

을 행동으로 보여주어야 할 것이다. 사실 나는 그러한 편견이 잘못된 것이라고 생각했기 때문에 떳떳이 고개 들고 그것과 마주할 수 있는 것이며 내 입장에서 잘못이란 없기 때문에 나의 신념은 흐트러지지 않을 것이다.' 나는 속으로 이와 같은 말들을 부르짖었다.

데이비스가 휴게실로 웃음 띤 얼굴로 들어섰을 때 나는 첫눈에 그에게 끌려들어가는 무엇인가를 느끼긴 했지만 내가 그와 사랑에 빠지게 될 것이라고는 상상조차 하지 못했다. 우리의 우정은 노트를 빌려주면서부터 시작되었다. 미국에 온 지 일 년밖에 안된 그로서는 굉장히 말을 빨리 하는 교수의 강의의 의미를 간추려 적는다는 것이 불가능한 일이었다. 나는 다른 이탈리아 학생의 영어도 도와주고 있었지만, 데이비스에 대한 찬사와 존경의 감정이 계속 자라고 있음을 느끼게 된 것도 그의 영어를 도와주면서부터였다.

그는 영어로 시를 지어와서는 어색한 데를 고쳐달라고 부탁하곤 했다. 어떤 때는 영어 공부를 하면서 캠퍼스의 숲길을 걷기도 했다. 주위의 숲이나 자연의 아름다움에 대해서 그가 느끼는 그 신선한 찬탄과 감동을 대할 때마다 나의 가슴은 두근거렸다. 나는 그가 사랑하던 많은 것들을 기억한다. 뾰족뾰족 가시처럼 돋은 상록수의 잎사귀마다에 대롱거리던 작은 빗방울이 빛을 받아 영롱한 모습을 드러내며 반짝이던 모습, 흰 눈 사이로 살포시 연초록 잎사귀를 내밀며 돋아오르던 양치류, 오랑캐꽃이 무리지어 보랏빛 자태를 다투고 있는 한편으로 쿠션처럼 폭신폭신해진 해묵은 낙엽더미의 매캐한 향기, 이런 것들은 그와 나에게 있어 정말 잊을 수 없는 한 폭의 그림이다. 한번은 그가 걸음을 멈추고 이끼를 손으로 쓰다듬으며 말하길,

"푸른 벨벳이로구나!"

그리고 그 옆에 살며시 벌어진 꽃잎을 만지작거리며,

"꼭 작은 텐트 같은 모습을 하고 있군 그래." 그가 말하던 생각이 난다.

사물의 실체와 하느님의 절묘한 창조의 세계에 대한 그의 영적 통찰력을 나는 기억한다. 나는 그를 만날 때마다 그가 지닌 이러한 면모를 새롭게 발견하곤 했다.

다시 한 번 말하거니와 그를 사랑하게 되리라고는 꿈에도 생각하지 못했다. 사실 나는 일리노이 주로 돌아가 살고 있는 한 청년과 교제를 해 왔었고 나는 그에게 호감을 느끼고 있었다. 그해 내내 나는 그에게 편지를 써 보내곤 했다. 그러나 나는 그의 편지에서 다른 여자에 대한 이야기가 나오고 좋아하고 있는 것 같은 느낌을 받고는 그에 대해 회의를 느꼈다. 그러자 그 여자 또한 내게 편지를 보내와 그를 사랑한다는 고백을 해왔다.

여름방학을 한 달 남짓 남겨둔 어느 날이었다. 데이비스가 찾아왔다.

"작별인사를 하려고 왔소."

그는 불쑥 말했다.

"아직 학교도 끝나지 않았는데 떠나다니요?"

나는 너무도 갑작스레 당한 일이라 의아스런 얼굴로 물었다.

"아니, 그렇지만 우리는 헤어져야 될 것 같소."

그는 짤막하게 되풀이해서 말했다.

"아니, 왜 그래요? 나는 계속 좋은 관계를 유지해 왔다고 생각했었는데."

"나도 그렇게 생각하지만……. 그렇지만 이제 정말 헤어져야 할 것 같소."

그는 계속 똑같은 말만 되풀이했다. 마치 그 한마디만을 단단히 결심하고 온 것처럼.

만약 일리노이 주에 있는 친구가 나에 대해 가지고 있는 감정을 확신할 수 있었다면 데이비스의 그와 같은 말에 의혹과 함께 불쾌감을 느꼈을 것이다. 그리고는 아마 그가 내 마음속에 얼마나 깊이 자리하고 있는지에 대해서 영원히 느끼지 못했을 것이다. 또 다른 상황에서 내가 그러한 감정을 느낄 수 있었을지는 모르겠다. 어쨌든 내 안에서 무엇인가 거대한 무엇이 무너져 내려앉는 것 같은 느낌을 받았다. 그리고는 마치 불에 덴 것 같은 날카로운 아픔이 번개처럼 스쳐갔다. 그리고 나는 그제야 그것이 사랑이라는 것을 깨달았다.

나중에야 나는 데이비스의 같은 방 친구로부터 왜 그가 나에게 작별을 고집했는지를 알게 되었다. 그는 나를 사랑했던 것이다. 그리고는 그 사랑이 이루어질 수 없다고 느끼자 고통을 견뎌낼 수 없어서 작별하고자 했던 것이었다.

데이비스가 나를 사랑하고 있다는 것을 알게 되자 잠을 제대로 이룰 수 없었다. 온갖 상념들이 머리를 스쳐갔다. 얽힌 인간관계, 그리고 우리가 직면해야 하는 사건들, 이런 것들을 생각하며 뒤척였다.

나는 과연 이런 선택으로 인해 빚어지는 편견과 반대를 감당해낼 수 있을까? 나는 단호하게 해낼 수 있다고 생각했다. 그 무렵 나는 E. 스탠리 존스의 「인디언 로드의 그리스도」를 읽고 있었다. 거기에는 나의 신념을 구체화시켜준 한 편의 시가 나온다. 나는 그때 우리가 처한 현실을 직시해야 한다고 느꼈다. 적어도 나의 자존을 지켜야 한다면 말이다.

우리에게 아이가 생긴다면 그 아이들은 비극적 현실에 직면해야 할 것이다. 단지 유라시아 혼혈아란 이유 하나만으로 그들은 차별 대우를 받아야 할 것이다. 나는 그 문제에 대해 온 마음을 다해 기도했다. 나의 대답은 나의 믿음 안에 있었다. 그것은 곧 인간의 가치는 그가 지닌 진정한 고결함과 위대함에 있으며, 그것만이 인간을 판단하는 유일한 진실의 잣대라는 우리의 확신을 우리 아이들에게 심어 주는 것이었다. 나는 그들이 이와 같은 신념을 가지고 하찮은 편견 따위는 초월하여 의연한 삶을 영위할 수 있고 그들의 운명에 어떤 어려움이 닥치더라도 삶을 승리로 이끌어나갈 수 있게 되기를 기도했다. 그리하여 그들 스스로 편견을 극복하고 기독교인다운 인간애를 하나의 현실로 실현시킬 수 있으리라고 확신했다.

나는 정말 그를 올바른 바탕 위에서 사랑하고 있는 것일까? 정말 그와의 사랑은 영원히 지속될 수 있을까? 그 점에 있어서는 우리에겐 남들보다 몇 배나 더 어려운 과제가 주어진 것이다. 우리를 둘러싼 사회적 배경, 그 엄청난 차이를 우리는 과연 극복할 수 있을 것인가? 끊임없는 물음을 계속했지만 나는 그 모든 것을 해낼 수 있다고 느꼈다. 그는 내가 좋아하는 것을 좋아한다. 내가 감동하는 것을 그도 똑같이 감동한다. 내가 좋아하는 책을 그도 좋아한다. 내가 즐기는 자연을 그도 즐긴다. 우리는 많은 것을 함께 나누고 서로의 종교적인 견해를 함께 한다. 나는 그에게 내가 대학시절 즐겨 읽던 아멜리아 조세핀 버(Burr)의 시 '깊은 곳에서'라는 시를 주었고, 그에 대한 나의 사랑을 다시 한 번 확인하였다.

깊은 곳에서

-아멜리아 조세핀 버

사랑하는 그대,
내 가슴의 고동을 느낄 때마다

그대 향한 내 마음은
감사의 정에 넘치네.
나 그대 사랑함은
꾸밈없는 그대 그 자태임을.

거친 포옹도, 지혜를 흐리는 입맞춤도,
마음깊이 솟아나는 정열의 호소도,
누를 길 없는 사랑의 다급한 절규도,
영혼을 사로잡는 유혹의 함정도,
그대 순결 앞에서는
힘없이 사그라지는 허망한 것들임을.

그러나 마침내 나는 그대 앞에
그것이 사랑임을,
아픔이 태어나듯
내 마음 깊은 곳에 고요히 자리잡은
사랑임을 나는
그대에게 고백하네.
우리의 생명이
다할 때까지
사랑은 끝없이
샘솟을지니
그대 향한 내 마음
받아줘요, 내 사랑이여.

그리하여 나는 데이비스와의 교제를 계속했고, 그후 6년 반이라는 세월이 흐르는 동안 우리의 사랑은 점점 깊어만 갔다. 그러는 가운데 내가 겪어야만 했던 모든 시련도 거뜬히 이겨낼 수 있었다. 나는 지금 내가 가야할 길과 데이비스를 향한 감정을 어떻게 처리해야 할 것인가를 고민하던 때의 날카로운 아픔을 떠올린다. 내가 가야 할 길을 찾기 위해 얼마나 무수한 밤을 뜬눈으로 지새웠던가! 어떤 때는 꼬박 일 주일간을 뜬눈으로 지새운 적이 있다. 나는 마음속에 침잠하여 깊은 생각에 빠져들기도 하고 지혜를 달라고 기도도 해보았다. 어떤 때는 믿을 수 있는 친구의 충고에도 귀를 기울여 보았다. 그리고는 나는 드디어 마음을 정했던 것이다.

나는 데이비스가 학비를 벌기 위해 접시 닦는 일을 하고 있는 구내식당으로 갔다. 그리고는 그가 일을 마치고 휴게실 계단을 내려올 때까지 난간에 기대어 서 있었다. 나는 그가 나타나자 다짜고짜 왜 나와 헤어져야 하느냐고 물었다. 그는 마침내 속마음을 털어놓았다. 사랑하기 때문이라고. 그것이 견딜 수 없어 헤어질 수밖에 없다고 말했다. 목구멍이 따가워지도록 눈물 같은 감정이 솟구쳐 오르는 걸 누르며 나도 역시 그를 사랑한다고 말했다. 그는 발끝만 내려다보며 서 있었다. 한동안 침묵한 채로……. 그리고 그는 고개를 들었다. 그의 표정에 무엇인가 굳은 결의가 서려 있음을 알아차릴 수 있었다. 그는 일주일만 더 생각해 보자고 했다. 그러나 나는 그때 이미 밤과 밤을 지새우며 고민하며 결심을 한 터라 나의 대답은 지금이나 일주일 후에나 마찬가지였다.

그 이듬해 2년 동안 데이비스가 오하이오 웨슬리엔 대학교로 편입했기 때문에 우리는 거의 만날 기회를 가지지 못했다. 우리는 편지로 대화를 했다. 데이비스는 오하이오 웨슬리엔 대학교를 졸업하자마자 곧 신학 부문 학사학위를 위해 다시 보스턴 대학교에 편입했다. 다시 우리는 떨어져 있어야 했고 거의 매일 편지를 주고받았다.

보스턴 대학교를 졸업하자마자 이번에는 또 석사 과정을 밟기 위해 컬럼비아 대학교에 들어갔다. 그때 나는 컬럼비아 대학교를 졸업하고 그 대학교 사범대학의 링컨 부속학교에서 학생들을 가르치고 있었다. 우리는 같은 뉴욕시에 있었기 때문에 가끔 짬을 내어 영화관이나 오페라, 또는 연극 등을 보러 다니기도 하고 산책을 하며 이런저런 이야기도 했다. 또 어떤 때는 내가 그의 집에 가기도 하고 그가 나를 찾아오기도 했다.

데이비스가 오하이오 웨슬리엔 대학교에 편입하여 2년을 다니는 동안 나는 뉴저지 주의 마운틴 레이크스에 있는 세인트존스 스쿨에서 일 년 동안 교편을 잡고 있었다. 그러다가 그해 장학금을 타게 되어 컬럼비아 대학교에서 석사 과정을 밟았다. 세인트존스 스쿨 재직 시에는 주말이면 감리교재단에서 운영하고 있는 뉴저지시의 박애의 집에 가서 봉사활동도 했다. 석사 과정을 마친 후 2년간 나는 버지니아 주 햄프턴에 있는 햄프턴 교육 연수원에서 여름방학이면 산업미술을 가르쳤다.

내가 햄프턴에서 교편을 잡고 있을 때 데이비스는 다음 학기의 학자금을 벌기 위해 라이 비치의 플레이랜드에서 일을 했다. 해마다 학기 중에 그는 숙식 문제를 해결하기 위해 여러 가지 잡다한 일들을 하지 않으면 안 되었다.

1932년, 데이비스는 드디어 컬럼비아 대학교를 졸업하고 석사학위를 받았다. 그는 한국으로 돌아갈 차비를 차렸다. 뉴욕을 떠나 유럽을 경유하면서 수에즈 운하와 인도 등지를 구경하는데 소요되는 몇 주간의 관광 계획도 함께 짜넣었다.

데이비스는 한국에 돌아가자마자 나를 맞을 준비를 서둘렀다. 나는 그
동안 미국에 남아서 우리들의 결코 평범하지 않을 모험을 위하여 얼마간
의 돈을 벌어야 했고 또 아버지를 위해서도 돈은 필요했다. 나는 아버지
를 두고 떠나는 게 마음 아팠다. 또한 링컨 스쿨에서의 4년 동안이라는
교직을 떠나는 것도 못내 섭섭했다. 매일매일 재미있는 일과 새로운 일들
이 일어났고, 나는 그 생활을 얼마나 아끼고 사랑했던가! 데이비스와의 결
혼을 위하여 나는 내가 사랑하는 모든 것들을 한꺼번에 버려야만 했던 것
이다.

1934년 봄, 나는 한국으로 떠나는 데 필요한 모든 것을 본격적으로 준
비하기 시작했다. 한국에 살면서 필요하게 될 물건들도 준비했다. 혹시
그곳에서 집을 짓게 될지도, 또 어떤 일에 연장이 필요하게 될지도 알
수 없는 일이었다. 그래서 나는 목수들이 사용하는 연장 일체와 나사못,
못, 경첩 등 소소한 것마저 전부 사 모았다. 침대 시트와 베갯잇, 그리고
모직으로 된 담요도 장만했고 부엌용품도 사들였다. 사실 나는 그곳에
서 필요하다고 생각되는 모든 것을 하나도 빠짐없이 샀다. 그 중에는 축
음기와 내가 좋아하는 음악이 실린 250장의 음반도 들어 있었다. 그런데
내가 산 것들은 거의 대부분이 중고품이었다. 돈을 아끼기 위해서였고

또 그것들은 다 쓸만 했다.

그런데 어느 날 한 아파트 앞에 버려진 자기(磁器)를 입힌 싱크대와 세탁용 대야를 발견했다. 아마 새 싱크대를 마련하면서 버린 것 같았다. 나는 주인을 찾아서 그것들을 가져도 되겠느냐고 물었다. 주인은 쾌히 승낙했다. 아버지가 그것을 꾸려서 상자에 넣었다. 나는 또 5달러를 주고 중고 피아노도 샀다. 그것도 소중하게 싸서 한국으로 부칠 준비를 했다.

미국에서 보내는 마지막 해가 될 그해에 나는 밤늦도록 아버지와 이야기를 나누곤 했다. 그는 나에게 원시적인 환경에서 적절하게 대처해 나갈 수 있는 온갖 기술을 가르쳤다. 미국의 개척시대에 그는 청년시절을 보냈기 때문에 아무 것도 없는 그야말로 황무지 속에서도 무엇이든 척척 잘해낼 수 있는 온갖 지식을 가지고 있었다. 나는 여행가방 속에 노트 하나를 특히 소중하게 챙겨 넣었다. 그 노트에는 한국 생활에서 발생할지 모를 불편함을 해결할 수만 가지 잡다한 상식들이 적혀 있었는데, 필요한 경우에는 스케치까지 곁들여 빽빽하게 적어 넣었기 때문에 나에게는 참으로 없어서는 안 될 것들이었다.

링컨 스쿨에서의 나의 교편생활도 끝나갈 무렵 나는 포드 모델 A형의 중고차 한 대를 샀다. 그리고 아버지와 함께 고향인 중서부 지역으로 그 차를 몰고 갔다. 가는 도중 다시는 못 볼지도 모르는 친척들과 친구들을 일일이 방문할 계획이었다.

뉴욕 여행에서 돌아온 후 나는 캔자스 시에서 아버지와 작별했다. 내가 떠나기 하루 전에 시애틀에 도착하여 11일 후면 일본에 도착하게 될 배를 탔다. 내가 탄 배는 요코하마에서 짐을 풀고 며칠간 머문 후 고베로 향했다. 그것은 나의 첫 해외여행이었고 난생처음으로 나의 조국을 떠나는 항해였다.

고베에 당도한 것은 저녁 해가 어슴푸레 깃들 무렵이었다. 그야말로 낯선 곳이었다. 여기저기 구경할 만도 했지만 혼자서는 용기가 나지 않았다. 그래서 나는 곧장 기차역으로 가서 시모노세키행 기차를 기다렸다. 기차는 자그마치 6시간이나 연착했다.

나는 요코하마에 도착했을 당시 이미 데이비스에게 8월 6일에 부산에 도착하게 된다는 전보를 보냈다. 기차가 6시간이나 연착했으니 부산행 페리를 탈 수 있는 시간에 도착하기는 틀린 일이었다. 그리고 다음 페리는 12시간 후에나 있었다. 그래서 나는 시모노세키 항에서 연방 스쳐 지나가는 사람들을 지켜보면서 속수무책으로 다음 페리를 기다렸다. 머릿속에서는 12시간이나 늦는다는 전보를 데이비스에게 칠까 말까 열심히 궁리하고 있었다. 결국 나는 데이비스가 부산의 어디에서 나를 기다리고 있을지 정확히 알지도 못하면서 무작정 부산 페리 대합실에다 전보를 쳤다. 그러나 나중에야 안 일이지만 데이비스는 그 전보를 구경조차 못했다고 한다.

페리의 출항을 알리자 나는 이내 승선하여 일본인 여자 몇 명과 함께 조그만 선실에서 잠을 청했다. 그 다음날 아침 나는 옷을 차려 입고 데이비스가 그때까지도 기다리고 있을까 가슴 졸이며 상륙 준비를 서둘렀다.

페리에서 내린 나는 초조하게 데이비스를 찾았다. 감색(紺色) 서지 양복에 쥐색 모자를 쓴 내가 마지막 본 데이비스의 모습을 그리면서 주위를 두리번거렸다. 아무 데도 없었다. 그는 나를 기다리다 지쳐 돌아가 버렸으리라. 그때였다.

"아그네스, 나 여기 있어."

누군가가 외치는 소리가 들렸다.

나는 소리 나는 쪽을 돌아보았다. 그리고 나는 흠칫 놀랐다. 거기에는 놀랍게도 너무도 야윈 모습을 한 남자가 서 있었다. 그렇게까지 야윌 수가 있다니. 그런데다 나는 그가 항상 걸치고 있었던 낯익은 옷을 입은 모습의 그를 상상하고 있었기 때문에 처음에는 그를 알아볼 수가 없었다. 그는 다리에 짝 달라붙는 카키색 바지에다 역시 카키색 윗저고리를 걸치고 있었고, 게다가 그는 농부들이 쓰는 챙이 널따란 밀짚모자까지 쓰고 있었다. 나는 한동안 그가 변하기라도 했나 하는 의구심마저 느꼈다. 겉모습은 정말 너무나 많이 변해 있었다. 그러나 그의 눈빛을 들여다보자 그만 오랜 사랑과 신뢰의 감정이 그 모든 낯선 느낌들을 단번에 밀어내 버렸다.

서울역은 내가 생각했던 것보다 훨씬 크고 현대적이었다. 데이비스는 택시를 대절하여 나를 조선 호텔로 데리고 갔다. 그것도 역시 현대식으로 지은 훌륭한 건물이었다. 거기에 그는 나를 위하여 방을 하나 빌려 놓았다.

다음날 아침 나는 이상한 소리에 잠을 깼다. 종을 치는 소리였다. 처음에는 천천히 울렸다. 그러다가 점점 빨라지며 나중에는 그 빠른 템포의 종소리가 계속해서 들려왔다. 그리고는 잠시 조용해졌다. 뒤이어 침묵을 깨며 마치 노래하듯 무엇인가를 읊조리는 소리가 들려왔다. 낭랑한 음성이 몹시 듣기가 좋았다. 나는 곧 옷을 걸치고 소리 나는 곳을 향해 창밖을 내다보았다. 거기에는 온통 현란한 색채로 아름다운 무늬를 그려 놓은 탑 모양으로 생긴 절이 있었다. 나중에 들어서 안 이야기지만 그것은 절의 승려들이 매일 새벽 행하는 아침 예불이었던 것이었다.

아침 식사를 한 후 나는 다시 방으로 돌아왔다. 나는 데이비스를 기다리는 동안 친구들과 친척들에게 보낼 편지와 엽서를 썼다. 10시쯤에 데이비스가 왔다. 우리는 함께 미국영사관에 가서 입국신고를 하였다. 거기서 한 미국인 여자가 경영하는 게스트하우스가 호텔보다 비용도 적게 들고 음식도 좋다는 이야기를 들었다. 우리는 숙소를 그곳으로 옮겼다. 여주인은 구마베 부인이라 불리었고 남편은 일본인이었다. 그녀는 정말 마음에 드는 게스트하우스를 경영하고 있었다.

내가 웨딩드레스에 마지막 손질을 하고 있을 때였다. 구마베 부인은 나의 결혼에 필요한 준비를 이것저것 거들어 주었다. 또한 선교사로 와 있던 코헨 부인에게 부탁하여 그녀의 집에서 결혼식을 올릴 수 있도록 주선해주었다.

데이비스도 결혼식 주례를 설 목사에서부터 웨딩마치를 연주할 한국인 친구까지 전부 준비해 놓았다. 모든 것이 잘 되어 나가는 것 같았다. 결혼식 당일 오전 11시경쯤, 식을 두세 시간 남겨 놓고 미국의 부영사인 랄프 코리 씨가 구마베 부인의 게스트하우스로 찾아왔다.

그는 일본 법률에 의한 모든 법적 절차가 완결될 때까지 결혼식은 거행할 수 없다고 통보했다. 그의 어조는 부드럽고 친절했지만 결혼의 중지 명령은 단호한 것이었다. 그 사실을 데이비스에게 알릴 방도가 없었고 이미 코헨 부인도 결혼식 준비를 전부 끝낸 뒤라 나는 약속 장소로 가는 수밖에 별도리가 없었다. 비록 약속된 목적을 위해서 가는 것은 아니었지만 말이다.

아무 것도 모른 채 데이비스는 어머니와 함께 산을 넘어 결혼식이 진행될 선교사의 집에 도착했다. 그렇게 깊지는 않지만 넓은 개천을 건너야 했기 때문에 데이비스는 결혼식 때 입으려고 빌린 예복(턱시도우)은 싸들고 대신 카키색 작업복을 입고 왔다. 결혼식장에 당도한 후에 갈아 입을 작정이었다. 그에게 있어 결혼식 취소는 얼마나 수치스럽고 어처구니없는 충격이었을까? 결혼식장이 거행한다는 결혼식은 하지 않고 대신

리셉션장으로 변해 버렸으니 말이다. 그는 싸들고 온 턱시도우를 갈아입을 생각도 않은 채 카키색 작업복을 걸치고 멍청히 서 있었다. 리셉션에 참석한 사람들 중 몇몇은 모두 이 결혼식을 위하여 멋지게 차려 입었으니 데이비스도 역시 예복으로 갈아입어야 한다고 생각하는 사람도 있었을 것이다.

그러나 나는 그가 옷에 관해 평소에 생각하고 있는 바를 알고 있었기 때문에 구태여 옷에 관해 고집하지 않았다. 결혼예복으로 입을 턱시도우를 빌리는 데도 나는 그를 얼마나 설득해야 했던가! 그는 나의 권유에 못 이겨 겨우 내 제의에 응했고 그러면서도 해서는 안 될 일을 했다는 느낌을 버리지 못했었다. 그는 그의 이웃에 살고 있는 농부들의 가난과 소박함을 나누어 가져야 한다고 생각하고 있었고, 특히 지도자적 입장에 있는 사람들, 말하자면 교육받은 사람들은 적어도 겸허하게, 그리고 소탈한 모습으로 살아가는 자세를 보여주어야 한다고 굳게 믿고 있었다. 그렇게 솔선수범해야 사람들이 분수에 넘치는 생활을 하지 않는다는 것이었다.

나의 시어머니가 될 분인 데이비스의 어머니는 결혼식을 올릴 수 없다는 사실을 알게 되자 집안에 발도 들여놓지 않고 그 길로 집으로 되돌아가셨다. 리셉션을 마친 후 데이비스와 나는 헤어져서 그는 역시 산을 넘어 시골집으로, 나는 게스트하우스로 돌아왔다. 그날 밤 데이비스는 구마베 부인의 집으로 나를 찾아왔다. 나는 그의 표정에서 그가 얼마나 마음 상했는지를 알 수 있었다. 그의 얼굴에는 노여움이 역력히 드러나 있었다. 세상의 모든 반대에도 아랑곳하지 않던 나였지만 데이비스가 조금이라도 상심하면 민감해지지 않을 수 없었다.

"왜 내가 그런 수치스런 일의 대상이 되어야 하지?"

그는 거칠게 숨을 몰아쉬었다.

"데이비스, 나는 남의 나라에 와 있는 외국인이에요. 나는 미국영사관의 지시를 따라야만 했고, 또 그렇게 해야 된다고 생각해요."

나는 그의 비위를 거스르지 않으려고 조심하며 대답했다.

"그럼, 왜 나에게 미리 알려주지 않았지? 그랬으면 내가 그렇게 창피 당하지 않아도 되었을 것 아니오?"

"데이비스, 연락할 수 있었다면 왜 하지 않았겠어요? 그리고 당신에게 연락이 닿을 수 있는 사람조차도 없었던 걸요. 코리 씨가 와서 그 말을 했을 때는 이미 어떻게 할 도리가 없었어요. 정말 미안해요, 데이비스."

"물론 당신도 어쩔 수 없었겠지. 그러나 이건 정말 몹시 불쾌한 경험이야. 주례 맡을 목사에서 피아노 칠 사람까지, 그리고 친구다 뭐다 해서 '결혼식이 있으니 참석해 주십시오.' 해놓고서는 '자, 이제 결혼식이 없습니다. 돌아가 주십시오.' 어처구니없는 일 아니오?"

그러나 그의 목소리는 처음보다 많이 가라앉아 있었다.

결혼식이 늦춰진 관계로 나는 웨딩드레스에 몇 가지 추가해서 손질을 하며 정신없이 보냈다. 그러면서 나는 사람들이 왜 나의 일에 관심을 기울이는가를 생각해 보았다. 정말 그것은 이상한 일이었다. 나는 마치 내가 어떻게 해볼 수 없는 강력한 손아귀에 잡혀 있는 것 같았다. 지금까지 나에게는 하고자 했던 일을 할 수 없었던 때가 많이 있었다. 그런데 지금인들 내가 왜 우회해서 갈 수 없겠는가? 꼭 그렇게 굽은 길로 가야 한다면 말이다. 그렇지만 피할 수 없는 지연을 기꺼이 받아들이는 이면에는 누가 뭐라고 해도 굽힐 수 없는 나의 확고한 신념이 있었다. 우리가 스스로 택한 그 길은 올바른 길이며 외부의 어떤 힘도 우리의 관계를 깨뜨릴 수 없다고 나는 몇 번이고 부르짖었다.

우리 이야기가 많이 소문이 난 것 같았다. 하루는 한 일간지의 기자가 구마베 부인의 게스트하우스로 찾아왔다. 한국 남자와의 결혼을 위하여 뉴욕에서부터 머나먼 길을 떠나 한국으로 온 미국 여자에 대한 이야기를 취재하러 카메라를 동원하여 온 것이다.

그는 택시까지 대절해 와서는 밖에다 대기시켜 놓고 있었다. 나를 데이비스가 사는 시골집으로 데려가기 위함이었다. 그곳에 데이비스가 나와 함께 살집을 새로 지어 놓았었다. 그 기자와 나는 아름다운 시골길을 한참이나 달렸다. 이엉으로 얼기설기 엮은 조그만 오두막집(나중에 나는 이것이 주막이라는 것을 알게 되었다) 주위에 서성거리고 있는 사람들이 잔뜩 호기심 어린 눈으로 우리를 쳐다보았다. 들에는 띄엄띄엄 농부들의 일하는 모습도 보였다.

농장에 도착해보니 데이비스는 마침 외출중이었다. 혼인신고 절차에 필요한 서류를 알아보려고 미영사관에 간 것이었다. 국제결혼을 하는 데에 필요한 모든 절차를 비롯하여 우리의 결혼이 합법적으로 성립되는 절차를 밟기 위한 영사관 출두 날짜 등을 알기 위해서였다.

기자는 나를 위해서 그가 할 수 있는 최선을 다해 통역을 했지만 그의 영어는 알아듣기에 너무 어려운 영어였다. 내가 데이비스의 어머니를 만났을 때 그녀는 나에게 아주 수줍은 미소를 지으면서 무어라고 말을 걸었다. 그녀가 한 말을 나는 한 마디도 알아들을 수 없었지만 나는 그녀의 마음을 분명히 읽을 수 있었다. 그녀와 나는 그 순간 깊은 대화를 주고받은 것이다. 소박하면서도 부끄러움 때문에 약간 머뭇거리며 나에게 따뜻한 환영의 뜻을 전하려고 애쓰고 있음이 뚜렷이 드러났다.

'아, 어쩌면 저렇게 상냥한 얼굴을 하고 있을까! 정말 조그맣고 귀여운 몸매다.' 나는 속으로 감탄을 금치 못했다. 마치 내가 데이비스를 처음

본 순간 끌려들어갔듯이 나는 그녀에게 이끌리고 있었다. 그리고 그녀에게 따뜻한 사랑을 느꼈다. 그녀가 데이비스의 어머니여서가 아니라 그녀의 얼굴에 빛나고 있는 수줍은 아름다움을 나는 사랑했던 것이다.

데이비스는 나보다 2년 앞서 한국에 돌아와 제일 먼저 땅을 샀다. 약 2,500평 가량의 땅이었다. 그는 거기다 진흙과 돌을 섞어 몸체를 만들고 지붕은 짚으로 덮은 조그만 오두막집을 지었다. 그는 처음 볼 때 내가 충격을 받을까봐 그 집의 불편한 점과 초라한 모습에 대해서 일일이 일러주었다. 내가 그러한 원시적 상태에 실망하여 그런 생활을 거부하지나 않을까? 하는 걱정과 함께 어떻게든 나의 마음을 붙잡으려고 애를 쓰고 있었다. 그가 너무 철저하게 그러한 충격과 실망에 대해 방비를 한 탓인지 내가 처음 그 조그만 오두막집을 봤을 때는 너무도 아늑하고 산뜻하게 느껴져 사실 깜짝 놀랄 정도였다.

그리고 며칠이 지났다. 그동안 가끔 데이비스가 게스트하우스에 찾아왔다. 하루는 구마베 부인이 연희전문학교(현 연세대학교) 근처의 어느 한국인 가정에 나를 데리고 갔다. 구마베 부인은 내가 살게 될 조그만 농장의 오두막집과 그 집을 비교해 보라는 생각에서 나를 데리고 간 것 같다. 그녀는 게스트하우스 일을 보느라 정신없이 바쁜 가운데에도 틈만 나면 나에게 동양인들의 생활양식이나 풍습 등 세세한 데까지 이야기해 주었다. 그것은 내가 어떤 일을 당해도 놀라거나 하지 않도록 하고자 하는 그녀의 배려였을 것이다.

리셉션으로 변해 버린 결혼식이 끝난 지 일 주일 남짓 지나서야 결혼의 법적 절차에 필요한 증인 한 사람씩을 데리고 영사관으로 출두하라는 통지가 왔다. 구마베 부인이 신부측 증인으로 함께 영사관으로 갔다. 한자와 일본어로 된 서류에 우리 두 사람과 구마베 부인, 그리고 데이비스

측 증인, 이렇게 네 사람이 각각 서명하였다. 이 서류는 데이비스의 고향인 이북으로 보내져 그의 아버지의 서명을 받아 다시 영사관으로 되돌아올 것이다. 그러면 모든 법적 절차가 비로소 끝나게 된다.

그런데 여러 선교 단체로부터 내가 한국인과 결혼하는 것을 말리려는 방문객들이 줄을 이었다.

"당신이 만약 이 남자와 결혼한다면 당신의 일생은 의심할 여지없이 비극으로 끝나고 말 겁니다. 한국에서는 국제결혼이 통용되지 않는 사회지요."

어떤 이가 단정적으로 말하기도 했다.

내가 계속 나의 결심을 밀고 나간다면 어떤 일이 일어날지 예측조차 할 수 없었다. 그들은 나에게 도저히 한국인의 생활방식에 적응할 수 없을 것이라며 '원시적이고 비위생적인 환경을 견뎌낼 수 있을 것 같으냐?'고 으르댔다. 그리고 내가 부딪치게 될 여러 가지 심리적 갈등을 어떻게 참아낼 수 있을 것이냐고 반문하기도 했다. 데이비스가 가진 알량한 재산으로는 외국인 아내를 감당하기 어려울 것이라고도 했다. 그들은 심지어 한 착한 한국 남자가 그의 외국인 아내를 만족시키려고 도둑질까지 하여 그의 일생을 망쳤다는 둥 온갖 방법으로 나의 마음을 말려 보려고 애썼다.

한 여자는 두 시간 동안이나 간청도 하며 나를 설득하려다 끝까지 나의 결심이 흔들리지 않는 것을 보자 화가 잔뜩 나서 돌아갔다. 많은 협박과 반대 속에서 단 하나 내 결정에 의혹을 품게 하는 게 있었다. 그것은 내가 데이비스와 결혼함으로써 데이비스에게 파멸을 가져올지도 모른다는 말이었다. 가슴이 뜨끔했다. '정말 그럴 수도 있는 것일까?' 나는 나 자신에게 반문했다. 그러나 나는 그것에도 자신이 있었다. 나는 데이비스를 위하여 그가 그의 민족에 봉사할 수 있는 일이 있다면 어떤 일이라도 참고 견디고 또 적극 도울 것이다. 그를 위한 나의 헌신은 이미 내 가슴속에 단단히 준비되어 있었다. 나는 저어도 데이비스와의 일이라면 모든 것에서 확신에 차 있었다. 나는 지금도 메리언 하트니스에게 감사한다. 나 때문에 데이비스가 혹시 불행해지지나 않을까 하며 번민하고 있을 때 그녀는 나에게 이렇게 말하면서 용기를 주었다.

"남들이 하는 말에 귀 기울일 필요는 없어요. 선량한 마음씨를 가진 여자의 사랑이 한 남자를 해치는 법은 없답니다."

또 어떤 사람들은 나에게 결혼을 포기하고 미국으로 돌아가든지 아니면 최소한 일 년 정도의 시간 여유를 가지고 다른 일을 하면서 한국에서의 생활이 어떻게 돌아가는지를 살피는 게 어떻겠느냐고 충고하기도 했다. 그러나 나는 또다시 일 년 동안을 기다린다는 것은 시간 낭비일 뿐이라는 생각이 들었다. 그리고 우리들의 약혼 기간은 이미 충분한 것이었다.

데이비스가 뉴욕에 있으면서 신학 부문의 학사학위를 받은 직후의 일이다. 그는 감리교의 맥코넬 감독(監督)에게 면담을 요청했다. 그는 맥코넬 감독에게 그의 종교적 견해를 피력하면서 미국 여자와 약혼을 했고 그 여자는 선교사가 되기를 희망하고 있고, 선교사가 될 수 있는 모든 과정을 다 밟았다는 것 등을 이야기했다. 그리고 데이비스는 목사 안수를 곧 받을 수 있었으면 좋겠다는 그의 희망도 아울러 밝혔다. 맥코넬 감독은 목사 시험에 데이비스를 합격시켰고 미국 여자와 결혼하는 것에 대해서도 반대하고 있는 것 같지 않았다.

그는 데이비스에게 목사로 안수 받을 날짜를 알려주었다. 데이비스는 정해진 날짜에 안수식장으로 갔다. 그러나 한국에 주재하는 미국 선교사들의 압력 때문에 안수식은 불가능하게 되었다. 그것이 최후의 결정이었다. 어떻게 해볼 도리가 없었다. 그는 끝내 목사 안수를 받을 수가 없었다.

참다운 기독교 정신의 모범을 보이기 위해 한국과 만주 등지에 와있던 미국 선교사들이 데이비스에게 가한 타격은 이것만이 아니었다. 데이비스가 미국 유학을 가기 전에 한 선교사 밑에서 일을 한 적이 있었다. 그 선교사는 데이비스가 유학을 마치고 돌아오면 일자리를 제공하겠노라고 약속했었다. 그런데 데이비스가 목사 안수를 거절당한 직후 그 선교사로부터 편지가 왔다. 미국 여자와 약혼했기 때문에 데이비스가 일하기로 되어 있던 자리는 이미 다른 학생에게 돌아갔다는 것이었다. 이러한 차별 대우는 처음에는 쓰디쓴 것이었다. 그러나 그는 그로 인한 분노와 증오심을 신앙심으로 극복할 수 있었다. 한쪽 뺨을 때리자 그는 다른 쪽 뺨도 내민 것이다. 교회를 위해서 일하고자 했던 그를 배척한 그들에게 그는 대신 그리스도의 사랑과 용서의 정신을 베풀었던 것이다. 그러나 그는 그것이 얼마나 지독한 편견의 소치인지, 미국 여자와 약혼했다는 것이 그렇게 잘못된 일인지를 지금도 간혹 반문한다.

데이비스가 썩 잘해냈을 교회의 일을 그에게서 박탈하고 나에게마저도 한국인과 결혼했다는 사실 하나만으로 선교사의 기회도, 어떠한 일자리도 주지 않았던 그 이면에 어떤 이유가 있었는지 그건 내가 판단할 일은 아니다. 그때는 목사로서의 완벽한 자격을 갖춘 사람과 교사로서의 자질을 갖춘 사람이 특히 필요했던 시기였다. 그럼에도 불구하고 우리의 약혼이나 결혼으로 인해 우리가 교회나 학교에서 봉사하기에 적합하지 않다고 하는 생각을 어떻게 사람들이 당연하게 받아들일 수 있었는지? 그 이유에 대해서는 우리의 시각에서 아무리 생각해도 이해할 수 없었다.

기독교인으로서의 임무에 헌신하려는 열망은 좁디좁은 편견을 타파하려는 우리의 의지에 의해서 더욱 깊어질 수 있었다. 지고(至高)와 지선(至善)을 향한 그의 노력은 참으로 진지했다. 그의 정신은 예리했고 그의 노력은 훌륭했다. 그는 네 개 대학에서 학위를 얻었고 그의 성적은 언제나 상위권이었다. 나로 말할 것 같으면 나의 분야에서 평균을 약간 상회하는 정도였다. 왜 그들이 우리를 배척하고 밀어내었는지에 대해서 나는 아직도 진짜 이유를 알지 못한다. 인생을 보는 세상 사람들의 시각은 서서히 폭이 넓어지고는 있지만 그 변화는 느리다. 상도(常道)를 벗어난 자, 남이 가지 않는 길을 먼저 가고자 하는 자는 흔히 고통을 맛본다. 좀 더 광범위하고 포괄적인 진리를 추구하기 위해 기존의 양식과 관습을 초월해보려고 시도한 자들은 먼저 편협한 배타나 배격에 직면하게 된다. 그래서 우선 그것부터 깨뜨리지 않으면 안 된다는 것을 절감한다.

드디어 영사관으로부터 데이비스 집안의 호적에 내 이름이 올랐다는 통보와 함께 결혼식을 올려도 좋다는 연락이 왔다. 내가 한국에 도착한 것이 8월 7일이었으니까 어언 두 달이 가까워지는 10월 2일 아침이었다. 오래 기다렸던 참이라 우리는 바로 그날 오후 결혼식을 올리기로 결정을 보았다. 겐소 부인이 결혼식 장소로 그녀의 집 거실을 제공해 주었다.

전화벨은 연신 울리고 선교사 단체의 많은 사람들, 그리고 다수의 한국인들을 초대하느라 사뭇 분주했다. 웨딩 케이크를 주문하고 결혼식이 끝난 뒤 열릴 피로연까지도 준비해야 했다. 커(Kerr) 가(家)에서는 하얀 달리아를, 그리고 빌링스 가에서는 아스파라거스처럼 생긴 양치류를 한아름 가져다주었다. 주례는 감리교의 양 감독(監督)에게 부탁했다. 그동안 가방 속에 묵혀두었던 웨딩드레스를 꺼내어 다리미질을 하고 다시 한 번 손을 보았다. 이러한 모든 것이 순식간에 진행되었다.

데이비스는 그날 11시경에 도착했다. 그는 여전히 카키색 작업복 차림이었다. 그러나 이번에는 그가 미국에서 즐겨 입던 감색 서지 양복을 가지고 왔다. 나는 준비를 끝내고 결혼식이 진행될 아래층 거실로 내려갔다. 거기에는 이미 데이비스도 양복으로 갈아입고 주례와 함께 온통 푸른 아스파라거스 양치류에 둘러싸여 나를 기다리고 있었다.

앤더슨 씨의 웨딩 마치 반주가 울리고 우리는 주례 앞으로 나아갔다. 앤더슨 씨의 딸 필리스가 결혼반지를 받쳐 들고 뒤따랐다. 서울에 있는 대부분의 선교사들과 결혼식을 중단시킨 바 있는 코리 씨까지도 우리들의 결혼식에 참석했다. 겐소 부인은 피로연도 마련해주었다. 신랑 신부를 위한 케이크가 나란히 놓였다. 신부의 케이크는 앤더슨 부인이 손수 만든 하얀색의 엔젤 케이크였고, 신랑의 케이크는 세브란스 병원의 외과 과장인 러들로 씨의 부인이 솜씨를 발휘해서 호도와 피칸 열매를 섞어 만든 고동색 케이크였다.

내가 데이비스와 결혼을 하기 위해 한국에 왔을 때는 이런 결혼식은 기대조차 한 적이 없었다. 그저 몇 사람의 하객에 피로연도 오찬회도 없는 그야말로 소박한 결혼식을 생각했었다. 신부의 케이크며 꽃과 그 외에 다른 아름다운 것들이 나의 결혼식에 있으리라고는 상상조차 하지 못했다. 낯선 곳에 한 사람의 나그네로서 아는 사람이라곤 오직 결혼 상대자인 한 남자뿐이었다. 그런데 지금 나는 많은 친구들의 호의와 정성으로 숱한 하객들에 둘러싸여 기억에 오래 남을 아름다운 결혼식을 올릴 수 있게 되었다. 그것은 결혼식의 첫 시도가 실패로 끝나고 기다리는 동안 많은 것을 경험하고 동시에 많은 사람들을 알게 되었기 때문이 아니겠는가. 겐소 씨의 가족들은 모두 마치 그들의 집이 나의 집처럼 느껴질 만큼 다정했고 한식구나 다름없이 대해 주었다. 기념 촬영에 오찬회와 피로연 등 바쁘게 모든 결혼 절차를 마치고 돌아올 때 겐소 부인은, 내 손을 꼭 쥐며 말했다.

"우리 집을 친정처럼 생각해 줘요. 그러니까 생각날 땐 언제든지 와요."

우리의 신혼생활이 시작될 집으로 가기 전에 나는 웨딩드레스를 벗고, 내가 미국에 있을 때 데이비스가 보내준 하얀 비단한복으로 갈아입었다. 나의 결혼 생활의 첫발을 내디디면서 나는 한 사람의 한국인이 되고 싶었기 때문이었다.

언젠가 그 신문기자와 함께 시어머니를 만나고 돌아오던 바로 그 산길이었다. 그때 그 기자와 나는 계곡을 따라 한참 걸어서 차를 세워둔 곳까지 가야 했다. 그때는 뜨거운 여름 한낮이었다. 야트막한 남새밭 위로 내리쬐던 햇볕과 그 빛을 받아 찬란하게 빛나던 갖가지 채소들이 어우러져 이루던 색채들을 지금 나는 떠올린다.

지금은 데이비스와 함께 그 산꼭대기까지 다다른 것이다. 저만큼 우리 집이 보이고 해는 이미 서산으로 기울었다. 산 너머로 노을이 타올랐다. 노을은 점점 퍼져 따뜻한 빛으로 우리를 감쌌다. 저 멀리 까마득히 첩첩의 산봉우리가 마치 장밋빛 노을을 따라잡기라도 하려는 듯 위용을 자랑하며 솟아 있었다. 그 산 너머 계곡 아래로는 은백색의 리본 같은 모습을 하고 한강이 흐른다. 그 위로 조그만 돛단배가 오렌지빛 돛을 달고 미끄러지듯 흘러간다. 그 넓은 계곡 밑으로는 마치 색깔 다른 천을 조각조각 이어붙인 수예품처럼 갖가지 색채를 한 들판이 가로누웠다.

누른 황금빛 벼가 고개를 숙인 논두렁 옆에는 혹은 연두색으로 혹은 초록색으로, 또 어떤 것은 보랏빛의 현란한 색채를 뽐내며 갖가지 채소들이 어우러져 있었다. 한순간 숨을 멈춘 채 나는 그 아름다움에 취했다. 얼마나 아름다운 순간인가. 나의 시집가는 날은 이렇게 시작되었다.

데이비스의 어머니(우리는 그녀를 데이비스 고향 사투리로 '오마니'라고 불렀다)는 밥과 국을 끓여 놓고 우리를 맞이했다. 그리고 우리는 어머니가 결혼식에 참석하지 못했기 때문에 어머니와 같이 먹기 위해 피로연에 쓰인 신랑과 신부의 케이크 몇 조각을 가져왔다.

저녁 식사를 미처 끝내기도 전에 대문 밖에서 누군가를 찾는 소리가 들렸다. 종이 봉지로 바람을 막은 촛불을 든 남자가 저녁 어스름을 비추며 서 있었다. 미국에서 부친 4톤의 짐이 도착한 것이었다. 피아노(나중에 나는 이것을 찾아 한 선교사 집에다 맡겨두었다)를 제외한 모든 짐을 집까지 운반해 온 것이었다. 아무튼 우리는 그렇게 정신없이 보낸 하루를 끝내기 전에 그 짐들을 전부 챙겨 집안에 들여놓지 않으면 안 되었다.

다음날 아침 우리는 상자 하나하나를 풀기 시작했다. 그러나 집이 좁아 그 많은 짐들을 다 들여놓을 수 없었다. 그래서 많은 상자를 데이비스가 땅을 살 때부터 있었던 낡은 토담집에다 쌓아두어야만 했다. 그리고 나서 조금 있으니 데이비스를 축하하고 또 특히 그들과 함께 이웃에서 살게 될 미국 여자를 보기 위해 사람들이 몰려왔다. 그들은 나를 바라보면서 무어라고 쉴 새 없이 자기들끼리 수군거렸다. 하나도 알아들을 수 없었지만 그중에 계속 되풀이되는 하나의 소리를 포착해낼 수 있었다. 그 소리는 그들 사이에서 특별히 강조되며 반복되었다. 그것은 '코'라는 소리였다. 그들이 잠시 잠잠해진 틈을 타 나는 데이비스에게 그들이 무슨 이야기를 하고 있는지, 그리고 '코'는 무엇을 의미하는지를 물었다.

"아, 당신이 한복을 입고 있어 좋다는 말들을 하고 있군. '코'는 '노우즈'라는 뜻인데, 당신 코는 보통 미국인들처럼 너무 크지도 않고 너무 높지도 않고 알맞다고 그러는군."

내 코는 이웃사람들 사이에서 무사히 통과된 모양이다. 그들이 내 코를 꽤 쓸만하다고 생각해 준 것이 몹시 기뻤다. 적어도 그들에게 웃음거리가 되는 이상한 코를 달고 있지는 않으니 얼마나 다행인가. 그들과 친해지기 위해 최선을 다했지만 상황이 상황이니만큼 조심스런 태도를 잃지 않으려고 애쓰면서 나머지 짐을 풀어 정리했다.

세월이 흐르면서 한국인의 생활 풍속도 어느 정도 터득하게 되었고 거기에 따른 불합리한 점도 알게 되었다. 그리하여 그런 것에 하나하나 대처해나갈 방도를 생각해낼 수 있었다.

1935년 봄에 우리는 새 집을 짓기로 결정했다. 우리가 사들인 땅과 그 뒷산에는 온통 돌이 널려 있어 그것들을 주워 집을 짓는 데는 안성맞춤이었다. 데이비스는 지하실과 집이 설 기반을 마련하기 위해 언덕을 파기 시작했다. 그리고는 지하 1m 가량에서부터 차곡차곡 돌을 쌓아갔다. 데이비스는 근처 개울에서 지게로 모래를 쉴 새 없이 날라왔고, 또 시내에서 시멘트를 몇 포대씩 사서 자전거로 실어 날랐다. 돌을 모으는 것이 내가 맡은 일이었다. 농장에서 흩어진 돌을 주워 모으기도 했으나 때로는 산등성이에 있는 돌을 언덕 아래로 굴려 집 가까이 끌어오기도 했다.

여름도 거의 막바지에 이를 때쯤 되어 벽이 제 모습을 갖추고 완성되었다. 다음에는 거기에 지붕이 덮여지고 우리들이 기거할 두 개의 온돌방이 완성되었다. 그런 다음 다시 우리는 거실로 쓸 가로 3.6m, 세로 5.4m 크기의 마루방을 이중으로 바닥을 깔아 만들었고 창틀을 만들어 창을 내고 창문턱도 튼튼하게 만들었다. 그리고는 맨 나중에 지하실 바닥에 시멘트를 발라 굳혔다. 마루방을 완성시키고 창문 전부를 해넣고 지하실을 만드는데 꼬박 2년이 걸렸다.

우리는 싱크대와 세탁용 대야도 새 집으로 옮겨왔고, 부엌시설도 불편이 없도록 하기 위해 두 개의 큰 재래식 가마솥 사이에다 물통을 만들어

넣었고 조리용 오븐도 새로 고안해서 만들었다. 그렇게 하면 겨울에 밥을 짓거나 군불을 땔 때의 화력으로 더운물도 쓸 수 있고, 조리용 오븐으로 연기 때문에 눈물을 흘리지 않고도 한꺼번에 여러 가지 반찬을 만들 수 있다.

그 무렵에 이광수 씨가 우리 집을 방문했다. 그는 데이비스가 오산중·고등학교를 다닐 때 거기서 학생들을 가르쳤다. 그와 데이비스는 이를테면 스승과 제자인 셈이었다. 그때 그는 우리의 살아가는 모습이 인상 깊었던 모양이다. 그의 전집 제8권에 우리 집 방문에 대한 글이 나온다.

우리는 햄과 베이컨을 소금에 절여 저장도 하고 그 외에 돼지고기로 만들 수 있는 것은 다 만들어 생활비를 벌었다. 또한 압력 튀김 솥도 사들여 서울에 거주하는 외국인들을 상대로 아침식사 때 먹는 현미와 밀을 튀겨 셀로판 봉지에 담아 팔았다.

그러다가 우리는 오스트레일리아 선교사의 초청으로 그녀가 운영하는 부산 동래의 한 여학교에서 학생들을 가르치기 위해 내려갔다. 거기서 1년을 지내고 나니 한국에서의 생활도 어언 5년이란 세월이 지나 있었다. 조용한 시간이면 미국으로 돌아가야 할 것인가에 대해 곰곰이 생각을 했고 거기에 대해 하느님의 인도를 받고자 했다. 그러는 가운데 미국으로 갈 준비를 하기 시작했다. 모든 사람들이 다 미국으로 돌아가는 것이 불가능하다고 말했다. 뱃삯도 없었을 뿐만 아니라, 설사 돈이 있다 해도 일본인들이 여권을 발급해주겠느냐는 등 여러 가지 이유를 들이대며 사람들은 우리들의 의지를 꺾으려 했다. 그러나 하느님의 뜻이었는지 우리는 미국으로 떠날 계획에 착수했다. 우리가 어떻게 해서 미국으로 갈 수 있었으며 그리고 그 과정에서 우리가 부딪친 어려움에 대해 〈나는 코리안의 아내(pp. 157~175)〉에 자세히 설명해 놓았다.

PART 2

미묘한 영향력

꿈과 이상은
어디에서 오는가

내가 어떠한 길을 걸어야 하는가를 결정하는데 있어서 가장 중요한 사실은 나를 길러주고 돌보아준 사람들로부터 압력을 받지 않았다는 점이다. 언제나 자유롭게 내가 하고 싶은 일을 할 수 있었고 또 내가 한 일에 대해서 그들은 항상 칭찬과 함께 격려를 해주곤 했다. 다섯 살 때였다. 나는 바구니를 만들기 위해 아버지가 잘라놓은 기다란 등나무 가지들을 엮어놓았다. 아버지가 그것을 보더니 말씀하셨다.

"아주 잘 엮었군, 그래."

나에게 웃음 짓던 아버지의 표정을 잊을 수가 없다. 그의 눈빛에 서린 찬탄과 부드러움을 담은 자랑스러운 목소리, 나는 그때 정말 가슴 뿌듯했다.

할머니가 읽어준 이야기는 나에게 꿈과 이상을 심어주었다. 그 이야기의 대부분은 우리들의 참여를 유도하기 위해 배포되는 주일학교 매거진에 나오는 것들이었다. 초등학교 학생들을 위해서는 '중급반'이라는 신문이 나왔고 중학생들에게는 '학급친구들'라는 신문이 각각 주말마다 나왔다. 특히 '학급친구들'에 게재된 한 시는 나의 사고방식에 커다란 영향을 끼쳐 그것을 오려서 스크랩을 했고 지금도 가끔 그 시를 읽곤 한다. 시에 대해서는 나중에 더 언급하겠지만 우선 여기에 그때 일어났던 하나의 사건을 이야기하고자 한다. 그것은 한동안 나에게는 진짜 커다란 문제였다.

주일학교에서 우리는 꼬박꼬박 헌금을 했다. 한번은 학급별로 누가 더 많은 돈을 모을 수 있는가를 시합하는 모금대회가 벌어졌다. 5센트가 내가 가진 전 재산이어서 나는 고작 그것밖에 낼 수가 없었다. 그러나 대회가 계속됨에 따라 점점 압력이 가해졌다. 그런데 큰아버지는 언제나 장롱 서랍 속에다 동전을 아무렇게나 넣어두곤 했다. 나는 좀 더 많은 헌금을 하고 싶은 욕망에 휩싸여 큰아버지의 동전 더미에서 25센트 동전을 끄집어냈다. 나는 몹시 양심의 가책을 느껴 그것을 몇 주일간이나 큰아버지 방 한쪽 구석의 양탄자 속에 숨겨두었다. 그것이 몹쓸 짓이라는 것을 잘 알았지만 우리 반이 한번 정도는 그 대회에서 이기기를 간절히 바랐다.

마침내 반에서의 압력과 독촉이 나의 양심을 무너뜨렸고 끝내 나는 그 25센트를 가져갔다. 우리 반은 그날 1등을 했지만 나는 그후 몇 달 동안 하느님이 볼 수 없는 어딘가로 꽁꽁 숨어 버리고 싶었다. 그러다가 나는 용서를 빌고 마침내 마음의 평화를 얻기는 했지만 나에게는 쓰라린 경험이었다. 나중에야 나는 그 돈이 내가 그렇게 재미있게 읽었던 이야기들이 실린 주일학교 신문을 만드는데 드는 비용이었다는 것을 알게 되었다. 그때가 내 나이 여덟 살 때였다고 기억된다.

주일학교와 더불어 기술습득과 아웃도어 하이킹, 요리 등을 강조했던 캠프파이어 걸즈(걸스카우트와 비슷한 단체)의 단원이 되었던 것도 고등학교 시절 내내 나의 사고 프로세스에 중대한 영향을 미쳤다. 고등학교 시절, 미술반에 들어갔는데 거기에는 올리브 램보라는 아이가 있었다.

그녀는 정말 놀라운 애였다. 그런데 그녀는 오랜 동안 휴학을 한 후 복학을 했기 때문에 나보다 다섯 살이나 많았다. 그때 우리는 제1차 세계

대전의 와중에서 붕대 만드는 모임을 만들어 붕대도 만들곤 했는데, 올리브 램보도 우리와 함께 일했다. 그런데 하루는 목공 시간에 보트 만들기를 했다. 놀랍게도 올리브 램보가 길이가 16피트(약 4.88m)도 넘는 보트를 만들었다. 올리브 램보와 한 여학생이 이것을 타고 그랜드 강에서 미시시피 강을 거쳐 뉴올리언스까지 갔다. 이 일이 내가 목공에 열을 쏟은 계기가 되었으며 이때 익힌 목공 기술은 나중에 뉴저지 주 마운틴 레이크스에 있는 한 학교와 컬럼비아 대학교 사범대학의 링컨 스쿨에서 학생들을 가르칠 때 크게 도움이 되었다.

다음은 바로 그 문제의 일요신문에서 오려서 스크랩북에 붙여 놓았던 나의 애송시들이다.

어느 소녀의 기도

-메리 캐롤라인 데이비스

소녀 시절의 내 모든 생각이
순결할 수 있게 하소서.
먼 훗날 침대머리에 촛불이 빛날 때
아이들이 내 마음을 읽어도
한 점 부끄러움이 없으리만큼.
아이들은 지혜롭고
눈은 예지에 빛나
우리들이 숨기는 것을
들여다볼 수 있으므로.
이러한 소망이

먼 훗날의 나의 모습을 이루리니
하느님, 그들을 위해
부디 아름다운 여인이 되게 하소서.

소녀 시절의 내 모든 행동이
순결한 것이 되게 해 주소서.
언젠가 내 딸의 눈앞에
나의 모든 것이 환한 빛 가운데
드러난다 해도
두려움에 떨지 않게 하소서.
애써 가꾼 이 모습이
참되고 가치있는 어머니의
모습이 될 수 있도록
오, 하느님,
내 모든 생각, 모든 행동을
언제나 순결한 것이
되도록 만들어 주소서.

위의 시는 나에게 있어 이루고자 한 이상이었다.
다음의 시는 나에게 인생의 아름다움과 기쁨을 발견하게 해 주었다.

무제

-코너 루즈벨트 로빈슨

그대 힘껏 손을 내뻗어
이 세상의 넘치는 기쁨과
아름다움을 마음껏 받아들이라.
신의 끝없는 창조를 향해
그대 의심에 찬 마음의 창문을 열리니.
신의 끝없는 창조를 그대 것으로 삼아
풍요로운 그대 마음의 곳간을
다른 이를 향하여 주라.
그대가 전부라고 믿는 것이
영원한 저 환희에 찬 아름다움의
일부분에 지나지 않거늘,
오직 주는 길만이
얻을 수 있으리라.

칼 윌슨 베이커의 '인칭대명사'란 시는 나에게 겸손을 가르쳐 주었다.

인칭대명사

-찰 월슨 베이커

하느님이 이르기를
'우리'라고 하라고.
그러나 나는 머리를 가로젓고
등 뒤에 양손 숨겨 깍지 끼고
고집스레 말했네.
'나' 라고.

하느님이 이르기를
'우리'라고 하라셨네.
때 묻고 뒤틀린 그들을 향해
'우리'라고 하라니,
일그러진 군중 속에서
불쾌하게 돌아서며 나는
고집스레 말했네.
'그들' 이라고.

하느님이 이르기를
'우리'라고 하라셨네.
그리고
마침내 내 영혼은
눈물과 세월의 연륜 속에서 풍요로워져

거기 그들 눈동자 속에서 또 하나의 나를
찾아낼 수 있었네.
수줍은 소년처럼 나는 고개 숙여 절하며
나직이 속삭였네,
마침내
'우리' 라고.

　　그리고 스크랩해 두었던 것 중에서 언제나 애송했고 그리고 가장 도
움이 되었던 것은 아마 러디어드 키플링의 시 '만약'일 것이다.

만약

-러디어드 키플링

만약 세상 사람들이 모두 당황한다 해도
그리고 비난의 화살을 퍼붓는다 해도
침착할 수 있다면
만약 세상 사람들이 의심의 눈초리로 쏘아본다 해도
'왜'인가 돌아보고
흔들림이 없다면
만약 기다릴 수 있고
그 기다림으로 곤궁해지지 않는다면
혹은 거짓에 거짓으로 맞서지 않으며
증오에 증오로써 대항하지 않는다면
그러나 자만하지 않고

뽐내지 않는다면

만약 꿈을 가지되
꿈의 노예가 되지 않고
그리고 만약 생각할 수 있으되
생각 속에 휘말리지 않는다면
만약 승리와 패배를 맛보더라도
그것의 허망함을 똑같이 짐작할 수 있다면
만약 진리를 말했을 때
교활한 우리들에 의해 바보들의 덫으로 변하여
그 진리가 왜곡된다 해도 초연할 수 있다면
온 생명 바친 일이 부서져 조각나도
헤어진 옷자락 여미여
꿋꿋이 다시 한 번 일어설 수 있다면

만약 승리의 트로피를
쌓을 대로 쌓았다가
한판 승부에
깡그리 잃는다 해도
한 점 미련 없이
힘차게 다시 나아갈 수 있다면
만약 가슴과 신경과 체력이
지칠대로 지쳐
쇠잔해져 버린

폐허 같은 육신을 향하여
"일어서라"고 외칠 수 있는
불굴의 의지를 지닐 수 있다면

만약 세상 사람들과의 사귐에서 덕을 잃지 않는다면
혹은 또 왕과 함께 거닐 때라도
평상의 자세를 잃지 않는다면
만약 적도 친구도 그 어느 누구도
감히 자신을 해칠 수 없게 한다면
만약 세상사람 모두를 존중하되 정도에 지나침이 없다면
만약 가차없는 시간의 흐름 속에서
순간의 헛됨 없이 보낼 수 있다면
이 세상, 그리고 그 모든 것을 다 차지할 수 있으리니
그리고 그보다 더 중요한 것
참다운 인간이 되리니
오, 진정한 나의 아들이여.

거의 언제든지 어떤 비난에 부딪치거나 혹은 혼돈 속을 헤맬 때, 또는 한순간 자만에 빠질 때면 나는 키플링의 이 시구들을 떠올린다. '만약 승리와 패배를 맛보더라도 그것의 허망함을 똑같이 짐작할 수 있다면' 하는 구절은 내가 이겼을 때는 겸손하게 그것을 맞게 했고 내가 패배했을 때라도 용기를 잃지 않게 해주었다. 중요한 것은 '나 자신'이지 승리나 패배가 크게 문제되는 것은 아니기 때문이었다. 게다가 그 어떤 상황 아래서도 우리는 무엇인가를 메울 수 있고 그런 가운데 우리는 점점 강해

지고 좀 더 나은 사람이 될 수 있는 것이다.

그리고 또 '가슴과 신경과 체력이 지칠대로 지쳐 쇠잔해져버린 폐허 같은 육신을 향하여 "일어서라"고 외칠 수 있는 불굴의 의지를 지닐 수 있다면'이라는 구절은 어떤 일이든 그 일이 완성될 때까지 아무리 지치고 피곤할 때라도 나의 정열을 다시 샘솟게 하곤 했다.

'만약 세상 사람들과의 사귐에서 덕을 잃지 않는다면 혹은 또 왕과 함께 거닐 때라도 평상의 자세를 잃지 않는다면' 하는 구절은 또 내 사고의 방향을 일깨워 주는 것이다. 데이비스와의 결혼문제를 의논했을 때, 아버지는 말씀하셨다.

"내가 나의 인생을 살아왔듯이 너도 네가 가고 싶은 길을 선택할 수 있어야하지 않겠니?"

한국 사람들이 자식들의 문제에 너무 깊이 간섭하고 마치 하나의 소유물로 대하는 태도를 볼 때마다 그렇게 내 자신의 의견을 전적으로 존중해준 훌륭한 아버지를 둔 것에 대해 몇 번이고 감사했다.

화학이라는 학문은 나의 경외심을 불러일으키기에 충분했다. 원자들이 에너지를 충전하며 결합하는 단순한 과정을 통해서 지금까지 발견된 많은 원소들을 만들어냈다는 것을 알고는 경탄을 금할 수 없었다. 또한 물리화학에서 원자 구조에 관한 연구는 나로 하여금 우주의 삼라만상을 구성하는 물질에 대해 생각하게 했다. 이는 보이지 않는 하느님의 에너지가 하나의 눈에 보이는 방법과 힘으로 표현된 것이며 서로 관계를 맺고 조정되면서 이 세상이 보여주는 얽히고설킨 다양성을 만들어냈다고 생각하니 경외심을 불러일으켰다. 엄연히 법칙이 존재하는 우주의 안전성은 의지해도 된다는 신뢰를 불러일으켰고 생존을 위한 인간의 모든 욕구를 충분히 충족시켜주고 있다고 생각하니 우주의 중심에서 모든 것을 초월하면서도 모든 것 안에 존재하는 전능의 힘을 찬양하지 않을 수 없었다.

이런 학문이 미친 무엇보다 가장 큰 영향은 살아 있는 모든 생명체에 대한 진리, 그리고 생명체와 우주, 즉 생명의 원천-만물의 배경에 그리고 만물 안에 존재하는 경계 없는 지혜-과의 관계에 대한 진리를 터득하고 이해해야겠다는 강한 충동을 솟구치게 했다는 것이다. 즉, 과거의 낡은 관념에 구애받지 않고 새로운 과학적 발견을 통해 습득한 통찰을 자유롭게 평가하면서 그것들을 현실 속의 적재적소에 통합하고 싶은 강한 충동을 느꼈다.

그런 의미에서 미국 작가 존 버로우즈가 '학습'에 대해 가장 현명한 태도를 취하지 않았나 하는 생각이 든다. 그는 어떤 재능이나 능력보다도 진리에 대한 본능적인 감각이 더 중요하다고 했다. 우리의 신앙의 체계가 자신의 머릿속에서 붕괴되었다고 치자. 그럴 때면 망설임 없이 보다 더 높고 깊은 진리를 찾아나서면 된다고 그는 말했다. 그렇게 함으로써 비로소 우리는 기본적인 가치를 유지하는 가운데서도 동시에 보다 넓은 견해들을 통합하게 되고, 그래서 우리의 이해력은 점점 유연해지고 그 폭을 계속해서 넓혀가게 될 것이다.

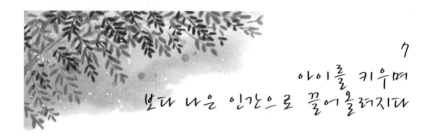

고등학교 때 나는 캔자스시티 스타지(誌)에 나온 시를 읽고 그것이 마치 나의 미래의 희망이자 목적하는 바를 요약해 놓은 것 같아 오려서 붙여놓고 읽고 또 읽었다. 그 시는 하도 인상적이어서 오래 내 가슴에 남았고 지금도 그 구절구절을 다 기억한다.

기 도

-셀리아 워렌돌프

이 세상 모든 선한 것을 다 주시는 하느님
스스로 택한 이 길을
성공으로 이끌어 주시옵소서.
그리하여 당신의 아들과 딸들에게
그들이 도달할 수 있는 가장
높은 곳을 가르쳐 주시옵고
언제나 희망에 충만하게 하소서.

혼자만을 위하여 이렇게 엎드려 구하지 않습니다.

당신의 베푸심으로 세상이 밝아질 것을 알기 때문입니다.

제가 사랑하는 이 남자를 제게 허락하여 주시옵소서.
그리하여 그가 가진 선함과 고결함을
저로 하여금 가꾸고 북돋우게 하소서.
그 선함과 고결함은 그러나 때로는 미약하기 때문입니다.
땅 위에서의 당신의 일을 위하여
하느님, 당신께서 그 높은 자리에서 그에게 베푸신
귀하고 귀한 것임을 저는 압니다.

혼자만을 위하여 이렇게 엎드려 빌지 않습니다.
당신의 베푸심으로 세상이 밝아질 것을 알기 때문입니다.
영원히 함께 할 이 사람을 당신께서 주셨으니
또 다른 귀한 것도 베풀어 주시옵소서.
사랑스러운 어린 생명을 제게 주시어
저로 하여금 그들을 도와
그 순수한 갈망으로 빛나는 작은 영혼들을
이 세상 모든 이를 위하여
일할 수 있도록 해 주시옵소서.

혼자만을 위하여 이렇게 엎드려 빌지 않습니다.
당신의 베푸심으로 세상이 밝아질 것을 알기 때문입니다.

어쩌면 이리도 나의 소망을 그대로 표현했을까. 미래의 내가 바로 이와 같은 것을 경험하게 되기를 원해 왔다. 그리고 그 바람은 몇 년이고 내 마음 가운데서 사라지지 않았다. 특히 이 시의 첫 연을 이룰 수 있게 되기를 빌었다. 그리고 하느님은 내게 두 번째 연의 것을 내가 바라던 바대로 허락해 주었다. 그러나 세 번째 연의 아이들은 주지 않았다. 그렇지만 그 대신 우리는 우리들의 조카를 양자로 삼았다. 장손에게 아들이 없을 경우 그 동생의 아들을 양자로 삼는다는 한국인들의 관습대로 데이비스의 동생의 작은 아들을 양자로 삼은 것이다. 나는 그 아이가 자기완성의 정점에 도달할 수 있게끔 때로는 어설프기도 했지만 최선을 다하여 그를 도왔다. 그러나 지금 생각해 보니 그 아이가 오히려 나를 보다 나은 인간, 좀 더 너그러운 사람으로 끌어올려 주었다고 하는 것이 더 옳은 이야기가 될 것 같다.

내가 아직 죄에 대해서나 죄인, 그리고 죄인은 반드시 그들의 생활 태도를 바꿀 필요성이 있다는 등등의 독단적이고 판에 박힌 종교적 개념을 버리지 못했을 때의 일이다. 하루는 대니(양자로 삼은 아들의 이름)가 아주 어렸음에도 불구하고 나의 이러한 독단적인 우월감에 대해서 불평을 터뜨린 적이 있다. 그때 처음으로 내가 혼자만이 고상하고 혼자만이 모든 선을 행하고 있는 것처럼 생각하고 있다는 것을 깨닫고 얼마나 놀랐는지 모른다. 그는 "엄마, 엄만 위선자야!"라고 말했다. 나는 잠시 충격을 받고 생각했다. 그리고는 그 말이 사실이라는 생각이 들었다. 마치 로버트 번즈의 '옹고집 군자(君子)'처럼 행동해 온 것이 틀림없다. 여기에 번즈의 스코틀랜드 사투리를 간단하게 우리말로 옮겨본다.

오, 그리도 선하고
그리도 경건하고 그리도 거룩한 그대여,

그대 할 일 오직 하나뿐,

남의 잘못과 어리석음을

헐뜯고 비난하는 것뿐이외다 그려.

번즈의 시는 이렇게 시작된다. 그리고는 이렇게 끝을 맺는다. 나는 이 마지막 연을 떠올릴 때마다 멈칫하고 자신을 돌아본다. 그리고는 다시 겸손을 되찾는다.

누가 있어 감히 누구를 판단하랴, 오직 하느님만이 아는 것을.

가늘디 가는 하프의 선이며, 신비롭고 고운 가락일랑

오직 그만이 아는 것을

미묘한 용수철의 약동도, 섬세한 휘어짐도

오직 하느님만이 아는 것을.

그러기에 차라리 잠자코 있구려,

어디에도 치우침이 없으려면 말이요.

우리 스스로는 결코 알지 못하는 것들,

그러나 혹 조금은 우리들의 무분별을 깨닫게 될지도,

그렇지만 또 다른 미망(迷妄)의 고개에서

그 오랜 유혹의 손길을 뿌리치지 못하네 그려.

세월이 가면서 나는 하느님에게 도달하려면 우리는 모든 악덕뿐만 아니라 우리가 미덕이라고 생각하고 있는 것들도 버려야 한다는 것을 알게 되었다. 예수는 아주 명백하게 이렇게 말했다.

"왜 나를 선하다고 하느냐? 선하신 분은 하느님 한 분뿐이시다."

그러므로 자신에 대해서 선하다든가 완전하다든가 하는 말을 할 수 없다. 나는 아무 것도 아닌 것이다. 나의 생에 있어서 혹 선한 것이라든가 가치있는 것이 있다면 그것은 단지 하느님이 우리에게 준 자질이며, 그것은 곧 우리를 통하여 현현한 하느님의 자질인 것이다. 그러나 이러한 진리를 겸허하게 받아들일 수 있는 내적(內的) 자각에 이르기까지는 자아나 이기심을 하루하루 버려야 했고 이것은 오랜 세월을 요하는 것이었다.

마치 교도소에 갇혀 있는 죄수들에게 죄의식을 느끼게끔 하여 참회토록 만들려 하는 성직자 같은 태도로 나는 지금까지 대니를 가르쳐온 것이다. 그리하여 나의 이런 독선적인 사고방식은 아이에게 마치 성직자의 태도에 반응하는 죄인들과 같은 효과를 나타낸 것이었다. 그것은 하느님에게 가까이 오게 하기보다는 오히려 하느님으로부터 멀어지게 한다. 졸 S. 골드스미스는 어느 교도소 목사의 설교에 뒤이어 강연하는 자리에서 죄수들을 회개해야 할 죄인이라고 부르는 대신 그들이 지닌 하느님의 성스러운 형상과 자질에 대해서 이야기했다. 그러자 죄수들은 보다 나은 생을 향한 희망에 부풀어 환호성을 질렀다. 한 사람이 자신에 대해 가지고 있는 이미지는 그 사람의 인격 형성과 품행에 있어 하나의 결정적인 요소로 작용한다. 그렇기 때문에 비록 나의 태도가 진지하고 생각이 옳았을지라도 대니를 다루는 나의 방법은 분명히 잘못된 것이었다. "모든 일을 사랑으로 처리하십시오." 이것만이 다른 이의 마음을 움직일 수 있는 가장 효과적인 방법이다.

언젠가 나는 친구인 게일 키니의 집에 놀러간 일이 있었다. 그 당시 그녀의 아이들은 아주 어렸을 때, 마침 아이들의 잘못이나 막무가내의 행동을 그녀가 어떻게 다루는지 볼 수 있었다. 우리는 그녀의 네 살짜리 딸을 보기 위해 딸이 놀고 있는 놀이터로 찾아나섰다. 그 아이를 직접 본 적이 없어서 한 번 보고 싶었다. 그런데 그 꼬마는 수공한 마호가니 차 쟁반에다 모래와 돌멩이를 가득 싣고 끌고 가는 참이었다. 집 짓는 놀이를 하는 모양이었다.

꼬마와 친구들이 집 짓는 일에 한창일 때 게일은 가만히 쟁반 속에 있는 돌멩이를 들어내고 모래를 부어 버린 뒤 쟁반을 집어들었다. 그때였다. 그것을 발견한 꼬마는 냅다 뛰어와서는

"이리 내 놔!"하고 손을 내밀었다.

게일은 조용한 목소리로, 그러나 단호하게 말했다.

"안 돼. 이것은 엄마가 손님에게 차를 내놓을 때 쓰는 엄마가 가장 아끼는 쟁반이란다. 그런데 여기다 모래나 돌 같은 것을 담으면 어떻게 되겠니? 이 예쁜 쟁반이 긁혀서 못쓰게 되잖아, 그렇지?"

그러자 꼬마는 주먹을 불끈 쥐더니 엄마의 엉덩이를 마구 때리며 울부짖었다.

"엄마 미워, 엄마 미워!"

대단한 응석받이였다. 게일은 가만히 서서 딸이 제풀에 수그러들 때까지 사랑이 어린 눈빛으로 내려다보았다. 그러자 엄마의 무반응과 조용함에 아이는 그만 잠잠해졌다. 아이의 노여움은 가라앉고 조그만 가슴에 무엇인가 부드러운 것이 와닿은 듯했다. 아이는 엄마를 올려다보았다. 거기에는 사랑이 가득 찬 엄마의 얼굴이 있었다. 아이는 팔을 있는 대로 뻗으며 와락 어머니의 가슴팍으로 뛰어들었다.

"엄마, 내가 잘못했어." 어린 딸은 말했다.

"그래, 엄마의 착한 딸이지."

게일은 꼭 껴안아 주었다. 그리고는 저만큼 있는 널빤지를 가리키며,

"저것으로 모래와 자갈을 나르면 되겠구나."

나는 그때 '아, 하느님이 인간에게 베푸는 사랑도 바로 저런 것일 게다' 하고 생각했다. 하느님의 사랑은 그들 가운데 자리잡고 있는 선함을 보지 그들에게 죄의식을 느끼도록 하지는 않는다. 단지 잘못된 행위나 태도에 대해 스스로 뉘우치고 돌아오게 한다. 판에 박힌 전통적 사고방식에 사로잡혀 있던 나는 그릇된 행위나 태도를 보이는 사람을 단지 나쁘다고만 생각했다. 그가 가진 근본적인 선함에 대해서 생각조차 하려 하지 않았다. 우리가 올바르게 보고 옳게 생각하려면 우선 잘못된 행위나 태도를 하나의 악으로 간주하려는 태도부터 버려야 한다. 오직 그가 가진 근원적인 선을 보고 사랑으로 인도함으로써 그 사람을 효과적으로 인도할 수 있는 것이다.

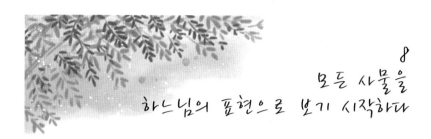

모든 사물을 하느님의 표현으로 보기 시작하다

　존 버로우즈의 농장 홈스테드를 사들여 첫겨울을 나면서 나는 대부분의 시간을 혼자 지내야 했다. 그 덕분에 존 버로우즈의 저서 중 18권을 읽을 수 있는 기회를 가졌다. 새로운 진리를 찾고자 하는 그의 본능적인 감각, 과학과 역사, 그리고 종교적 사상에 대한 깊고 값진 개념들이 내포하고 있는 의미를 꿰뚫어 보는 그의 능력은 감탄을 자아내곤 했다. 그것은 나의 사고에도 커다란 영향을 끼쳐 언제나 사물을 보는 새로운 시야를 열어 주었다.

　내가 모든 사물을 하느님의 구체화로 보기 시작한 것은 그해 겨울부터였다. 세상의 모든 광물이나 식물의 세계, 그리고 동물이나 사람의 생명을 이루고 있는 원자 하나하나는 모두 하느님의 에너지(혹은 정신이라고 해야 할지?)가 각각 다른 형태로 표현되어 있는 것이다. 내가 일찍이 원자화학을 공부하던 때의 영감이 비로소 위력을 발휘하기 시작했다. 그해 나는 크리스마스를 묵상하며 산문시 한 편을 써서 친구들에게 적어 보냈다.

우주에 서서

미세한 원자!

그것은 시공을 차지하는 모든 피조물을 구성하는 요소,

그것은 거대한 공간에서 궤도를 그리며 마찰도 없이

떠도는 에너지의 한 점 작은 섬광,

생명 없는 돌멩이도,

살아 있는 작은 세포도,

만물 가운데 흐르는 영원한 에너지의 한 부분인 것을.

만물 가운데 자리잡아

끊임없이, 그리고 또한 정연한 질서로

그 형상을 우주에 나타내는

힘의 위대한 포용력이여!

수정처럼 맑고 깨끗한

하얀 눈송이의 결정체,

비단결같이 매끄러운 장미꽃잎,

인간에게 필요한 에너지를

끊임없이 취하고 저장하는

저 가지가지 형태의 무수한 잎새, 잎새들……

아, 어디에서부터 생명은 오는 것인가?

그 누구도 알지 못하네.

모든 것을 움켜잡을 수 있는

신의 거대한 손바닥 위에서

모든 것을 형성하고

모든 것 안에 존재하며

그리하여 모든 것을 인도하는

저 위대한 힘 외에는

그 누구도 알지 못하네.

보다 높은 곳을 향해 치솟는 샘솟는 열정,

보다 먼 곳을 향하는 애타는 갈망,

보다 넓은 세계를 알고자 하는 끝없는 추구,

그리하여 한 단계, 그리고 또 한 단계를

오르는 생명의 아름다움이여,

영원한 인생의 서사시여!

자연의 섭리에 따라 세워진 늠름한 우주와

거기 갖가지 모습으로 이루어진 형상들을 보라.

빛과 소리의 파동은 끊임없이 공간을 타고 흐르고,

번개는 엄청난 힘을 간직한 채

하늘을 가르며 포효한다.

인간이 모든 섭리를 깨달아 주기를

참을성 있게 기다리며

끝없는 여정으로 파동을 보낸다.

인간의 마음도 우주의 한 부분임을,

모든 드러난 우주의 겉모습에서도,

위로 치솟고자 하는 생명의 성향에서 물려받은

사랑과 진실의 내적 세계에서도,

우리는 그것을 쉽게 알아챌 수 있나니.

여기 모든 것 위에 군림하는 힘을 보라!

그 힘은 곧 하느님–

하느님은 사랑이며, 생명의 보고이며, 힘의 원천인 것을.

끝없는 사랑의 힘은

하느님과 하나가 된 사람 사람마다를 채널 삼아

악마가 할퀴고 간 상처를 치유한다.

악마란 하느님의 부재를 의미하는 것,

부재를 틈타

인간의 가슴속에 악마는 스며든다.

그것을 쫓는 유일한 비법이란

사랑과 온유와 희생으로

인간의 마음을 두드리는 것,

오로지 그것밖에 또 다른 길이 없는 것을.

하루는 종교 서적에 수록되어 있는 목록을 보다가 졸 S. 골드스미스의 〈하느님–모든 것을 이루고 있는 실체〉라는 책을 보았다. 그 제목에서 모든 것을 이루고 있는 본질은 곧 파괴할 수 없는 불멸의 에너지라는 나의 생각과 일치되는 것 같아 그 책을 주문했다. 그 책으로 인해서 나는 골드스미스의 저술과 그의 사상을 알게 되었고 그의 영향은 점점 나의 사고의 주류를 이루게 되었다. 또한 이 무렵에 레베카 비어드의 저서 〈만인의 탐구〉, 〈만인의 목표〉, 〈만인의 사명〉이라는 3권의 책을 읽었다. 이 책들을 읽고 항시 우리 가운데 함께 하는 하느님의 존재에 의지함으로써 모든 세상의 피로를 씻어내는 방법을 배우기 시작했다.

프랭크 C. 러바크 박사가 6주일간의 문맹자 교육에 관한 세미나에서 강연을 하기 위해 우리 집에 함께 머물렀다. 그때 나는 하느님에게 기대어 휴식하는 방법을 처음으로 그에게 듣고 알게 되었다. 그는 매일 새벽 4시에 일어나서, 그의 표현을 빌리자면, 6시까지 예수와 함께 신약 성서의 페이지를 따라 산책을 했다. 그리고는 일어나서 목욕과 면도를 한 후, 6시 30분이면 우리 아파트 건너편에 있는 컬럼비아 사범대학 카페테리아에서 아침 식사를 했다.

카페테리아에서 그와 함께 식사를 하는 사람 중에는 언제나 그에게 골치 아픈 문제들을 상담해 오는 사람이 있게 마련이었다. 그리고는 사범대학에서 아침 강의를 하고, 강의 후에는 다음 행선지인 자메이카에서의 문맹퇴치 교육에 대한 강의 요강을 만들었다. 야간 세미나를 열 때까지의 나머지 시간에는 또 많은 사람들과 만나 그들의 문제를 해결해 주곤 했다. 하루의 모든 일과를 마치고 그가 아파트로 돌아오는 시간은 저녁 10시 30분이나 되어서였다. 그러면서도 그는 아침에 일을 시작하러 갈 때와 마찬가지로 생기와 힘으로 넘쳐 흘렀다. 그때 이미 60세를 넘긴 나이임에도 불구하고 말이다.

"러바크 박사님, 어떻게 그런 일들을 다 하실 수 있지요? 하루 종일 학생들을 가르치고, 상담하시느라 사람들에 시달리면서도 언제나 생기와 활력으로 가득차 있으니 무슨 비결이라도 있는 거예요?"

"아, 네. 나는 한 번도 나 자신의 에너지를 써본 적이 없어요. 단지 하느님의 에너지가 내 몸 속에 흘러 들어오게 할 뿐이지요. 하느님이 나에게 하라고 지시하는 일들을 그 에너지로 하는 겁니다."

그날 할 일의 계획이나 거기에 따르는 모든 근심 걱정도 그는 모두 하느님에게 맡겨버린다. 그러므로 그가 하는 어떤 일에도 긴장이나 스트레스란 있을 수 없다. 하느님이 하라고 지시한 일을 하느님의 에너지를 끌어와 해낸다. 그것이 무슨 일이든지 그가 지치지 않고 해내는 비결이었다. 그의 아이디어를 어렴풋이 간파할 수는 있었지만 골드스미스나 비어드의 책을 읽기 전에는 완전히 내 것으로 만들 수는 없었다. 내 나이 60에 가까이 왔을 때야 비로소 하느님의 등에 기대어 쉬는 방법을 익힐 수 있었고, 일상의 일에 하느님의 지혜와 힘을 빌리는 것도 배우게 되었다.

나의 힘과는 비교도 되지 않는 위대한 힘에 기대어 쉰다는 것은 참으로 평온무사한 신뢰감을 주는 것이다. 그리고 그것은 나에게 그야말로 너그럽고 관대한 힘의 존재를 깨닫게 한다. 홈스테드 농장에서 새벽 4시에 일어나 6시까지 돌 줍는 일을 한 뒤, 데이비스가 젖 짜는 일을 마칠 무렵 아침식사를 준비하면서 단지 밥을 하고 먹는 시간을 빼고는 하루 종일 돌로 벽을 쌓는 일을 해낼 수 있었던 것은 바로 그런 이유 때문이었다. 그리하여 나는 마침내 폭 60cm에 높이 60~90cm 가량 되는 담을 75m 길이까지 쌓을 수 있었다. 서울여자대학의 일을 돕기 위해 서울로 떠나기까지 두 달 동안 집의 서쪽 정면의 3분의 2를 완성시킬 수 있었다.

　서울여자대학에서 학생들을 가르치기 시작한 첫해에 나는 '기독교인의 삶의 철학'이라는 과목을 가르치기 위하여 '현대 심리학으로 고찰해본 산상수훈'이란 글을 써서 그것을 등사해서 학생들에게 나누어 주고, 그것을 교재로 삼아 강의했다. 이것은 레슬리 D. 웨더헤드의 〈심리학과 생활〉이란 저서를 토대로 쓴 것으로 그의 심리학을 '산상수훈(山上垂訓)'에 적용하여 가르쳤다. 그리고 E. 스탠리 존스의 〈산상의 그리스도〉는 그의 명확한 해석으로 '산상수훈'을 이해하는 데 크게 도움을 주었다.

　그 이듬해의 '기독교인의 삶의 철학' 시간의 교재는 해리 오버스트리트가 쓴 〈성숙한 마음〉에 기초를 두었고 예수의 일생을 성숙이라는 잣대로 비교해 가면서 가르쳤다. 여기서도 역시 캐럴 A. 와이즈의 저서 〈성경 속의 정신의학〉이 내게 많은 도움을 주었다.

　나는 강의를 위해 이 두 개의 원고를 준비하면서 성숙한 사랑이란 것에 대해서 참다운 이해를 할 수 있었고 그 개념의 폭을 넓힐 수가 있었다. 성숙한 사랑이란 대가(對價)를 요구하지 않는 사랑이며 사랑의 대상에 대해 그 가치를 따지지 않는다. 대가를 요구하는 사랑이란 사랑이 아니고 하나의 거래에 불과하며 이것은 진실한 사랑의 공백을 의미한다.

　진실한 사랑이란 하느님의 사랑과 흡사한 것으로, 하느님은 성자(聖者)

나 죄인이나 똑같이 사랑한다. 하느님은 사랑에 대해 그 어떠한 대가도 요구하지 않으며 조건 없는 사랑을 베푼다. 왜냐하면 하느님의 특성은 사랑, 그 자체이기 때문이다.

나는 다시 한 번 아들 대니에 대한 나의 자세를 돌아보았다. 그리고는 내가 그를 사랑한 것만큼이나 그 사랑을 그로부터 되돌려 받기를 원했다는 것을 깨달았다. 때문에 나는 나의 사랑에 대한 그의 마음속 깊은 곳에서 우러나온 완벽한 신뢰를 잃어버렸던 것이다. 나와 똑같은 실수를 범하고 있는 사람이 나의 글을 읽고 같은 우(愚)를 범하지 않도록 도움이 될까 하여 여기에 대해 쓰고 있다.

서울여대에 있을 때 미국에 주문했던 도서관 장서들이 도착돼 분류작업을 맡은 적이 있다. 분류작업을 하면서 나는 또 나의 직관력을 눈뜨게 해준 몇 권의 책을 발견하게 되었다. 그중 하나가 중세 신비론자 제이콥 버머가 쓴 〈그리스도에 이르는 길〉이다.

그는 책에서 하느님과 함께 하며 하느님의 뜻에 따라 사는 상태를 천국이라 일컫고 지옥이란 하느님과 멀어진 상태, 즉 하느님 중심이 아닌 자기중심적인 의지와 행동으로 살아감을 의미하는 것이라는 깨달음을 역설하였다.

또 하나는 메리 웰쉬가 쓴 〈기도의 손길〉이라는 책으로 여기서는 우리가 가지고 있는 이미지, 그 자체가 바로 진정한 기도임을 깨닫게 해준다. 그러므로 우리는 우리가 현실에서 이루어지기를 바라는 것을 잠재의식 속에서까지 볼 수 있어야만 한다. 마찬가지로 우리는 바람직하지 못한 일에 대해 상상해서는 안 된다. 그것은 우리가 일어나지 않기를 바라는 일을 위하여 기도하는 것이나 마찬가지의 결과를 빚어내기 때문이다. 우리가 자연스럽게 잠재의식에서 받아들이고 있다는 것은 우리가 진정으로 그것을 믿고 있는 상태이다.

예수는 "너희가 믿는대로 될 것이다"라고 말했다. 이러한 이론은 아그네스 샌포드의 〈치유의 빛〉이라는 책에도 나와 있다. 이 책의 저자 샌포드가 하루는 한 병든 소년을 위해서 기도를 했다. 그런데도 아무런 효과도 없었다. 그래서 샌포드는 어떤 대단히 현명하고 영적(靈的)인 여자에게 그 이유를 물었다.

"왜 나의 기도가 전혀 효력이 없지요?"

"당신이 그 소년을 위해 기도할 때 어떤 모습으로 그 아이를 생각합니까?

그녀는 되물었다.

"그 아이가 병원에서 퇴원할 때의 모습이지요. 고통으로 괴로워하던 모습 말입니다."

아그네스 샌포드는 말했다.

"그러면 그렇지요. 당신이 정말 그 아이가 낫기를 바란다면 건강하고 활기찬 모습을 머릿속에서 그려야 합니다. 병에서 완전히 회복된 아이 말입니다."

이와 같이 우리가 다른 사람에 대해서 가지고 있는 모습이나 이미지는 그것이 병에 대한 것이든 또는 악에 대한 것이든 간에 그 사람에게 하나의 상황을 부여하는 경향을 가진다. 그러므로 어떤 사람을 병에 걸려 있는 모습으로 혹은 악마로 바라보게 되면 그 사람에게 좋지 못한 영향을 끼치게 된다.

"겉모양을 보고 판단하지 말고 공정하게 판단하라!"고 한 예수의 말은 곧 사람의 겉모습을 볼 것이 아니라 그 사람이 지니고 있는 하느님의 이미지, 즉 모든 사람은 하느님의 이미지대로 창조되었음을 생각하고, 그리하여 그 사람의 모습이 어떤 것이든 간에 그 사람의 깊은 곳으로부터 하느님의 이미지와 하느님의 모습을 끌어내라는 뜻임을 깨달았다.

10
홍은동 신혼집으로
돌아오다

서울여자대학에서의 생활을 끝내고 1935년에 우리가 지어놓았던 서대
문구 홍은동 집으로 돌아와 살게 되면서부터 나는 〈코리어 헤럴드〉에 몇
편의 글을 기고했다. 그러다가 〈코리아 타임즈〉의 '시상(時想)'이란 칼럼
란에 글을 쓰기 시작했다.

이 칼럼에 써낸 나의 글을 읽고 많은 학생들이 거기에 대해 공감한다
는 글과 함께 나를 만나고 싶다는 편지를 보내왔다. 그 학생들도 마침내
내가 서울여대에 있으면서 만든 모임에 오기 시작했고 점점 많은 학생들
이 나의 글을 읽고 모임의 회원이 되었다.

그렇게 해서 만난 사람들 중에는 미군부대 군속(회계 감사원)으로 근
무하고 있는 사람도 있었는데, 그도 매주 일요일이면 모임에 참석하여
서로의 생각을 주고받곤 했다. 그도 역시 졸 S. 골드스미스를 찬미하는
사람 중의 하나였다. 그 당시 나는 골드스미스의 책 중 예닐곱 권밖에
없었는데 그중 몇 권은 그가 읽지 않은 것들이었다. 그렇긴 했지만 그는
골드스미스가 세계 곳곳을 돌아다니며 연 강연 내용을 담은 테이프를 가
지고 있었다. 그는 나에게 골드스미스의 테이프 중 스물다섯 개 남짓 되
는 테이프를 구해다 주었다. 또 그는 골드스미스의 저서나 강연 내용을
수록하여 수천 명의 학생들에게 매달 인쇄하여 보내는 '편지'를 받아볼

수 있게 해주었다.

조금씩 조금씩 나는 골드스미스가 예수의 기적적인 치료의 비법을 꿰뚫어보고 있다는 사실을 알게 되었다. 왜냐하면 현대 의약으로는 치료 불가능한 수천 명의 환자들이 골드스미스에 의해서 그들 안에 있는 하느님의 존재를 의식하게 되면서부터 치유가 되었기 때문이다. 예수의 가르침과 그리고 그가 행한 기적들을 다시 한 번 살펴보는 과정에서, 누구든지 하느님과 완전히 하나가 됨으로써 하느님의 존재로 가득 채워지게 되면 예수 자신이 했던 것과 똑같은 치료 능력을 발휘할 수 있다는 메시지를 전하기 위해 예수가 노력했다는 사실을 발견하면서 이와 같은 나의 확신을 더욱 굳힐 수 있었다. 예수는 자화자찬을 위선으로 치부하고 그의 모든 선과 힘과 지혜를 하느님의 은총으로 돌리려고 애썼다는 것도 역력히 발견할 수 있었다.

어네스트 홈즈 또한 〈정신의 과학〉이란 교본을 위시하여 그가 쓴 많은 저서, 그리고 그가 발간하기 시작한 잡지(지금도 발간 중임) 속에서 골드스미스와 같은 내용을 담은 글을 여러 차례 발표했다. 이 두 사람은 다 풍요로운 삶을 누리기 위한 하나의 비결로써 누구에게나 마음속 깊이 내재하고 있는 하느님과 같은 전지전능한 능력에 대해서 일깨워주려고 노력했다.

예수는 인류를 구원하기 위해 왔노라 했다. 이것은 즉 우리의 마음 가운데 내재하고 있는 하느님의 세계를 인류에게 깨닫게 함으로써 구원을 가져온다는 의미이다. 우리 안에 내재하고 있는 하느님은 언제나 인간의 인식과 깨달음을 기다리고 있다. 그리하여 어떤 상황에 처하든지 우리 자신이 그 상황을 지배할 수 있게 하고 또한 극기(克己)할 수 있는 힘을 부여한다. 여기서의 구원의 의미란 예수가 흘린 피의 위력으로 인해, 혹은 오직 예수만이 가진 신성(神性)으로 인하여 인류가 구원된다는 의미는 결코 아니다. 왜냐하면 신성은 누구에게나 있기 때문이다.

1978년 4월 29일은 우리의 약혼 50주년이 되는 날이었다. 데이비스의 건강이 좋지 않아 나는 결혼 50주년 대신 약혼 50주년을 맞아 내 마음을 두 개의 소네트에 담아 데이비스에게 선물했다. 이것은 나의 결혼 첫해에 쓴 '만족'(나중에 이광수 씨가 번역함)이란 시에 이어지는 것이다. 이날 용산에 살던 친구 테리 두샨이 3단 케이크를 만들어와 축하해 주었다.

이 친구 역시 〈코리아 타임즈〉에 실린 나의 글을 읽고 편지를 보내왔고 전화번호를 적어 주며 오고가게 되었다. 그러는 가운데 그녀가 정말 정신적인 세계를 추구하고 있으며, 또한 나의 정신세계와 화합함을 느끼게 되었다. 그녀의 어머니가 미국에서 와서 한국에 머무는 동안 가족들과 함께 우리 집을 방문했다. 그리고 그녀가 한국에 주재할 동안 내내 두 아들을 데리고 놀러와서 꽃을 심거나 딸기 따는 일을 도와주곤 했다.

나는 여기에 결혼 첫해에 쓴 '만족'에 이어서 약혼 50주년인 1978년 4월 29일을 맞아 쓴 두 편의 후속 소네트를 적어볼까 한다.

1978년 4월 29일

맨 처음 우리들의 사랑을 다짐했던 그날 이후,
어언 50년, 그 꽉 찬 50년의 삶이
숱한 슬픔과 기쁨의 오르내림, 평화와 갈등,
때로는 아늑한 양지녘, 혹은 어둠이 깔린 길목,
어디로든 우리의 갈 길을 헤쳐왔네.
뒤돌아보면 세월은 너무 빠르기도 하여라.
젊은 날이 마치 어제 같건만,
그해 봄 오늘과 똑같은 날 맹세했지, 우리의 사랑을.
지나간 날들은 마치 덧없는 한 편의 노래 같아라.
그러나 가슴속 깊이 새겨진 행복감, 만족감,
점점 깊어만 가네, 풍요롭고 감미로운 선율을 타고서.
해마다 내 사랑하는 사람 더욱더 귀해지고
그가 없는 내 삶은 무의미하여라.
세월과 함께 하나의 진실을 나는 보았네.
"둘이 아니라 비로소 하나를 이루는 서로의 반임을."

영혼과 가슴의 짙은 결속은
일상의 일 속에서 깊어만 가고 내가 그를 돕고,
그가 나를 도우며 모든 슬픔과 기쁨 함께 나누네.
거리낌 없이 서로를 받아들이며
우리는 알았네, 서로 다른 우리야말로 참다운 가치임을.
서로가 지닌 다른 세계는 사고를 고무시키고

그리하여 우리는 성숙해 가고 인생은 깊어가네.
우리 안에 있는 아름다움과 선함도 세월이 가르쳤네.
그것은 하느님의 삶, 우리로 표현되는 하느님의 삶,
모든 인류를 닮게 하는 하나의 경이로움
"세월과 함께 우리는 늙어가고"
그로 인해 우리의 최상의 동지애는 풍요로워지고
그리하여 인생은 하나의 아름다운 축복이어라.

나의 남편, 데이비스 C. 김에게,
언제나 함께 할 것을 처음으로 약속했던
약혼 50주년을 맞으면서
아그네스 데이비스 김

PART 3

새로운 모험

1940년 봄에 우리는 미국으로 건너갔다. 거기서 우리는 1년 동안만 체류하면서 시골에 사는 한국 사람들의 수입을 증가시킬 수 있는 기술을 그곳 대학에서 배울 계획이었다. 그러나 예상했던 장학금이 지체되어 1941년까지 대학에 들어가지 못하고 기다려야 했다. 그런데 1941년 12월 7일, 일본이 진주만을 공격해 왔고, 그래서 미국은 일본과의 전쟁에 돌입했다. 그만 우리는 한국에 돌아갈 수 없게 되어 버렸다.

그동안에 나는 한국에 돌아가면 유용하게 쓸 수 있는 여러 가지 기술을 배웠고 데이비스는 드류 대학교에서 농촌부흥 전도운동에 관한 박사학위 코스를 밟고 있었다. 그런데 전쟁이 터지자 미국 정부에서 일본인 포로를 심문하는 데 필요한 통역으로 데이비스를 데려갔다. 그 일이 끝나자 데이비스는 곧 학업을 계속하기 위해 학교로 돌아왔다. 그러나 이번에는 한 학기도 채 끝나기 전에 뉴욕 우편검열국에서 동양에서 오는 편지를 검열하기 위해 데이비스를 차출해갔다.

데이비스가 일본인 포로들을 위한 통역 일을 하는 동안 나는 뉴욕에 있는 미술재료상에서 일하기 위해 드류 대학교에서 뉴욕으로 옮겨갔다. 그래서 데이비스가 통역 일을 마치고 돌아왔을 때는 뉴욕에서 드류 대학교까지 통학을 해야만 했다. 그러다가 다시 뉴욕 우편검열국에서 일하게 되면서부터 공교롭게도 아주 오래 전에 내가 컬럼비아 대학교 사범대학의 링컨 스쿨에서 일하고 있을 때 살았던 바로 그 아파트에서 다시 살게 되었다.

그러나 나는 도시 생활에 싫증이 나서 교외에 집을 물색했다. 마침 적당한 집을 구해서 그리로 이사 갈 준비를 하고 있는데 아버지가 찾아와 우리와 함께 지내게 되었다. 아버지는 커다란 트렁크에다 짐을 꾸렸지만 엽총이 들어가지 않아 그것을 손에 들고 지하철을 타고 왔다. 그런데 도중에 많은 사람들이 그 엽총을 보고 겁을 집어먹었단다. 아버지는 또한 그가 쓰던 메이태그 세탁기도 우리들을 위해 탁송해 놓았다. 마침 이삿짐을 꾸리고 있던 차라 아버지는 좋은 일손이 되어 주었다. 그리하여 우리는 목욕탕도 없고 난방시설도 되어 있지 않은 뉴욕 주의 밀우드에 있는 집으로 이사를 했다.

이사를 하기 얼마 전에 나도 역시 데이비스가 일하는 뉴욕 우편검열국에서 미국 포로들이 보내오는 편지를 검열하는 일을 하게 되었다. 그래서 밀우드로 이사한 뒤에는 둘이서 함께 통근을 했다. 직장과는 꽤 멀리 떨어진 곳이라 기차와 지하철을 갈아타면서 1시간 25분이나 걸렸다. 우리가 출근한 뒤면 아버지가 대니를 돌보아 주었고 대니가 학교에서 돌아올 때도 아버지가 맞아주곤 했다. 비단 그일 외에도 아버지는 난로와 조리용 풍로에 지필 장작을 패는 일도 맡았다. 초가을에 허리케인이 몰아쳐 6,000평 가량 되는 집터에 우람하게 뻗쳐 있던 키 큰 나무들이 거의 전부 뿌리 채 쓰러져 버렸기 때문에 땔나무는 얼마든지 있었다.

이 무렵에 데이비스는 다시 미국 전략연구소(O.S.S.)의 요청을 받아 중국의 후방에서 첩보활동을 하기 위한 훈련을 받았다. 데이비스는 이로 인해 국적을 옮겨 미국 시민이 되어야만 했다. 그리고는 그는 중국으로 가서 제2차 세계대전이 끝날 때까지 머물렀고 일본이 항복한 후에야 미국으로 돌아왔다. 그는 다시 컬럼비아 대학에서 1년을 수학한 후 미국의 소리 방송국에서 일하게 되었다. 거기서 그는 다시 한국 문제를 맡고 있는 미군정 장교들을 위한 통역 업무를 맡기 위해 한국으로 가게 되었다.

그가 한국으로 떠나기 얼마 전에 아버지는 옛 친구와 친척들이 살고 있는 일리노이로 돌아가 가장 절친한 친구 집 근처에 집을 한 채 샀다. 데이비스를 뒤따라 대니와 함께 한국으로 떠나면서 일리노이에 잠시 들러 아버지를 만나본 후 한국으로 출발했다. 데이비스와는 3개월만의 해후였고 그 뒤 대니와 나는 18개월 동안 데이비스와 함께 한국에서 지냈다. 이번에 나는 미군 가족의 아이들을 위한 외국인 학교에서 공예를 가르쳤다. 그런 지 1년 만에 미군정이 한국 정부에 모든 권리를 이양하기로 결정했다. 데이비스와 나는 물론이고 모든 미국 민간인들은 한국을 떠나라는 명령이 떨어졌다.

거의 때를 같이 하여 아버지가 심장마비를 일으켜 내가 간호를 하지 않으면 안 되었고 그래서 다시 미국의 우리 집으로 돌아가야 했다. 나는 시카고에서 아버지를 만나 기차를 타고 함께 밀우드의 집으로 돌아왔다. 수개월 동안 아버지를 보살피며 화단과 채소밭의 손질도 게을리 하지 않았다. 데이비스도 이제는 돌아와 미국의 소리 방송국에 다니면서 지프차로 출퇴근하였다.

아버지의 건강은 날이 갈수록 악화되기만 했다. 이제 더 이상 집에서는 손을 쓸 수 없어서 아버지를 병원에 입원시켰다. 나는 날마다 아버지를 찾아갔고, 거기에다 집안일이며 밭일까지 도맡아야 했다.

고통으로 괴로워하는 아버지를 지켜본다는 것은 나에게 견딜 수 없는 아픔이었다. 한쪽 다리에 피가 응결되어 혈액순환이 차단되고 서서히 다른 마비 증세가 오기 시작했다. 말도 잘 할 수 없었고 무엇을 삼킨다는 것도 굉장히 어려운 상태였다. 그래도 의식만은 분명하여 일이 어떻게 돌아가고 있는지를 아버지는 다 알고 계셨다. 급기야 몸이 너무 쇠약해진 나머지 정맥이 드러나지 않아 정맥주사를 놓을 수가 없게 되었다. 이제 영양공급조차 할 수 없게 되어 버린 것이다.

아버지가 병원에 입원한 직후 며칠간은 데이비스가 나를 병원으로 데려다주었다. 그러면 나는 아버지와 몇 시간 동안만이라도 함께 있으면서 아버지가 유동식 음식을 삼키는 것을 돕곤 했다. 그런데 아버지를 또 다른 병원으로 옮겨야 했다. 좀 더 적절한 치료를 받기 위한 조처였다. 그런데 그 병원은 데이비스가 나를 데려다주고 출근하기에 너무 먼 거리였다. 그래서 나 혼자 어렵게 병원을 오고가야 했다. 나는 기분이 상했다. 그러나 지금 생각해보니 데이비스가 먼 길을 돌아 나를 데려다주고 제시간에 직장에 도착한다는 것이 얼마나 어려운 일이었을까 이해가 된다. 그렇지만 그때는 병석에 누운 아버지의 고통에 너무 함몰되어 있던 터라 미처 데이비스가 느끼는 괴로움을 알아차리지 못하였다. 나중에야 안 일이지만 그 역시 나의 관심이 온통 아버지에게 쏠리자 마치 버림받은 듯한 느낌을 받았던 모양이다. 게다가 데이비스는 한 번도 아버지의 사심 없는 사랑을 받아본 적이 없었기 때문에 내가 우리 아버지에게 느끼는 그 깊은 사랑과 정성을 도무지 이해할 수가 없었던 것이다. 그는 하루 종일 일을 하고서도 병든 친구나 이웃을 간호하며 밤을 새우는 아버지를 본 적이 없었다.

아버지는 언젠가 직장마저 제쳐두고 외삼촌의 병간호를 위해 떠난 적이 있다. 그 병으로 외삼촌은 결국 세상을 떠나고 말았지만 아버지는 내내 그 곁을 떠나지 않고 외삼촌을 보살폈다. 그때 외삼촌의 아이들은 너무 멀리 떨어진 곳에 살았고 그들 자신의 가정 문제에 얽매여 올 수 있는 형편이 못되었다.

이웃이 어려움에 처했을 때 따뜻한 가슴으로 온정을 베풀던 나의 아버지를 데이비스는 한 번도 본 적이 없었다. 그는 또한 내가 혼자 한국에 있을 때 글 쓸 틈이 없을 정도로 바빠서 편지를 보내지 못했을 때도 그것을 한 번도 너그럽게 이해해 준 적이 없었다. 뿐만 아니라 그는 그에 대한 나의 정성어린 노력마저도 알지 못했다. 잠시나마 그에 대해 소홀했던 것에 미안한 생각이 들어 나는 나대로 그것을 메꾸기 위해 얼마나 신경을 썼던가. 그리고 나의 생을 행복하게 해준 그에 대해 얼마나 감사해 하고 있는지도, 그리고 그것을 좀 알아주기를 내가 바라고 있다는 것도 그는 역시 알지 못했다.

그때는 대니마저도 마치 '나는 당신이 싫어. 당신 역시 그 썩어빠진 미국인과 하나도 다를 바가 없어.' 하고 내뱉기라도 할 듯이 나를 대했고, 데이비스와 나에게서 완전히 멀어져버린 듯한 태도를 취하면서 무참할 만큼 나를 내몰았다. 그는 자신이 겪은 트라우마에 대해 나를 줄곧 원망하고 있었던 것이었다. 왜냐하면 내가 그를 한국으로 데려갔고, 다시 미국으로 돌아올 때 문제가 발생했기 때문이다.

대니가 양자이긴하나 미국시민이 될 수 없다는 사실을 알게 된 것은 대니와 함께 한국으로 가려고 여권을 신청하면서부터였다. 그래서 한국에 머무는 18개월 동안 내내 나는 미국 국회에 편지를 썼다. 대니를 미국 정부의 이민 할당에 적용될 수 있도록 하기 위한 노력이었다. 그것이 어렵다면 최소한 영주권만이라도 얻어야 했다. 그러나 끝내 아무런 회답도 얻지 못했다.

주한 미대사는 그때 수술을 받고 죽음 일보 직전의 상태에 놓여있었다.

부임한 지 두 주일밖에 되지 않은 젊은 영사는 새 이민법에 대해서 전혀 알지 못하였다. 혹시 새 이민법에 의해 미육군 퇴역군인인 데이비스의 양 자로서 대니를 미국에 입국시킬 수 있을지도 모르는 일이었다. 할 수 없 이 우리는 대니를 위하여 방문 비자를 신청할 수밖에 없었다. 우리가 샌 프란시스코에 당도했을 때 이민국 관리들은 대니의 입국을 거절하며 대니 의 추방을 선언하게 될 청문회가 열릴 것이라고 했다.

대니는 한국을 싫어했다. 매일 3,000명 가량의 이북 피난민이 떼를 지 어 몰려와 비참한 모습을 하고 거리의 여기저기에 쭈그리고 앉아 있었 고, 우글거리는 도둑 떼에다 거지 떼, 그 처참한 고통과 순경들의 잔인한 행위를 목격하고 진저리를 쳤다.

그는 자신을 낳아준 친아버지를 싫어했고 한국말도 거의 하지 못했다. 그는 한국으로 돌려보내진다는 사실에 몸서리를 쳤다. 이민국에서는 대 니가 이민국의 감옥에서 그날 밤을 지내야 한다고 말했다. 나는 그들에 게 그날 밤을 대니와 함께 있게 해달라고 간청하였다. 그들은 딱 잘라 거절했다.

그날 밤 침대가 20개나 놓여 있는 감방에 혼자 남아 대니는 공포로 전 신을 떨고 있었다. 그는 마침내 그 공포감을 이길 수가 없어 저만큼에 있는 여간수에게 머뭇거리며 다가갔다. 두려움을 없애보려는 시도였지만 딱딱한 얼굴을 한 그 덩치 큰 여자는 그가 다가오는 것을 보자 대니의 얼굴에다 때릴 듯이 주먹을 휘두르며 고함을 내질렀다.

"이 꼬마 녀석아, 냉큼 네 자리로 돌아가지 못해. 다시는 나오지 못하 게 가둬버릴 테다."

그는 얼떨떨한 채 놀라 본래 자리로 돌아가 공포와 분노로 몸을 떨었 다. 그런 상황에 빠진 그의 처지에 그는 분노한 것이다. 그날 밤 대니에게 어떤 일이 일어났는지 그리고 그것이 어떻게 그에게 지워지지 않는 상처로 남아 있는지를 나는 전혀 모르고 있었다. 그러다 그가 고등학교를 졸업한 후에야 모든 것을 알게 되었다.

그는 그것을 가슴속 깊숙이 묻어 두고 쓰디쓰게 그것들을 곱씹어 온 것이었다. 그러면서 그것이 내가 자기를 한국으로 데리고 간 때문이라고 생각하고 나를 원망해왔던 것이다. 이민국 감옥에서 하룻밤을 보낸 경험 이후 그는 변해 버린 것이다. 언제나 마음을 열고 무엇이나 이야기했던 외향적인 성격에서 전혀 말을 하지 않고 안으로만 잠기는 내성적인 성격으로 말이다.

그 다음날 아침 청문회가 열리고 대니는 그곳으로 불려갔다. 내가 대니를 만났을 때는 이미 그 아이는 다른 아이로 변해 있었다. 어떤 이야기를 해도 한 마디도 대답을 하지 않았다. 우리는 대니의 입국을 허용해 달라고 그들을 설득하는 데에 최선을 다했지만 듣지 않았다. 그런데 그 세 명의 관리 중 두 명은 아주 완강히 대니의 입국을 허용치 않으려는 태세였으나 다른 한 명이 그다지 입국을 반대하고 있는 것 같지 않았다. 데이비스가 대니와 함께 있는 동안 점심식사를 위해 무엇을 좀 사려고 나가려는데 그 호의적인 관리가 뒤따라오며 나에게 말을 걸었다.

"만약 추방 판결이 나면 워싱턴에 진정하겠다고 말하세요. 그러면 일단 6개월의 시간을 벌 수가 있어요. 그동안 이 아이를 보호할 수 있거든요. 그렇게 되면 국회를 통해 그의 시민권을 위한 법안이 통과되기를 기다릴 수가 있을 겁니다. 최소한 영주권이라도 말이에요."

추방이라는 판결이 났다. 우리는 그가 시킨대로 워싱턴에 진정하겠노라고 했고 그래서 겨우 대니를 집으로 데리고 올 수 있었다. 그러나 그 사건이 그의 인격 형성에 미친 영향은 컸다.

집에 오자 곧 나는 대니의 일을 상의하기 위해 우리 주 출신의 국회의원을 만났고, 워싱턴에 편지를 썼다. 대니가 얼마나 감수성이 예민한 소년인지, 그리고 그의 사고방식이나 모든 것이 얼마나 미국 생활에 젖어 있는지, 그러한 아이를 한국으로 돌려보내게 된다면 그 아이의 장래에 미치게 될 영향이 우려된다는 요지의 내용이었다.

마침내 이민위원회에서 대니를 데리고 출두하라는 통보가 왔다. 우리는 대니가 서울의 미군 자녀들을 위한 학교에 다닐 때 받은 성적표를 가지고 갔다. 그 성적표는 B를 받은 한 과목만 제외하고는 전부 A였다. 그들의 반응은 호의적이었고 드디어 이민 할당을 받을 수 있을 때까지 영주권을 주겠다는 의안이 통과되었다.

대니는 미국 시민권을 얻기 위한 미국 역사 시험에도 합격했고 마침내 미국 시민으로서의 선서를 할 수 있었다. 그러나 마음속의 깊은 상처는 그대로 남아 있었다. 전에는 그렇게도 자발적이고 모범적인 학생이었던 대니가 전에 다녔던 공립학교를 언제부터인지 싫어하는 눈치였다. 그래서 우리는 그를 매사추세츠 주에 소재하는 남자만을 위한 마운트 허먼 사립학교로 전학시켰다. 거기서는 조금 적응을 해가는 것 같았지만 여전히 기가 죽어 있었고 마음속이 텅 빈 것 같은 상태에 빠져있기는 마찬가지였다.

나를 대하는 대니의 태도에는 이와 같은 배경이 깔려있었다. 전에 항시 그래왔던 것처럼 대화를 통해 대니가 고민하고 있는 것들에 대해 해결해보려 했지만 그는 도무지 마음의 문을 열지 않았다. 대화시도를 할 때마다 그는 심하게 신경질을 냈고 쓰라린 상처를 곱씹기라도 하듯 그가 당한 고통만큼 미국에 대해 앙갚음을 하겠다고 을러댔다.

나는 그런 그의 태도에 아연실색했다. 그런 상황을 어떻게 다루어야 하는가? 어떤 묘안도 떠오르질 않았다. 병든 아버지를 돌보느라 온 정신을 빼앗긴 와중에서 나는 그 아이가 절실히 필요로 하는 것은 그에 대한 사랑의 재확인이라는 사실조차 깨닫지 못했다.

아버지의 상태가 너무 위독했기 때문에 병간호에만 매달리다시피한 나머지 데이비스도 내가 자기를 등한시한다고 생각했을 것이다. 그렇긴 했지만 나는 여전히 먼 길을 돌고 도는 버스를 타고 매일 아버지를 찾아갔다. 결국 아버지의 죽음은 오고 말았다. 한쪽 다리의 응혈이 완전히 그 다리의 혈액순환을 막아버렸고 역시 혈액 순환 관계로 거의 말을 할 수가 없어 무엇인가 말을 하려 했으나 한 마디도 알아들을 수가 없었다. 아무것도 삼킬 수 없는 상태에서 정맥주사를 통한 영양공급조차 불가능했으니 살아날 수 있었겠는가? 나는 아버지의 죽음을 오히려 감사했다. 그토록 심한 고통 속에서 이제는 더 이상 괴로워하지 않아도 되기 때문이다.

그러나 아버지의 죽음이 가져온 충격은 그 대가를 생각함이 없이 오직 사심 없는 사랑을 아낌없이 주었던 이 세상의 단 한 사람이 영원히 떠나버렸다는 느낌을 아프도록 남겨놓았다. 수개월 동안의 간병과 아버지의 처참한 고통을 본 뒤끝에다 데이비스와 대니에게서 버림받은 느낌마저 들어 나의 심신은 지칠대로 지쳐 있었다. 연쇄상구균에 목이 감염되어 심한 목병을 앓고 있는 데다 수술해버려 하나밖에 남지 않은 신장이 바이러스의 침입을 받아 나는 거의 빈사지경에 이르렀다.

그러나 다행히 나의 병은 회복세를 보이기 시작했고 데이비스도 정성 어린 간호를 해주어 조금은 위안을 받았지만 여전히 나는 죽고만 싶었다. 나는 마치 사고로 인한 죽음처럼 보이거나 혹은 자연사(自然死)인 것처럼 보일 수 있는 죽음의 방법에 대해서 곰곰이 생각했다.

문제는 내가 하느님을 잊고 있었다는 데에 있었다. 내가 만일 그때 하느님을 생각하고 그의 힘을 빌릴 수 있었다면 나는 그와 같은 고통과 절망의 늪에서 허우적거리지 않아도 되었을 것이었다. 절망이란 '하느님마저도 나를 도울 수 없다'는 생각과 함께 하느님을 우리 안에서 내몰아버리는 것을 의미한다.

내가 만일 죽는다면 나의 죽음이 데이비스와 대니에게 어떤 영향을 미칠 것인가? 이미 그들은 받을 대로 고통을 받고 있다. 그런 그들에게 나의 죽음마저 안겨 준다면…. 차마 못할 짓이었다. 나는 하느님에게 돌아가 참회했고 그리하여 정신적인 평정을 조금은 되찾을 수 있었다. 회복기에 접어들면서 아버지에 대한 나의 마음을 두 개의 소네트에 담아 바쳤다.

아버지

그렇게 숱한 아름다운 추억들이 밀려와 타오릅니다.
열띤 당신의 나에 대한 소망의 말을,
나를 위해 베풀고자 했던 그 많은 계획들을
지금 나는 듣습니다.
한때는 그리도 굳건하여 무슨 일이든 거뜬히 해내던
그 손이 이제 여윌 대로 여위어 뼈만 앙상합니다.
그러나 아직도 가냘프게 떨며 무엇인가 시도하는
그 손의 안간힘을 나는 압니다.
당신의 두 손이 내 어린 날의 상처를 매만져주었음을,
우리에게 필요한 모든 것을 마련하고자

그렇게도 야무진 솜씨로 열심히 일했음을
나는 압니다.
온화하던 당신의 가슴,
내 마음을 잘도 이해해주던 당신의 마음,
당신이 가장 아끼시던 것들 전부를 거리낌없이 주시던
가없는 사랑이여, 자비로운 당신의 사랑이,
끊임없는 보살핌이 내 삶을 줄곧 지켜왔습니다.
당신의 영혼은 흔들림 없었고 꿋꿋한 자세는 확신에 차
언제나 당신의 최선을 다했습니다.
지금 당신은 이미 떠났으나 그러나
당신은 결코 떠나지 않았습니다.
이 세상에 혼자 남아 슬픔으로 떠는
이 가없은 당신의 딸을
그 따뜻한 당신 사랑의 손길이 감싸며 달래려 합니다.
그리하여 슬픔은 감미로운 위안으로 변합니다.

그 숱한 아름다운 추억들이 한꺼번에 밀려와 타오릅니다.
미처 못 다한 사랑의 말을, 오랜 별리의 세월 속에
외롭게 살다 가신 아버지께 적어 보내지 못했음을,
지금 내 가슴에 슬픔이 밀려오고
마음 깊이 스며드는 후회의 정에
어쩔 줄 몰라 나는 웁니다. 나의 이 애틋한 사랑의 말을,
이 깊은 당신에 대한 존경의 염을,
기쁨에 차 바라볼 당신의 그 오랜 눈빛을

지금 다시 볼 수 없음에도
사무치는 이 그리움,
그러나 귓전에 들려오는 당신의 음성이
지금 이렇게 말하고 있습니다.
"부질없는 뉘우침으로 시간을 허비하다니,
차라리 네가 사랑하는 사람들에게 할 수 있는
위안의 말을 배우려무나,
그리고 그것을 행함으로 그들이 네게 베푼
그 무엇인가를 돌려주려무나.
지나간 세월은 돌아보지 않는 것이란다.
무엇을 주저하랴. 할 수 있는 그 무엇,
줄 수 있는 그 어떤 기쁨이라도
마음껏 주려무나, 네가 사랑하는 사람들을 위하여."

시간은 그 어떤 슬픔도 낫게 한다. 이제는 아버지에 대한 소중한 추억들이 행복하게 자리잡고 있을 뿐이다.

데이비스도 대니에게 별다른 도움을 줄 수 없었다. 내가 그랬듯이 그 역시 대니가 겪은 그 어린 시절의 쓰라린 경험에 대해 알지 못했기 때문이었다. 그리고 데이비스 자신도 어린 시절에 아버지의 따뜻한 보살핌이라고는 전혀 느껴 보지 못했었다.

그가 네 살이 되었을 때 그의 아버지는 첩을 들였고, 그는 어머니와 함께 쫓겨나 어느 가난한 친척집에 가서 살아야했다. 그때 여덟 살밖에 안된 누나와 아직 젖먹이였던 남동생까지 함께였다. 그러나 얼마 후 장남이었던 데이비스는 그 집을 떠나와야 했다. 먹을 것이 모자라서 한 입이라도 덜기 위해 도로 첩과 함께 살고 있는 아버지의 집으로 돌려보내진 것이었다.

어린 데이비스는 계모에 의해 심한 구박을 받아야 했다. 걸핏하면 얻어맞기 일쑤였고, 아직 어린아이 티를 벗지 못한 조그만 체구로 한 살짜리 이복동생을 하루 종일 업어주어야만 했다. 그런 속에서 그가 어머니를 그리워했던 것은 너무도 당연했다. 그는 함께 놀아주고 곧잘 자기를 업어주곤 했던 누나를 몹시 보고 싶어 했다. 그는 기회만 있으면 도망쳐 어머니를 보러갔다. 그리고는 못내 아쉬워 날이 저물도록 있다가 산이 깊어 늑대나 호랑이까지 득실거리던 그 무서운 산길 삼십 리를 어둠을 헤치고 걸어 캄캄한 밤중에 집에 돌아오곤 했다. 그때 겪었던 무시무시한 숲속의 공포가 지금까지도 데이비스의 꿈속에 나타나 가위 눌리곤 한다.

그의 아버지는 또 도박에 열중했고 마침내 데이비스가 다섯 살, 그의 누나가 아홉 살이 되었을 때 거의 모든 재산을 탕진하고 말았다. 그래도 그는 도박을 그치지 않았고 드디어는 돈 대신 딸을 건 내기도박을 했다. 이번에도 그는 졌다. 딸은 내기에 이긴 남자에 의하여 한 가난한 농부에게 팔려가는 신세가 되었다.

데이비스는 그렇게 시집을 간 누나의 집에도 기회를 틈타 몰래 찾아가곤 했다. 그러다가 아기를 낳다 그만 누나가 죽는 바람에 그 위안마저도 빼앗겨 버렸다. 그런 환경에서 데이비스가 학교를 다닐 수 있었다는 것은 거의 불가능에 가까웠다. 거기에 대한 이야기는 〈나는 코리안의 아내〉에 자세히 나온다.

그렇지만 데이비스는 댄(대니의 애칭)에게 항상 친절했고 댄과 함께 생활하는 동안 아버지와 아들의 관계가 어떤 것이라는 것을 배울 기회도 있었다. 그러나 전혀 아버지의 사랑을 받아보지 못한 데이비스로서는 아무래도 이해심 깊은 아버지가 된다는 것은 어려운 일이었다.

데이비스의 아버지 또한 비난할 수 없는 것이 그 역시 아버지의 사랑이라고는 받아본 적이 없이 자랐었다. 그의 아버지(데이비스의 할아버지)는 열아홉 살에 과거에 급제하여 집으로 돌아오다 그만 도중에 열병에 걸려 갑작스레 객사하고 말았다. 그러니까 그가 태어나기도 전에 세상을 떠나고만 것이다.

데이비스의 할머니는 아기를 버리고 다른 남자를 찾아 달아나 버렸다. 그리하여 아기는 할머니(데이비스의 증조모)의 손에 의해 길러졌고, 할머니가 애지중지하다보니 응석받이로 제멋대로 컸고 결국 자기밖에 모르는 한 이기적인 인간으로 성장한 것이었다.

12
록스베리에서의
즐거운 모험

댄이 마운트 허먼 학교 1학년 때 우리는 뉴욕 주 록스베리에 있는 한 농장에 대한 광고를 보았다. 그 농장이 바로 미국 작가 존 버로우즈가 태어나 자란 곳이었다. 나는 어릴 적부터 존 버로우즈의 글을 즐겨 읽곤 했는데 그는 언제나 나에게 자연의 경이와 아름다움에 대해 무한한 영감을 주었다.

우리는 곧 그 농장을 보러 갔고 가격도 우리 힘에 그렇게 부치는 것도 아니어서 사기로 결정을 보았다. 그 집은 몹시 낡은 목조 건물이었는데 오랜 비바람에 시달려 갈색으로 퇴색된 데다 군데군데 금이 간 모습을 드러내고 있었다. 그러나 위엄이 있었고 몹시 매력적으로 느껴졌다. 그리고 그 집 주위를 둘러싼 풍경은 무척 아름다워 우리의 마음을 끌기에 모자람이 없었다. 농장은 327에이커(약 4만 평)나 되었고 들과 숲으로 이루어져 있었다.

록스베리에 있는 농장을 사들인 후 우리는 한동안 밀우드와 록스베리를 왔다갔다 하며 지냈다. 콜리 종(種)의 개와 호랑이 무늬 가죽을 한 고양이까지도 데리고 다니면서……. 그러니까 밀우드에서 록스베리로 온 주일은 록스베리에서 1주일을 보냈고, 데이비스는 미국의 소리 방송국에 출근하기 위해 밀우드로 돌아갔다.

주말이면 나를 데리러 데이비스가 록스베리로 온다. 그러면 우리 식구 전부는 다시 밀우드로 갔다. 그 주는 밀우드에서 함께 보내게 되는 것이다. 물론 개와 고양이도 함께였다. 밀우드에서 록스베리로 올 때는 우리들이 가지고 있던 포드 세단의 지붕 위에다 물건들을 잔뜩 싣고 오곤 했다. 이를테면 이삿짐인 셈이었다.

어느 날 우리는 록스베리에서 여는 경매장에 소를 사러갔다. 대니가 마운트 허먼 학교에서 소를 돌보는 일을 맡았었고 또 소를 좋아해서 소를 사기로 한 것이다. 대니가 어쩌면 소를 키우는데 흥미를 느낄지도 모른다는 기대 때문이었다. 그러나 대니는 여전히 우울했고 무섭게 화를 내는 때가 잦았다. 결국 우리는 대니가 정신과 치료를 받을 수 있도록 주선했다. 그래서 대니는 두 달 남짓 병원에 머물면서 치료를 받았다. 이때 비로소 우리는 대니가 샌프란시스코의 이민국 감옥에서 하룻밤을 보내면서 무서운 경험을 했다는 것을 알게 되었다. 바로 그날 밤부터 대니가 달라지기 시작했다는 것도 알게 되었다. 그 치료가 효과가 있어서 그후 대니는 점점 나아지기 시작했다.

버로우즈의 홈스테드 농장에서의 생활은 참으로 즐거운 것이었다. 몇 종류의 소들, 예를 들면 건지, 저지, 에어셔, 홀스타인 종 등을 키웠는데 우리는 그 중에서 건지종이 제일 좋다는 결론을 얻게 되었다. 그래서 우리는 순종 건지종으로 등록된 소를 사들여 그것들을 다시 순종 건지종과 교배시켜 한 떼의 건지 소를 키우게 되었다. 그리하여 매년 주립 낙농개량협회로부터 우수우유 생산상을 받곤 했다.

건초밭이 온통 잡초로 덮여 있어 그것을 처치하기 위해 우리는 우선 포드에서 나오는 트랙터를 하나 구입했다. 나는 이 트랙터 운전법을 배워서 데이비스가 아직 밀우드에 머무르며 주말에만 농장으로 오곤 하는 동안 록스베리에서 날마다 트랙터로 밭을 갈았다. 나중에 그것을 팔아치울 때까지 유용하게 사용했다. 데이비스는 올 때마다 꽃나무와 관목, 그리고 가구, 부엌용품들을 실어 날랐다. 댄이 학교를 졸업한 후부터는 밀우드에서 록스베리로 오고가는 운전을 그가 맡았다. 그러다가 데이비스는 미국의 소리 방송국이 워싱턴으로 옮기는 바람에 워싱턴에서 살아야 했다.

그해 봄에만 그 트랙터로 10에이커(12,000평)의 땅을 일군 셈이었다. 1m도 못 가서 트랙터에 달린 보습에 커다란 돌멩이나 바위가 부딪쳐 전진을 방해했기 때문에 결코 쉬운 작업이 아니었다. 그럴 때면 브레이크와 클러치를 즉각 밟고 기어를 바꾸어 트랙터를 후진시킴과 동시에 엄청난 유압의 힘을 이용하기 위해 레버를 앞으로 살그머니 조심스레 밀어 일단 보습을 들어올린다. 그런 다음 다시 앞으로 전진과 동시에 이번에는 레버를 당겨 역시 유압의 막강한 힘으로 보습을 내려 바위 밑으로 살짝 집어넣어 그것을 들어올린다. 이때 유압의 힘은 그야말로 굉장하여 잘못하다간 보습의 날이 부러져 날아가거나 하기 때문에 아주 조심스레 다루어야 한다. 만약 바위가 꿈쩍도 하지 않으면 보습을 들어 올린 후 다시 일단 물러난다. 그리고 그것은 그대로 내버려둔 채 다른 쪽으로 돌아가 다시 땅을 파 뒤집는다. 곧 다시 바위로 인해 작업이 중단되고 종전과 똑같은 과정을 되풀이한다.

드디어 밭갈이가 끝나고 밭두렁 가에 나둥그러진 돌과 바위들을 끌어내는 작업이 남는다. 밭갈이를 하는 처음 며칠간은 그야말로 죽을 지경이었다. 브레이크와 클러치를 계속 밟아대야 했기 때문에 다리의 근육에 무리가 간다. 밭갈이를 끝내고 난 저녁이면 앉거나 설 때마다 신음소리가 저절로 나왔다. 그러나 며칠이 지나니까 다리의 근육이 점점 거기에 익숙해지고 강해지면서 그렇게 끙끙 앓지 않아도 되었다.

한번은 워싱턴에 갔다가 돌아오는 길에 밀우드를 지나면서 우리 차가 얼음 위에 미끄러진 일이 있었다. 얇게 깔려 있는 눈 위에 얼었던 살얼음이라 상당히 미끄러웠던 모양이다. 우리 차는 길을 가로지르며 사정없는 기세로 미끄러졌다. 그러자 꽝 하는 둔탁한 음향과 함께 무엇인가에 세차게 부딪치며 그 자리에 멈추었다. 마침 언덕을 내려오고 있던 차와 정면으로 충돌을 한 것이었다. 그 차와 부딪치지 않았더라면 그 가파른 제방 아래로 굴러 떨어져 두 사람이 다 죽었거나 아니면 크게 다치거나 했을 것이다.

데이비스는 무릎이 까지고 나는 오른쪽 팔목이 부러진 데에다가 척추에 연결된 인대와 근육이 이완되어 오른쪽 팔이 어깨에서부터 덜렁덜렁 힘없이 달려 있는 팔이 되었다. 그 사건으로 우리 차는 완전히 망가졌다. 데이비스는 한동안 아무것도 하지 못하고 치료를 받아야 하는 나를 돌보기 위해 미국의 소리 방송국을 그만두었다.

그 이후 우리는 세단 대신 픽업트럭을 샀다. 농장 일을 위해서는 픽업이 더 필요했기 때문이었다. 그 외에 여러 가지 농기구도 사들였다. 새 트랙터를 하나 더 사고 제초기, 기계 써레(사이드 레이크), 원판 써레, 톱니 써레 등을 마련했는데 나중에 조팝나무에 속하는 잡목들의 뿌리를 자르기 위해 브러시 써레도 하나 샀다. 이 조팝나무에 속하는 잡목들은 일종의 들꽃으로 회색의 장미꽃 같은 꽃을 피운다. 그런데 그 뿌리는 그물처럼 엉클어져 서로 맞물고 있기 때문에 좀처럼 뽑히지 않는 데다 마치 나무처럼 단단하여 이것을 뿌리째 뽑는 작업은 정말 힘이 들었다. 전에 감자밭으로 이용했던 12,000평 남짓 되는 밭에는 가시 돋친 산사나무들이 온통 덮다시피 하여 그것도 전부 뽑아냈다. 그 밭이 이 농장에서 제일 편편한 평면 지대였다. 그런데 이 밭은 산사나무뿐만 아니라 단풍나무까지 함께 자라 흙이 보이지 않을 정도로 덮여 있었다. 우선 그 나무들을 다 파내고 밭을 간 다음 원판 써레와 커다란 브러시 써레로 땅속 깊이 뿌리박고 있는 잡풀 뿌리들을 잘라놓는다. 그런 다음 마지막 단계로 톱니 써레를 사용하여 조팝나무의 뿌리며 그 외 모든 잡풀들의 뿌리를 전부 깨끗이 제거한다. 그런데 그게 그렇게 쉽지가 않다. 1m도 못 가 톱니가 뿌리에 걸려 나아가지를 못한다. 그러면 도로 밭가로 가서 그 뿌리를 뽑아내어야 한다. 완전히 작업이 끝났을 때 우리는 거기에다 만숙(晩熟) 큰조아재비와 역시 만숙인 콩과에 속하는 토끼풀속의 트리포일을 심었다.

모두 합해서 네 개의 목초밭을 갈고 풀과 나무 제거작업을 한 셈이었다. 그런 뒤 몇 군데로 구분해서 조숙(早熟)인 티머시와 클로버를, 그리고 중숙(中熟) 티머시, 그 다음에 만숙 티머시와 콩을 심었다.

이렇게 해서 우리는 잎이 가장 부드럽고 먹기 좋고 영양도 가장 좋을 때 목초를 베어낼 수 있었다. 목초들이 아직 초록빛을 띠며 무성해 있을 때 데이비스는 그것을 베었고 나는 헤이 컨디셔너가 달린 트랙터를 타고 그 뒤를 따라다녔다. 그러면 헤이 컨디셔너가 그 베어낸 목초들을 낱낱이 집어올려 두 개의 실린더 속으로 빨아들인다. 이 실린더는 빙글빙글 돌면서 목초의 잎과 줄기 속에 있는 수분을 눌러 짠 뒤에 물기가 다 제거되면 다시 베어냈을 때와 같은 상태로 이것들을 도로 토해낸다. 이 물기가 제거된 꼴풀을 만져보면 바삭바삭 소리가 난다. 물기가 다 사라진 것이다. 그러면 이번에는 태양이 다시 한 번 그것들을 말리는 작업을 하게 된다.

습도가 낮고 햇볕이 좋은 날은 건초를 베기에 안성맞춤이었다. 아침에 풀을 베어 헤이 컨디셔너에 한번 넣었다 빼면 점심때면 벌써 다 말라 버린다. 그러다 저녁이면 아침에 벤 꼴풀 전부를 꾸려 헛간에 쟁여 놓을 수 있었다. 그러나 이렇게 말린 꼴풀에도 아직 30% 가량의 습기가 남아 있어 수분으로 인해 제풀에 더워진 꼴풀은 마치 뭉게구름처럼 김을 내뿜는다. 나중에는 헛간 안이 마치 목욕탕처럼 김이 서린다. 그렇게 되면 이번에는 이것을 건초 말리는 송풍기가 장치되어 있는 기다란 철망 속에 집어넣고 바람을 내보낸다. 이 철망은 공기와 수분을 내보내는 굴뚝 역할도 하게 되어 있어 꼴풀 속의 수분을 전부 내보낸다. 이 송풍기 또한 굉장히 커서 지름이 80cm도 넘는데 1분간 4,200회를 회전한다. 몇 시간이고 이렇게 건초용 송풍기를 틀어 놓으면 헛간 안의 공기가 모두 빨려 나간다. 그러면 송풍기를 끈다. 가끔 한참 있다가 다시 김이 서리는데 이는 아직 수분이 남아 있다는 증거이다. 그러면 다시 송풍기를 틀어놓는다. 이렇게 몇 번이고 같은 과정을 되풀이하고 나면 더 이상 김이 서리지 않는다. 그때 꼴풀을 만져 보면 더운 기가 가시고 차가운 감촉이 든다. 이제 모든 수분이 남김없이 제거되었다는 것을 알 수 있다. 이 꼴풀을 소에게 먹일 때 다시 보면 마치 들판에서 자라고 있을 때처럼 녹색의 빛을 그대로 보존하고 있다. 물기만 제거되었을 뿐이지 잎과 줄기도 자랄 때 모습 그대로이다. 바로 그 녹색의 잎이 영양의 원천인 셈이다.

또한 우리는 유선염(乳腺炎) 치료법도 배웠는데 이것은 발생한 후의 치료법이라기보다는 미리 예방하는 방법이었다. 그리고 부제병(腐蹄病)의 치료법이라든가 송아지를 낳을 때의 처리 방법도 배웠다. 한번은 우리 소가 송아지를 낳을 때 일이었다. 송아지의 앞발 두 개가 불쑥 나왔다가는 들어가 버리고 또 조금 있다 나오다가 다시 들어가 버리곤 하는 것이었다. 이러기를 몇 차례 반복했을 때 나는 틀림없이 무슨 문제가 생겼다고 직감하고 수의사에게 전화를 했다. 그때 그는 다른 일 때문에 자리에 없었다. 그래서 그의 아내가 다른 소의 난산을 돕고 있는 그에게 찾아가서 우리 송아지 문제를 이야기했다. 그는 우선 무엇이 잘못되었는지를 잘 살펴보라고 일러주었다. 그래서 나는 도로 들어가 송아지를 낳으려고 안간힘을 쓰고 있는 소를 찬찬히 살폈다. 그랬더니 두 앞발 위에 평행으로 있어야 할 송아지의 머리가 한쪽으로 치우쳐 있어 두 발이 나오려고 할 때마다 그 전진을 방해하고 있었다. 나는 우선 비누로 손을 깨끗이 씻은 후에 손을 집어넣어 송아지의 머리를 제쳐 두 발 위에 평행으로 놓아 정상 상태를 만들어 주었다. 그랬더니 10분 만에 송아지가 태어났다. 나는 또 송아지의 발굽이 나오는 순간 꼬아 만든 고리를 걸어 밑으로 잡아당겨 줌으로써 소의 출산을 쉽게 해주는 방법도 배워 알고 있었다.

우리는 막 송아지 티를 벗은 암소도 몇 마리 키웠다. 그런데 우리가 처음 사들인 소들은 뿔을 그대로 달고 있었다. 수의사가 그 뿔을 보더니 소의 젖통을 다칠 우려가 있으니 떼어내어 버리는 것이 좋다고 말했다. 뿔을 떼어낸다는 것은 출혈도 심할 뿐 아니라 소에게 대단한 충격을 주는 것이기도 하였다. 그래서 우리는 전기 뿔 제거기로 소가 태어난 지 하루나 이틀 사이에 뿔을 떼어내는 방법을 이용했다.

한 사람이 소가 움직이지 못하도록 잡고 있는 동안에 다른 사람이 제거기의 달아오른 둥근 쇠를 작은 단추처럼 솟아오른 뿔에 갖다 대어 그것이 선홍빛이 될 때까지 누르고 있는 것이다. 이 단추만한 것이 그냥두면 나중에 커다란 뿔이 된다. 그래서 전기 뿔 제거기를 소의 갓 돋아난 뿔에 대고서는 "일천 번 그리고 하나, 일천 번 그리고 둘……." 하면서 열까지 센다. 처음 한 5초간은 몸을 비틀며 고통스러워하나 그다음 순간에는 아무것도 느끼지 못하는 양 잠잠해진다. 그리고 며칠 후에는 댄 자리의 딱지가 떨어져 나가고 뿔은 흔적도 없이 자취를 감춘다.

송아지가 나오자마자 어미 소로부터 떼어놓고 갓 새끼를 낳은 소의 초유를 짜내어 송아지에게 먹이되 처음부터 우유통에서 직접 먹을 수 있도록 가르친다. 맨 먼저 우유가 담긴 통을 송아지 턱 아래에다 갖다 놓은 뒤 플라스틱 튜브가 달린 시린지(흡입기)에 우유를 채운다. 그리고 그 시린지의 플라스틱 튜브를 착유기에서 떼어낸 낡은 튜브에다 끼워 연결을 시킨 후 튜브를 소의 입에 갖다 대어준다. 그러니까 나의 오른손은 튜브를 잡고 있고, 왼손은 우유통에 담근 채 시린지를 쥐고 있어야 한다. 그러다가 우유 맛을 본 소가 튜브를 빨기 시작하면 그때부터 시린지를 짜준다. 시린지의 우유가 다 없어지면 시린지를 떼어내어 튜브를 우유통 속에 잠길 수 있도록 점점 낮춘다. 그러면 소는 튜브를 따라 고개를 숙이게 되고 마침내 튜브마저 떼어내면 그때부터 통 속의 우유를 직접 먹게 되는 원리이다.

이런 방법으로 우리는 별 어려움 없이 저절로 젖을 뗄 수 있었다. 송아지나 어미 소 그 어느 쪽도 젖을 떼느라 고생할 필요가 없는 것이다.

그리고 기발한 방법이 또 하나 있는데, 외양간의 입구에다 얕게 구덩이를 파서 거기에다 소석회를 채워놓는 것이다. 그러면 소가 이 소석회를 밟고 지나가지 않을 수 없게 되는데, 이로써 부제병을 예방할 수 있었다. 목장에는 군데군데 샘물이 솟아올라 땅이 질척질척한데다 어떤 곳은 마치 늪지처럼 끈적끈적하여 이것이 부제병을 일으키는 주원인이 된다.

이 병이 발생하면 두꺼운 플라스틱 자루에다 리졸이나 크레졸 용액을 채우고, 그것을 다시 플라스틱 자루가 터지지 않도록 질기고 올이 굵은 삼베로 싼다. 그리고는 감염되어 지독한 냄새를 풍기는 소의 발을 이 자루에 담근 후 소의 발목에다 단단히 묶어서 아무리 소가 요동치더라도 떨어지지 않게끔 동여맨다. 그러면 소는 이 불편하고 묵직한 자루를 떼어내고자 안간힘을 쓰게 되고 그러는 동안 발은 소독이 되어 깨끗이 치유가 된다. 우리는 이런 방법으로 부제병을 치료한다는 것을 알고 있었기 때문에 미리 예방하는 조치를 이와 같이 취할 수 있었던 것이다.

소를 몰고 오려고 내가 목장으로 가면 소들이 마구 몰려온다. 목을 쓰다듬어 달라는 것이다. 우리 집의 소들은 주인을 완전히 믿고 자기 몸을 내맡긴다. 그래서 우리 집에서는 처음 송아지를 낳은 어미 소에게도 전혀 어려움 없이 착유기를 갖다 댈 수가 있었다. 하도 다소곳하여 근육조차 까딱하지 않고 가만히 있을 정도였다. 우리 집 이웃에는 독일 사람이 살고 있었는데 그는 소를 몰 때 몽둥이로 때리면서 몰았다. 매년 그는 소의 유선염을 치료해 주다가 소의 발길에 차여 갈비뼈가 부러지곤 했다.

우유를 짤 때마다 혹시 우유 속에 덩어리진 알갱이가 있나 없나를 자세히 살펴야 한다. 그 알갱이는 곧 잠복기의 유선염을 의미하는 것이다. 유선염의 예방법 또한 간단하여 젖을 짠 후 뾰족한 주둥이가 달린 튜브에 항생제를 넣어 이것을 소의 젖꼭지에 갖다 대고 튜브를 짜주면 젖통 속으로 약이 빨려들어 간다. 그런 뒤에 젖통을 주물러 항생제가 고루 퍼지도록 해주기만 하면 된다.

새벽 4시면 일어나 일을 해야 하는 고된 생활이었지만 우리는 농장 일에 재미를 붙여 항상 즐거운 마음으로 일했다. 목초를 베어들일 무렵이면 새벽같이 일어나 한밤중도 넘은 새벽 1시나 2시까지 일해야 되는 날도 많았다. 비가 오려는 기미가 있으면 특히 그랬다. 비가 오기 전에 빨리 목초를 말려야 하기 때문이었다.

우리 집의 콜리종의 개 래시는 너무 영리하여 농장 일에 많은 도움을 주었다. 만약 이웃집 가축들이 우리 건초밭으로 들어오기만 하면 대번에 알아차리고 즉각 쫓아버렸다. 래시는 그럴 때면 어떻게 짖어야 가장 효과적인가도 잘 알았고 또한 그들의 뒤꿈치를 물어 내쫓아버리는 방법도 익히 알고 있었다. 특히 저만큼 멀리 목장의 끝에서 소를 몰고 오는 데는 크게 도움이 되었다. 목장 근처까지 조금만 데려다 주고 손으로 목장을 가리키며 "래시, 저기 가서 소들을 데리고 와!"라고 말하면 개는 자기 키보다 몇 미터도 넘는 목초 사이를 잘도 헤치며 달려나간다. 어느 정도 목초밭 가운데로 전진했다 싶으면 펄쩍펄쩍 뛰어오르며 어디쯤에 소들이 있는가를 살핀다. 그리고는 아주 조심스레 소들을 몰고 온다. 결코 서두르는 법이 없다. 잘못하여 소가 뛰다가 우유로 가득차 있는 젖통에 상처나 나지 않을까 염려해서이다.

처음에는 래시와 함께 나가 소를 천천히 모는 법을 가르쳐주었다. 그랬더니 그 다음부터는 혼자서도 내가 하는 것과 같은 식으로 소를 몰았다. 자그마치 2.5km나 되는 거리에서 소를 몰아 외양간으로 데리고 온다. 내가 그 먼데까지 나가지 않아도 되니 고맙게도 얼마나 시간과 노력을 덜어주는가 말이다.

내가 젖을 짜고 있을 때는 래시는 소의 뒤에 가만히 서서 지켜보고 있다가 만약 소가 칸막이 밖으로 머리를 내밀기라도 하면 당장 소에게 견제를 가하여 젖 짜는 데 방해가 되지 않도록 했다.

아침에 소를 목초지로 내보낼 때도 래시는 한몫 거든다. 소꼬리에 매단 고리를 집게에서 풀어줄 때까지 래시는 소가 움직이지 못하도록 하는 것이다. 이것 또한 소의 꼬리가 똥통에 닿지 않고 항상 깨끗한 상태를 유지할 수 있게 하는 하나의 묘책이다. 칸막이 위에 쳐놓은 철사 줄에 소의 수만큼 줄을 매달아 그 맨 아래쪽에 집게를 달아 놓는다. 그런 다음 이번에는 소의 꼬리털 몇 올을 두 가닥으로 꼬아 거기에 고리를 매달아 놓는다. 그리하여 소가 외양간에 들어오는 즉시 이 고리를 집게로 집어놓으면 소가 누울 때나 서 있을 때나 언제든지 꼬리는 공중에 매달린 상태가 되어 외양간 뒤편에 만들어 놓은 똥통에 꼬리가 빠지지 않는 것이다.

소의 젖을 짤 때 통에 우유가 가득차면 그것을 우유저장고로 들고 가서 통에 부어놓고 다시 와서 젖을 짜야 한다. 그러면 착유기만 소의 젖통을 물고 젖을 짜는 셈이 된다. 그럴 때 어쩌다 소가 움직이기라도 해서 착유통(搾乳筒)이 젖통에서 헐거워지면 공기를 빨아들이게 되고 그러면 조금 후에 네 개의 착유통이 전부 바닥으로 떨어지고 만다. 그러면 착유기는 계속해서 외양간 바닥에 깔아 놓은 톱밥을 빨아들이게 된다. 한번 톱밥을 빨아들였다하면 그것을 청소하는 데 2시간이나 걸린다. 그런데 착유기가 공기를 빨아들이는 소리는 정상적으로 젖을 빨아들일 때와는 약간 다르다. 그렇기 때문에 소리만 듣고도 쉽게 알 수가 있다. 래시가 이 소리를 들었다하면 즉각 우유저장고로 달려와 낑낑거리며 그 사실을 알린다. 그러면 우리가 달려가 착유통이 바닥으로 떨어져 톱밥을 빨아들이기 전에 조치를 취할 수가 있다. 래시는 우리가 우유저장고에 있을 때는 혹시 착유기가 공기를 빨아들이지나 않을까 염려하고 있다는 사실을 다 알고 있었다.

송아지들은 외양간 근처에 있는 과수원에서 풀을 뜯어먹게 하였는데 한번은 여름 동안 소를 돌보도록 고용한 한 소년이 과수원의 문 닫는 것을 잊어버린 채 외양간의 미닫이도 반쯤 열어놓았다. 내가 꽃밭에서 풀을 매고 있었는데 래시가 외양간으로 들어가더니 갑자기 다급하게 짖었다. 곧 다시 나오더니 나를 향해 짖어대고는 다시 외양간으로 들어갔다. 그래도 하던 일을 계속하고 있었더니 래시가 내게로 달려와서 또 짖었다. 무슨 일인가하고 가 보았더니 400달러 값어치는 충분히 되는 송아지 티를 갓 벗어난 순종 암소 두 마리가 여물통에서 열심히 여물을 먹어대고 있었다. 만약 래시가 경고하지 않았다면 아마도 이 두 마리의 소는 배가 너무 부른 나머지 비틀거리며 쓰러져 어쩌면 죽었을지도 모를 일이었다. 먹이만 보면 무턱대고 먹어대는 바람에 소들이 혹시 여물통을 놓아두는 급식통로로 오기라도 하면 우리가 급히 쫓아내는 것을 래시는 눈여겨 보았던 것이다.

송아지가 태어나면 래시는 그 곁에서 부드러운 털을 핥아주기도 하면서 밤새 지켜준다. 하루는 래시가 계속 앞뜰의 한곳에 눈을 주고 있었다. 그러더니 그리로 다가가서 자세히 들여다보고 다시 돌아와 앉았다가 다시 가서 보곤 했다. 그러면서 래시는 고양이를 경계하는 기색을 보였다. 마치 고양이의 동태를 지켜보기라도 하는 것 같았다. 무슨 일인가 들여다보니 그곳에 토끼 새끼 네 마리가 옹기종기 모여 꼬물거리고 있었다. 래시는 이 토끼 새끼들을 지켜주면서 돌보고 있었던 것이다.

그렇지만 래시는 마모트만 보면 잡아 죽였다. 마모트는 가끔 목초지나 건초밭에 나타나곤 한다. 한번은 래시가 스컹크를 공격하고 들어온 적이 있다. 코를 찌르는 냄새 때문에 염소를 탄 물에 목욕을 시킨 후에야 집 안으로 들여보냈다. 소를 몰고 오려고 나가다보면 가끔 길 한가운데 앉아 있는 스컹크를 만나게 된다. 그러면 나는 얼른 그 길을 양보하고 다른 길로 돌아가서 소를 데려오곤 했다. 스컹크의 냄새야말로 무엇에 비할 수 없을 만큼 지독하다. 하늘을 찌를 만큼이라고나 할까. 그러니 길을 양보 안할 재간이 없는 것이다.

래시와 고양이는 새끼 때부터 같이 살아서 그런지 몹시 사이가 좋다. 새끼 때는 강아지와 고양이 사이가 아니라 마치 두 마리의 강아지, 혹은 두 마리의 고양이끼리 노는 것처럼 함께 놀곤 했다.

추운 날씨면 고양이는 곧잘 개의 앞발 사이에 얼굴을 묻고 쪼그리고 잤다. 하루는 잠을 자고 있는데 래시가 나를 깨웠다. 헛간 쪽에서 고양이의 다급한 울음소리가 들렸다. 운다기보다 고통스럽게, 또한 급박하게 부르짖는 소리였다. 나는 얼른 옷을 주워 입고 래시와 함께 헛간으로 달려갔다. 밤이면 고양이는 헛간에서 쥐나 생쥐를 잡곤 했다. 헛간 구조는 좀 특이해 비탈져 올라오는 출입구와 곧장 이어지는 넓은 통로가 있고 그 양 옆으로 높다란 칸막이벽이 있고 그 벽 아래로 건초를 쌓아두는 헛간이었다. 말하자면 통로는 위층인 셈이고, 이 통로를 중심으로 양옆으로 아래층 건초장이 있는 셈이다. 그리고 칸막이벽에는 커다란 구멍이 뚫려있어 굳이 아래로 내려갈 필요없이 그 구멍으로 건초를 던져 넣기만 하면 되었다.

그런데 고양이는 출입구 쪽에서 보아 왼편 칸막이벽 위에 올라앉아 와들와들 떨고 있는 것이었다. 때마침 통로에는 여러 가지 농기구가 쌓여있었는데 래시는 고양이가 앉아 있는 칸막이벽 바로 옆에 놓인 써레 밑을 향해 무섭게 짖어대는 것이었다. 농기구에 가려 아무 것도 보이지 않았다. 나는 농기구가 놓여 있는 뒤쪽으로 돌아가 회중전등을 비추었다. 그러자 무엇인가 쿵 하며 아래층에 쌓아둔 건초더미 위로 뛰어내렸다. 소리로 보아 보통 큰 짐승이 아닌 모양이었다. 써레 밑에 숨어 있다가 내가 그 곁으로 돌아가 회중전등을 비추자 나를 피하여 바로 고양이가 올라앉아 있는 칸막이벽의 구멍으로 뛰어들어 아래로 뛰어내린 모양이었다.

고양이의 배 윗부분이 20cm도 넘게 찢겨져 있었고 앞발 한쪽이 물어뜯겨 피가 흐르고 있었다. 집안으로 조심스레 고양이를 데려왔다. 그로부터 고양이는 닷새 동안이나 먹지도 않고 움직이려고도 하지 않았다. 닷새 정도 지나니까 배의 찢긴 상처도 아물었고 앞발도 항생제 연고를 계속 발라준 덕분인지 많이 나았다. 그 후 얼마간 지나자 고양이는 무시무시한 경험을 잊을 수 있었는지 회복이 되어 다시 사냥을 하기 시작했다.

고양이가 혼이 난 바로 다음날 아침 주 경찰 소속의 기마경관이 집집마다 돌아다니며 크기가 복서 개(box dog: 테리어와 비슷한 개)만한 스라소니가 이 지역에 나타났으니 조심하라고 경고했다. 우리는 헛간으로 가서 그 짐승이 도망간 자리를 살펴보았다. 래시의 앞발만한 발자국이 건초장 아래의 지하실 외양간 쪽으로 나 있었다. 바로 그 발자국의 주인이 그날 밤 둔중한 소리를 내며 건초더미로 뛰어내린 주인공임이 틀림없었다. 내가 그날 밤 건초더미까지 내려가 스라소니와 정면으로 부딪치지 않은 것이 천만다행이었다. 도망갈 수 없는 궁지에 몰리면 어떤 짓을 할지 모를 일이기 때문이다.

나는 농장 일을 하면서도 전에 일을 한 적이 있던 뉴욕의 미술재료상의 인쇄물을 등사해서 보내주곤 하였다. 하루는 데이비스가 등사물을 갖다 주기 위해 재료상에 갔다가 우연히 고황경 박사를 만나게 되었다. 그녀는 그 길로 데이비스와 함께 우리 집을 방문했다. 그녀는 그날 밤 우리 집에 묵으며 서울여자대학에 관한 이야기를 하면서 나에게 한국에 나와 농과(農科)를 좀 맡아 강의해 달라는 제안을 했다. 그때는 그녀가 서울여자대학을 갓 설립했을 때였다. 그때 우리는 농장 일손이 부족하여 젊은 부부를 고용하고 있었다. 그러므로 내가 한국에 가 있어도 별 지장이 없을 것 같아 데이비스에게 이 문제를 상의했다. 그는 1년 정도는 괜찮지 않겠냐고 동의했다.

3월 1일에 서울로 떠나기로 결정을 하고 여권과 비자, 그리고 비행기표까지 전부 준비를 했다. 짐도 거의 다 싸고 내가 없는 동안 데이비스에게 필요한 물건들까지 전부 준비해 놓았을 때였다. 그런 모든 것을 준비하느라 너무 과로한 탓이었을까? 내 자신이 전혀 느끼지도 못한 사이에 무릎을 삐면서 인대와 근육이 무릎 뼈로부터 이완된 것이었다. 그런데도 나는 비행기에 오를 수 있겠거니 하고 준비를 계속했다. 그런데 무릎이 퉁퉁 부어오르고 아파오기 시작하더니 나중엔 견딜 수 없을 만큼 격심한 고통이 왔다. 비행기 예약을 취소하지 않을 수 없었다. 그리고 병원에 9일간이나 입원을 했고 퇴원해서도 몇 개월을 절룩거리면서 일을 했다. 할 수 없이 학교는 가을학기부터 나가기로 결정을 보았다.

그해 여름 나는 집 아래로 가파르게 경사진 비탈에다 돌 벽을 쌓기로 마음먹었다. 데이비스가 농장 일을 거드는 소년을 데리고 젖을 짤 때 나는 트랙터에다 기중기처럼 올렸다 내렸다 할 수 있는 화물바구니를 부착시켜 돌멩이를 실어 날랐다. 오래 된 돌 벽에서 무너져내린 돌이 여기저기 쌓여 있어 돌은 얼마든지 주워 담을 수 있었다.

돌을 모은 다음에 그것으로 집의 한쪽 끝에서 시작하여 과수원이 있는 데까지 차곡차곡 벽을 쌓아 올리기 시작했다. 완성해 놓고 보니 길이가 75m나 되었고 두께 60cm에다 높이는 60cm에서부터 90cm까지의 벽이 되었다. 비탈에다 벽을 세웠기 때문에 벽의 높이는 비탈의 경사도에 따라 달라졌다. 데이비스는 벽이 시작되는 곳에서부터 작은 불도저로 땅을 고르기 시작했다. 비탈져서 눈이 오거나 하면 미끄러워 위험하던 마당을 평평하게 하기 위해서였다. 우리는 거기에다 블루그래스(잔디와 비슷하나 훨씬 키가 큼)를 심고 벽을 따라가며 꽃을 심어 꽃의 경계선을 만들었다.

집의 서쪽 끝은 너무 낡고 비바람에 시달려 손가락으로 살짝 건드리기만 해도 나무판자가 떨어져 나갔다. 그렇기는 했지만 이 벽판은 이미 한번 갈았던 것이라는 것을 알 수 있었다. 왜냐하면 벽판을 새것으로 갈면서 사용한 못은 오래 된 수제 못이 아닌 기계로 만든 둥근 못이었기 때문이었다. 그 서쪽 정면에는 대니가 예쁜 굴뚝을 만들어 놓았다. 집안에 만들어 놓은 벽난로에 딸린 것이었다.

대니는 납작납작한 돌들을 사용하여 벽난로와 굴뚝을 만들었는데 그냥 되는대로 일률적으로 쌓지 않고 납작한 면을 세워서 쌓되 그 중간 중간에 수평으로 돌을 뉘어서 몇 개씩 쌓아나갔다. 그렇게 하면 아주 자연스럽고 우아한 무늬를 한 돌 벽이 되는 데다 돌의 색깔이 여러 가지인지라 마치 동화 속의 집처럼 아름다웠다.

나는 대니가 한 방식대로 10cm 정도 두께의 돌을 쌓아가다 키가 닿지 않는 부분을 하기 시작할 때는 양편에 나무기둥을 세운 후 손이 닿을 수 있을 만큼의 자리에다 발판으로 삼을 긴 나무판자를 걸쳐놓았다. 그러면 사다리를 타고 올라가 그 발판 위에 올라서서 돌을 쌓을 수 있기 때문이었다. 채 완성되기 전에 내가 떠날 날이 어느덧 다가왔다. 그래서 나는 일단 2층 창문의 중간쯤에서 끝을 맺었다. 나머지는 데이비스가 완성시켰다. 그러니까 데이비스는 2층 창문의 중간 부분에서 시작하여 뾰족 지붕의 끝까지를 쌓은 셈이다. 그런데 창문이 문제였다. 10cm 두께의 돌을 붙여 놓으니 원래 있던 창문이 안으로 쑥 들어간 것 같은 느낌이 들어 보기가 싫었다. 그래서 우리는 목수에게 부탁하여 창문의 크기는 본래 창문과 같은 크기로 하고 돌 벽보다 조금 튀어나오게끔 창턱을 만들도록 했다. 그렇게 하니 벽보다 조금 나온 멋진 창이 완성되었다.

데이비스도 역시 대니와 내가 한 대로 나머지 벽을 만들었기 때문에 1964년 농장을 팔기 위해 다시 돌아왔을 때, 우리가 만든 이 서쪽 정면은 반할 정도로 아름답게 느껴졌다. 또한 그것은 어떠한 비바람에도 거뜬히 견뎌낼 수 있을 만큼 굉장한 내구성을 지닌 완벽한 것이었다.

정면을 새로 꾸미기 몇 년 전에 우리는 이미 앞쪽 벽과 거기 잇대어 붙은 뒤쪽 벽까지도 다 뜯어내어 새로 벽판을 붙였다. 그 벽은 하도 낡아 군데군데 금이 가 비바람이 몰아치면 바깥벽은 물론이거니와 안쪽 석회 벽까지 비가 스며들어 방바닥이 젖곤 했다. 낡은 판자벽을 뜯어내면서 우리는 집을 지을 때 쓴 오래된 못, 그러니까 정확하게 말해서 1950년대에 대장장이가 직접 손으로 만든 네모진 못을 조심스레 떼어 내어 망치로 두드려 구부러진 데를 곧게 폈다. 될 수 있는 한 그 귀한 원래 못을 그대로 보존하고 싶었기 때문이었다. 그렇게 옛 것을 전부 떼어낸 다음 샛기둥에다 두꺼운 종이를 덮어씌웠다.

집을 지을 때 붙인 종이는 이미 썩어 없어진 지 오래였다. 그리고는 벽판을 붙인 다음 미리 못 박을 자리쯤에다 하나하나 구멍을 뚫었다. 그렇게 해야 판자가 쪼개지는 것을 방지할 수도 있고 그 옛날 못도 제대로 곱게 박힐 수가 있기 때문이었다. 그런 다음 덧창의 군데군데 쪼개진 부분을 아교풀로 단단히 붙여 수리를 끝내고 난 뒤 마지막 손질인 페인트 칠을 했다. 원래 페인트는 퇴색될 대로 퇴색되어 거의 색깔을 알아볼 수 없었지만 그래도 몇 군데 조금 덜 벗겨진 부분을 보아 집 전체가 흰색이고 덧창만 녹색임을 알 수 있었다. 나는 페인트 색깔도 옛것을 그대로 따라 덧창만 녹색으로 칠하고 그 외의 부분은 전부 하얗게 칠을 했다.

한국으로 떠나면서 우리는 1년도 넘게 우리 집에서 일을 해온 젊은 부부에게 농장 일을 맡겼다. 농장일의 모든 것, 이를테면 소를 돌보는 일이나 그 외의 밭일 등을 잘 알고 있었기 때문에 안성맞춤이라고 생각했다. 그러나 그게 아니었다.

데이비스마저 서울여자대학의 농장에서 학생들을 가르치기 위해 떠나왔을 때 그들은 기다렸다는 듯이 농장일 따위는 등한시했고 게다가 농장에서 나온 수입까지 가로챈 데다 그것도 모자라 농장 이름으로 빚까지 산더미처럼 졌다. 그들은 여러 가지 방법으로 계약을 위반했고 그리하여 우리가 그 사실을 알게 되었을 때는 농장을 팔지 않을 수 없는 지경에 이르렀다. 물론 데이비스마저 떠나야 했기 때문에 어차피 농장은 다른 사람의 손에 한동안 맡겨져야 했지만 나는 농장을 팔아야 한다는 사실이 가슴 아팠다. 지금까지 내가 살았던 어떠한 농장보다 좋은 농장이었고 그래서 나는 너무도 이 농장에 애착을 가졌던 터였다. 그리고 또 내가 키우던 젖소들을 나는 얼마나 사랑했던가. 래시는 또 어떻게 할 것인가? 이미 16세에 가까워가고 있었기 때문에 그렇게 늙은 개를 누가 잘 돌봐주겠는가? 할 수 없이 데이비스는 수의사를 불러 개와 고양이에게 주사를 놓아주도록 했다. 그리하여 그들이 잠이 든 채 편히 죽을 수 있게 했다. 그리고는 데이비스가 농장 한쪽에다 그들을 묻어주었다. 그렇게 행복하게 뛰놀던 농장에서 그들은 영원한 잠을 잘 것이다. 몇 년 동안이나 래시는 나의 꿈속에 나타났고 지금도 나는 꿈속에서 래시를 본다.

13
서울여자대학에서
열정을 쏟아내다

이제 다시 농장을 팔기 이전의 이야기로 돌아가자. 내가 버로우즈의 농장 집의 정면 수리를 거의 마칠 무렵 서울여자대학의 가을 학기가 다가왔고 그래서 나는 돌 벽 쌓는 일을 중단하고 다시 짐을 쌌다. 그리고 한국으로 오는 비행기를 타기 위해 뉴욕으로 갔다. 이것이 나의 첫 비행기 여행이었다.

비행기는 서쪽을 향해 날았고 록스베리를 지날 때 나는 우리 집을 볼 수 있었다. 그 옆으로 헛간이 있었고 몇 마리의 소까지도 볼 수 있었다. 우리가 록스베리 농장에서 살았을 때 바깥에서 일을 하노라면 커다란 제트기가 머리 위로 지나가는 것을 보곤 했다. 그리고 지금은 내가 그 비행기에 타고 아래를 내려다보며 록스베리 농장을 구경한다.

맑은 날씨라 모든 시골 풍경들이 한눈에 들어왔다. 베어낸 건초가 이랑 이랑 널려있고 이것들을 거두어 포장작업을 하는 베일러가 연신 이랑을 따라가며 건초를 삼켰다가 꽁무니로부터 이미 포장되어 네모반 듯한 건초 묶음을 토해내는 모습이 보였다. 온통 녹색으로 덮여 있다시피한 중서부지역과는 대조적으로 노스다코타는 회색의 불모지였다. 황량한 들판의 인적 드문 오솔길은 뜨문뜨문 한 채씩 외롭게 서 있는 오두막집들을 이어주고 있었다. 노스다코타 사람들은 어떻게 살아갈까? 나는 자못 그들을 동정했다.

연료 공급을 위해서 우리 비행기가 처음으로 기착한 곳은 워싱턴 주의 시애틀이었다. 그리고 태평양을 건너기 전에 다시 한 번 재급유를 받기 위해 알래스카의 앵커리지에 기착했다. 뉴욕에서 알래스카까지는 비행기가 꽉 차 있었으나 앵커리지에서 많은 승객들이 내렸다. 그때부터는 맞은편 의자 셋까지 다리를 뻗고 누울 수 있었고 몇 시간 정도 잠을 잘 수도 있었다. 도쿄에서 우리는 서울행 프로펠러 비행기 D. C. 10으로 바꿔 탔다. 그때부터는 태풍이 불고 기상이 악화되어 몹시 고통스러웠고 대부분의 시간을 안전벨트를 매고 있어야 했다.

서울에 도착했을 때는 억수같은 비가 쏟아졌고 공항 직원들은 승객들에게 우산을 받쳐주느라 정신없었다. 내가 비행기에 내려 공항 안으로 들어갔을 때 2층에서 내 이름을 부르는 소리가 들렸다. 그들은 내가 한 번도 본 적이 없는 사람이었다. 그런데 그들이 어떻게 나를 알아보았을까? 나는 속으로 이상하게 생각했다. 나중에 알게 되었지만 그들은 내가 나보다 앞서 나간 사람들처럼 화려한 옷차림이 아니어서 쉽사리 알아볼 수 있었다는 것이었다. 고황경 박사가 선교사들 중의 한 가족에게 나를 마중 나가도록 부탁했기 때문에 그들이 공항에 나온 것이었다. 그들은 포어맨 부처로, 나는 한동안 그들 집에 머물렀다.

공항 세관을 통과할 때 세관원이 나의 가방을 조사했다. 그때 가방 속에서 〈나는 코리안의 아내〉라는 책이 비주룩이 보였다. 마침 바로 옆에 서 있던 신문기자가 그것을 보고 끄집어내어 재빠르게 훑어보았다. 그 다음날 신문에 내 사진과 함께 '한국의 양녀, 다시 돌아오다'라는 제목 아래 간단한 기사가 실렸다.

내가 종로 5가에 있는 장로교 선교단 사택에서 포어맨 씨 가족과 함께 있는 동안 누군가 계속 다른 선교사들의 집으로 전화를 걸어 '베이비 수' 를 찾았다고 한다. 정확하게 '베이비 수'인지는 모르지만 아무튼 그들의 귀에 그렇게 들렸던 모양이다. 그들은 하나같이 그런 사람은 없다고 대답했다. 마침내 그중 한 사람이 그것이 '데이비스'를 찾는 전화임을 알아채고, 어떤 기자가 나와 인터뷰를 하고자 전화를 했다는 것도 알아냈다. 그리하여 그 기자는 마침내 인터뷰 약속을 받아낼 수 있었다.

내가 서울여자대학 기숙사의 한 방에 정착한 지 며칠 되기도 전이었다. 뜻하지 않게 육영수 여사가 나를 찾아왔다. 그때는 박정희 장군이 최고회의 의장을 지내고 있을 무렵이었다. 기숙사의 휴게실에 마주앉아 이런저런 이야기를 하는 가운데 나는 그녀의 소박한 인품과 진솔함에 깊은 감명을 받았다.

그녀는 나에게 데이비스와 내가 함께 지은 홍은동 집을 구경시켜 달라고 했다. 그래서 나는 그녀의 차를 타고 함께 청와대로 갔고, 그녀만 잠깐 내려 메모를 한 후 홍은동 집으로 향했다. 그때는 데이비스의 동생이 가족과 함께 그 집에서 살고 있었다. 북한이 남한을 점령했을 당시 북한 공산군이 잠시 본부로 삼아 산 것 외에는 데이비스 동생이 줄곧 집을 관리하며 살고 있었다.

육영수 여사와 함께 그 집에 갔을 때 부엌은 그을음 때문에 온통 새까맣게 변해 있었고 집안의 벽도 그을음으로 제 모습을 찾아볼 수가 없었다. 천장의 벽지는 느슨하게 아래로 처져 한쪽으로 기울어져 있었다. 나는 그렇게 아름답지 못한 모습을 드러내고 있는 집에 대해 쥐구멍을 찾고 싶을 만큼 부끄러웠다.

1961년 12월에 맞은 내 생일에는 데이비스의 동생 가족이 뒤늦게나마 환갑잔치를 베풀어 주었다. 그러니까 한국 나이로 치자면 62세에 환갑잔치를 지낸 셈이니 2년이나 늦은 잔치였다. 옛날의 그 이웃들이 몰려왔다. 잔치 음식도 먹고 또 13년이란 세월이 지난 후의 내 모습도 볼 겸해서 온 것이다. 그러니까 1946년에서 1948년까지 살다 간 이후 그날 처음으로 왔던 것이다. 손님들 중에 그 옛날의 소년도 끼어 있었다. 그때는 이미 소년이 아니었고 많은 토지와 아내와 자식까지 있는 가장이었다.

그 소년은 대퇴골 탈골로 18개월 동안이나 집에서 만든 목발에 의지하여 절룩거리며 다녔었다. 그때 마침 우리 집을 방문했던 선교사 블리스 빌링스 부인이 그 소년을 본 모양이었다. 그녀는 나에게 와서, 그 소년이 세브란스 병원에서 진찰받을 수 있도록 주선할 테니 내가 그 가족에게 이야기하여 소년을 병원까지 데려올 수 있겠냐고 물었다. 내가 가서 그 사실을 이야기하자 소년의 형이 동생을 업고 병원으로 갔다. 병원에서 엑스레이 사진이며 그 외의 다른 검사를 받아야 했기 때문에 그 날로 입원을 했다.

이틀 만에 소년은 수술을 받아야 한다는 결과가 나왔다. 내가 검사결과를 소년의 어머니에게 찾아가서 이야기를 했더니 그녀는 잔뜩 겁에 질린 표정으로 수술은 안 된다고 딱 잘라 거절했다. 칼로 살을 찢어 수술을 하다 혹시 귀신의 노여움이라도 사면 필경 그 아이가 죽을 것이라는 것이었다. 나의 서툰 한국말로 미신을 굳게 신봉하는 그 어머니를 설득하려니 힘이 들어 죽을 지경이었다. 나중에는 손짓발짓을 하며 팬터마임까지 다 동원해야 했다. 그런데도 그녀는 나의 말을 들으려 하지 않았다. 죽지 않는다는 데에 중점을 두어 설득하면 그녀는 또 칼로 살을 찢으면 얼마나 아프겠느냐고, 그리고 상처가 덧나 큰일이 날 것이라고 고집했다. 그러기를 무려 4시간이나 됐을 것이다. 그때 마침 데이비스가 왔다.

나는 데이비스에게 내가 그녀에게 하는 질문을 통역해 달라고 부탁했다.

"만약 당신 아들이 자라서 수술하면 정상적으로 걸어 다닐 수가 있었는데도 불구하고 당신이 거절하여 그 기회를 놓쳤다는 사실을 알게 되면 그 아이가 당신에 대해 어떻게 생각하겠습니까?"

그 말을 듣자 그녀는 그렇게 곧 데려와야 한다고 완강히 거부하던 자세를 누그러뜨리며 하루 더 병원에 있어도 좋다고 허락했다. 하루 더 머물게 된 바로 그날 오후 소년은 수술을 받았다. 끝내 어머니의 승낙을 받지 못하고 병원에서 그냥 수술을 강행한 것이었다. 18개월 동안이나 축 처져 있었던 대퇴골과 골반 사이에 생겨났던 연골조직이 죄다 제거되고 대퇴골은 다시 제자리에 제대로 맞추어 넣어졌다. 3주 만에 소년은 목발 없이 단지 다리를 약간 절며 집으로 돌아왔다. 그는 그후 꽤 재산을 모았고 그 지역에서는 자산가로 통했다. 나의 환갑잔치에서 그는 연신 나에게 고맙다는 말을 아낌없이 쏟아놓았다.

그해 겨울을 나는 또 포어맨 씨 집에서 지내게 되었다. 겨울 동안 난방비를 절약하느라 학교기숙사가 두 달간 문을 닫았기 때문이었다. 내가 거기 머무는 동안 정부에서 폐품을 활용한 작품 경연대회를 열었기 때문에 거기에 출품하기 위해 작업에 들어갔다. 내 방에는 여학생들로 빽빽하게 들어차서 모두들 작품을 만드느라 여념이 없었다. 못 쓰는 커튼을 가늘게 잘라 그것을 꼬아 만든 양탄자에서부터 대나무로 코바늘을 손수 만들어 그것으로 굵은 삼베에다 수를 놓아 만든 쿠션 커버, 그리고 헌 넥타이 등 잡동사니에서 잘라낸 실크로 색색가지 무늬를 놓은 방석 커버, 대나무를 가늘게 쪼개어 가장자리를 댄 밀짚으로 엮은 바구니까지 갖가지 특색을 지닌 작품들이 나왔다.

어떤 학생들은 사과상자에 천, 벽지, 마분지 상자 등을 재료로 하여 아주 근사한 삼층장을 만들기도 했고 각자 저마다의 아이디어에서 나온 독특한 작품들을 만드느라 방은 열기로 가득 찼다.

앞서 언급한 바 있지만 현대 심리학과 예수의 '산상수훈'에 기초를 두어 쓴 「현대 심리학으로 고찰해 본 산상수훈」이란 글을 쓴 것은 바로 그해 겨울이었다. 마침 포어맨 씨 집에 함께 기거하면서 타이피스트 겸 등사 미는 일을 담당하는 여자가 있었다. 내 원고의 스텐실을 그녀가 타자 쳐주었고 나는 등사용지를 사 와서는 등사기로 인쇄해서 250권의 책을 만들어 냈다. 물론 제본은 호치키스로 찍어 거기에다 얇은 표지를 씌웠다.

그 다음 학기의 기독교인의 삶의 철학 시간을 위해서 나는 또 「성숙의 기준」이란 제목의 글을 썼다. 역시 앞서 말한 바 있듯이 해리 오버스트리트가 쓴 〈성숙한 마음〉이란 책을 토대로 삼은 것이다. 말하자면 예수의 일생과 가르침을 이러한 성숙의 기준과 비교한 것이다.

학교가 설립된 지 얼마 되지 않은 데다 나무라고는 없어 벌거숭이 모습을 하고 있었기 때문에 나는 박스슈러브(회양목)라는 이름을 가진 관목을 사서 본관 앞의 뜰에다 심었다. 그리고 꽃밭에 심을 꽃씨는 미국의 버피 종묘상에다 몇 가지 주문했다. 또 홍은동 집에서 겨울에도 잘 견디는 아마릴리스 구근(球根) 125개와 등나무, 라일락, 그 외 몇 종류의 관목들을 가져왔다. 그리고 U자형으로 된 기숙사 건물 앞의 볕이 잘 드는 쪽에다 돌과 바위를 매일 조금씩 날라다가 돌 화단을 꾸몄다. 거기에다 포어맨 부인이 준 겹채송화도 돌 사이사이에 한 줄로 심었다.

또한 공예품을 만들기 위한 작업실이 필요해서 흙벽돌을 직접 빚어 그것으로 건물을 하나 짓기로 결정을 보았다. 이 벽돌 만드는 작업을 미 육군 대령으로 제대한 찰스 A. 앤더슨 씨가 도와준 덕분에 빨리 진척되어 그해 봄에 건물이 완공되었다. 그는 또 별로 특별한 사료비가 들지 않고 거의 기숙사 식당에서 나오는 음식찌꺼기로 먹일 수 있는 듀록저지 종(種)의 돼지도 기증하였다.

학생들의 도움을 받아 이렇게 캠퍼스의 조경(造景)을 맡아 하기도 했지만 내가 담당한 과목은 '기독교인의 삶의 철학' 외에도 미술디자인도 있었다. 이렇게 무슨 일이건 닥치는 대로 맡아야 했고 내가 간 첫해의 크리스마스 때는 연극 지도까지 했다.

나는 처음 1년만 있기로 하고 왔으나 고황경 박사가 1년만 더 있어 달라고 청을 해왔다. 나는 1년을 더 남편과 떨어져 있을 수 없다고 했다. 그랬더니 고황경 박사가 뉴욕의 선교위원회에다 부탁해서 데이비스도 2년 계약으로 서울여대에서 가르치기로 결정을 보았다. 데이비스마저 한국으로 오게 되면 그 우량종의 젖소와 그 외 농장 일을 우리가 고용했던 흑인 부부에게 맡기고 와야 한다는 것을 의미했다. 그들은 그동안 줄곧 우리와 함께 농장에 머물면서 우리가 가르치는 대로 성실하게 일했기 때문에 잘해 나갈 것으로 믿었다.

데이비스도 우리의 계획에 찬성하여 1962년도의 첫 학기가 시작되는 3월초에 서울여자대학으로 왔다. 그리하여 데이비스는 내가 겨우 시작만 해놓은 농업 일을 맡아 하게 되었다. 여학생들과 함께 농장에다 여러 가지 작물을 심고 돼지 기르는 법과 돼지들이 낳은 새끼들을 돌보는 법 등을 가르쳤다.

또한 데이비스는 병아리도 살 계획을 세웠다. 그래서 나는 나무로 된 병아리 장을 손수 만들었다. 우선 나무로 틀을 짠 후에 거기에다 가로세로 4cm 간격으로 짠 굵은 철망을 씌웠다. 그리고 밑에는 약간의 공간을 남겨 놓고 1cm 간격으로 짜진 가는 철망을 받쳤다. 이를테면 병아리들이 들어가서 먹고 자고 할 방바닥이 되는 셈이다. 그리고는 그 밑에 아연도금을 한 네모 쟁반을 받쳐 병아리의 똥을 받을 수 있게 하고 똥이 차면 그것을 통째 빼내서 치울 수 있게 하였다. 그리고는 병아리 장 바깥 삼면에다 모이통을 설치하고 나머지 한쪽 면에는 물통을 부착시켰다. 그러면 굵은 철망 사이로 머리를 내밀어 모이를 먹을 수 있고 물도 마실 수 있는 것이다. 질병을 방지하기 위해서 매일 한 번씩 물을 갈아주고 거기에다 과망간산칼리 덩어리를 넣어주었다.

학생들은 곡식 사료 이외에도 클로버(토끼풀)와 다른 풀을 뜯어 모아 잘게 썰어 병아리에게 먹였다. 이렇게 해서 모두 700마리의 암평아리를 키웠는데 그중 단지 15마리만 병들어 죽고 다 잘 자랐다.

데이비스는 인부들을 데리고 돌로 기숙사 뒤편의 축대를 쌓는 일도 했다. 어미닭들을 키우려고 그가 지어놓은 계사 부근에다 닭에게 먹일 우물도 팠다. 그때만 해도 수도가 설치되지 않아 날이 가물 때면 식수도 부족한 형편이어서 우물이 하나 더 있으면 여러 모로 편리했다. 계사도 역시 철망으로 바닥을 놓았기 때문에 닭똥이 자동적으로 받쳐졌고, 철망은 비스듬히 기울어져 있어 알을 낳을 때마다 아래에 받쳐 놓은 통속으로 미끄러져 들어가게 되어 있었다. 계란 생산량은 언제든지 90%를 초과했다.

한번은 암퇘지 한 마리가 새끼를 열두 마리나 낳았다. 젖꼭지가 8개 밖에 되지 않으니 네 마리는 굶어 죽을 판이었다. 그래서 각각 4마리씩 상자 속에 집어넣어 세 그룹으로 나누어 젖을 먹일 시간이면 언제든지 두 그룹만 밖으로 내놓아 젖을 빨게 했다. 그리고 다음번에는 젖을 먹지 못한 그룹을 내놓아 젖을 빨게 한다. 이렇게 순번제로 먹인 결과 한 마리도 죽이지 않고 키워 낼 수 있었다. 또한 똥오줌으로 더럽혀진 돼지우리의 바닥을 삽으로 떠서 뒤집어 놓으면 청소도 될 뿐만 아니라 거의 황무지에 가까운 메마른 땅을 비옥한 땅으로 바꾸어 놓을 수도 있었다. 또한 우리의 위치를 조금씩 옮기기만 하면 양질(良質)의 땅을 점점 넓혀 갈 수 있었다. 그리고 기숙사 건물 앞에 만들어 놓은 돌 화단에 돼지 똥으로 거름을 해보았다. 그랬더니 돼지 똥거름을 준 곳의 화초들은 잘 자라 아름답게 꽃을 피웠다. 누군가가 연탄재가 좋다고 하여 나머지 화단에다 연탄재를 부수어 놓았더니 전혀 효과가 없었다.

데이비스가 한국으로 오기 전, 버로우즈 농장에 혼자 있을 당시 나는 그에게 내가 심어놓았던 아이리스 구근을 캐어서 부쳐주도록 부탁했던 적이 있었다. 아이리스는 돌 화단의 맨 위에 심어 바로 기숙사 창문 아래에서 피었다. 여기에 돼지 똥으로 거름을 주었더니 꽃도 잘 피고 번져 나가는 속도도 훨씬 빨랐다.

우리는 학교농장에서 키울 젖소를 구하려고 여기저기 알아본 결과 마침내 캘리포니아 낙농장으로부터 등록된 저지 소를 보내준다는 약속을 받아낼 수 있었다. 데이비스의 감독 아래 곧 외양간과 건초를 쌓아 둘 헛간을 짓기 시작했고 소가 도착하기 전에 예정대로 완성시켰다.

농장을 시작할 무렵 고 박사는 나에게 도움을 청하면서 학생들에게 실제적 경험을 줄 수 있는 농업교육이 되어야 함을 강조하였다. 그러면서 거의 교실 안의 이론 강의에만 급급하고 있는 농업학교들의 잘못을 지적하며 그 결과 거의 실제로 농업에 관한 일을 해 보지 못한 학생들은 별수 없이 도시의 빌딩 속의 샐러리맨이 된다고 역설하였다.

데이비스나 나나 농업 분야의 학위는 받지 않았지만 농장과 목축업을 과학적으로 경영하는 방법에 대해 연구했고 또한 그러한 분야의 경험도 많이 쌓았다. 그러나 데이비스가 농지 경작에 있어서나 목축에 있어서나 성공적으로 일으켜 놓으니 학생들은 농업이론을 가르쳐주지 않는다고 불만이었고 또 농과 교수라는 자가 농업 분야 박사학위도 없다고 불평을 터뜨렸다. 학생들은 고 박사에게 압력을 가했고 그녀는 견디다 못해 농업 분야에 박사학위를 받은 교수를 한 사람 구하게 되었다.

나는 첫해에 미술 디자인을, 그 다음해에는 유럽과 중동 문화의 고대 장식디자인을 가르쳤다. 앤더슨 대령이 가죽 제품을 만드는 데 필요한 공구 일체와 쇠가죽 토막을 한 뭉치 갖다 주어 그것으로 가죽 세공법도 가르칠 수 있었다. 그는 또 '앤더슨 홀'이라 명명한 실습실에서 학생들에게 목공을 가르치기도 했다. 그는 실습실을 짓는데 드는 재료와 인건비를 쾌척했을 뿐 아니라 목공에 필요한 공구를 제공하기도 했기 때문에 그 건물을 그의 이름을 따서 지었던 것이다.

나는 또 리놀륨 판화로 카드나 천 위에 무늬를 찍는 법과 바늘과 실을 사용한 책 제본법도 가르쳤다. 서미트 뉴욕 교회가 구입하여 선편으로 보내준 직조기와 실이 세관에 몇 달이나 묶여 있는 바람에 나는 직조기 없이도 가르칠 수 있는 날실 만드는 법과 우리가 간단하게 만든 허리 직조기로 피륙 짜는 법을 가르쳐 주었다. 다음해에는 학기가 시작되면서부터 가정과 실습실과 직조실이 들어설 커다란 퀸셋이 세워졌다.

이 무렵 마침 선명회에서 지금까지 해왔던 직조기술 강좌를 그만두게 되어 그들이 사용하던 직조기를 서울여대에 기증하게 되었다. 나는 직조실에다 그것들을 알맞게 배치했다. 그중 몇 대는 수리를 해야 했다. 그래서 나는 목수에게 수리를 부탁했고 또 부러진 직조기를 금속으로 된 깔쭉톱니바퀴로 단단하게 조였다. 어떤 직조기는 폭이 250cm 가량 되게끔 짤 수 있었고 또 어떤 것은 240cm, 혹은 100cm폭도 있었다. 목수는 또 날실을 만들 때 쓰는 실패와 날판, 그리고 실이 꼬이지 않게 하는 래들도 만들었다. 선명회는 실도 한 보따리 보내주었는데 그것들은 커다란 주스 깡통에 감겨 있었다. 그런 주스 깡통을 산더미만큼 보내주었다. 어떤 깡통은 녹이 슬어 실에 녹물이 들어 있었다. 나는 우선 두꺼운 마분지로 실감개를 만들었다. 그리고 녹슨 깡통의 실을 실감개를 써서 실꾸리에 죄다 옮겨 감았다. 그렇게 하면 실꾸리 채 직조기 속의 실패에 넣어 사용할 수 있기 때문이다. 나는 단 1분도 쉬지 않고 이것을 옮겨 감았고 학생들은 시간이 나는 대로 와서 나를 도와 함께 실을 감았다. 그런 후에 색깔별로 전부 구분하여 붙박이장의 서랍 속에 차곡차곡 쟁여넣었다.

드디어 세관으로부터 직조기와 실이 오랜 감금에서 풀려나왔다. 우리는 그때부터 베 짜는 일에 한층 박차를 가할 수 있었고 또한 다른 종류의 베도 짤 수 있게 되었다. 우리는 폭이 넓은 직조기를 그 폭대로 짜지 않고 짤막한 실로 폭이 좁은 천을 짜곤 했다. 그렇게 하면 짧은 시간 안에 베 짜는 법을 배울 수도 있었고 실도 훨씬 절약되기 때문이다. 미국에서 보내온 20cm 짜리 스트락토 탁상 직조기는 베 짜는 기술을 단시간에 배울 수 있어 좋았고 실이 적게 들어 아주 편리했다.

이렇게 베 짜는 법을 마친 후 다음에는 레이스 짜기, 콜로니얼오브쇼트, 서머 앤드 윈터, 터프팅, 그리고 매듭을 맺어 그 윗부분을 잘라서 바닥을 보풀보풀하게 만드는 오리엔트식 양탄자 만들기 등을 가르쳤다. 학생들은 그런 모든 기술들을 잘도 소화했고 콜로니얼오브쇼트는 그들 나름대로 디자인을 고안하여 응용하기도 했다. 나는 그 모든 방법들을 전부 적어 기숙사 사감에게 번역을 부탁했다. 이해를 돕기 위해서 직조기와 부품, 그리고 레이스 짜기며 오버쇼트 등의 기본 패턴들을 일일이 그려 넣었다. 그리고 그것들을 등사해서 학생들에게 전부 한 부씩 나누어 주었다. 그 이듬해에는 소 두 마리 반에 해당하는 쇠가죽을 구입하여 그 전해에 배웠던 가죽세공 기술을 이용하여 가방, 지갑, 그리고 가죽세공 공구로 가죽에 무늬를 새겨 만든 책 표지 등을 만들었다.

앤더슨 대령은 가스를 만들어 내기 위해 큰 구덩이를 팠다. 그리고 구덩이를 시멘트로 씌운 후 거기에다 변소의 인분(人糞)을 퍼다 부었다. 그러면 거기에서 에탄가스가 발생하고 그것으로 연료를 대신할 수 있었다. 우리는 분젠 버너를 몇 개 가지고 있었는데 나는 이듬해에 거기에서 생산되는 에탄가스를 이용하여 보석으로 장식품을 만드는 기술, 그리고 쇠붙이를 달구어 두들겨서 단지 모양에서부터 목이 길쭉한 모양 등 갖가지 생김새의 꽃병을 만드는 방법도 가르칠 심산을 하고 있었다. 그 외에 신입생들을 위한 가죽 세공품이라든가 베 짜는 것 외에도 도자기나 점토조각 등을 가르칠 계획도 세워두었었다.

그럴 즈음 고박사가 미술 과목을 가르칠 사람을 구할 수 있었고 그래서 그 사람이 공예미술을 담당하게 되었다. 데이비스와 나는 뉴욕 선교위원회와의 계약기간을 연장 받았지만 우리가 지금까지 해 왔던 일을 맡아서 할 사람이 온 이상 더 이상 있을 필요를 느끼지 못했다.

그러나 미국의 농장은 기대했던 바와는 달리 흑인 부부에 의해서 도저히 수습할 수 없는 단계까지 가버렸다. 그들은 농장에 들어갈 자금이며 거기서 나오는 수입 모두를 제멋대로 써버렸고 소마저도 여러 마리가 죽어버린 데다 청구서는 계속 쌓여만 갔다. 할 수 없이 데이비스가 일을 수습하러 미국으로 갔다.

우리는 미리 버로우즈가(家)와 연락해서 소와 농기구까지 포함하여 농장을 매매하기로 합의를 보았기 때문에, 계약을 하고 가격을 정하는 등의 문제를 처리하기 위해 간 것이다. 우리가 서울여대로 오는 바람에 농장에 투자한 60,000 달러에서 반도 건져내지 못한 결과를 빚은 것이었다. 그러나 어차피 한국으로 오게 되었고 농장조차 여의치 못하여 우리가 옛날에 지어놓았던 집으로 다시 돌아가 한국 사람들을 위해서 일하기로 결정을 보았다. 그러나 미국에서 내가 가장 사랑했던 땅, 가장 애착을 느꼈던 그 농장을 팔게 된 것은 못내 아쉬웠다. 그것은 새로운 출발을 위한 하나의 희생이었다.

데이비스는 열흘 정도 걸려 농장 처분 문제를 일단 마무리 짓고 돌아왔다. 그가 돌아오자 우리는 곧 우리가 해왔던 일을 맡게 될 사람들에게 학교일을 맡기고 서울여대를 떠나기로 완전히 결정을 보았다. 비록 새로 온 농과 교수가 농지 경작에 대해서만 조예가 있을 뿐 목축업 분야에 관해서는 그렇게 아는 바가 없었지만 마음먹은 대로 하는 게 좋을 것 같았다.

우리가 거기 있을 때는 학생들에게 햄과 베이컨 만드는 법도 가르쳤다. 그러나 얼마 안가 그것도 어렵게 되어 버렸다. 허가 없이 돼지를 잡을 수 없도록 되었기 때문이다. 돼지를 잡기 위해서는 우선 허가를 받아야 하는데 그것이 3월초나 되어야 나온다는 것이었다. 돼지가 듀록저지 종이었기 때문에 비계는 거의 없고 대부분이 살코기여서 햄이나 베이컨을 만드는 데는 아주 적격이었다.

허가를 얻자 곧 돼지를 잡아 엉덩이살과 허벅지살을 떼어내고 어깨살, 옆구리살 등도 구분해서 도려냈다. 그러나 날씨 때문에 계속 돼지를 잡을 수가 없었다. 3월이라 하루는 좀 쌀쌀한가 하면 그 다음날에는 갑자기 너무 따뜻하여 고기를 제대로 식힐 수가 없었다. 그래서 우리는 얼음을 사야 했고 그것을 고기에 쟁여 커다란 김장독에 담아두었다.

고기의 열기가 모두 빠지고 완전히 식은 다음에야 소금물에 담글 수가 있다. 소금물을 만들 때는 보통 굵기의 흰 소금을 사용해야 하고 거기에다 초석(硝石)과 흑설탕을 넣어야한다. 소금물이 만들어지면 거기에다 3

주가량 고기를 담가 둔다. 그리고는 다시 고기를 끄집어내어 맑은 물에 밤새 담가야 한다. 그런 다음에 고기를 널어서 말린다. 우리가 고기를 말 릴 때는 계절이 계절이니만큼 파리 떼가 날아들어 고기를 일일이 광목으 로 덮어야만 했다. 겨울 방학이 가장 적기였지만 우리는 그 기회를 놓쳐 버렸던 것이다.

고기가 다 마른 다음에는 훈제를 하는데 훈제 때는 보통 사과궤짝보다 3배 정도 큰 이삿짐 싸는 커다란 상자를 이용한다. 맨 처음 상자를 둑에 다 갖다 놓은 다음 밑 부분을 뜯어내고 뚜껑에다 고리를 박아넣는다. 그 리고는 고기를 고리에 건다. 그 다음에는 300m쯤 떨어진 움푹 파진 도랑 (물이 말라 버린 곳이라야 한다)에다 불을 피운다. 너무 큰 규모로 불을 피워서도 안 되고 모닥불 정도면 충분하다. 이 연기를 고기에 씌워야 하 기 때문에 난로를 설치할 때 사용하는 양철로 된 굴뚝을 상자의 터진 밑 부분에다 연결시켜 열흘 정도 계속 불을 땐다. 미국에서 주로 쓰는 히코 리 나무를 구할 수가 없어 우리는 대신 밤나무로 불을 땠다. 불길이 너 무 세거나 하여 고기가 타는 일이 없도록 불길은 항상 적당한 크기로 조 절해야 한다.

미국 대사가 우리가 만든 햄과 베이컨을 사 가지고 갔는데 베이컨은 자그마치 돼지 1마리분에 해당하는 옆구리살로 만든 커다란 것이었다. 대사 부인은 맛이 있다고 칭찬을 자자하게 했다. 온통 살코기로만 된 것 이라 맛이 있을 수밖에 없었던 것이다.

나는 또 버터와 치즈 만드는 법도 가르쳤다. 이것은 응유효소를 사용 하여 신선한 우유를 응고시켜 만드는 것으로, 응고가 된 뒤에는 다시 이 것을 약한 불에 올려 서서히 데워 응유(凝乳)와 유장(乳漿)이 분리되게 한 다음 이것을 체에다 걸러낸다. 체에다가 삼베 따위를 씌운 후 이 분리된

우유를 부으면 응유만 남고 유장이 빠져 나오게 되는 것이다. 가정과 과목에 포함되어 있진 않았지만 만약 고박사가 찬성한다면 나는 또 과일과 야채류를 생으로 통조림 하여 겨울동안뿐만 아니라 몇 년이고 오래 저장해두는 법과 잼 만드는 법도 가르치고 싶었다.

서울여대에서의 마지막 여름을 보내면서 나는 날실을 만들고 또 패턴을 미리 만들어 놓느라고 온통 직조기의 발판을 밟으면서 보냈다. 이듬해 필요한 모든 것들을 준비하기 위함이었다. 새로 온 공예 담당 교수가 베 짜는 법을 몰랐으므로 베 짜는 시간은 맡아서 가르칠 용의도 있었다.

그러나 우리가 홍은동 집으로 돌아와 채 자리도 잡기 전에 서울여대의 화재사고 소식을 들었다. 가정과에서 염색하는 법을 배우고는 염료를 데우려고 피운 숯불난로를 완전히 끄지 않은 채 실습실에 보관했던 모양이다. 불은 그 난로에서 딴 데로 옮겨 붙어 실습실 전체를 태워 버렸고 불이 난 사실을 알았을 때는 이미 실습실의 전체 직조기가 재와 고철덩어리로 변한 뒤였다. 여름 내내 부지런히 했던 나의 200시간의 일은 모든 기계며 그에 딸린 부속품들과 함께 고스란히 연기로 사라져 버린 것이었다.

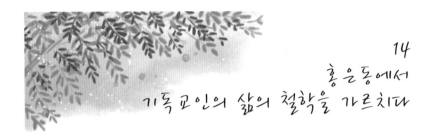

비록 서울여대를 떠나오긴 했어도 내가 가르쳤던 '기독교인의 삶의 철학'이란 시간은 두고두고 가르칠 만큼 학생들이나 나나 애착을 가진 과목인지라 내가 홍은동 집으로 온 뒤에도 학생들은 나를 찾아와 그 강의를 듣고자 했다. 그래서 강의는 이를테면 비공식적으로 계속된 셈이었다. 서울여대에서 함께 나의 강의를 들었던 서울시립농대 학생들도 함께였다.

서울여대에 있으면서 서울대학교 상과대학에서 1주일에 한 번 회화를 가르쳤기 때문에 홍은동 집에 돌아온 뒤에도 계속 거기는 나갔다. 그런데 나는 거기서 90명의 학생들에게 2시간 동안 회화를 가르쳐야했다.

그야말로 불가능에 가까웠다. 나는 학교에다 이야기를 해서 90명의 학생들에게 회화를 가르친다는 것은 무리라고 말을 했다. 몇 사람 정도가 도움을 받을 수 있을지 모르는 일이었다. 게다가 2시간 동안 서서 볕이라고는 들지 않는 추운 강의실에서 가르친다는 것은 너무 힘들었다. 그래서 나는 작고 볕이 잘 드는 양지 바른 강의실에서 35명 정도에 한해서 가르치게 해달라고 요구했다.

교실에는 난롯불이란 아예 구경조차 할 수 없는데다 북쪽으로 난 교실이어서 어찌나 추운지 두터운 외투와 털모자, 그리고 부츠까지 신었는데도 추위는 뼛속 깊이 스며들었다. 학교 측에서 나의 요구를 들어주었다. 그리고 학교에서는 다시 해외로 나갈 교수들을 위해서도 회화를 가르쳐 달라는 부탁을 해 왔고 그래서 나는 두 그룹을 가르치게 되었다.

교수 그룹에 그 당시 상과대학 학장이었던 최문환 박사도 있었다. 그는 일본인 교사에게 영어를 배웠는데 그 일본인 교사는 또한 독일인 교수에게서 영어를 배웠다. 그래서 그의 발음은 독일식과 일본식 영어 발음의 혼합형이었고 도무지 알아들을 수가 없었다. 'W'는 전부 'V'로 발음했기 때문에 이를테면 워즈(was)는 바스(vas)로 말했던 것이다. 'A'는 일률적으로 '아'로 발음했고 심지어는 'I'마저 모조리 '아'로 소리 냈다. 그의 독해력은 물론 뛰어났지만 그가 말하는 영어를 알아듣는다는 것은 영어를 모국어로 하는 사람으로서는 정말 불가능에 가까운 일이었다. 그러나 그는 참으로 머리가 좋았고 거기에다 또 굉장한 노력가여서 회화를 배운 지 1년도 되기 전에 미국으로 여행을 갔고 거기에서 통역도 없이 잘 해냈다.

그는 시카고에서 나에게 편지를 보내왔다. 옛 미국 친구를 거기서 만났는데 그 친구가 감탄하며 도대체 언제 그렇게 훌륭한 영어를 배웠느냐고 물었다는 것이었다. 옛 친구의 이 같은 찬사에 그는 굉장한 만족감을 맛보았을 것임이 틀림없다.

최박사가 서울대학교 총장이 된 후에도 나에게서 영어를 배우는 일은 계속 되었다. 왜냐하면 자주 외국 손님을 접견해야 할 위치인데 그들이 하는 말을 정확히 알아듣고 거기에 대해 적절한 대답을 할 수 있을지에 대해 확신할 수 없었기 때문이었다.

내가 그를 가르치기 시작한 지 1년이 되어갈 무렵이었다. 그는 갑자기 뇌졸중으로 쓰러졌고 그 길로 병원에 입원을 했지만 그후 얼마 살지 못하고 세상을 떠났다. 그것은 한국 교육계에 있어서 참으로 하나의 비극적인 손실이었다. 그렇게도 학생들을 잘 이끌어나갈 수 있는 탁월한 능력을 가진 사람도 아마 드물 것이다.

상과대학 학생들의 회화시간이었다. 한 학생이 나에게 질문을 했다. 나는 도통 그의 말을 알아들을 수가 없었다. 나는 다시 한 번 되풀이 해 달라고 말했다. 그러나 이번에는 더욱더 이해할 수가 없었다. 그래서 나는 그가 한국어로 질문한 것이 틀림없다고 결론을 내리고 다른 학생에게 그 학생의 질문을 통역해 달라고 부탁했다. 한국말은 거의 알아듣지 못했고 또한 학생의 질문이니까 나로서는 답변을 해 줄 의무가 있었으니 그럴 수밖에 없었다. 그랬더니 통역을 부탁받은 학생이 대답했다.

"그것도 역시 영어인 걸요."

질문을 한 학생은 지방의 작은 고등학교를 졸업했고 거기에서 발음이 좋지 않은 한국인 영어 교사에게 영어를 배웠던 것이다. 이 학생 역시 4시간이나 걸리는 먼 곳에서 홍은동까지 와서 우리 모임에 참석했다. 그는 상과대학에서 단지 1년 동안 영어회화를 공부했을 뿐이었지만 졸업할 때까지 4년 동안을 꼬박꼬박 모임에 나왔다. 우리가 만든 모임은 원래 서울여대의 '기독교인의 삶의 철학'이란 강의에서 비롯되었기 때문에 물론 일종의 종교적인 색채를 띠긴 했지만 영어를 듣고 말하는 데 있어서 커다란 도움이 되었다.

그는 우리 모임에서 회화에서나 듣기에서나 가장 정확한 발음으로 말하고 가장 이해가 빨랐다. 또한 그는 토플 시험에서도 상당히 우수한 성적을 얻었고 미국으로 유학 가서 1년 만에 경영학 부문 석사학위를 받았다. 그는 나중에 한국 수출입은행의 과장이 되어 귀국하였고 그 뒤 다시 그 은행의 뉴욕시티 지점으로 파견 나갔는데 지금은 아마 승진을 거듭하여 상당한 지위에 올랐을 것이다. 그도 역시 열심히 공부했고 굉장히 두뇌가 명석했다.

1964년 나는 〈코리아 헤럴드〉와 〈코리아 타임즈〉에 칼럼을 쓰기 시작했다. 그 글을 읽고 많은 학생들이 우리 집을 찾아왔고 그리고는 우리 모임의 회원이 되었다. 그들 중 몇몇은 바쁜 직장생활에서도 짬을 내어 지금도 가끔 나를 찾아온다.

여학생 중에는 병조림 만드는 법을 가르쳐달라고 하는 학생도 있었다. 그러면 내가 병조림을 만들 때 그들을 불렀다. 그래서 온갖 과일로 잼을 만드는 법이라든가 야채나 과일을 생으로 오래 보관하는 법 등을 가르쳤다. 또한 가끔 우리 집 근처의 근사한 집들을 짓고 사는 이웃의 부인들도 나에게 병조림 만드는 법을 가르쳐달라고 부탁해온다. 그럴 때는 그들 중 한 사람의 집으로 내가 직접 간다.

그 집으로 가보면 이미 자기들끼리 연락해서 배우고자 하는 부인들이 전부 모여 있다. 그러면 나는 그들에게 만드는 법을 가르쳐준다. 해마다 나는 수백 개도 넘는 병에다 갖가지 야채나 과일을 병조림하여 저장해 두었다가 겨울을 나곤 한다. 우리 집 넓은 뜰에는 감나무며 복숭아나무, 배나무 등의 과수(果樹)가 있고 또 봄이면 여러 야채들을 심어 가꾸기 때문에 수백 개의 병에다 거의 돈을 들이지 않고도 병조림을 할 수가 있다. 겨우내 그것으로 양식을 삼다시피 하니 사실 식비는 극히 적게 들어간다. 우리 집의 압력솥은 태평양을 세 번이나 건너온 것으로 40여 년이나 나와 함께 지내왔다. 그래도 아직은 쓸 만하다. 물론 찜통도 병조림할 때에 사용할 수는 있지만 병을 찜통 속에 넣고 물이 병위로 조금 올라오도록 부은 후 한참을 끓여야하기 때문에 시간이 많이 걸릴 뿐만 아니라 연료도 훨씬 많이 들어 압력솥에 비해 그렇게 경제적이지는 않다.

때로는 성경을, 또 때로는 종교적인 서적들을 교재로 하여 공부하고 토론도 해온 우리 모임은 그러니까 1961년부터 시작되어 온 셈이다. 지금은 학생 수가 점점 늘어나 우리 집의 6평짜리 거실 겸 서재가 비좁아 몇 년 전 데이비스의 제안으로 집 뒤의 창고를 개조해서 거기에다 공부방을 하나 만들었다.

　학생들과 함께 그 방을 만들면서 데이비스는 학생들에게 돌로 벽을 쌓는 법을 가르쳐 주었다. 연세대학교에서 천정이며 벽에 쓸 절연재와 합판을 가져다주어 겨울철 추위에도 그렇게 많은 영향을 받지 않도록 튼튼하게 지을 수 있었다. 이 방은 60명 정도는 충분히 수용할 수 있고 간혹 특별한 일이 있어 사람이 많이 올 경우에는 70명도 좀 비좁으나마 아쉬운 대로 앉을 수 있다. 그리고 추운 날이면 석유난로를 피워 쾌적한 온도에서 공부할 수 있게 되어 있다.

15
데이비스가 있는 곳이면
그곳이 나의 집이다

　몇 년 전 우리는 재산 전부를 연세대학교에 기증하였다. 장학금을 필요로 하는 가난한 학생들에게 공부할 기회를 줄 수 있다면 우리가 모은 재산이 훨씬 가치 있게 쓰일 것이며 또한 우리가 가고 난 후 재산의 분배 문제로 친척들 간에 시끄러운 분쟁이 일어나는 것도 피할 수 있을 것이다. 그래서 연세대학교는 전화요금에서부터 전기요금, 그리고 중앙난방식 설비에 소요되는 기름 값까지 우리가 필요한 것의 거의 대부분을 해결해 준다. 그리고 풀을 벤다든가 하는 사소한 작업에서부터 큰 장정을 요하는 일까지 일일이 맡아서 해주며 우리들의 늘그막 생활을 돌보고 있다. 우리는 그들의 친절한 배려에 항상 마음속 깊이 감사한다.

　내가 지금까지 살아오는 동안 가장 즐겁게 해온 취미라면 아이리스를 섞어 가꾸는 일이다. 아이리스는 무지개에서 찾아볼 수 있는 색깔이란 색깔은 다 낼 수 있다. 그만큼 온갖 미묘한 색깔의 꽃이 피어난다. 우아한 꽃잎의 선이며 보드라운 꽃잎의 감촉, 그리고 고운 향기는 온통 나를 사로잡는다. 저마다의 색깔, 저마다의 향기를 가진 꽃들 앞에 서 있노라면 나는 그만 위대한 창조의 힘에 압도되고 만다. 그 위대한 힘은 이토록 아름다운 자연을 우리에게 안겨준 것이다.

　아이리스는 원래 몇 가지 색깔밖에 없었다. 그런데 사람들이 이것을 수정시켜 지금은 수백 가지 색깔의 아이리스가 생겨나고 있다. 해마다 새로운 색깔이 소개되는데 거기에는 오직 한 가지 색깔만 띤 단색의 꽃도 있고 또 여러 가지 색깔이 채색된 것들도 있다. 수정하는 방법은 맨 먼저 두 그루의 꽃을 정한다. 물론 색깔은 다른 것이라야 한다. 그다음 한 쪽의 수술을 떼어 낸 후 상대방 꽃의 수술을 수술이 제거된 꽃의 암술에 묻혀 주면 된다. 그런 뒤 그 씨를 받아 심으면 수십 가지 색깔을 한 꽃들이 제 각각 모양도 조금씩 달리하며 피어난다. 물론 단색의 꽃도 있고 배색의 꽃도 있다. 이렇게 하여 한 해에 수백 가지 새로운 꽃들을 만들어 내고 있다. 꽃들 중에 가장 아름답고 가장 특이한 꽃을 골라 널리 선전하여 사람들에게 보급시키는 것이다. 그러나 일단 그 새로운 꽃에서 나온 뿌리줄기(根莖)는 언제나 그 꽃이 지녔던 색깔과 모양을 하고 나온다. 그러므로 사람들은 꽃을 보고서 마음에 드는 것을 골라 그 뿌리줄기를 심으면 된다.

매년 나는 이렇게 변종(變種)들을 만들어내는 전문가들로부터 새로운 색깔을 주문한다. 서울여대에 있던 첫해에 데이비스가 미국 농장에서 보내준 아이리스는 퍼질대로 퍼져 나누어 주기도 하고 팔기도 할 만큼 많이 불어났다. 나도 처음에는 서너 가지 색깔밖에 가지고 있지 않았지만 이것들이 해마다 번식하고 또 거기에다 새로운 색깔을 사들이곤 하여 지금은 300가지 이상의 색깔들이 피어난다. 그리고 이것들은 추위에도 강하여 아무리 추운 겨울에도 하나도 얼어 죽는 법이 없다. 그러나 아이리스는 물을 싫어한다. 그래서 아이리스를 심을 때는 언제든지 15cm~20cm 되게 흙을 북돋우어 두둑을 만들고 그 위에다 심어야 한다. 이렇게 하면 여름철 장마에도 빗물이 고여 있지 않고 쉬 빠져나가 잘 자란다.

아이리스는 추위에 강하다. 그렇긴 하지만 조금씩 추워지는 날씨에 서서히 적응해 가야지 따뜻한 날씨가 계속되다가 갑자기 기온이 영하로 몇 도나 뚝 떨어져 버리면 내한성(耐寒性)이 약한 색깔은 그만 죽어 버리고 만다. 그것도 색깔에 따라 추위에 잘 견디는 것이 있고 그렇지 못한 것이 있다.

원예는 나에게 하나의 즐거움이다. 씨앗을 심으면 거기에서 꽃나무나 화초가 나오고 그리고 꽃이 핀다. 야채류나 곡식류는 또 어떤가. 그것들은 비단 아름다움만을 위해서가 아니라 인간의 영양원으로써도 필요하다. 이러한 모든 것이 나에게 생명의 신비를, 그리고 생명을 창조하는 창조주가 항상 내 가까이에 있음을 느끼게 한다. 인간이 이룩해 놓은 문명은 그 나름대로 편의를 제공하지만 나에게는 자연과 더불어 살아가는 생활이 무엇보다 만족스럽다.

내가 어디에서 무엇을 하든지 나의 삶은 언제나 흥미로운 것들, 즐거운 일들로 가득차 있었다. 번화한 도시생활을 하며 공부를 할 때도, 혹은 내가 선생이 되어 학생들을 가르칠 때도, 그리고 진보된 과학적 지식이나 깊은 영혼의 통찰력을 얻기 위해서 책을 읽을 때도 나의 마음은 즐거웠고 또한 그것은 나의 생을 풍요로운 것으로 만들었다. 그리하여 언제나 알찬 것이 되어 주었다. 가축을 기르고 꽃을 심고, 그리고 내가 얻고 배운 바를 남과 나누는 것 또한 빼놓을 수 없는 즐거움의 하나이며 그것 또한 삶에 벗을 더해 준다.

한국은 이제 나의 고향이다. 나는 그들의 따뜻함과 넘치는 인정을 사랑한다. 그리고 나는 한국의 대지(大地), 그 아름다운 자연을 사랑한다. 산과 바다, 저 멀리 수평선이 아스라이 내다보이는 바닷가와 계곡, 온갖 들꽃과 나무들이 자라나는 풍요의 땅, 그리고 봄과 여름, 가을과 겨울을 골고루 맛볼 수 있는 이곳의 기후를 나는 사랑한다.

그러나 또한 내 가슴 깊이에는 나의 조국, 미국이 언제나 살아 있다. 깊은 사랑과 나의 진심이 미국을 향하여 내 마음 한구석에 자리 잡고 있다. 나라를 세우게 된 그 이념에, 그리고 개척 시대의 지도자들의 영적 통찰력에 대해 나의 사랑과 충정은 언제나 남아 있을 것이다.

나의 조국, 미국에서 내가 가장 사랑했던 곳은 역시 뉴욕 주 록스베리에 있는 버로우즈의 홈스테드 농장이다. 거기서 데이비스와 나는 정말 행복하고 즐거운 나날을 보냈다. 온 마음을 다하여 가꾸고 수리했던 그 집, 땀을 흘리며 밭을 갈고, 그리고 씨를 뿌렸던 농장, 아름다운 자연은 아직 거기 그대로 있다. 그러나 지금은 이미 그 어느 것도 우리의 소유가 아니다. 그리도 편리했던 갖가지 농기구들, 온순한 젖소들, 우리의 가장 가까운 친구였던 견공 래시, 그리고 고양이마저도 지금은 모두 어디론가 떠났다. 그뿐인가, 우리의 그 건강했던 체력도, 몇 시간이고 지칠 줄 모르고 농장 일에 몰두하던 끈기도 지금은 모두 사라져 버렸다.

뒤돌아보면 새삼 감회에 젖는다. 이렇게 애틋한 향수를 품고 홈스테드를 그리워하지만 그러나 한편으로는 마치 요셉이 이집트로 오지 않을 수 없었던 그 옛날을 돌아보며 숨은 의도를 깨달을 수 있었듯이 내가 그렇게 사랑했던 그곳을 포기하지 않을 수 없게 된 것도 어쩌면 하느님의 부름이 아니었을까. 그리하여 우리로 하여금 이 땅의 사람들을 위하여 일하게 하기 위함이 아니었을까. 그리고 인간적이며 감정적인 결속으로 나를 묶어 놓은 이 땅, 그리하여 더욱 우리에게 소중함을 더해 주는 이 땅을 나는 역시 다시 한 번 보고, 아끼고, 사랑하고자 온 것이다.

우리가 홈스테드에 심었던 그 뿌리는 이제 뽑혀지고 여기 이 땅에 이제 우리는 깊이깊이 뿌리를 내렸다. 여기 이곳에서 데이비스와 나는 우리들의 결혼 생활의 첫 장을 열었다. 이 집은 거의 우리 손으로 지어졌다. 우리가 소유한 얼마간의 땅은 우리에게 먹을 것을 제공해 주고 우리로 하여금 아름다운 자연을 가꾸면서 사는 기쁨을 준다. 그리고 그 무엇보다 여기 데이비스가 있다. 그가 있는 곳이면 그곳이 바로 나의 집이며 내 마음은 안온해지고 만족감에 젖는다.

우리가 물질적으로 쌓아온 것을 연세대학교에 양도함으로써 한국의 앞날을 위해 많은 젊은이들에게 조금이라도 혜택을 줄 수 있을 것이고 그뿐만 아니라 우리가 이 세상에 머무는 동안 이 집에서 살 수가 있게된 것이다. 무엇보다 우리의 안락하고 쾌적한 생활을 위해 온갖 편의를 제공하는 연세대학교의 진지한 배려는 마치 우리의 노년을 위한 하느님의 은총처럼 느껴진다. 내 마음의 깊은 고마움과 함께 나는 기꺼이 나의 여생을 한국에서 보내고 또한 이 땅에 묻히리라.

한국은 내가 사랑하는 곳이며 나는 또한 한국 사람들을 사랑한다. 특히, 나는 우리 집 공부방에서 하나의 풍요로운 삶의 비결을 캐내려고 나와 함께 종교서적들을 읽고 토론을 하는 젊은이들을 사랑한다. 나사렛의 예수가 인류에게 바로 그 풍요로운 삶을 가져다주기 위해 그의 생애를 바쳤던 그 비결을 캐내려는 그들을 사랑한다.

(이상의 글은 아그네스 데이비스 김의 저서 『Unrealized Challenge』 1부에 실린 글입니다.)

PART 4

할머니를 회고하며

김주항 선생님과 아그네스 데이비스 김 부부의 생애와 의의

윤순재
(주안대학원대학교 총장
전 몽골 선교사, 전 울란바타르대학교 총장)

김주항, 아그네스 선생님 부부와의 만남

제가 홍은동 산언덕에 있는 김주항 선생님과 아그네스 데이비스 김 선생님 부부의 돌담 집에 가게 된 것은 1978년 겨울, 대학 입학식 직전인 2월이었습니다. 형님(윤영로)이 자기가 다니는 좋은 모임이 있는데, 그날 졸업생환송회 행사가 있어, 선배들이 많이 모이는 날이니 와보라고 해서 따라갔습니다.

서울시내 한복판에 아이리스와 다양한 과수나무들로 가득차 있는 3,000평의 농장과 농장 입구에 자연석을 쌓아 올려 만든 돌집은 갓 입학한 대학생의 호기심을 자극하기에 충분했습니다. 서양식 집 거실에 들어서니 낯선 미국할머니가 편안하게 맞이해 주셨습니다. 모임시간이 되니 대학생과 직장인들로 구성된 50여 명의 젊은이들이 금세 거실을 가득 메웠고, 간단한 명상(meditation)의 시간을 거쳐 찬송가를 부르고, 곧바로 영어책을 읽어가면서 수시로 학생들이 Davis Agnes Kim 선생님에게 질문을 하면 대답해주는 형식으로 약 1시간반 동안 진행이 되었습니다.

PTA(Positive Thinkers Association)를 설립한 아그네스 여사

그날은 대학을 졸업하는 4학년 학생들이 그동안 아그네스 선생님에게서 배웠던 것과 소감을 이야기하면서 자신의 졸업 후 진로를 발표하였고, 후배들이 축하하는 시간을 가졌습니다. 그리고 오랜만에 참석한 선배 사회인들이 자신들의 활동을 소개하고 재학시절 이 모임을 통해 얻은 유익했던 점들을 이야기하는 순서를 가졌습니다. 모든 대화와 발표, 진행을 영어로만 했기 때문에 고등학교시절 영어 회화를 해본 경험이 없었던 저는 주눅이 들었습니다. 그러나 속으로는 '이곳에 빠지지 않고 나오면 영어회화 하나는 제대로 배우겠구나!' 생각했습니다. 그러나 무엇보다도 김주항 선생님, 아그네스 선생님 부부의 홍은동 돌집이 주는 아늑함과 이국적 분위기, 그리고 모임 이름 PTA(Positive Thinkers Association)의 "적극적 사고"라는 의미가 대학 입학을 앞둔 제 마음에 다가왔습니다.

하고 싶은 일이 너무나 많았던 대학시절에 토요일과 주일 오후를 모두 홍은동에 투입할 수 없었기에, PTA 모임과 활동에 적극적으로 참여할 수는 없었지만, 대학을 졸업할 때까지 꾸준하게 정기적으로 Class에 참석하며 홍은동 돌담집을 방문하고, 군복무를 하는 기간 중에도 짬을 내어 참석하였습니다. 제대하고 나서 대학시절의 경영학 전공을 바꿔 신학대학원에 진학을 하고, 결혼을 한 후에도 가끔은 홍은동에서 모이는 중요한 행사에는 참석하곤 했습니다. 그 당시 토요일에는 오후 5시에, 일요일에는 오후 2시 30분에 모임을 가졌는데 보통 20~30여 명의 젊은이들이 꾸준하게 모였습니다. 영어로 진행되므로 영어가 낯설거나 수업의 내용을 다 이해하지 못한 사람들을 위해, 그리고 좀더 깊은 젊은이들의 교제를 위해 홍은동 집에서의 모임이 끝나면 After Meeting을 홍은동 집 앞의 다방에서 가졌고, 때론 신촌으로 나가서 3차 친목의 시간을 만들기도 했습니다.

교육자 아그네스 데이비스 김

김주항 선생님과 아그네스 데이비스 김 선생님 부부는 서울여자대학교를 설립하신 고황경 박사의 초청으로 1961년 다시 한국에 돌아와 1935년 손수 지었던 홍은동 돌집에 정착하면서 자기 집을 개방하여 꾸준히 한국의 젊은 청년들에게 성경과 삶의 지혜가 담긴 기독교 서적을 교재 삼아 그 어떤 대가를 받지 않고 돌아가시기 직전까지 25년 이상 교육 봉사를 하였습니다.

서울여자대학교가 설립될 초창기 어려움에 큰 도움을 주었을 뿐만 아니라, PTA라는 모임을 통하여 그분의 가르침을 받아 사회 각계에 지도자가 된 사람들은 수백 명이 넘습니다. 많은 청년들이 이분들로 인하여 기독교 신앙을 받아들였고, 사회 각 분야에서 건실하게 자리를 잡는데 커다란 영향을 끼쳤습니다. 그 가운데 여러 사람이 대학교수로, 사업가로, 고위 공직자로, 일부는 선교사가 되어 해외로 나가 봉사의 삶을 살기도 하였습니다. 그분의 제자들은 한결같이 단지 영어를 배운 것뿐만 아니라 인생을 살아갈 가장 소중한 지혜를 Davis Agnes Kim 할머니로부터 배웠다고 고백하고 있습니다.

최초의 다문화 가정으로 역경을 이겨낸 인간승리

많은 사람들이 아그네스 데이비스 김 선생님을 "사랑을 찾아 이역만리를 찾아온 벽안의 미인", "식민지 한국인과 국제결혼을 한 용감한 사람", "척박한 한국에 신문명을 가져온 여인" 으로만 생각하는 경향이 있는 것 같습니다. 1930년대 초, 일본제국주의 시대에 미국 드류대학과 콜롬비아 대학원을 나온 엘리트 여인이 나라를 잃은 가난한 식민지 국가였던 한국의 젊은이와 결혼한다는 것이 흥미를 불러일으키는 일이었을 것입니다. 그래서 한국 매스컴에 소개된 두 분은 대개 낯선 결혼과정과 연애 이야기에 초점이 맞춰져 있습니다. 그래서 1950년대에 『나는 코리안의 아내』라는 책이 유명해졌을 때 그 책에 담겨 있는 두 분의 삶의 자세와 정신보다는 두 사람의 연애와 결혼 자체에만 관심들을 가졌습니다.

이승만 대통령이 오스트리아 출신의 프란체스카 여사와 미국 뉴욕에서 결혼하기 일주일 전인 1934년 10월 2일 서울, 장로교선교부의 겐소(Genso, John F.) 선교사, 그의 부인이며 정신여자고등학교 교장을 지낸 겐소 매블(Genso Mabel R.) 선교사 집에서 한국인 목사(감리교 양주삼 감독)의 주례로 결혼식을 치르고, 부부가 홍은동 산언덕에 직접 손으로 집을 지으며 뿌리내리려 하였습니다. 그렇지만 너무나 높은 문화적 장벽과 외국인 아내를 얻었다는 황당한 편견으로 김주항 선생님은 한국 안에서의 거의 모든 활동을 제대로 할 수 없도록 거부당하였습니다. 혼인신고 절차 문제로 결혼식 자체도 예정보다 두 달이나 늦어지게 되는 아픔을 겪었습니다.

그러나 두 선생님은 당시 한국사회에 만연한 국제결혼에 대한 부정적인 편견과 차별을 수십 년 동안 겪으면서도 훌륭하게 가정을 유지하면서, 자신들의 직업과 전공을 통해 국가 발전에 크게 기여하였습니다.

시대의 아픔을 온 몸으로 겪는 좌절의 시기

김주항 선생님은 오산학교와 감리교신학대학을 나온 후 선교사의 도움으로 유학을 가서 미국의 드류 대학, 오하이오 웨슬리안 대학, 보스톤 대학, 콜롬비아 대학에서 우수한 성적으로 당시 가장 높은 수준의 교육을 받았음에도 불구하고, 외국인 아내를 가졌다는 이유로 목사 안수를 받지 못했습니다. 또한 선교사 파송을 요청했지만, 국제결혼이라는 이유로 심지어 외국인선교사들조차도 현지인 지도자인 김주항 선생님을 받아들이지 않았던 것입니다. 선교사들이 한국의 높은 교육을 받고 돌아왔을 때 선교지 현장에서 필요한 현지인 지도자에 대한 배려와 인식이 부족하였던 것입니다. 한국 사회가 아직 다문화 가정을 받아들일만한 여건이 성숙하지 못했기 때문이라고 볼 수 있습니다.

목회의 일이 좌절되자 김주항 선생님은 심훈의 『상록수』의 주인공 최용신과 같은 기독교 지식인 사이에 흥왕했던 '농촌계몽운동'을 통해 조국을 살리고자 하는 일로 방향을 전환하고 결혼 후 살림을 차렸던 홍은동 집 주위를 농장으로 개발하는 일을 하였습니다. 농장을 만들어가는 과정과 결혼 직후에 한국에 시집온 여성 지식인이 겪었던 애환과 기쁨들, 상처와 보람들은 1953년에 미국 뉴욕 The John Day 출판사와 캐나다 토론토 Longmans, Green & Company 에서 동시에 발행한 『I Maried a Korean』에 자세히 나와 있습니다.

다문화가정에 대한 편견과 몰이해로 가득찬 교단의 횡포를 경험하자 오산학교의 스승이었던 다석 유영모 선생의 영향과 당시 영향력이 컸던 김교신 선생과 교분을 가지면서 후배 함석헌 선생 등과 함께 무교회주의 흐름에 참여를 하게 됩니다. 그래서 김주항, 아그네스 선생님 부부가 장로교나 감리교 등 기존의 교단이나 교회활동에 참여하지 않았기 때문에 정통 기독교가 아닌 것처럼 생각하는 분들도 있었습니다. 그러나 두 분은 미국 감리교 지도자 양성의 본산이라고 할 수 있는 드류(Drew) 신학대학과 콜롬비아 대학교에서 신학 훈련을 하며 학위를 받았고, 목사로서의 모든 과정을 이수하였으며, 그 당시 한국기독교 지도자 중에서 누구보다도 바른 신앙과 신학교육 훈련을 받았습니다.

순교자 주기철 목사님과 동기 동창인 김주항 선생님

김주항 선생님은 1913년에 오산학교에 입학하여 1916년 19명의 동창생과 함께 졸업을 하였습니다.

같은 반에는 순교자 산정현교회 담임목사 주기철, 나중에 오산학교 교장이 된 주기용, 고려대학 건물을 설계한 건축가 박동진, 남강 이승훈 선생의 둘째 아들 이택호가 있었고, 한 학년 위에는 외과의사 백인제가 있었습니다.

당시 오산학교에는 춘원 이광수, 도산 안창호, 다석 유영모, 고당 조만식 선생 등이 교사로 수업을 진행하였기 때문에 민족정기와 근대 문학, 민족교육의 중요성과 합리적 사고방법 등을 배우면서 커다란 영향을 받았습니다. 외국인 여인과 결혼해야 하는 과정에서도 민족주의자로서 김주항 선생님이 마음속에 가졌던 수많은 갈등들은 그의 미국 유학시절 일기에 잘 나와 있습니다. 그는 인간 본연의 순수한 사랑과 그 감정에 충실하여 사랑을 배신하지 않고, 편견과 문화적 장벽을 넘어서 가정을 이루었고, 자신이 할 수 있는 최선을 다해 조국과 민족을 위해 살았습니다.

만주 시베리아 독립군에 입대, 조국독립 운동에 투신

김주항 선생님은 오산학교를 졸업하고 학교에 남아 교사로서 교육자의 길을 걷다가, 당시 독립운동이 치열해지고, 독립운동의 중심지 역할을 했던 오산학교에 독립운동지도자 검거바람이 불었습니다. 당연히 오산학교의 교사였던 김주항 선생님에게도 일제가 검거에 나섰고, 소식을 들은 김주항 선생님은 한 농부의 도움으로 몸을 피했다가 만주의 독립군에 가담하기 위해 만주를 거쳐 시베리아로 갔습니다. 독립군이 되어 시베리아에서 지낼 무렵 당시 독립군이 제대로 교육받지 못한 사람들이 많은 것을 보고 교육 사업이 절실하다는 것을 깊이 깨닫게 되었습니다. 이 무렵에 기독교를 믿는 청년들을 만난 김주항 선생님은 개인적으로 기독교를 받아들였습니다. 그리고 제대로 조국의 독립과 하나님 나라를 위해 일해야겠다는 결심을 하고, 귀국하여 감리교신학대학교에 입학하였습니다. 감리교신학대학을 다닐 때 교수로 일하던 미국선교사의 영향을 받아 미국 유학의 길을 떠나 드류(Drew) 대학교에 입학을 하였습니다. 드류 대학에서 아그네스 선생님을 만났고, 이후 드류 대학의 교수의 권유로 장학금을 받아 오하이오 주 웨슬리안(Ohio Wesleyan) 신학교에 편입하여 학사(B. A.) 학위를 받은 다음, 보스톤 대학교에 편입하여 신학사(Sacred Theology Bachelor) 학위를 받았습니다. 다시 뉴욕의 컬럼비아 대학교에 편입하여 교육학 석사 학위(M.A.) 과정을 마쳤습니다.

한국 선교를 위해 헌신했던 두 사람

아그네스 데이비스 김 선생님은 초등학교 때 이미 기독교에 대한 분명한 신앙을 가졌고, 영적 체험들을 통해 하나님께 자신의 삶을 드리기로 헌신을 결심하였습니다. 그래서 복음을 전하는 일, 봉사하는 일을 준비하기 위해 고등학교를 마치고 일리노이 여자대학을 거쳐 드류 대학교에 입학하였는데, 그곳에서 한국에서 유학을 온 김주항 선생님을 만났던 것입니다. 컬럼비아 대학교에서 석사학위를 마칠 무렵인 1932년 김주항 선생님이 쓴 일기에는 다음과 같이 적혀 있습니다.

나는 Davis를 작별하고 몰래 샌프란시스코 항을 향해 가다가 펜실베니아 해리스버그에서 Davis가 보낸 지급전보를 차안에서 받고 다시 뉴욕으로 돌아왔다. Davis는 과연 희세(稀世)의 여걸이다. 삼사 년을 두고 달램과 성냄과 짜증과 모든 수단을 피우며 떨어져나가려는 나를 굳이 붙들어 영원의 죄수로 만들어 버렸다. 나는 이제부터 사회의 비평과 오해를 평생 면치 못한다 하더라도 Davis를 버릴 수 없는 운명에 빠졌다. 그리하여 다시는 전에 갖고 있던 모든 졸렬한 생각을 일소해 버리고 오직 인류에게 바칠 '어떤 사업'만을 위하여 나의 심신을 희생하련다.

두 사람은 미국에서 한국선교에 그들의 일생을 바치기로 하고 한국에 귀국했던 것입니다. 그러나 당시 한국 사회에 만연하였던 문화적 냉대와 차별은 김주항 선생님 부부가 기독교 지도자로서 길을 걷는데 어려움을 겪게 만들었습니다. 일본제국주의 식민통치가 가장 치열하게 진행되고 있을 때, 민족의 지식인으로서 김주항 선생님은 자신의 소신과 운명적 만남에 충실하게 자신의 길을 걸어갔고, 시대와 문화적 어려움을 온몸으로 겪으며 살아왔던 것입니다.

대한민국 정부 수립에 일조한 김주항 선생
1930년대 후반, 일제가 신사참배를 강요하고, 오산학교 동기 동창인 주기철 목사가 감옥에 투옥되었다는 소식을 듣게 되었습니다.
1940년대에 들어서 외국인선교사들을 한국에서 추방하는 조처가 시작되었습니다. 친하게 교제를 나누던 겐소 선교사 부부가 1941년 한국에서 추방을 당했습니다. 우리나라에 크리스마스 씰(Christmas Seal)을 도입하고, 결핵협회를 설립한 윌리엄 셔우드 홀 선교사 부부가 간첩혐의로 일제에 의해 추방을 당한 것도 이 무렵입니다. 미국 신학교를 졸업한 미국인 아내를 둔 김주항 선생님은 더 이상 한국에서의 선교와 교육활동에 희망이 없음을 느끼게 되어 미국으로 다시 갈 것을 결심합니다.

보이지 않는 곳에서 조국 독립과 발전을 위해 일하다

미국에서 자리를 잡으려 할 때 제2차 세계대전이 태평양전쟁으로 확산되면서 김주항 선생님은 미국 전략사무국(Office of Strategic Services, O.S.S. 미국의 첩보기관으로 제2차 세계 대전 기간 동안 형성되었다가 중앙정보부(CIA)의 모체가 되었음)에서 일본이 점령하고 있었던 만주지역에 미국 정보부 요원으로 선발되었습니다. 그는 중국에 파견되어 대한민국 임시정부와 광복군들과 함께 해방이 될 때까지 O.S.S. 중국책임자였던 Richard Happner 등과 함께 일하면서, O.S.S.측과 한국의 임시정부 대표단과 협상 활동에 참여하는 등 대한민국 독립을 위하여 일하였습니다.

1945년 일제로부터 해방이 된 이후에는 미군정의 '시민공보부' 책임자로서 대한민국 정부가 탄생하는 일을 돕는 역할을 맡아 정부수립 업무에 참여하였습니다. 3년 후배였던 한경직 목사(영락교회 담임)와 6년 후배였던 함석헌 선생과는 평생 교분을 가졌고, 특히 해방 직후 미군정 시기에 서로 협력하면서 조국이 하루 빨리 안정이 되는 것과 해방 이후 기독교가 한국 사회 안에 자리를 잡는 일에 기여하였습니다.

그리고 1948년 한국 정부가 수립되자 미국으로 돌아가서 1961년 서울여자대학교 교수직으로 돌아오기까지 뉴욕에서 '미국의 소리(Voice of America)'에서 한국 방송을 맡아 일하게 됩니다.

교육자로서의 길: 남은 삶을 청년들을 가르치고, 전 재산을 연세대학교에 기증

김주항 선생님은 1920년대 당시 최고의 교육을 받은 지식인으로서, 민족지도자들 중 한 사람으로서 다른 사람들이 양지에서 정치적, 종교적인 활동을 할 때 국가 발전을 위해 보이지 않는 곳에서 자신의 소임을 다한 '이름 없는 영웅'입니다. 그러면서도 1960년부터 1980년대 중반까지 그의 인생의 후반기 대부분을 홍은동에 거주하면서, 자신들이 짓고 가꾼 홍은동 농장의 돌집을 찾아오는 수많은 청년들에게 성경 말씀과 삶의 지혜를 영어회화와 토론식 수업을 통해 가르쳐주는 등 교육자로서의 본분을 다하였습니다. 비록 학위도 주지 않고 수료증도 발급하지 않았지만, 그 당시 가장 훌륭하고 수준 높은 비공식 교육(informal education)의 모범적인 사례를 단 한 푼의 수강료도 받지 않고 주말을 온전히 희생했던 것입니다. 만약 오늘날과 같이 사교육이 발달했던 시기라면, 두 분과 같은 미국 최고의 교육을 받은 지식인들이 영어 토론식 수업을 진행한다고 할 때 얼마의 수강료를 지불해야 적절하다고 할 수 있을까요? 그런 면에서 저는 시대를 앞서서 특별한 교육의 혜택을 받은 사람입니다.

두 분 선생님은 영어회화만이 아니라 서구 사람들의 생활방식, 인문학적 통찰력, 성경을 통한 바른 가치관 정립, 기독교 신앙, 바른 생활 습관들을 삶으로 가르쳐준 영원한 스승입니다. 시대를 앞서 다문화 가정을 이루었고, 끝까지 아름다운 가정을 일구며 살다 가신 한국 근대사에 의미 있는 개척자들입니다. 부부 두 사람은 그분들의 삶의 철학처럼 노년까지 영적인 면에서나 정신적인 면, 육체적인 면에서 모두 균형 잡힌 건강한 생활을 하셨고, 김주항 선생님은 88세에, 아그네스 데이비스 김 선생님은 90세에 하나님 품에 안기셨습니다. 돌아가시기 훨씬 전에 이미 그분들이 소유했던 홍은동 3,000평의 대지와 돌집, 그 외 전 재산을 연세대학교에 기증하며 교육발전을 위해 일하시다가 서울 마포구 합정동, 한국개신교성지 양화진외국인선교사묘원에 안장되었습니다.

김주항, 아그네스 두 분 선생님의 내면이 담긴 일기와 자전적 글들이 이번에 한 권의 책으로 엮여져 출판하게 됨은 두 분의 아름다운 인생을 지켜본 모든 이들에게 참으로 기쁜 일이 아닐 수 없습니다. 이 분들은 하나님의 소명을 따라 선교사처럼 살다 간 헌신의 모범이었습니다. 그리고 자신들의 직업과 전공에 충실하게 일함으로써 조국과 하나님 나라를 위해 귀중한 공헌을 하였습니다. 일반인들에게 널리 알려지거나 추앙되지 않더라도, 하나님 나라에 합당한 삶이 바로 이런 모습이 아닐까 생각합니다. 20세기 초 전세계에서 가장 고립되어 있었고, 낙후되었던 한국이 이제 원조하는 나라로 바뀌었고, 전 세계에 두 번째로 많은 선교사와 해외봉사자를 파견하는 나라로 변화, 발전하게 된 이면에는 이름 없이 수고한 수많은 분들의 수고와 노력이 있었습니다. 김주항, 아그네스 두 분 선생님의 이름 없는 봉사와 수고, 소박하고 정직한 삶, 두 분의 선한 영향력은 오늘도 그분에게 가르침을 받은 젊은이들에게 이어지고 있고, 이제 그분의 삶의 내면이 담긴 책을 통해 여전히 살아 있습니다!

감사합니다. 사랑합니다! 김주항 선생님! 아그네스 선생님!

인생의 길잡이
'아그네스 데이비스' 할머니를
생각하며

신 동 식
(상지대학교 관광학부 교수, 국제관광산업학회 회장)

1969년 가을.

영어를 배워야 한다는 서울시립대 구건 교수님의 조언에 따라 홍은동 PTA 모임이 있는 할머니 댁을 찾아갔다. 할머니가 사시는 동네 인근에 온 것 같다. 비온 뒤라 땅은 너무나 질퍽거려서 구두가 온통 흙투성이다. 논밭과 시금치밭을 지나는데 인분냄새가 지독하다. 누가 오리를 기르는지 오리 떼가 여기저기 돌아다닌다. 동네 개가 왕왕거리며 물려고 쫓아온다. 저 건너로 황량한 벌판에 명지대학 건물 한 채만이 덩그렇게 서 있다.

조그마한 방으로 들어갔다. 어둠컴컴하다. 외국인 할머니와 젊은 학생들 대여섯 명이 영어로 뭔가 이야기를 하고 있다. 교재는 노만 빈센트 필 박사가 지은 『The Power of Positive Thinking』이었고 서로 돌려가며 읽고 난 다음 토론을 하는 것이었다.

나는 영어를 배우려고 갔는데 아무것도 모르니 우두커니 앉아있어야만 했다. 모임은 일주일에 세 번이다. 수요일 오후6시부터 7시 반, 토요일 오후4시부터 5시 반, 일요일 오후2시부터 3시 반까지이다. 나중에 할머니 건강으로 수요일 모임은 없어졌다. 초기에는 중앙대생 양준호, 서울치대생 이병기, 경희치대생 김가영 등 선배들이 있었다.

아그네스 데이비스 할머니와 김주항 할아버지 부부는 당시 비닐하우스에서 국화꽃과 아이리스를 재배하여 남대문시장에 판매하여 생활하고 있었다. 나는 당시 서울시립대 농경영학과에 다니고 있었으므로 이러한 근교화훼농업경영에 관심을 많이 가지고 있었다. 그래서 PTA 모임 전 또는 후에 남아서 할머니와 할아버지가 일하시는 것을 많이 도와드렸다.

어느 날 할머니가 딸기를 따는 것을 땡볕에서 1시간이나 도와드렸는데 딸기 하나 먹어보라고 하지 않으신다. 한국적인 정서로는 좀 야속했지만 나중에 서구적인 사고방식을 배우게 되었다. 동양적인 사고방식은 감성적인 면이 많이 섞이고 서구는 과학적인 것을. 내가 스스로 도와주겠다고 했으니 당연한 일인 것이다.

한번은 할아버지가 백련산에서 큰 바위를 굴려서 내려오셨다. "뭐 하시려고 하세요?"하고 물었더니 "해머로 큰 바위를 깨서 도랑가에 든든하게 축대를 쌓으려고 한다."고 하셨다. 엄두도 못 낼 일이었다. 그러나 할아버지가 하신다니 나도 도와서 하루종일 바위를 다 깬 적이 있다. 일이 끝나고 나서 할아버지가 나에게 식빵을 사오라고 심부름을 시켰다. 당시 삼립식빵은 한 봉지에 120원 하면서 양이 많고 서울우유식빵은 150원 하면서 양이 좀 적었다. 나는 서울우유식빵을 사왔다. 그러자 할아버지가 왜 비싸고 양도 적을 것을 사왔냐고 나를 혼냈다. 나는 속으로 구두쇠 할아버지가 아닌가 생각도 하였다. 그러나 훗날 많은 재산을 모두 연세대에 기증을 하였다. 또 한번 경제적이고 합리적이면서 사회헌신적인 서구적인 사고방식을 깨달았다.

하루는 할머니가 PTA모임에서 말씀을 전하시는데 몹시 힘이 없어보였다. 나중에 안 일이지만 그날 할머니는 죽을 만큼 건강이 좋지 않으셔서 할아버지가 오늘은 쉬라고 권하셨는데 할머니는 죽더라도 쉴 수 없다고 하셨다. 할머니는 우리들을 위해 목숨을 아끼지 않으셨으니 아무 대가도 지불하지 않고 좋은 말씀을 들은 우리는 얼마나 행운아였는가.

1970년 1월 군에 입대하게 되었다. 당시 나는 건강도 안 좋아서 어떻게 군대생활을 할 수 있을까 걱정이 되어서 힘이 될 수 있는 말씀을 할머니에게 부탁을 했다. 그랬더니 할머니는 나에게 귀한 말씀을 주셨다. 'I can do all things through Christ which strengthens me'(Philippians 4:13). 어려운 일이 닥칠 때마다 이 구절을 마음속에 뇌이라고 말씀하셨다. 그 뒤로 군대생활 중 감기 한번 걸리지 않고 몸도 더 건강하게 되어 제대를 할 수 있었다.

1989년 겨울. 위독하시다는 전달을 받고 세브란스병원에 갔다. 할머니가 막 이동침대에 실려 복도를 빠져나간다. 의식이 왔다갔다 한다. "Ma'am, do you recognize me? Do you hear my voice?" 이것이 나와 할머니의 생전에 마지막이 되었다.

지금도 할머니는 내 인생의 진로를 인도해 주시는 네비게이터이시다. 내가 하나님의 완벽한 창조물임을 깨닫게 해주시고 적극적인 사고방식을 가르쳐주신 덕분에 어떤 어려운 여건도 능히 뛰어넘게 해주셨다.

1978년 나의 결혼식에 참석하셔서 『Happy Marrige』라는 손수 지으신 책자를 선물로 주셨다. 매년 크리스마스 파티 때에 조그마한 Booklet을 제작하여 비닐하우스의 비닐로 겉을 싸서 선물한 소중한 책자들이 내 책상 위에 놓여 있다. 1969년부터 1989년까지 20년간 할머니와의 교감은 나의 모든 생활을 리드해 주셨다.

앞으로도 내 앞길은 할머니의 보이지 않는 따뜻한 손길과 음성이 늘 함께 하리라. 할머니는 값도 없이 모든 것을 다 주셨다. 너무나 엄청난 빚을 지고 있어 '감사합니다'라는 말을 하기조차 부끄럽습니다.

2015년 1월 15일

그때 그 말씀

이원희
(KBS미디어 제작기술부장)

세월은 참 빨라 1989년 12월 눈물로 할머니를 보냈던 청춘들이 이제는 여기저기 후덕하게 내려앉은 모습으로 뒷골목 포차에서 '서른 즈음에'를 읊조리고 있습니다. 하긴 우리의 아들딸들이 〈미생〉을 보며 공감의 눈물을 삼키고 희망이, 희망이 아닌 이 세상을 원망하며 소주잔을 기울이고 있으니 참 많은 시간이 흐른 거죠. 아쉬워할 새도 없이 25년이 후딱 가버렸습니다. 휘리릭~~!!

고3 때였죠. 대입 학력고사가 끝나고 할머니 집을 처음 찾게 된 저는 지금껏 접해왔던 사람들과는 너무 다른-다들 적극적인 거라고 주장하셨지만 과잉행동장애(?)에 가까웠던-선배들에게 놀라 '이걸 다녀 마러' 고민 좀 했습니다. 뒤풀이의 술자리만 없었다면 아마도 바로……

그런데 술깨나 먹었던 고3 생활을 하느님께서 어떻게 아셨는지 그냥 낙방이란 결과를 보내주셔서 PTA를 당분간 떠나야했죠. 그래서 할머니께 "내년에 다시 오겠습니다."하고 말씀드렸는데 그걸 두 번하게 될 줄은 짐작도 못했고요. 그때 할머니께서 제게 해주셨던 영원히 잊을 수 없는 말씀이 바로,

"Mr. LEE~, TRY! TRY! AGAIN!"

물론 적극적, 긍정적 마인드로 노력하면 반드시 잘될 거라는 전제가

계셨지만 아무튼 핵심은 "TRY! TRY! AGAIN!"이었죠.

휘리릭~ 50이 넘은 지금의 저는 소위 잘된 걸까요? 제가 살아온 시간을 되돌아보면 아무리 POSITIVE하게 보려 해도 정신적, 물질적으로 참 많이 모자라네요. 후회도 많고요. 하지만 그래도 위안이 되는 건 정말 운 좋게 PTA를 만나 할머니 말씀과 훌륭한 선배, 고마운 동기, 대단한 후배들과 함께 하며 부족한 것을 채웠던 힘으로 '이만하면 잘 버틴 거지' 할 수 있다는 겁니다.

저는 상암동에 직장이 있는 덕분에 매일 아침 강변북로를 달리며 양화진 할머니의 쉼터 옆을 지나칩니다. 그때마다 마음속으로 '우로 봐!'를 외치면 어김없이 할머니의 목소리가 들려오는 듯합니다.

"Mr. LEE~, TRY! TRY! AGAIN!"

아직도. 그리고 앞으로도. 아니 영원히! 아그네스 할머니는, 할머니의 말씀은 저의 비타민이십니다.

2015년 1월 22일

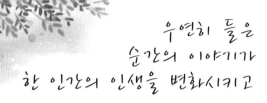

우연히 들은
순간의 이야기가
한 인간의 인생을 변화시키고

이종성
(GLO-LEE VINCI CORP. 대표)

인간이 변화할 수 있는 조건과 상태는 여러 가지가 있겠지만, 그 중에 우연히 들은 순간의 이야기가 한 인간의 인생을 변화시키고 그것으로 인해 그 한 인간의 미래를 결정한다면 참으로 황당하기도 하고 또 무서운 일이 될 수도 있겠지만 그러한 사건이 한 사람의 의미있고 가치있는 일들이 되었다면 우리는 그것도 유심히 관찰의 대상이 될 수도 있을 것이다.

1983년이었으니 벌써 30년이 흘렀고 그 시간 속에 있었던 다른 것들은 이미 기억 속에서 사라졌건만, 아직도 내 머릿속 중심에 자리잡고 있는 그때의 일들은 우리 앞에 얼마 전에 펼쳐졌던 것과 같이 생생히 다가오는 것을 보면 내 일생의 큰 의미 있는 사건 중에 하나가 아니었나 생각이 든다.

정확한 날자는 기억 못하지만 83년 7월이라 생각이 든다. 지역 방위의 신성한 의무를 거의 마무리할 즈음 다른 부서에서 근무하는 고등학교 후배가 이야기하는 것을 얼핏 듣자니 "미국인 할머니가 홍은동 산 밑 어디엔가 살고 있는데 토요일마다 대학생들에게 영어로 인생을 가르친다."는 것이다.

지금이야 흔하고 흔한 것이 영어이고 외국인이지만, 그 당시 외대 1학년을 마치고 앞으로 졸업까지 3년간 무슨 수를 써서라도 영어를 말하고 써야만 하는 내게 "영어와 미국인에다가 인생을 가르친다." 참으로 구미에 당기는 한 마디이고 바로 알아서 찾아가리라 마음을 먹었지만 '방위'라는 신분이 나를 떳떳하게 밝힐 수 있는 상황도 아니어서 그 후배에게 모이는 위치와 장소를 숙지하고 9월말이 오기만을 기다렸다.

9월의 아주 맑은 토요일 오후. 모임 시간보다 일찍 홍은동 할머니 집 앞에서 서성이며 누군가가 그곳으로 들어가면 물어본 후에 따라 들어가리라 마음을 먹고 한참 기다렸다. 드디어 예쁘고 늘씬한 여학생과 잘생긴 남자 대학생이 즐겁게 이야기를 하면서 할머니네 문으로 들어가는 것을 보고 내가 들은대로 물어보니 그렇단다. 관심이 있으면 같이 들어가잖다. '오케이!' 이제 됐다.

시간이 되어 몇 명 모이지는 않았지만 후배뻘 되는 회장이 영어로 시작을 알리며 meditation을 하잖다. 영어도 못 알아들었지만 도대체 뭐라 씨부리는지? 그리고 나를 소개하란다. 처음이라 쑥스럽기까지 한데다 영어로 소개를 하라니 시뻘건 얼굴을 하고 아마 이름 정도를 말한 것 같다. 그 사이 할머니의 얼굴을 보았다. 평온한 모습에 처음이지만 내게 미소를 보내는 그분의 따뜻함을 느끼는 순간이다.

그때의 책이 노만 빈센트 필 목사의 『The Power of Positive Thinking』이었고 이 책은 내가 대학 입학 전 한글로 번역된 책을 줄을 치며, 메모를 해가며 감명 깊게 읽었던 책이라 일단 관심이 갔다. 어린 후배들이 영어를 잘하는 것처럼 보여 할머니가 말할 때마다 질문도 하고 할머니의 이야기가 이어지면 고개를 끄덕이기도 한다. 그런데 정작 나는 어리버리하게 읽는 내용도 머리에 들어오지 않았고 할머니의 이야기는 내 귓가에만 맴돌 뿐 영어 자체가 이해가 되지 않았다. 그냥 고개 떨구고 책속으로 나를 밀어넣었다. 스스로에게 화가 났다. 빨리 끝났으면 하는 마음과 끝난 후에는 after가 있다니 어디 한번 따라나 가보자. 예쁜 여자애들도 있고 잘생긴 후배들도 있으니 오늘 배운 것이나 그 내용을 정리해 줄줄 알아.

그리고 따라가니 모두가 SKY 대학에 다니는 재학생이고 대부분이 충암고 후배들이었지만 나보다는 학년도 높고 이야기의 차원이 달랐다. 내일(일요일) 오후에 다시 모인단다. 그리고 Topic을 중심으로 'English discussion'도 한단다. 집에 와 일어났던 일들을 곱씹어 보면서 도대체 여기를 다녀야 하나 말아야 하나 고민이 앞선다. 내 안에 열등감이 몰려오는데다 내일은 영어로 discussion까지 한다니.

그 당시 가난한 대학생에게는 딱히 할일이 없었다. 오히려 그것이 PTA에 집중하게 만든 이유이기도 하고 일단 복학할 때까지 다니며 상황을 보아야겠다는 생각에 에라 모르겠다. 한번 부딪혀보고 노력이나 한번 해보자 하는 오기가 생겼다. 그렇다. 언제 우리가 영어를 말해 본 적이 있는가?

PTA 다니고 한 달이 지난 것 같다. 무엇인가 할머니에게 질문도 해보아야 하겠는데 그냥 입에서 나올 것 같지는 않아 책에 적어서 질문을 했다. 얼굴은 빨갛게 물들었고 할머니가 무엇인가 내 질문에 답을 하시는데 무슨 소린지 들리진 않았다.

이렇게 시간이 지났다 85년에는 회장도 해보란다. 이제야 내 자리가 잡히는 것 같았고 그 분위기에 익숙해지는 것 같았다. 새로운 사람들과 그리고 이미 PTA의 선배들과도 연결고리가 생기게도 되었다.

그리고 졸업을 하고 회사의 해외영업부에 배치가 되었고 PTA에서 배운 영어로 해외 거래처와 대화도 하고 영어로 된 letter도 써보고 하는 사이 무역의 길로 들어선 지 30년이 되었다. 그 덕분에 전 세계 150개국 이상을 다니며 한국의 상품을 파는 장사꾼이 되었다. 때로는 장시간 비행기를 탈 때면 내가 이 자리에 있기까지의 지나온 일들을 생각하곤 한다. 그 중에 우선적으로 제일 생각나는 것이 PTA의 Agnes Davis Kim 할머니를 통해서 인생과 영어를 배우고, 청년의 황금기를 홍은동 할머니 집에서 Meditation 과 잔디 위에 그려진 파란 하늘을 바라보며 보낸 시간들이 가깝게 다가온다.

이제 그 당시 함께 했던 PTA 선후배들과 모두 모여 축배의 잔을 들고 싶다.

2015년 1월 29일

아그네스 데이비스 김
(Agnes Davis Kim) 여사 약력

1900

미국 미주리(Missouri) 주 칠리코시(Chillicothe)에서 독실한 기독교 가정에서 출생하다.

1904

일리노이(Illinois) 주 잭슨빌(Jacksonville)로 이사하여 몇 해를 지내고 다시 칠리코시로 돌아와 초등학교에 입학하다.

1912

길러준 할머니의 병을 위해 기도하면서 하느님의 치유를 경험하고, 하느님의 존재에 대한 확신을 가지다.

1914

중학교 시절, 교회의 회중 앞에서 크리스천으로서 생애를 하느님에게 바치기로 서약하다. 이즈음 다른 사람들을 돕고, 그들이 알찬 인생을 살아갈 수 있는 길을 열어주는 사람이 되기로 결심하다.

1926

일리노이 여자대학(지금의 MacMurray College)에서 가정학과 화학을 전공하다.

1927

뉴저지 주 매디슨(Madison, NJ)에 있는 드류(Drew) 대학교에서 김주항(영어이름 David)을 만나 장래를 약속하다.

1929-1930

뉴저지 주 마운틴 레이크스(Mountain Lakes)에 있는 세인트 존스 스쿨(Saint John's School)에서 교사로 1년간 일하다. 주말이면 감리교 재단에서 운영하는 뉴저지 시의 박애의 집에 가서 봉사활동을 하다. 세인트 존스 스쿨에서 교사로 일하던 중 장학금을 받게 되어 뉴욕에 있는 컬럼비아 대학교(Columbia University) 대학원에 진학을 하다. 그래서 보스톤 대학교(Boston University)를 마친 김주항 선생이 컬럼비아 대학교 석사학위 과정에 진학하게 되다.

1930

뉴욕에 있는 컬럼비아 대학교에서 종교교육으로 석사 학위를 받고, 동 대학교 사범대학 부속 링컨 스쿨(Lincoln School)에서 4년 동안 교사로 재직하다. 당시 여름방학이면 버지니아(Virginia) 주 햄프턴(Hampton)에 있는 햄프턴 교육연수원에서 산업미술을 2년간 가르치다.

1932

약혼을 한 김주항 선생이 컬럼비아 대학교에서 석사학위를 마치고 한국으로 귀국하다.

1934

한국으로 와서 김주항 선생과 결혼하기 위하여 링컨 스쿨 교사를 사임하고, 한국으로 이주할 준비를 하다. 시애틀에서 배를 타고 일본(요코하마-고베-시모노세키)을 거쳐 한국 부산에 도착하여 김주항 선생을 다시 만나다(8월 7일).

1934

한국에서 미국대사관을 통해 2개월 동안 국제결혼의 정식 절차를 밟고, 북장로교 선교사였던 겐소(Genso, John & Mabel) 부부의 집에서 감리교 양주삼 감독의 주례로 김주항 선생과 결혼식을 올리다(10월 2일).

1936

홍은동에 두 부부가 직접 돌과 시멘트로 평생을 살아갈 집을 짓다.

1939

호주선교회에서 설립한 부산 동래 일신여학교에서 교사로 1년간 근무하다가 일본총독부의 탄압으로 선교회가 학교운영에서 철수하면서 서울로 돌아오다.

1940

당시 국제결혼에 대한 선교사들과 한국 교회지도자들의 반대로 김주
항 선생이 한국교회에서 목회를 할 수 없었기 때문에 홍은동에서 의료진
료소를 개설하는 등 다른 방법으로 선교 봉사활동을 하던 중 일본의 선
교사 탄압이 심하여 미국으로 돌아가다. 미국에서 종전 후에 한국을 위
해 일할 분야를 찾으며 농학을 공부하던 중 제2차 세계대전이 발발하여
부군 김주항 선생이 미국의 요청을 받고 미국 전략사령부 요원으로 만주
에서 복무하는 동안 미국의 농장에 머물다.

1946

해방 후 남편과 함께 한국에 다시 돌아와 1년 6개월 동안 머물다.

1948-1960

미국 군정청이 철수하면서 미국으로 돌아가 남편이 뉴욕 맨해튼에 있
는 미국의 소리(Voice of America)에서 근무하는 동안 뉴욕 주 록스베리
(Roxbury)에 있는 존 버로우즈(John Burroughs)의 홈스테드(Homestead) 농
장을 구입하여 농장을 재건하다.

1953

『I Married a Korean』을 뉴욕 John Day Co. 출판사를 통해 출간하다.

1959

『I Married a Korean』을 『나는 코리안의 아내』(양태준 역)로 여원사에서
번역 출판하다.

1960

서울여자대학교 고황경 총장을 뉴욕에서 만나, 동대학교에서 교수 사역을 제안받다.

1961

한국에 돌아와 서울여자대학교에서 '기독교인의 삶', 농업, 가정 실습, 미술 디자인 등을 가르치다. 이후 뉴욕 선교위원회 파송으로 남편 김주항 선생과 함께 교수선교사로 교육활동을 계속하다.

1961-1967

서울대학교 상과대학에서 영어회화를 가르치다.

1964

서울여대를 그만두자 배우던 학생들이 홍은동 집으로 찾아와 수업을 계속하기 원하여 서울여대, 서울시립농과대학생을 중심으로 주말 모임(기독교와 생활철학, 성경, 영어회화 등)을 시작하다. 이 모임이 매주 3회(후에는 건강 상 2회로 줄어듦)로 발전하여 이름을 PTA(the Positive Thinkers Association)로 정하고 청년, 대학생들을 가르치다(1989년 돌아가시기까지 25년간 계속되면서 천여 명의 청년들을 가르침).

1964

『코리아헤럴드』와 『코리아 타임스』의 "Thoughts of the Times"을 위해 칼럼을 쓰기 시작하다(1989년까지 연재한 200여 편의 글을 모아 2014년에 영인본을 PTA에서 출간함).

1979

연세대학교에 홍은동 자택과 대지 등 모든 재산을 기증하다.

1982

『Unrealized Challenge』(영문)를 연세대 출판부에서 출간하다.

1984

『Unrealized Challenge』의 번역본『미처 깨닫지 못한 도전』(이정자 역)을 흥사단 출판부에서 출간하다.

1986

『I Married a Korean』이 『한국에 시집온 양키 처녀』(이정자 역, 뿌리깊은 나무)라는 이름으로 재출간되다.

1989

12월 29일 89회 생신일 서거하다(1998년 남편 김주항 선생과 함께 서울시 마포구 합정동 소재 양화진외국인선교사묘원에 이장되어 안장되어 계심).

제 2 책

사랑을 하려거든 철저하게 하라

김주항 著 / PTA 編

한국 근대사 최초의 국제결혼의 주인공
아그네스 데이비스 김의 남편
김주항 선생의 사랑의 서사시

침체의 시기를 살아가는 우리들에게 보내는
적극적인 사랑과 결혼
그리고 도전에 대한 메시지

화 보

김주항 선생 18세 때 모습

1930년대 초반 독립군에서 나와서 세운 백련교습도의 학생들과 함께

백련교습소의 동료들과 함께

드류 대학 졸업을 기념하여 학우들과 함께

오산학교 동창 야유회 기념 사진

오산 학교 동창 부부 등과 함께

유달영(좌측하단)박사 일행의 방문을 받고 부부 거실에서

1983년 여름 정원에서 한담을 나누는 부부

자택 현관 앞에서 학생들과 함께 한 부부

손수 지은 홍은동 자택 현관 앞에서 노년의 부부

행복한 노부부의 모습

1983년 여름 장미꽃밭 앞에서

시간을 넘어 다시 돌아온 사랑

나 혜 수

(고려대학교 경상대학 초빙교수)

본책『아직 이루지 못한 도전』은 공식적으로 우리나라 최초 국제결혼으로 기록되어 있는 故 아그네스 데이비스 김과 故 김주항 부부의 글을 모은 것이다. 특히 제2책은 남편 김주항 선생이 유학시절에 작성한 글들을 모은 것이다.

아그네스 김 여사는 일생을 마감하기 전에 먼저 세상을 떠난 부군이 생전에 남긴 글을 모아 책으로 출판하고자 하셨는데, 특별히 여사는 이미 출판된 자신의 책과 부군의 책을 합본하여 하나의 책으로 만들고자 하셨다. 여사는 제자인 故 이병기 선배의 도움으로 부군의 유고를 정리하는 도중에 쓰러지신 후, 자신의 마지막 꿈을 이루지 못한 채 돌아가시고 말았다. 이듬해인 1990년 이병기 선배 등에 의해 할아버지(제자들은 두 분을 할머니, 할아버지라고 부른다)의 글이 가제본 형태의 책으로 만들어지긴 했으나 애초의 할머니의 바람대로 출판되지는 못했다. 이런 상태로 24년이 흘러 다시 두 분의 글이 세상에 드러나기 시작했다.

두 분의 책을 다시 출간하게 된 계기는 아주 신비하게 우연으로 시작되어 점점 필연으로 다가왔다. 현재 부부는 양화진외국인선교사묘원에 묻혀 계신다. 그런데 아그네스 할머니가 작고하신 지 24년 만에 묘원 안에 위치한 한국기독교선교100주년기념교회에 할머니의 제자이기도 한 윤순재 목사가 부임하면서부터 일이 시작되었다. 윤순재 목사의 주도로 그분의 제자들이 다시 모였고 두 분의 추모 모임도 갖게 되었다. 각기 홍안의 20대 대학생들이었던 제자들은 40~60대의 흰머리 날리는 중장년이 되었지만, 젊은 시절의 할머니의 가르침은 각자의 인생에 크게든 작게든 영향을 미치고 있었다. 할머니의 가르침은 특히 각자가 어려운 상황에 처하게 될 때마나 나가야 할 방향의 나침반 역할을 해왔다. 그래서 제자들에게 할머니에 대한 기억은 특별하다.

이런 과정에서 과거를 회상하며 할머니의 유품 보따리를 풀게 되었다. 그런데 그 안에서 그분이 남기신 앨범들과 손수 기고글(할머니는 1976년부터 10여 년간 『Korea Times』의 'Thoughts of the Times'에 기고하셨다)을 모은 스크랩북, 그리고 이것들 위에 할아버지 글의 교정지가 발견되었다. 지인들끼리 돌려보고자 만들었던 가제본 책은 현재 한 권도 남아 있지 않은데 반해 신기하게 당연히 버려졌을 글의 교정지가 그대로 남아 있었다. 교정지의 발견은 적잖이 충격으로 받아들여졌고, 그것은 필시 두 분이 우리들에게 어떤 사명을 계시한 것이 아닌가 하는 화두를 던졌다. 때문에 이같이 기적과 같은 일을 그대로 간과할 수 없는 노릇이었다. 그래서 할머니 생전의 마지막 꿈이었던 두 분의 글을 묶어 하나의 책으로 두 분의 국경을 넘는 러브 스토리의 퍼즐을 맞추게 되었다.

할아버지의 책은 미국 유학시절인 1926~32년 사이에 쓰신 일기와 시 그리고 기행문을 엮은 것이다. 이 시절은 김주항 할아버지의 청년시절이다. 일기는 국권을 일본에게 강탈당한 가난한 국가의 가난한 청년이 청운의 꿈을 안고 유학을 와서 미국 생활을 시작하며 결연한 각오의 결의문을 작성하는 것으로부터 시작된다. 그리고 당시 제국주의시대의 열강 중에 한 나라인 미국의 홍안의 처자 아그네스 할머니를 만나 사랑하고 번민하며 토해내던 세레나데와 같은 글들이 기록되어 있다.

할아버지 일기는 학위를 받고 최초의 국제결혼이라는 타이틀을 얻게 되는 결혼을 약속하고 미국을 떠나는 시점에서 끝이 난다. 이 글들 안에는 할머니와 할아버지가 어떻게 만났고 어떻게 사랑했으며 어떤 마음으로 주변의 우려와 편견을 뚫고 국적과 인종을 초월하는 사랑의 약속을 하게 되었는지가 기록되어 있다. 이 글들은 마치 한편의 영화와 같은 사랑의 서사시라 해도 과언이 아닐 것이다. 두 분의 러브 스토리를 통해 사랑은 시대와 상관없이 닮은 모습으로 존재하며 인간 존재의 강력한 에너지임을 다시금 깨닫게 된다. 그래서 두 분의 사랑은 사라지지 않고 다시 돌아온 것일 것이다.

이 책은 할머니의 제자였던 방시영 선배가 쾌척하신 기금으로 2년간 짬짬의 시간을 이용해서 만들어지게 되었다. 2년이란 적지 않은 시간 동안 발간 작업이 중단되지 않도록 모임을 주도해주신 방시영 선배와 윤순재 목사, 입력 작업을 도와주신 김용주 형, 김웅주 형, 동기 문제인, 그리고 특히 고3 수험생의 학부모이면서도 입력과 교정에 적극적인 협력을 아끼지 않은 후배 김영주 그리고 박윤희에게 고마움을 전하고 싶다. 또한 할머니에 대한 회고 글을 써주신 신동식 선배, 이종성, 이원희와 추천의 글을 써주신 숙명여대의 이선옥 교수, 책 발간에 도움을 주신 세시의 소준선 사장에게도 감사의 마음을 전하고 싶다. 그리고 1990년 가제본 책으로 엮을 당시 할아버지의 글을 정리하고 책으로 엮으신 故 이병기 선배에게도 머리 숙여 감사의 뜻을 하늘로 띄운다. 그분의 노고가 없었다면 오늘의 책도 없었을 것이다.

원고 정리 당시 할아버지의 글을 좀 더 읽기 편하도록 원문을 약간 수정하였다. 그래도 할아버지 시대의 어투를 완벽히 지울 수는 없었기 때문에 독자분들은 읽기에 거북함을 느끼실 것이다. 이 점은 독자 여러분의 너그러운 양해를 부탁드린다. 또한 책 분량 문제로 할아버지의 시작(詩作)을 수록하지 못하였는데 다른 기회를 통해 여러분에게 공개할 것을 약속드린다.

마지막으로 할머니, 할아버지! 이제야 숙제를 완성하게 되어 죄송합니다. 그리고 저희 인생의 나침반이 되어주심에 감사드립니다.

2016년 곡우 무렵

편자

이 책에 대하여

일꾼 이 병기

(김주항 선생과 아그네스 데이비스 김 추모사업회)

이 책은 김주항 선생이 미국에 유학하는 동안인 1926년 12월부터 1932년 6월 25일까지 쓴 일기와 한글과 영어로 쓴 시 그리고 여행기를 한데 모아 엮은 것이다.

그의 글들에서 우리는 1920년대에 이국에서 청년시절을 보낸 한 조선 청년의 고결한 이상과 깊은 신앙심 그리고 이국 여성과 사이에 피어난 한 송이 꽃 같은 사랑을 만난다.

이 책은 김주항 선생과 결혼하여 한국에서 여생을 보낸 아그네스 데이비스 김 여사가 아직 살아 계시던 지난 해 봄 그녀의 부탁을 받고 정리하여 만든 것이다.

작년 12월 29일 그녀의 89회 생일날 세브란스 병원 한 병실에서 돌아가신 아그네스 여사가 살아 계실 때 그렇게 원하던 이 책을 만들어 드리지 못한 게으름을 몹시 부끄러워하며 두 분을 기억하는 모든 분들과 함께 이 글들을 나누어 보고자 한다.

1990년 2월 1일

목차

◆ 발간의 글 · 205

◆ 이 책에 대하여 · 209

PART 1   일기-사랑과 번민의 고백서 · 211

제1막 깨어보니 이역의 외로운 침대에 누워 있다 · 213

제2막 사랑이 싹트다 · 235

제3막 사랑을 하려거든 철저하게 하라 · 255

제4막 온전한 사랑의 길을 걸으며

       이상의 나라에 도달할 것이다 · 285

제5막 쌓고 쌓아온 사랑 문제를 깨트려 버리다 · 308

제6막 결혼을 약속하다 · 338

PART 2   기행문 · 349

나의 방랑기-로키산맥을 넘어서 · 351

뉴욕기 · 374

유럽 여행기 · 398

김주항 선생 약력 · 423

PART 1

일기

사랑과 번민의 고백서

미냐 추냐! 참이냐 거짓이냐!

모두가 내가 보아야 하고 맛보아야 할 것이다.

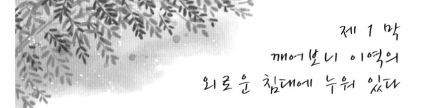

1926년 12월 10일 금요일 구름

고향에 있던 몸이 깨어보니 이역(異域)의 외로운 침대에 누워 있다. 베개에 이마를 대고 엎드려 나의 이상(理想)을 생각하고, 가치있는 하루가 되기를 빌었다. 전등을 켜고 옷을 추켜 입으며 유리창의 블라인드를 잡아 올린 후 바깥을 내다보니 밤 동안에 적은 눈이 내려 쌓였다. 눈은 그친 모양이나 새벽의 하늘은 여전히 흐려 있다.

세수를 마치고 책상 앞에 앉아 오늘 배울 시간표를 들여다보니 오전 세 시간뿐이다. 오후에 특별 견학이 있다. 나는 새삼스러이 오늘을 참으로 의미 있게 보내자고 다짐하였다. '오늘'과 '지금'의 시간-현재의 생명-을 참되게 사는 생활이야 말로 값있는 삶이 아닌가!

음침한 아침이나 내 마음에는 광명이 찼다. 백여 명이 모여 앉아 제각기 간밤의 꿈을 생각하며 커피 잔을 들고 토스트를 먹고 있는 식당 한구석에서도 나의 영(靈)은 그들 모두의 머리 위를 걸어다니며 무한한 사랑의 포옹을 베풀었다. 사람은 사랑할 것이오, 생명은 기릴 것이다.

첫 시간이 데이비스 박사의 신약 강의다. 식당일을 십분 늦게 마치고 부리나케 박사의 강의실을 찾아가니 벌써 무슨 문제인지 강의가 시작되었다. 넥타이 없는 검은 가운을 입은 수도승, 그의 툭 튀어나온 이마, 동양식 코, 뽀족한 턱이 모두 중세기의 로마교 승려의 모습을 연상시키지 않을 수 없다.

그의 강의엔 이런 말이 있었다.

"그는 당연히 유태의 모든 전통을 근본적으로 거부하였다. 구약의 해석, 교회의 율법, 사회의 관습을 온전히 자기의 이성과 인생관에 비추어 허위이고 낡은 것이면 모조리 배척하였다. (중략) 그는 안식일의 율법, 식사의 차별, 계급적 사교를 아무렇게도 생각하지 않았다. 오직 인간의 도리를 위하여, 평등을 위하여, 인간의 귀한 정신(영)을 위하여, 그의 마음은 불같이 타올랐다. 그는 철두철미 인도주의자였다……."

나는 평소에 박사의 강의가 너무 무기력하고 재미없다고 느꼈었기 때문에 오늘 아침에 이러한 큰 소리를 들으니 새로운 존경심이 일어난다.

참으로 내가 예수를 우러러 사모하는 것도 이 때문이다. 모든 종교와 철학과 과학이 인간을 기본으로 하지 않는 것이면 그것이 우리에게 무슨 소용이 있는가? 날마다 달마다 새로워져가는 우리 인간에게 새롭게 가치 있는 종교가 필요할 것은 물론이거니와 나는 종래의 의타주의(依他主義), 신중심주의, 교리적 미신의 종교관을 모조리 두들겨 부수고, 자력(自力)과 인생과 진리를 기초로 삼은 '인간본위'의 종교관을 세워야 함이 더 분명히 느껴진다.

첫 시간이 끝나면 채플에 올라갈 차례다. G박사가 요한복음에 기록된 예수의 '마지막 밤'의 가르침을 낭독한다.

"당신들은 내가 떠난 뒤라도 내가 평생에 보여준 계명(戒名)대로 어디서든 인류 형제를 사랑하시오. 당신들이 진실로 나의 계명을 지키면 나의 제자가 되려니와, 그렇지 않으면 가치 없는 인물이 되어 버릴 것이오."

과연 간단하고 평범한 진리다. 그러나 세인들은 이 알기 쉬운 진리를 얼마나 참으로 알며, 그의 신도들 중에는 얼마나 이를 실행하는 이가 있는가? 기독교의 도덕, 기독교의 진리를 토대로 한 서양의 문명은 얼마나 인간에게 행복을 주며, 20세기의 찬란한 물질문화는 그 얼마나 인간 정신의 향상을 가져왔는가? 나는 모른다. 내가 보기엔 현대의 기독교 문명이 제 길을 잃고 사막에서 방황하는 것처럼 생각된다. 다수의 인간들은 생명의 이상(理想)을 모른다. 생명의 가치를 모른다. 세상은 '사랑이 없는 까닭에' 서로 다투고 울음 운다.

다음 시간엔 외국 선교부 서기 노오드 박사의 '선교주의' 강연인데, 오늘은 특별히 근래의 중국 사정을 말씀하신다. 연방 코걸이 안경을 벗었다 썼다 하면서 중국의 지도와 중국에 체류하는 선교사들과, 정부측 및 신문기자들의 통신서류를 열람시켜 주면서 이따금 함지박처럼 나온 배를 두 손으로 어루만지며 그는 장황한 강연을 펼쳤다.

"중국의 시국은 참으로 말이 아니오, 점점 사건들이 뒤얽히고, 혼돈에 혼돈이 더 깊어가오. 열국은 매우 조심스럽게 중국을 바라보고 있고. (중략) 지금은 광둥군이 우세(優勢)에 있으니 아마 국민군과 연합이 되면 혹시 새로운 서광을 보게 될지도 알 수 없소. 과연 '우리 크리스천 풍왕상(馮王祥) 씨'의 행동은 더욱 주목할 만하오. 그런데 만주왕 챵씨와 오씨의 군 파벌에 대한 국민의 태도에 우리는 깊은 주의를 갖고 관찰하지 않으면 안 되겠소."

학생 중에서 몇 가지 질문이 있었다.

"러시아와 중국과의 관계요? 광둥군 막료에 러시아 고문이 있다는 말과, 우리 크리스천 장군 펑씨가 모스크바에 왕래한 일로 미루어 볼 때 세인의 관측이 그럴 듯하오. 하나 중국은 먼저 군부의 손에서 풀려날 수 있는 수단이면 어떠한 것이나 필요한 모양이오. (중략) 제군들, 나는 소비에트 정치를 그리 배척하지 않소. 그들의 행동을 자세히 모르나, 그들의 이상이 혹시 가치 있는 것이라면 그런 제도가 없으란 법이 어디 있소?"

나는 아직 영어가 부족하여 깊은 대화를 자세히 이해하지 못하나 그들의 중국에 대한 주목은 참으로 여간 아닌 것 같다.

그러나 대체 사람들이 남의 일에 간섭하기를 좋아함은 무슨 심리일까? 그것도 남이 좋아하는 일이면 혹시 그럴 수 있더라도 이상한 일이 아니겠지만, 굳이 싫어하는 사람들이 집에 들어가 이렇게 하라 저렇게 하라, 저 애가 옳으니 이 애가 옳으니 하는 수작은 도무지 이해할 수 없는 일이다. 개인의 권리, 가정의 자치(自治)가 진리라 하면 한 사회, 한 민족의 자립도 그 사회 그 민족 자체가 해결할 것이라 함이 이미 새로운 진리가 아닐진대, 오늘날의 세계정국, 민족과 민족 간의 암투는 도무지 이성 있고 양심 있는 사람의 일 같지 않다. 아아, 부수고 닦아라, 사람들의 '마음'을! 돈의 힘, 칼의 위력, 재물의 힘을 저주하라! 악마의 세상을! 아아 신인(神人)의 세계 정의와 진리의 세상은 언제나 오려나?

다음 시간에는 조직신학의 에스케탈로지다. 교수의 말은 대강 옳은 듯하다.

"성서의 내세관은 성서가 기록되던 그 당시에 유행하던 사상으로, 우리에게 직접 관계가 있다고 볼 수 없으되, 결코 그 가치를 소홀히 여기진 못할 것이다."

그러나 학생 중에서 많은 질문이 나와 반시간이나 문답으로 허비하고 말았다.

학생들 중에는 예수 재림설의 옳고 그름을 판단치 못하고 방황하는 이까지 있는 것 같다.

1927년 2월 27일 일요일

오늘 오후에 들른 D양의 충고를 생각하니 참으로 부끄럽기 그지없다. 나는 입으로만 대사업, 대사업을 부르짖으면서도 실제 착수에 들어가지 않는 비겁자임이 분명하다. 머리의 수련, 사상의 체계는 날마다 만나는 '생의 모든 일'을 충실하게 지켜 나감에 그 목적이 있다. 이러한 뜻으로 나는 다시 일기를 시작한다.

오전 설교를 듣고 나는 전에 보지 못한 진리를 찾았다. 바오로가 "나는 나의 앞에 직면한 싸움을 충실히 싸워왔노라!"라고 한 말이 예수가 십자가상에서 "이제 이루었도다!"라고 한 말과 함께 기독교 교훈의 큰 대목이 되어 있음을 이제야 깨달았다. 어찌 기독교뿐이랴. 서양 문명 전체가 이 '투쟁 노력'의 위대한 진리에 들어 있다. 이에 나는 비로소 진화론의 생존경쟁, 적자생존의 진리, 니체의 권력주의, 초인철학, 시저의 영웅주의, 무력주의가 예수의 무저항, 애타주의와 더불어 모순 없는 진리임을 이제야 발견하였다. 이것은 실로 신의 계시다.

생은 힘이다. 우주를 보라. 인생을 보라. 모두가 힘으로 지배된다. 분투노력으로 가득 찼다. 노력의 계속이다. 물질의 구성, 분해, 유지, 진화는 더 말할 것 없거니와 정신의 변화, 유지, 발전, 영속(永續)도 모두 힘의 법칙에 지배를 받는다. 사랑의 근본도 힘이오, 도덕, 종교, 모든 것이 힘을 토대로 삼지 않은 것이 없다. 그러다 보니 우주는 힘이다. 힘을 잃어버리는 놈은 파멸에 들고, 새로운 힘을 얻는 자가 생의 무대에 오른다. 아아, 나는 이제야 생의 진리를 깨달았다. 나는 이제부터 힘의 추종자가 되리라. 힘의 찬미자가 되리라, 힘의 선교사가 되리라!!

저녁에 또 하나 지식을 배우게 되었다. '생의 수업', 교육의 금언이다. 페스탈로치는 이렇게 깨달았다고 한다.

1. 교육은 누구에게든지(보편적 교육)

2. 전인격 교육(전체적인 교육)

3. 자연대로

4. 활동적 교육

5. 지혜를 갈고 닦음(무수한 지식을 얻는 것이 아니다)

아아, '학문'의 힘! 사람은 학문을 통해 우주를 정복하는 큰 힘을 얻는다. 나는 먼저 내 자신이 이 위대한 힘을 가지고 그리하여 남들로 하여금 참되고 절대적인 힘을 발하게 하는 '힘 주의'를 선전하겠다. '아아 힘의 신이여, 당신은 오늘부터 나에게 불멸의 힘을 부어주소서!'

2월 28일 월요일 맑음

오전까지 며칠 전부터 시작한 『인도 종교 대요(印度宗敎大要)』 읽기를 마쳤다. 이러고 나니, 또 마(魔)가 들었다. 우스운 세상, 어리석은 인생들! 그러나 나는 그래도 이들을 사랑하지 않을 수 없다. 찌그러진 놈, 구부러진 놈, 민퉁이, 색광이, 얄미운 놈, 음흉스러운 놈, 가지각색의 인물들과 흐린 날, 마른 날, 광풍(狂風) 일고 눈보라 이는 세상—모두 나의 눈에 인간의 다양함, 우주의 진상을 보여주는 것이다. 미냐 추냐! 참이냐 거짓이냐! 모두가 내가 보아야 하고, 맛보아야 할 것이다. 그리하여 인생과 우주의 참된 철리(哲理)를 세울 것이 나의 의무다.

3월 1일 화요일

나는 어찌하여 일심(一心)을 지니지 못하는가! 인간의 보배를 가지고 천하의 경륜을 설정하여 우주의 이상을 따르자는 나의 마음이 어찌하여 때로 부질없는 생각과 쓸데없는 세상사에 이끌려 다니는가?

이러한 시련과 고난을 뚫고도 오히려 샛별 같은 정기, 불같은 기개, 하늘같은 희망을 잃지 않은 위인(偉人)에게 승리의 면류관이 내린다. 나는 오로지 하늘을 바라보고 하늘의 이상을 꿈꾸며 하늘의 힘을 구함으로써 세속에 흩어진 마음을 따르지 않을 것이다.

겨우내 걸리지 않던 감기가 외로운 나그네의 몸을 침범한다. 이럴 때 나는 더욱 하늘의 마음을 생각한다. 나는 엎드려 하늘을 부르리라. 온갖 비열한 생각과 세속의 욕망이 나의 몸에 들어오지 않도록!

3월 2일 수요일

오늘도 나의 이상과 틀리게 살았다. 그러나 세상은, 사람은 나보다도 더 어리석고 민퉁이인 것을 어찌하랴. 내가 아주 이런 세상을 작별하고 보다 더 완전한 세계에 들어가지 못하는 한에는 도저히 불철저한 생활을 면치 못할 것이다.

그러나 나는 다시 분발한다. 나의 이상의 신과 더불어 다시 맹세하고, 초월적인 인격과 뜨거운 이상을 언제나 잊지 않기로!

지독한 독감에 걸렸다. 나는 이것이 모두 즐겁지 못한 생활의 결과라고 믿는다.

육신을 이기는 신의 힘을 적게 얻은 까닭이다. 그러나 나는 결코 실패하지 않는다. 낙심하지 않는다. 참된 용기, 초월적인 자세를 갖게 되리라고 언제나 믿는다.

종교사 시간에 석가와 예수의 대화를 듣다. 그리하여 불교와 기독교의 일치점과 차이점을 보니 동아(東亞)의 쇠퇴와 낙후는 그 원인이 정적이고 피동적이며, 명상적이고, 철저한 내세적 종교 생활에 있으며, 서양의 발달과 왕성함은 오로지 활동적이고 능동적이며 현실적이고 개척적인 종교 생활에 토대삼은 것이 확실하다. 불교의 금욕적인 현실 부정과 기독교의 노력적인 현실주의―하나는 퇴화, 하나는 진화를 낳은 것이 분명하다. 나는 이러한 두 종교의 근본적인 차이점을 볼 때에 동양의 기존 종교를 온전히 저주하고 싶다.

그러나 기독교에도 결점이 없지 않다. 나는 이 동서의 두 종교가 조화를 이룬 이상적인 종교가 인류의 미래에 분명히 존재하리라 믿는다.

3월 4일 금요일 맑음

오늘부터 새 일과 한 가지를 더 잡았다. 잠자리에서 일어난 후 성서 한 구절씩을 읽기로 작정한 것이다.

창세기 1장의 창조설이다. 5천 년 전 인류의 세계관을 이 아침에 다시 생각하는 것이다.

"태초에 신이 만물을 창조하시다"라고 한 옛말은 오늘도 진실이다. 모든 과학, 철학의 깊은 경지를 다 살펴본다 해도 물질의 기원은 불가사의한 신의 장난으로 듣지 않을 수 없다. 상고시대의 인류의 직관을 통해 발견한 이 시상(詩想)이 현대의 시적 직관과 일치한다는 것은 그 얼마나 신기한 일인가? 둘째로 인류의 우주 지배를 생각해보자. 이것도 역시 태고인들이 '인생의 가치', '인격의 존귀함'을 현대인 못지않게 깨달은 증거이다. 천상천하 유아독존이라는 석가의 말과 같이 사람이 우주 안 무엇보다 초연(超然)한 것은 사실이다.

그러나 아무리 신의 형상을 타고난 사람, 아무리 초월적인 지위를 가진 사람이라도 신다운 인격을 저버리고 초월적인 자격을 갖지 못하는 한에는 그에게 우주를 초월할 권리가 없게 되는 것이 또한 진리라고 보지 않을 수 없다. '가치의 인간', '권리를 찾은 사람', '사람 노릇하는 사람', '영을 바로잡은 사람'에게는 만물을 차지하고 신의 아들이 될 권리가 주어지겠지만, 그렇지 못한 동물적 인생(영을 모르고 이상이 없고 물욕에 묻혀 있는 자'에게야 무슨 특전이 있을 것인가?

나는 셋째로 이 이야기 끝에 '신의 휴식'이란 말을 매우 의미 있게 생각하였다. 활동이 있은 후에 휴식이 있음은 신의 철칙이요 우주의 법칙이다. 보라, 인간과 우주의 활동과 휴식을!

신과 우주 만물은 어느 한쪽이 없으면 다른 것도 따라서 무의미하게 될 것이다. 또한 신과 우주의 활동법칙도 그 반대편에 정지와 휴식이 있음이 사실이요 진리이다. 주야(晝夜), 양성(兩性), 정신과 물질-양면의 법칙을 우리 인생의 생활에서도 찾지 않을 수 없다. 활동하다가 자고, 살다가 죽고, 울다가 웃고, 엿새 동안의 있은 후 제7일의 휴식은 무엇보다 필요하다. 이는 결코 어떠한 경전의 말이라 하여 지킬 것이 아니라 우리들 자신이 이를 필연으로 요구하게 되는 것이다. 예수는 "사람은 안식일의 주인이다"라고 하였다. '신의 안식'은 우주의 법칙이다.

기도회 시간에 갔다. 광명이 우주 안에 속살거리고 생의 활동이 지상에 춤추는 순간, 나의 영을 한없는 세계에 드러내 놓고 신계(神界)의 아름다운 행복을 느끼는 법열(法悅)의 시간이다.

그러나 B박사의 성경과 기도는 어떠한가? "예수는 나사로의 주검을 살리고 문둥이를 고치며 귀신 든 아이를 고쳤다" 하여 기적을 행한 예수를 기념하자 하며, "하느님 아버지, 우리로 하여금 당신의 뜻에 맞는 종이 되게 하며, 당신 나라의 복음을 맹렬히 전하는 교인이 되게 하옵소서. 일본의 새 황제를 축복하여 나라를 잘 다스림으로 당신의 나라가 잘 전파되게 하며, 중국으로 하여금 속히 안정을 얻어 당신의 참 아들이 되는 일에 종사케 하며, 북아프리카의 우리 일이 잘 발전되게 하고, 특히 인도의 교인들로 하여금 자기를 잘 깨우치게 하오며, 구라파 여러 나라들이 화목하여 잘 살게 하옵소서,"하는 낙관적인 기도이다.

미국의 예수교인 생활은 날마다 이러한 꿈속에 있는 생활 같다. 자기최면, 형식주의, 맹목주의, 물욕주의에 빠져 있는 미국인! 미신, 교리주의에 들어가서는 더 말할 것도 없다. 이들이 정말 진정한 자유, 진정한 문명을 가졌는가!

3월 5일 토요일

독감이 더 세력을 잡는다. 그래도 나는 지지 않기 위하여 침대에 들어가지 않고 종일 싸웠다. 그러나 저녁에는 더 기승을 부린다. 책도 볼 수 없다. 나는 죽음까지 생각하였다.

죽으면 모든 것이 허사일까? 아니다. 내 몸은 여기서 파묻혀 썩어진다 할지라도 나의 원귀야 어디를 못 가랴! 하늘나라의 모든 영과 함께 보좌에 노닐 것이오, 태평양 바다를 훨훨 날아 건너 조선의 강산을 꿈에라도 만날 것이다.

그러나 아깝다. 다양한 세상에 태어났다가 한 가지도 일을 이루지 못하고 죽는다는 것이 그 아니 서운한가! 어린애들처럼 싸우고 떠드는 인생들을 한 마디의 충고나 안심할 만한 위안거리도 주지 못하고 감이 그 얼마나 아쉬운 일이냐! 내가 정말 죽을까? 아서라, 헛된 생각이다.

3월 6일 일요일 구름

병으로 종일 실내에 있다가 B박사의 초청으로 오후 4시에 방문했다. 부부가 모두 인도 태생으로 동양에 많은 흥미를 가졌다 한다. 그는 조선이 일본과 평등주의를 취하는 것이 좋다고 주장한다. 물론 현대 열강이 약소국에 대한 정책을 합리적인 것으로 생각한 것이니 더 말할 것 없다.

그러나 오늘날 악마와 같은 인류의 사회 상태를 어찌 자연적 현상으로만 볼 것인가? 그 책임은 자연 천운(天運)보다 인생 자체에 더 많이 있을 것이 아닌가? 인생의 모든 부분을 총괄하고 있다는 기독교로서 현대 생활을 합당한 길에 있는 것으로 알고 모든 책임을 하늘의 뜻에 맡겨버린다는 것이 너무나 피상적 낙관주의에 젖어 있는 관찰 같다.

3월 7일 월요일 맑음

밤새에 독감이 꽤 차도가 있다. 에머슨의 논문을 속독으로 읽고 노아 홍수 이야기를 보았다. 나는 여기에서-옛날의 살림엔 더구나-힘이 필요하였던 것을 배우게 된다. 노아는 의인(義人)이었다. '그는 신과 동행하였다'는 등의 구절에서는 그 속에 온전히 정의의 힘, 신의 힘을 믿음으로써 세인이 모두 탁류에 휩쓸려 멸망의 구렁에 들어가도 자기만은 특출한 예산, 원대한 이상을 품고 모든 재난을 물리쳐 세 민족의 훌륭한 시조가 된 것이 아닌가! 아아 나같이 약하고 나같이 깊지 못한 영에게 이러한 힘, 저러한 이상이 그 얼마나 필요한 것인가!

기쁜 하루다. 오후에 두 시간 가까이 체조 운동을 하였다. 나는 더욱 '하늘'을 사모하였다. 저녁에는 O의 생각이 났다. 그리고 떠날 때에 본 어머님의 우시는 얼굴을 생각하니 심사가 매우 좋지 않다.

아서라! 모두 잊어버리자. "부모나 처자나 친구를 나보다 더 사랑하거든 나를 따르지 마시오"라고 한 선생의 말을 잊었던가! 나는 온전히 옛 생활을 잊어야 할 사람이다. 돌아보아라. 무엇 하나가 기념해 둘 '생활'이 있었던가! 모두 실패와 오욕에 들어 있는 과거 아님이 없다. 모든 것을 잊자. 꿈같이 잊자. 그리하여 오직 장래만을 내다보자. 전날의 가슴 아픈 경험을 토대삼고 그 위에 아름답고 거룩한 영의 생활을 세우자.

하늘이여, 나의 참회를 들으소서. 나로 하여금 다시 지나온 수렁통에 다시 들지 말게 하옵소서. 나로 하여금 매일 '하늘나라'를 생각하되 조금이나마 세상의 욕망이나 영달을 아울러 생각지 말게 하옵소서. 나로 하여금 매일 하늘의 문 앞에서 만나는 사람에게 당신의 얼굴을 보여주는 자가 되게 하여 주소서.

3월 8일 화요일

오늘은 작년에 내가 서울을 떠나던 날이다. 그날 아침엔 아침 햇살이 남산 머리에 떠올라 먼 곳으로 떠나가는 나의 가슴을 곱게 비추었다. 그러나 오늘 아침은 음침한 하늘에 봄비가 부슬거려 객지의 외로운 정을 한층 더 깊게 해준다.

산 설고 물 다른 이역의 1년! 그 얼마나 나의 부드러운 가슴에 깊은 상처를 주고 외로움, 억울함, 구슬픈 감회를 쌓아 주었는가. 어려서 그렇게도 바라던 미국 유학을 얻게 됨과 동포들이 다 보지 못하는 세계의 도시 산천을 구경하게 된 행운을 가졌다 하되 나의 가슴은 전보다 더 무엇을 껴안아 보고 싶고, 나의 마음은 전에 없던 번민과 고통을 더 가지게 되었다.

그러나 나는 이 모든 운명이 나에게 필요한 것을 깨닫고 이 속에서 내가 바른 새 길을 개척할 것이라 한다. 나의 지난 1년의 파란만장한 생활은 나의 미래에 더할 나위 없는 '경험의 선생'이 아니겠는가!

나는 오늘 아침에 우연히 새로운 깨달음을 얻었다. 종교는 결코 교회나 사회의 의식이나 경전에 구속될 것이 아니오, 각 사람의 참된 종교는 각 개인의 심령의 개성적 창조로부터 출발하는 것이라고. 그리하여 모든 세인의 철학적, 교리적, 의식적, 관습적 허구에서 벗어나 오직 생명 있고 신선한 영의 창조적 생활에 들지 않으면 안 될 것이라고 생각한다.

나는 오늘부터 다시 작심한다. 인간의 수없는 가면을 벗겨주고, 참되고 높은 정신적 이상적 생명의 길로 나아가기를!

3월 9일 수요일

바람 불고 스산한 날은 갔다. 아니 '지난날'은 영원히 갔다. 영원히 흐르고 쉬지 않는 날과 달이 내가 바라는 일에 무슨 지침을 줄 것인가?

때는 봄철, 향기가 바람에 날리는 아침 날이다. 만물은 신생(新生)에 움직이고 하늘은 새 바람에 춤춘다. 이 중에 나의 씩씩한 정신도 새로운 기운을 받아 푸르고 높은 하늘로 떠올라 끝없는 영겁을 바라보며 날개를 편다.

그러나 이따금 공중에 솟아 있던 나의 영이 지난 날 자라온 땅의 흙을 잊지 못하여 자주 이를 내려다보고 맥을 놓으면, 나의 전신은 말할 수 없는 육체의 번뇌에 빠지곤 한다.

육신은 흙이다. 물건은 진흙이다. 명예는 바람이다. 언제나 육신과 욕망을 잊지 않는 자에게 무슨 영이 있으며, 하늘의 영원한 도리를 어찌 분간할 수 있을까? 이상은 꿈꾸는 법열의 생활을 더구나 바라지 못할 것이다.

나는 가치 있는 생을 바라고 남보다 지지 않게 나아갈 야심을 가졌다. 내 이미 '하늘'의 보배를 얻은 바에 이것을 나의 영원한 소유물로 만들려면 전에 내가 소유한 모든 가치 없는 것을 희생하여야 할 것이 명백하다.

버리자. 버리자. 인생의 향락, 취미, 부귀영화—모든 것을 버리자. 그리하여 오로지 보배, 유일한 진리만을 품고 하늘에 날아오르자. 마치 예수가 최후에 세상의 모든 것을 버리고 하늘에 올랐듯이 나도 그의 뜻을 따라 땅과 흙을 잊고 천계(天界)에서 살자. 그리하여 중생을 하늘로 이끌어 올리자! 나의 희망은 '하늘'이다. 이 밖에 세상에 다른 무엇을 바랄 것이 있을 것인가? 하늘나라, 하늘나라, 나의 미래의 고향이여!

3월 11일 금요일 맑음

미국에 오고 나서 세 번째 동생의 편지를 받았다. "고등학교에 다니던 누이동생은 무식한 남편을 얻어 가고, 귀여운 두 어린 아들과 남편을 버린 ○○은 다른 곳으로 갔소. 그래서 어머님의 고생이 전보다 더 막심하게 되었소"하는 보고였다.

잊어야 할 일이지만 그래도 인정에 어찌하랴. 유명한 문인이나 시인이 일찍이 그려 보지 못한 활극, 비애가 잠겨 있는 가정의 일을 생각하면 할수록 가슴에 말할 수 없는 한숨이 사무친다. 그러나 이는 내 집안 하나로 인함이 아니다. 인생의 활동, 사회의 현상에 나타나는 모든 것을 축소하여 놓은 것이 내 집의 일이다. 내 집이 곧 인간이오, 인간이 곧 내 집이 아닌가! 아아, 이 일을 어찌하랴. 이렇게 울고불고 하는 인간을 구제할 방도는 어디에 있는가?

나는 오후에 아무 것도 못하였다. 나는 이렇게 감수성이 많다. 그러나 나의 앞길을 위하여 이를 모두 잊어버리지 않으면 안 되겠다.

3월 16일 맑음

지난밤에 단테의 전기를 읽고 많은 공감을 느꼈다. 나는 아직 그의 『신곡』을 읽지 못하여 그의 자세한 사상의 맥을 알 수 없으나 그의 끈기 있는 의지와 드높은 포부, 그의 높은 인격을 존경치 않을 수 없다.

첫사랑을 잃고 뜻에 맞지 않는 아내를 데리고 살다가 소속 정당의 불운으로 20년의 긴 세월을 방랑의 생활로 떠돌게 된 것이며, 그리하여 마침내 한 많고 고생에 젖은 몸을 이역의 흙에 묻게 된 불운아! 그러나 이러한 불운 속에서도 변화 많은 생의 일면을 꿈꾸어 표현한 것이 『신곡』이 아니던가! 그는 이것으로 중세의 사표(師表)요, 현대의 명인이 된 것이다.

그는 현실의 모든 불행으로써 후생에 썩지 않은 이름을 남긴 위인이다.

오늘 다눈치오의 『침입자』란 소설을 읽기 시작. 백여 페이지를 읽는 동안에 많은 충격을 받았다. 나는 할 수 없이 더는 볼 수 없다고 생각하고 중간에서 책을 덮어 버렸다.

스마일스의 『인생론』, 『노동론』을 읽기 시작하였다. 나는 다시 종교철학에 많은 흥미를 느꼈다. 아무래도 종교는 예술이나 과학이 믿지 못하는 이상한 세계를 나에게 보여주는 것 같다. 나는 세상에 그것을 깨닫는 사람이 적은 만큼 이 영의 보물의 유일한 가치를 안다. 나는 기어이 그 신묘함과 가치를 캐어보고야 말겠다. 아마 이것이 내가 일생에 밝혀 볼 주요한 일이 아닌가?

3월 21일 화요일

나는 오전에 S박사의 수업에서 놀랍고도 우스운 논문 숙제를 받았다. 'The Perron and Works of Holy Spirit'.

나는 너무도 어이없는 일을 당하여 어찌할 바를 모르겠다. 나는 도무지 하느님 이외의 다른 신을 믿을 수 없다. 사람들은 신이 따로 어디에 자리를 정하고 앉아 있으며 그의 사자(성령이나 천사)들이 인간의 세계를 왕래하는 줄 아는 모양이다.

과연 옛날의 신관(神觀)은 그러하였다. 그러나 나는 도저히 옛날로 돌아갈 수 없다. 나는 온전히 나의 영이 직접 신을 대하되 이 밖에 다른 무엇이 나와 신의 관계를 돕는 것을 믿을 수 없다.

어찌할까! 거짓말을 쓸 수도 없고 그렇다고 시작한 일을 중도에 중지하기도 어려운 일이니 참으로 딱한 일이다. 나는 이번 학기에 세 가지 무의미한 학과를 택하였다. S박사의 학과 외에 E박사의 사회학과 S군의 신학이다. 이들은 모두 죽은 학설을 강의하는 이들이다. 나는 쓸모없는 일에 시간을 보내는 줄 알면서도 아직까지 계속 강의에 참석하였다. 이는 한 번 작정한 일을 중도에 그만두기가 무엇하여 그리한 것이다. 어찌할까? 내일부터 모두 그만둘까?

나는 게벨 씨의 소품집을 읽기 시작하였다. 그는 독일의 정신주의자 헤르만의 제자로 일본 동경제국대학의 철학교수로 다년간 재직하였던 이다. 칸트를 논하고 실러를 찬양하여 현대 물질문명을 멸시하고 신의 이상을 따라 진리와 사랑의 부활을 소리 높여 주장한 이다. 나는 이런 글을 학과를 빼먹으면서까지 읽게 되니 내 앞길이 어찌될지 알 수 없다.

나는 또 스마일스의 『문학사』를 읽는다. 희랍에는 호머, 로마에는 버질, 호레이스의 이야기를 읽었다. 철학과 종교와 예술-인생의 세 가지 보물이다.

나는 모든 것을 잊고 이 인생의 보배를 찾기 위하여 나의 전 생명을 바치려 한다. 가정도 사회도 친구도 어떠한 것이나 나의 보물을 구하는 일을 막지 못하리.

하늘은 나의 결심을 굳게 믿으리라. 나도 그가 나의 높고 거룩한 뜻을 붙들어줄 것이라 믿는다. 나의 온 몸과 마음을 다 바쳐 천국의 길을 닦는 터에 하늘은 반드시 미래를 위하여 더 큰 일을 보일 것이다.

나는 더욱 정신을 가다듬어야 하겠다. 천리(天理)를 밝혀 중생을 복되게 할 큰 사명이 나의 두 어깨에 짊어져 있다. 내 무슨 공상에 빠지며 내무슨 무용한 일에 참여할 것인가. 나의 원대한 길은 더욱 멀어지고, 내가 바라던 이상은 더 높이 솟아올랐다.

4월 10일 일요일

Palm Sunday! 교회당으로부터 호산나의 노래가 울려오고, 푸른 풀밭에는 다람쥐들이 즐거이 뛰노는 봄날이다.

새 봄을 맞은 천지! 모두 활동과 청신(淸新)이 흐른다. 창공을 덮어 내려오는 큰 빛, 땅 위에 날뛰는 생의 환희! 그러나 나의 영은 어두운 그늘에 몸서리치고, 내 얼굴은 고독의 비애에 울음 운다.

나는 무엇을 그리며, 나는 어찌하여 채워지지 않는 마음을 가지는가? 세상을 위하여 육체를 위하여 공명(功名)을 바라고 허덕이는 인간의 껍질을 벗지 못한 나이기에 이렇게 웃음과 활동이 가득 찬 천지를 뜻있게 맞이하지 못함이 아닌가!

현실은 물처럼 흐른다. 영원의 샘물을 따라 하루살이처럼 떠드는 현실! 이 속에서 사람과 모든 생물은 밤과 낮, 생과 사를 분별하지 못하고 그저 목전의 안일, 호화를 바라고 싸운다. 나는 아직까지 인간의 세속적인 정에 얽히어 있다.

영원, 무궁, 절대, 항구의 진리, 영생을 아느냐? 그렇거든 모든 중생을 초월하자. 일시의 가치를 버리자. 목전의 안일이나 명예를 생각지 말자.

잊어라, 과거를 잊어라. 시시각각 달려오는 속정(俗情)을 눈떠 살피지 마라.

신, 자연, 영생, 초연함이 아니거든 염두에 새기지 말라. 너는 신의 아들이요 영생의 주인인 것을 명심함으로써 네 일생의 참뜻을 찾을 것이다.

5월 9일 월요일

어제 오후 S교수와 더불어 학교 숲을 방황하며 토론한 '종교와 생활'의 문제가 나로 하여금 말할 수 없는 악마의 구렁텅이에 들게 하고, 나의 시달리는 영에 더 한층 괴로움을 줄 줄이야 뉘 짐작하였던가!

세상은 왜 그리 어리석은 사람들을 선생으로 세워 두는지, 어린 양 하나를 죄 가운데 빠지게 함이 제 스스로 바윗덩이를 목에 매고 바다에 몸을 던질 일이라. 한 성서의 교훈을 가르치는 자의 소신(所信)을 내 이제야 알아보았도다!

하나님! 큰 죄를 지었소. 얼마 전부터 크게 맹세하고 하늘 길을 똑바로 걸어가던 내가 말할 수 없이 험한 악마의 소굴에 발을 옮겨 놓았소. 하나님, 나의 하나님이여, 나를 구원하소서. 세속에 물든 더러운 몸을 다시 씻어주옵소서.

5월 18일 화요일 맑음

오늘은 졸업식이라 많은 사람이 캠퍼스에 모여든다. 마치 큰 명절이나 된 것 같다. 아이들과 어른, 부인네, 자동차, 모두 즐거움에 웅성거림이 말동무 없는 나에게 더욱 고독한 느낌을 심어 준다.

오전에 D박사가 찾아왔다. 그래도 나를 오랫동안 사귄 사람이요, 또 조선을 사랑하며 진정한 기독교의 가르침을 실천하는 이라, 그를 맞이할 때에 나는 마음속에서 우러나는 감사와 경의를 금치 못하였다.

나는 박사의 요청에 따라 나의 시와 기행문을 읽어주었다. 매우 흥미있게 듣는다. 그는 나에게 이런 것을 쓰는 대로 발표함이 어떠냐고 묻는다.

우리는 삼림으로 나갔다. 조선의 장래, 신문화의 건설이 주요 논제였다. 그리고 20여 년 전의 봄과 이 삼림을 들려준다. 우리는 졸업식장으로 발을 옮겼다. 정각 30분 전부터 군중이 몰려든다. 일찍 가지 않으면 자리를 못 얻는다고 한 D박사의 예언이 맞았다. 미국인들이 구경을 좋아함과 동시에 사회적인 협동정신이 풍부함을 어디서도 볼 수 있다.

정각 11시에 유려한 행진곡을 따라 패컬티 교수들을 선두로 사각모, 흑색 가운에 붉은 전대를 맨 박사, 석사, 졸업생 일행이 장내 특정좌석에 착석, 군중은 환영의 표시로 박수, 찬송 기도가 있은 후 워터만 박사의 훈시가 있었다.

증서 교부의 기이한 행렬은 처음 구경하는 나에게 많은 웃음을 주었다. 식을 마치자 옥외에서 자유롭게 먹는 다과 모임이 있다. D박사를 보내고 도서실에서 듀란트의『철학이야기』를 읽다.

오늘부터 휴가다. 저녁은 여럿이 시내에 가서 먹다. 거리 아이들의 장난 구경으로 8시가 넘어서 귀가했다. G군의 아름다운 로맨스 이야기를 듣다.

5월 21일 토요일

이삼 일 전부터 M시 화원구락부(花園俱樂部)의 꽃 전시회가 본교 구내에 개최되었다. 나는 여기서 심부름꾼으로 며칠 동안 일하였다. 오늘은 모든 것을 다 철거한 날이라, 나는 저녁 후 약속한대로 임금을 받으러 교장의 그 주택으로 방문하였다.

서로 악수하고 인사한 뒤에 교장은 "어떠시오, 요사이? 재미 많소?"하고 물었다.

나는 "예, 좋습니다,"라고 대답하였다.

"그런데 전시회 임원들이 일 잘하셨다고 칭찬이 많던 걸요?"

"그렇습니까? 나는 무슨 도움을 주었는지 도무지 알 수 없습니다."

"왜요, 부인네들이 무척 칭찬하던 걸요."

"……."

"그런데 몇 시간 일하였소?" 하고 T씨는 호주머니에서 종이조각을 꺼내어 부르는 대로 계산을 시작하더니, "아니, 28시간이구려!"하고 말했다.

"그렇습니까, 나흘 동안 일한 것이?"

"그런데 삯전은?"하고 교장은 단도직입적으로 묻는다.

"보통 예대로 하지요. 한 시간에 오십 전인가요?"하고 나는 지금까지 받은 임금을 말했다. 이 소리를 들은 T씨는 금방 얼굴빛이 변하여 성난 어조로 소리를 지르는 것이었다.

"그런 임금을 요구한다면 우리 캠퍼스에서는 결코 일을 할 수 없소. 우리는 그러한 임금을 지불한 적이 없소. 그래, 언제 그러한 임금을 받아 보았으며, 누가 그러한 규정을 이야기하던가요?"

"지난 가을과 지난번 얼럼나이 데이 식당일을 할 때 그렇게 받은 일이 있소"

"그것은 특별한 일이니까 그랬을 것이오."

"아니, 지금 저녁 먹으러 가던 길에 하터 씨를 만났는데, 그도 어제 일한 임금을 1시간에 50전씩으로 받았다던데요."

"그것은 잠시 트래픽 일을 본 것이니까 벤싱거 씨가 그렇게 지불한 것이오."

나는 너무 어이없어 입을 다물고서 신경질적으로 주름 잡힌 붉은 얼굴이 들먹거림을 물끄러미 건너다보았다. 나는 그의 가슴 속을 꿰뚫어 보앗다. 나는 그의 뚱뚱한 뱃속에 지금까지 배우고 쌓아온 온갖 허위와 음모가 들어 있음을 불쌍히 여기지 않을 수 없었다.

아아, '너'더냐! 매일 아침 수백 명 성직을 받은 사도들의 머리를 축복하며 엊그제 네 입으로 "나 드류 신학교장은 ○○에게 신학박사의 학위를 주노라"하던 위대한 인물이 지금 이 시간에 나 아무 이름 없는 일개 학생의 눈을 외면할 줄이야!

그는 금방 또 변하여 너털웃음을 치며 현관까지 따라나와 "참, 아름다운 저녁이구려. 당신네 나라에도 저러한 나무가 있소?"라 한다.

그의 인사투의 말을 그대로 받아들이며 나는 내미는 손을 쥐었다 놓고 발걸음을 옮겨 숙소로 향하였다.

나는 하늘에 오를 듯이 가슴이 넓어짐을 깨달았다. 밟는 땅은 천년에 굳은 흙이요, 만나는 사람은 동물적인 욕심과 더러움이 드러난 인간뿐이다. 이상적인 인간, 인격적인 인간, 이들은 필시 내 눈으로 영원히 목격하지 못할 신인(神人)일 뿐일까? 끝없는 수평선을 내다보니 이제라도 날 수 있으면 더러운 세상을 떠나고 싶다.

5월 27일 금요일 뉴욕에서

오늘도 아침식사 후 직업소개소로 갔다. K형은 벌써 와 있다. 날씨는 사오 일의 지리한 구름을 벗어 던지고 밝은 햇빛을 사방에 던져준다. 습기 차고 음침한 기분이 걷힌다. 점심시간이 되어서야 나는 K형과 같이 뉴욕 도서관에 들어갔다. 여러 그림 중에 밀턴의 딕테이션 화(畵)가 매우 흥미 있었다. 갑자기 복통이 일어나 K군과 같이 업타운에 갔다 오다.

오후에 K형의 뒤를 따라 다운타운 구경을 하다. 도보로 중앙공원을 지나 귀가하다.

밤에 많은 이야기가 있었다. 나는 많은 불철저한 평론을 듣고, 인간의 믿음성 없음에 홀로 울었다.

"아아, 신이여, 당신만이 각 사람의 진심을 아시지요. 나의 진심도 당신만이 아시리이다."

제 2 막
사랑이 싹트다

10월 3일 월요일

오래간만에 다시 만났다. 작년에 보던 수림, 작년에 듣던 새소리다. 언제나 푸르러 있는 하늘 앞에 날마다 한결 같은 대자연의 아름다운 가슴 속에 들어 있는 인생의 마음은 어찌하여 흐르는 물과 달리는 구름처럼 떴다 졌다 하는가!

한 해의 이역 살림을 치루고 난 나의 마음은 아직도 잊어야 할 옛일이 이따금 머리에 많은 고독과 감회를 자아낸다. 나는 다시 이때가 나의 일생을 결단하는 클라이맥스로 생각한다. 전에 결심한 의지를 철저히 실행할 기초는 이제부터 세우지 않으면 안 될 일이다.

나는 아직도 청춘의 외로움이 슬피 느껴진다. 아무 것도 보이지 않는 미래를 향하여 손을 벌리고, 끝없는 빈 하늘을 바라보며 하소연을 한다. 그러나 나는 영원히 '외로움'의 아들이 아니며, 언제나 벗지 못한 저주의 몸이 아니지 않던가!

나의 정은 이미 식은 지 오래고, 나의 피는 말라 육체의 미를 잃은 지 벌써 몇 해인가! 나는 다시 얻지 못할 혈색을 동경함이 부질없고, 잃어버린 사랑을 찾고자 함이 어리석음을 명백히 알면서도 아직까지 나의 마음은 무엇을 얻기 위하여 방황하여 마지않는다.

나의 앞길에 '세상'은 없다. 나의 장래에 세상의 향락은 더구나 없다. 내 몸이 죽은 지 몇 해던고!

쓸데없는 공상을 버리자. 얻지 못할 허깨비를 생각지 말자. 나는 온전히 세상을 떠나 허공에 떠도는 유령이 될 수밖에 없다.

영의 기쁨, 영의 신천지를 위하여 나는 거듭난다. 오직 절대와 이상과 진리를 찾아 신의 왕국에 들어가는 길만이 내 앞에 남아 있는 유일한 길이다.

10월 24일 월요일

10월 그믐께 어느 날 밤이다. 신학기에 사귄 D양과 룸메이트인 P군과 셋이서 신학년 최초의 극장 출입을 하였다. '대관병식(大觀兵式)'이란 영화였다. 나는 무심중에 내 곁에 앉은 D양을 자주 바라보았다. 그도 역시 나를 가까이 하는 듯하다. 나는 어언간 사랑의 싹이 돋는 듯 하는 느낌을 가졌다.

나는 영화도 잘 볼 수 없고, 서로간의 대화에도 참여할 수 없어 바보짓으로 시간을 보냈다. 이는 오직 나의 본능을 억제하고 양심의 결의를 실행하여야 한다는 책임감이 머리를 채운 까닭이다.

아아, 나는 다시 나의 십자가를 바라본다. 모든 향락은 옛날의 한바탕 꿈이 아니던가. 내 앞에는 남은 것이 십자가 하나밖에 없다. 본능적인 감정을 이겨 산 주검을 찾는 이의 운명(運命)! 모든 것을 잊어라. 인연을 맺지 마라. 그리하여 다시 인간세상의 쓰고 단 꿈에 들지 마라. 너는 십자가를 짊어진 순교자가 아니던가.

잊어야 할 생각들이 끊이지 않으며, 열한 시에 침대에 드러누운 몸을 엄습한다. 전에 맛보지 못한 고독과 비애가 가슴에 떠오른다.

너는 처지가 다르니 몸조심을 하라는 P군의 충고가 진리라 아니할 수 없다. 내가 지금 스스로 마음을 괴롭게 하는 이유는 오로지 나의 허물이다. 곧잘 이상을 바라고 현실을 잊었던 내가 오늘밤에 갑작스런 변화를 겪게 됨은 내 전신을 그르치게 함이 아닌가.

나는 다시 결심의 구조선을 부른다. 처음 조국을 떠날 때의 굳은 결심을 다시 회상한다. 나는 다시 '사랑'을 생각지 않으리. 나는 영원히 사랑과 이별한 자가 아니던가!

그러나 나는 한 잠도 잠을 이루지 못하였다. 나는 엎드려 피땀을 흘리는 겟세마네의 예수를 바라보았다. 아아, 나의 선생이여, 이 밤의 나의 괴로움을 보듬어 주소서. 세상을 등지고 당신의 발자취를 따르려는 나의 외로움을 살피소서.

세상은 모질게도 나를 박해합니다. 나에게 있는 모든 향락을 모조리 앗아가고도 부족하여 이따금 비쳐주는 희미한 먼빛까지도 그림자를 치우지 못하게 합니다.

나의 등에는 오직 당신의 십자가 외에 다른 것이 없소. 세상의 모든 조롱과 학대를 짊어진 불행아의 서러운 기도를 들으소서. 그리하여 모든 괴로움의 끝에 당신의 위로가 반드시 있을 것을 굳이 믿게 하옵소서!

10월 26일 수요일

새날이 떴다. 광명과 정기에 찬 희망의 날! 내 마음은 다시 새 하늘을 바라보고 승리의 기쁜 노래를 부른다. 모든 육신과 물질의 세상을 정복한 용사, 온갖 허위와 비역함의 악마를 물리친 성자의 쾌락! 나는 맑은 숲속에 불어오는 서늘한 가을바람을 맞아 하늘에 오를 듯이 상쾌함을 느꼈다.

바람에 날려 나부끼는 낙엽이 교정에 깔린다. 여름 동안 녹음의 영화를 한껏 누리던 나무와 풀들이 기운없이 물들어 쓰러진다. 끝없는 하늘이 더욱 푸르러 가고 참나무 가지에 오르내리는 다람쥐들이 더욱 살쪄간다.

나는 온전히 옛일을 잊고 등불을 가까이 하여야 하겠다. 나의 일생을 크게 좌우하는 관문이 여기에서 열린다.

10월 27일 목요일

수면부족인 까닭이다. 심신이 매우 피곤하다. 종일 불쾌하게 지냈다. 나는 괴로운 까닭을 안다. 그러나 하늘과 땅의 대감옥 속에 든 몸은 쉽게 운명의 괴로움을 벗기 어려운 법이다.

나는 그래도 내 약한 영을 시달리게 하는 운명과 싸우지 않을 수 없다.

사람다운 생활, 고상한 뜻을 닦고자 하노니 이만한 시련에 넘어갈 내가 아니다.

나는 다시 큰 사람을 바라본다. 세인을 위하여 모든 것을 희생하고 마침내 목숨까지 바치는 위대한 업적! 나는 스스로 내 맘을 붙들어 마지않는다.

나는 벌거숭이가 되자, 사람들이 달라고 요구하는 것은 무엇이든지 다 집어 주자. 그리하여 나의 생명까지도 온전히 인간을 위하여 희생하자. 이리하여 저마다 오지 못하는 미국 유학의 책임을 갚지 않으면 안 되겠다.

나는 먼저 영어 준비에 더욱 힘을 쓰려 한다. 서양인의 이상, 그들의 내적 생활을 알려면 먼저 언어에 곤란을 겪지 않아야 할 것이다.

10월 31일 월요일

이상적인 가을날이다. 교정은 단풍으로 덮여 그 사이에 다니는 사람들까지 단풍에 젖은 듯하다. 하늘에 흐르는 가을색이 사방에 가득 차니 천지가 온통 핏물에 녹아든 듯하다.

나는 이러한 외계(外界)의 변화를 맞아 한결 외롭고 쓸쓸한 기분을 금할 수 없다. 그러나 나는 다시 전에 보지 못하고 듣지 못한 기이한 무엇을 감각한 듯하다. 보이지 않는 세계, 나타나지 않는 미(美)의 장관을 접한 것이다.

나는 이 말할 수 없는 감촉을 마음에 새긴다. 천지와 인생의 진미는 이러한 감촉으로 맛보는 것이다. 세상의 속된 아름다움을 초월한 진리계, 광대무변한 영원미(永遠美)를 여기서 찾는 것이다.

나는 오늘까지 맘에 두고 생각한 '세속의 일'을 다시 헌신짝처럼 내던지고 새 맘 새 정력으로 새 달 새 날을 맞으려 한다.

영원에서 무궁에 흐르는 생명과 미의 주재여! 나는 다시 신령에게 맹세하여 새로운 인생에 들고자 결심하오니 나의 전생에 가졌던 온갖 더럽고 속되고 비열한 행위와 이상을 먼지처럼 씻게 하옵시고, 새 달 새 날을 맞이할 때에 청신한 마음, 맑은 정신으로 신생(新生)의 신작로를 개척케 하옵소서.

11월 1일 화요일

가장 거룩한 날이다. 모든 천지의 더러움, 어지러움을 덮어 높은 낙엽을 밟고 하늘나라를 향하여 날듯이 상쾌한 기분이다.

이(李) 군에게 편지를 쓰고 돈 10불을 보냈다. 이리하여 나는 내가 나고 자란 모국의 울고 기뻐하는 소식을 들으려 한다. 아무리 이역만리를 떠도는 몸일지라도 20여 년을 길러주고 아침과 저녁에 천지의 아름다운 살을 보여준 어지러운 내 땅을 어찌 잊을 날이 있으랴.

저녁에 D양에게서 편지가 왔다.

"나는 우정을 굳게 믿소. 나의 우정을 오해하는 듯하기에 이 글을 쓰오. 나는 당신의 이상을 듣고 많은 감화를 받았소," 하는 등의 구절이다. 아마 나의 최근의 냉정한 태도를 염려하여 쓴 글이리라.

나는 어떻게 답장을 써야 할지, 이미 작정한 일을 새삼스럽게 설명할 필요도 없고, 하지만 보통의 인사는 써야 마땅할까?

나는 다시 예수를 바라본다. 그는 더러운 행위에 젖은 음녀(淫女)를 불쌍히 여기지 않았는가. 옳다. 그럴 수밖에 없으리라. 그 맘속에 든 천심으로 보아 일체를 사랑치 않을 수 없는 것이다.

11월 3일 목요일
나는 D양에게 이러한 답장을 보냈다.

Ask no more, dear friend,

My child is sleeping.

He was such a fool,

Crying for the passing cloud.

He is sleeping in my bosom.

with a mysterious smile.

Don't disturb, dear friend,

For he is such a dreamer.

If he has any sorrow or delight,

They are God's gifts to him.

For life is such a thing.

You can't help with it.

11월 4일 금요일

D에게서 이러한 글이 또 왔다.

To K.

How noble is the soul which makes

of hurt or sorrow but a path to God!

And of delight a source of inspiration

To lift the life above the senseless cloud!

How precious to another soul the contact!

How challenging it is to life sublime!

Oh might souls shake flesh limitations

In comradeship of spirits-life divine!

Can human urge and call be banished?

My soul not meet with soul as friend.

And not disturb the dreaming child which slumbers

Nor bring him pain and suffering the end.

나의 마음은 또 움직인다. 그처럼 생각해주는 친구이니 나의 실정을 토로해볼까? 나는 모든 이야기를 소설과 같이 아름다운 문장으로 꾸며 머리에 담아두었다. 일과로 또 편지를 쓰리라 하였다.

그러나 나는 종일 주저하였다. 할 일이 많은데 어찌 편지 쓸 겨를이 있으랴. 그래서 밤에 쓰리라 하고 말았다.

밤이 되었다. 열 시까지 공부하고 나서 책상에 기대어 다시, 이 일을 생각하였다. 아무리 곰곰이 궁리하여도 '우리의 관계는 이만하고 말 것'이란 판단이 더 지배적이다. 그렇다. 앞에 놓인 크나큰 일감을 두고 이성(異性)과 더불어 재미있는 교제에 취할 때가 아니다. 또한 그와 나는 여기서 더 가까이 할 수 없는 처지다.

나는 다시 머리를 들고 하늘을 바라본다. 모든 것이 한바탕 꿈이 아니던가.

잊어버리자. 인연이 있으므로 괴로움, 울음이 인생을 떠나지 않는다는 불교의 진리를 따라가자.

11월 6일 일요일

밤에 D박사의 '예레미야의 자연관'을 들었다. 나는 전에 알지 못하던 재미있는 인물 하나를 알았다. 하늘에 날아다니는 새들의 움직임, 길가에 돋아나는 어린 풀포기 하나도 허투로 보지 않고, 그 가운데서 생명의 신비, 신의 조화를 발견하여 인생의 발전에 무한한 도움을 준 위대한 자연주의자 예레미야! 교회를 돌아오며 서리 찬 달밤의 고요한 대기를 마음껏 들이마시고 우주의 넓음, 생명의 오묘함을 새삼스러이 느꼈다.

나는 다시 앞길을 바라본다. 사방에 둘러쳐 있는 어둠은 그대로 나의 전신을 노려본다. 그러나 나는 용기를 내어 똑바로 앞길만 바라보련다. 그렇게 함으로써 사방에서 달려드는 모든 시련과 장애를 씻은 듯이 잊고 광명과 이상이 들어찬 피안에 이르고야 말겠다고 맹세한다.

11월 7일 월요일

이삼 일간 차가운 비와 어지러운 바람이 노란 낙엽과 단풍으로 꾸민 찬란한 가을 옷을 모두 벗겨갔다. 앙상하게 벌거벗은 가지 끝에 북풍이 솔솔 불어온다. 이리하여 벌써 자연의 어미는 혹독한 겨울님을 데려왔다.

나는 한층 더 마음이 쓰리고 싸늘함을 느낀다. 젊은이의 끓는 피로도 녹이지 못하는 인생의 깊은 한을 절실히 느낄 때에 그 말할 수 없는 생의 고통을 어찌 저주하지 않을 수 있으랴!

그러나 나는 괴롭다, 어렵다 하는 생일수록 그것과 더불어 싸울 결심이다. 내 몸이 닳고, 피가 마르도록 인생의 온갖 악마와 결투를 계속함이 나의 생명일 것이다. 이리하여 온갖 세상의 세력과 물질의 압제를 이기고 승리의 정점에 이르고야 말기를!

밤에 캐드맨 박사의 강연을 듣다. 논제는 '아메리카의 사명', 희랍과 로마문명의 장단점을 들고 18세기의 유럽 문명을 비평하면서 아메리카의 선조들의 온전한 목적은 자유와 종교에 있었다고 평하였다. 미래의 아메리카도 정치와 교육 등 모든 시민의 활동이 이 두 요소를 목표삼고 나아갈 것이라고 결론 내렸다.

나는 미국의 1개 촌에 불과하며, 그 가운데 일개 고등학교의 설비로 이만한 큰 규모의 강연회를 개최함을 놀랍게 생각하였다.

순서 중 국민의례에 많은 흥미를 느꼈다. 이 점에는 후일 두고 연구할 자료가 있으리라 생각하였다.

11월 8일 화요일

첫눈이 내린다. 세월도 참말 빠르기 한이 없다. 미국 온 지 두 번째 첫눈을 맞는다. 땅 위의 온갖 더러움, 추함을 덮어주는 백설이 나의 외롭고 심란한 마음도 덮어주기를 바란다. 이리하여 새롭고 따스한 봄날이 이를 때에 새롭고 따스한 마음의 싹이 돋아나기를 원한다.

11월 9일 수요일

나는 어쩐 일인지 종일 심사가 불편하게 지냈다. 우울한 세상, 진리니 거짓이니 물질이니 정신이니 하고 아웅다웅 다투는 거동들이 매우 밉다. 짐승의 얼굴들이 어른대는 꼴은 정말로 눈살을 찌푸리지 않을 수 없다.

그러나 나는 이러한 가면과 허위에 찬 세상에 타고난 운명을 어찌할 수 없는 줄 안다. 미우나 고우나 신의 영원한 계획을 생각하고 이들을 귀히 여기지 않을 수 없다. 이들의 거짓을 벗겨 주고 참 얼굴과 빛나는 천지를 만드는 일이 내 앞에 놓여 있지 않은가?

이 일을 위하여 나는 매우 괴로웠다. 밤 기도회에 출석하여 울음을 참고 신의 이름을 부르짖었다. 마치 예루살렘 성전 안 죄인의 기도와 같이!

도서관에서 D양을 만났다. 그는 편지 한 장을 나에게 던져준다. 전번과 같은 의미의 글이다. '육체적 제한'이 있으나 정신적인 만남으로 친구의 관계를 언제나 계속하기 바란다고. 나는 우월한 백인의 처지에서 이러한 특전을 베풂이 한결 고마운 일이라 생각하였다.

그러나 정신이니 신이니 떠드는 양반들이 무슨 제한, 무슨 조건, 무슨 인종, 무슨 학설이니 떠드는 꼴은 정말 우습기 한이 없다. 신은 신이요, 영은 영이지 사람과 그들 사이에 무슨 제한이 있을까? 사람은 육신을 떠나 어찌 살 수 있으며, 정신과 육신을 어떻게 나누어 생각할 수 있을까?

11월 10일 목요일

청명한 날이다. 나도 따라서 상쾌한 기분을 가졌다. 종일 D양에게 보낼 회답을 생각하느라 공부의 정신을 잃었다.

치킨 디너가 있은 후 D양을 만났다. 그는 조용히 대화를 나눌 기회를 약속한다.

나는 식당 일이 끝난 뒤에 그와 더불어 드류 삼림을 산책하였다.

그는 정신적인 친구의 관계를 나에게 말해준다. 나는 그의 피상적인 논리를 듣고 어찌할 수 없었다. 어찌했든 그만치라도 생각해 줌은 고마운 일이라 하겠다.

아홉 시에 귀가하여 모든 일을 웃어버렸다. 세상은 특별한 것이 아니다. 모두 가면 덩어리다. 이러한 허수아비 속에서 내가 무엇을 찾으며, 무엇을 배울 것인가?

신이여, 당신의 천국이 언제나 오리까?

11월 11일 금요일

아침 L박사의 강의를 듣고 나서 D양이 내 뒤를 따라오며 "어젯밤에 토론하던 문제가 매우 마음에 걸리오." 말하고 나를 쳐다본다.

나는 진실함이 흐르는 그의 얼굴을 의외라고 생각하며, "해결을 얻자면 꽤 오래 걸릴 거요." 그녀에게 대답하였다.

그런 뒤 그는 도서관으로 가고 나는 기숙사로 돌아왔다.

나는 종일 D양을 생각하였다. 어젯밤 구름 낀 달빛 앞에 핼쑥한 얼굴로 나의 인종차별 경험을 몹시 가슴 아파하던 표정과, 오늘 아침 교실을 나오며 하던 말을 종합할수록 D의 깊은 인정, 참된 벗의 도리를 고상하게 보지 않을 수 없다.

애정을 표시하고, 벗의 심신을 염려하여 마지않는 처녀의 거룩한 마음을 내 어찌 의심하며, 그 아리따운 마음의 움직임을 어찌 동정하지 않을 것인가?

11월 22일 화요일

어젯밤에 어머님을 뵈었다. 아무리 꿈이 허무하다 해도 전에 엿보이지 않던 고생과 울음으로 초췌해진 안색을 대하였으니, 이 무슨 전조인가?

나는 다시 지난 10여 일간의 방탕한 생활을 돌아본다. 비록 육체는 성전에 출입하고 이목은 성가를 들으며 성서를 읽었다 해도 내 마음은 그 어디에 있었으며, 내 손은 무엇을 기록하였는가?

아아 신이여! 이 어찌할 수 없는 육신을 어찌하리까? 참된 '나', 고상한 이상이 잠시 이 몸을 내버려두면 말할 수 없는 더러움이 미약하고 불쌍한 놈을 못살게 하나이다.

나는 이제 당신의 뜻을 다시금 생각하나이다. 나는 다시 울고 가슴 치며 애통해하는 조국의 정황을 바라보나이다. 아아, 나는 잊었나이다. 당신이 나를 위하여 예비하여 놓은 십자가를 잊었나이다. 아아, 어찌 하오리까, 이 일을!

11월 23일 수요일

설교학이 끝나자 D양을 만나 약 15분간의 대화가 있었다. 그는 요사이 심사가 어지러운 이유를 들어 "나는 누구에게나 어디까지 정신적인 벗의 태도를 가지려 하는데 많은 악마가 침범하오. 요사이 어떤 앵글로 색슨 친구 한 분이 또 두통거리를 던져주오. 어찌하면 좋을지!" 하며 나의 최근의 태도까지 그러한 의미로 해석한다.

나는 숨김없이 나의 태도를 설명해 주고, 앞으로는 내가 목적한 '일'을 위해서만 충성을 다하리란 의지를 보였다. 이리하여 나는 오늘까지 가지던 불순한 생각을 씻어버리고 오로지 내가 잡은 새 길을 발가벗고 용맹 정진할 결심을 가졌다.

자연의 썩은 옷을 벗겨주는 첫겨울의 하늬바람이 불어온다. 이리하여 나의 묵은 마음과 낡은 생각까지 씻기어져 가기를 바란다.

11월 24일 목요일

꿈에 O를 보았다. 그저께 밤에 동생을 본 일과 종합하여 생각하면 집에 필시 무슨 사고가 있는 게 아닐까? 나는 어젯밤 읽던『어거스틴의 참회록』을 생각하며 조용히 잠자리에서 일어났다.

오늘은 백인이 미주를 점령하고 온갖 고초를 겪어가며 노력한 결과 오늘의 번영을 가져왔다는 의미로 신에게 감사를 올리는 감사절이다. 나도 또한 주위의 영향을 받아 자연히 내 자신이 이만한 생활에 이름을 신에게 감사하고 싶은 느낌이 일어난다.

하늘은 부슬거리는 빗발과 함께 고요한 구름에 덮였다. 평화의 날개 앞에 아름다운 어린 영의 졸음을 재촉하는 자연의 침묵과 신령의 속삭임이 귀에 들린다.

11월 26일 토요일

희망과 광채 어린 붉은 해가 떴다. 서리 찬 아침, 고요한 하늘에 환희와 감사의 노래가 울려퍼진다. 만물은 찬란한 금빛에 어리어 아리따운 계집의 몸차림을 드러내고, 세계는 유려한 생명의 오케스트라에 섞여 활기찬 무용, 즐거운 환락에 취한다.

나는 어찌하여 이날의 영광을 못 보고, 이때의 행복을 꿈꾸지 못하였던고! 비바람 부딪쳐 암흑과 비애에 젖은 폭풍우의 다음날, 눈물과 애통의 견디지 못할 비극을 가져온 인생의 여러 날이 지난 뒤에 평화와 음악, 쾌락의 춤을 데려온 이 날, 사랑과 행복의 아름다운 신의 가슴에 안기는 기쁨을 맛보는 이 날 아침을 내 어찌 예기치 못하였던고!

인생은 울음과 웃음의 쌍둥이가 아니던가. 어떤 때 말 못할 쓰라림과 견디기 어려운 고통이 내 몸을 엄습하면 나는 가슴을 쥐어뜯고 몸서리치며 애통해 한다. 그러나 광명이 찬 새 아침, 평화의 물결이 고요한 내 가슴의 언덕에 부딪치면 어제까지의 모든 쓰리고 아픈 경험이 안개처럼 사라져가고, 하늘에 뛰어오를 용기, 천지를 울릴 고함, 세계를 포용할 자비의 심정이 넘친다.

어제까지의 괴로움을 잊자. 온갖 미움, 차별, 고통을 내던지고, 오늘의 거듭남, 오늘의 새 바람에 새 웃음을 웃으려 한다. 이리하여 지난날의 쓰라린 경험은 새 날의 새 인생을 맞는 준비의 밤이었으며, 과거의 지루한 걸음은 오늘의 영광스러운 새 낙원으로 달려온 전령이 아니었던가!

나는 다시 눈물을 거두고 광명의 새 날을 찬양하는 노래를 부른다. 구부렸던 다리를 펴고, 안았던 팔을 펴고, 숙였던 머리를 들어 하늘을 향하여 드높은 사자후를 부르짖는다. 이래서 나는 다시 나의 희망을 향하여 새 발걸음을 옮겨놓는다.

나는 듣소 2의 설움
마술사들과 주정꾼들의 시장터
놀음에 빠진 인생을 향하여
"진리에 깨고 이상에 살라"고 외친

아테네 성자의 비애

나는 듣소 그의 기도
고요한 별의 밤하늘을 우러러
"죄악의 인생을 구하여 주소서"
밤새도록 피땀 흘려 부르짖던
나사렛 선지자의 비애

나는 아오 그대의 마음
기계의 소음에 '얼'을 잃고
현실의 단 꿈에 조는 인생을 위해
외로운 밤하늘을 바라보며
온갖 죄의 암흑을 슬퍼함을.

12월 12일 월요일

학교는 기부금 모집 운동으로 오늘부터 1주일간 휴업. 나는 모든 개인 적 이해관계를 희생하고 기부금 모집위원에 참가하다. 잘 살고자 애쓰는 인생의 활동을 보고 어찌 일부의 도움을 주지 않을 것인가! 나는 국가, 민족, 믿음상의 모든 차별을 생각지 않고 같은 인류 동포의 거룩한 노력 을 위하여 어느 곳 어느 때를 막론하고 물질상, 정신상의 일조를 아끼지 않으련다. 이리하여 위대한 인격들이 밟아간 빛나고 영광스러운 희생적 인류애의 참 길을 걷기 시작하려 한다. 그리하여 하늘이 나에게 맡긴 성 스러운 빛을 얼마만치라도 세상에 비추고자 한다.

12월 13일 화요일

나의 잃어버린 청춘의 향락을 다른 이에게 부어주소서 하는 애원의 꿈을 깨고 자던 자리를 뛰쳐나왔다. 실로 지난밤의 일을 생각하면 일생에 지내보지 못한 애통, 원한, 희생의 온갖 감정을 맛본 듯하다.

오늘은 학교 전체가 일어나 의연금 모집을 하기 시작하는 날, 밤부터 흐려 빗방울이 들더니, 아침 식사 후부터는 더욱 안개가 자욱하고 이따금 큰 비까지 부슬거려 길 떠나려는 손들의 구슬픔을 더욱 자아낸다.

일동은 선교 빌딩에 모여 'Faith of Our Father's Holy Faith'를 합창하고, H박사의 간곡한 기도를 들은 후 각자 지정한 지방을 향하여 흩어졌다.

"이렇게 흐려 모양 없는 날 제군을 내보내니 매우 안 되었다."는 H 누님의 고운 심정을 생각하며 나는 4인의 일행에 참여하여 뉴욕 Walden을 목표하여 떠났다.

9시 35분, M역발 기차에 오르다. 비는 그친 모양이나 안개는 여전히 산과 들을 덮고 있다. 나는 정거장으로 나올 때에 C양의 "모든 것을 이상에 따라"란 말을 우연히 듣고 이것이 필시 '그'에게서 우러난 농담이거니 하는 생각이 들어 일시에 '그'의 아름답지 못한 성격에 몹시 분개하였다. 남들은 신문을 들고 혹은 책을 보며 차 속의 시간을 이용하나, 나는 오랫동안 시달리는 영의 고민을 억제할 수 없어 무심히 지난 선로변의 촌락과 안개 속에 묻힌 수림을 바라보며 타는 가슴을 식혀보려 하였다.

호보켄(Hoboken)에서 페리 호를 탔다. 구불거리는 허드슨 강의 흐름, 벌집같이 부산한 대도시의 생활상을 대하니 지금까지 가지던 애달프고 암울한 구름이 마음을 벗어나는 듯하다.

다시 펜 정거장에서 연락선을 타고 위호켄에서 뉴버그 행의 기차를 타다. 나는 여기서도 두 시간여의 긴 여행을 창밖에 지나가는 산천과 더불어 하늘에서 듣는 빗발을 따라 마음의 빗발을 자아냄으로 지내다.

나는 이런 공상에 들었다.

"나는 어찌하여 마음이 아픈가? 이것이 모두 '그'로 인함인가? 그렇다 하면 나는 남자가 아니다. 아니, 이것은 날씨 탓이다. 그러나 나의 마음이 이만한 날씨의 변동에 따라 움직일 내가 아니다. 그러면 무슨 까닭인가? 이는 대체로 내 본심이 우울한 성품을 가진 까닭이다. 세상의 박해와 조롱을 무수히 겪고 난 외로운 마음이라 나는 까닭없이 울음과 비애가 드는 예가 없지 않다."

이래서는 안 된다. 나는 다시 스스로 마음을 충동시킨다.

"차장 밖을 지나가는 새로운 환경을 주시하라. 안개 속에 반쯤 몸을 묻고 만추(晚秋)의 찬 이슬을 겪어 기운없이 쓰러진 태고 적의 초원, 이 중에 만고에 없던 새 길을 관통하는 인부들의 노역, 천추에 흘러 쉬지 않는 허드슨 강의 물결, 이 모든 대자연의 풍경을 어찌하여 못 보며, 이들이 부어주는 침묵의 계시, 이들이 표시하는 자연의 미묘함을 어찌 감상하지 않는가?"

나는 다시 마음을 바로잡았다. 차안에 보이는 생소한 얼굴 등, 창밖에 나타나는 새로운 세계의 말 못할 색채와 광명을 발견하고 내 마음은 전에 없던 희열과 즐거움을 느꼈다.

나는 다시 전에 마음먹은 본심을 찾았다. 전에 살던 광활한 세상에 돌아왔다. 천하 인간 세상에 나타나는 모든 환영과 실재는 외로운 내 마음의 가장 가까운 동무요, 한없는 교훈과 감격을 부어주는 스승이다. 이들이 가진 추와 미, 동과 정, 노쇠와 청춘, 강함과 약함, 모든 상(象)은 나의 대양과 같은 마음 바다에 들어와 한 물결에 융화된다. 이리하여 영원히 쉬지 않는 생명의 신비한 물소리를 다시 듣는다. 뉴버그에 하차하여 점심을 먹고 빗속에 자동차로 십오 리인 월든(Walden)에 오다.

그곳 M.E. 교회 목사의 소개로 오후 3시 모금을 시작하다. T군과 나는 시내 상점 10여 곳을 방문하였으나 소득이 전무(全無). 나는 의외의 놀라움을 느끼다. 미국인의 개인주의, 물질적 종교관을 절감하며 저녁식사 후 역시 빗속에 자동차를 몰아 W시를 작별하고, 6리 떨어진 몬트리 고머리라는 작은 촌에 와서 여관에 투숙.

12월 14일 수요일

유혹의 포로에 들었던 몸을 일으켜 새로운 광명에 찬 아침을 맞다. 창밖에 보이는 푸른 하늘에는 어제 남은 검은 구름이 방향 없이 떠돈다. 세수를 마치고 호모의 「일리아스」 제 14편을 읽다. 8시에 아래층 거실로 내려가 라디오로 축복기도를 받고 아침상을 대하니 이 역시 일시의 호강에 든 느낌이 생긴다.

우리 일행은 내가 읽는 예수의 산상수훈을 듣고 유지 방문을 떠나다. 먼저 교회의 목사를 방문하여 그곳의 상황을 들으니 아무 희망이 없는 곳이다. 인구 9백 명에 교회가 다섯이란 말과 주민의 직업이 전원 노동이므로 아무 볼 것이 없단 말이 일리가 있다. 오전 11시발 버스를 타고 뉴버그로 돌아오다. 점심 후 나는 T군과 동반하여 매디나 가를 자동차로 달리다. 여기서도 아무 소득이 없었다. 모든 일처리를 T군이 하는 터이므로 나는 하루 종일 아름다운 태양 앞에 빛나는 전원의 멋진 풍경에 취하였다.

나는 이번 길에 미국의 지방 교회 상황과 여기에 있는 담임목사 교인들을 만나 그들의 종교생활이 어떠한지를 실제로 견문하게 됨을 큰 기회로 생각한다. 또한 지방 농촌의 개척 상황이며 주민의 생활을 외면적으로라도 목격하게 됨을 종합하여 이번의 여행은 결코 나에게 의미없는 일이 아니라 생각한다.

뉴버그에 돌아와 플라자 호텔에 투숙, 밤에 아름다운 영화를 보다. 나는 다시 깨끗이 목욕한 몸을 푹신 들어가는 새 침상에 누이고 생의 환락과 이상의 꿈에 파묻히다.

12월 15일 목요일

하녀들이 복도에 모여들어 떠드는 바람에 눈을 뜨고 시계를 보니 일곱 시가 되었다. 깨끗한 침대, 부드러운 잠자리를 떠나기가 싫으나 사무에 매인 몸이라 그리할 수 없어 벌떡 일어나 세수를 마치고 호모의 1편을 읽었다.

사람은 용기를 갖고 살 일이다. 세상에 거리끼는 모든 장애를 쓸어버리고, 광명한 누리, 높은 세계에 노닐려고 맘먹은 인생은 누구나 옛적 트로이의 명장 헥토 아킬레스와 희랍의 시인 호머의 교훈을 배우지 않을 수 없다.

나는 일행을 따라 아침 식사 후 시내를 걸었다. 일행은 애인 또는 친구들을 위하여 이곳의 선물들을 사기에 분주하다. 나도 그들을 따라 이곳의 그림엽서를 사고 허드슨 강가의 아름다운 숲, 기이한 암석, 깎아지른 비탈길을 박은 스톱 킹로드의 엽서를 우편으로 D양에게 보내다.

열 시에 먼로행 자동차를 타다. 차는 산령을 넘고 계곡을 내려가 굽이돌며 산길을 달린다. 이곳의 주민은 대개 농부인 듯하나 가옥은 매우 깨끗하고 신식 주택도 많이 보인다. 나는 이 모든 지나치는 광경을 꿈으로 생각하며 가슴속에 말 못할 애수를 느꼈다. 산골에 흐르는 잔잔한 여울, 그 위에 고개 숙인 시들은 들풀들, 만리에서 집 잃고 유랑하는 몸을 본

체만체하다.

열두 시 경 하차.

먼로 교회의 목사를 방문.

뚱뚱보 독신 목사다. 우리 일행이 방문한 뜻을 알아듣고 친히 오늘 오후의 시간을 희생하여 우리를 돕겠다고 한다. 우리는 비싼 점심을 먹고 뚱뚱보 목사의 포드에 올라앉아 마을을 달렸다. 교인은 대개 젯밥이나 먹는 모양. 백여 분의 모금이 있었다. 그래도 이제까지 다닌 곳에 비하여 큰 차이가 있는 곳이다.

어떤 교인이 대접한 만찬을 먹고 저녁 기도회를 마친 후 8시 15분 기차에 올랐다. 일행은 지난 수일간 여비 결산에 의견이 분분하다.

12시에 다시 고요한 밤 누리에 누워 있는 드류 삼림을 헤치고 들어왔다. 짐을 풀고 하루 종일 시달린 몸을 깨끗이 씻은 후 침대에 누우니 마치 어머니 가슴에 안긴 듯하다. 지난 수일간에 보고 들은 이상한 산천, 야릇한 인물, 기이한 경험을 추억하며 어느덧 깊은 밤의 술에 취하고 말았다.

제 3 막
사랑을 하려거든
철저하게 하라

1927년 5월 24일 화요일

지난 14일부터 뉴욕시(市)에 와 있다. 직장 구하는 일에 근 열흘을 소비하고 나서 어제 겨우 한 자리 얻은 것이 라이 해안오락장(海岸娛樂場)으로 가게 된 것이다.

어떤 일이나 장래의 목적을 이루는 일에 도움이 된다면 그대로 참고 한여름 지내려고 한다. 아침에 D에게서 편지가 왔다. 그동안 문제되었던 것을 거의 해결하고 지금은 온전히 자기 전체를 나에게 맡기는 준비에 있다는 말을 썼다. 나는 한 달 남짓 쌓아온 '사랑의 탑'을 허물어 버리고 만다는 생각이 들어 요사이 퍽 괴로운 생활을 했었다. 그래서 어젯밤 마침내 최후통첩을 쓰고, 과거 1년간 지내온 달고도 쓴 경험을 모조리 잊고자 했었다.

그러나 나는 D에게서 최후의 답장을 받은 후 모든 것을 결정하고자 한다. 나는 언제나 내 양심의 소리를 무시하지 않으려 한다. 나는 일전에 미야자끼(宮崎) 군이 읽어준 "사랑을 하려거든 철저하게 하라"고 한 「출가와 제자」의 친란(親鸞) 선생의 말을 기억한다. 그렇다, 나는 한번 내 마음이 작정한 일이면 어디까지라도 실행해 나아갈 것이다.

연일 음침하게 흐리던 날이 오늘 아침에는 씻은 듯이 개이고, 정기(精

氣)와 광명에 가득찬 푸른 하늘이 세계의 도시, 문화 찬란한 거리거리를 내려다본다. 나는 다시 용기를 내고 진리를 바라보고 이상의 나라를 향하여 달음질할 새 결심을 갖는다. 천만의 소요(騷擾), 억천의 장애가 내 몸을 감싸고 있으나 나는 이들에게 곁눈질도 주지 않는다. 말 못할 유혹과 억센 시련이 내 앞길을 막을지라도 나는 나의 뛰어난 이상과 비범한 노력을 잃지 않으려 한다.

오후에 라이 해수욕장을 향하여 출발한다. 시(市)의 북부를 벗어나 점점 시골의 한가한 촌락에 발을 들여놓을 때 나의 번민에 찼던 마음은 어느덧 새롭고 쾌활한 세계의 봄맛에 취한 듯하다. 차가 개천을 건너고 산굽이를 돌며 삼림을 뚫고 평원을 달릴 때에 나타나는 이국(異國)의 산천, 눈부신 신록은 말할 수 없는 쾌감을 나의 외로운 가슴에 부어주는 듯, 그러나 나는 더욱 자연의 아름다움 외에 인생의 향락을 주의해 본다. 곳곳에 나타나는 '홈'(home) 들의 기묘한 건축, 이것들 주위에 설치해 놓은-인생의 사랑과 심미(審美)의 발로인-정원, 나는 이를 지상의 낙원이라 부르고 이 안에 포함된 모든 인생의 행위를 가장 신성시한다. 사랑과 꽃! 이는 오직 '홈' 이외에선 그 극치를 찾아볼 수 없는 인생의 가장 힘있고 가치있는 보배다.

오후 2시 반 라이 피서지 도착. 개장일이 박두한다하여 상점들이 개장 준비에 바쁜 모양. 이곳은 금년 새로 서는 오락장이다. 가지각색의 새 건물이며, 그 안에 설비해 놓은 기묘한 진품들이 사람의 이목을 끌기 위해 마련해 놓은 것은 의심없는 사실이다. 나는 후일 이들의 내부를 관람할 차로, 먼저 고용주 되는 거스 씨를 방문하다. 거스 씨는 희랍인이다. 영어도 변변치 못하고 인품이 높지 않은 듯하나, 그리 못된 것 같지는 않다. 내일부터 일이 시작된다 하여 나는 종일 해안에서 방황하며 놀았다.

이제 나는 옛날의 큰 벗인 대양을 다시 만나본다. 언제나 말없이 넘실대는 파도, 만고에 한결같은 넓은 가슴! 나는 금시에 뛰어들어 껴안을 만큼 반가운 정이 솟아오른다. 이러한 대양의 웅장함, 건실함, 장쾌함, 호탕한 기개를 맞이할 때에 떠오르는 감정을 무엇이라 형언할지 알 수 없다. 그저 한없고, 양이 없는 인생의 전체를 나는 이 대양의 위대한 거울에 비추어 표현되는 생의 미와 장엄을 한껏 노래하며 만년에 출렁거리는 물결과 더불어 춤추려 한다.

바다는 내해(內海)다. 동쪽으로 들어온 물줄기가 서쪽을 향하여 부챗살 모양으로 퍼져 있고 라이 해안이 반월형(半月形)으로 되어 있으므로 건물은 대개 동향이다. 아직 초창기라서 모든 것이 그대로 남아 있다. 자연은 완전과 불완전의 혼혈이다. 그 중에는 더러움도 있고 미운 것도 있는 반면에 깨끗함과 아름다움도 있다. 내가 앉아있는 울퉁불퉁한 암벽, 밤낮으로 물결에 씻기어 백사장을 이룬 바닷가로 이따금 사람이 던진 더러운 물건이며 잔뜩 쌓인 검은 진흙이 없지 않으나 대체로 아름다운 해안을 이루고 있다.

그러나 눈을 들어 바닷가의 주위를 살피면 좀 더 정들고 가슴에 껴안을 만큼 아름다운 바닷가의 원경(遠景)이 바라보인다. 무더기 지어 서 있는 푸른 삼림이 연달아 남서북의 해안을 포위한 것이며, 그 사이로 또 점점이 나타나는 양옥들이 모두 한 풍경을 이루면서 그대로 한 폭의 그림이라고 해도 아깝지 않을 아름다운 비치가 되어 있다.

나는 이때 D를 생각하였다. D가 여기 있으면 오죽 좋으랴! 바다의 장엄한 미(美) 속에 피는 사랑의 꽃! 아아 그 숭고함과 상쾌한 아름다움을 뉘 꿈꿀 수 있으랴! 그러나 그는 지금 어떻게 지낼까? 나의 마지막 편지를 받고 그는 필경 울었으리! 그의 인정 깊은 아름다운 마음속에 눈물이

고였다면 이는 오로지 나의 책임이 아닐까? 나는 아무래도 너무 극단적인 편지를 써 보낸 것 같다. 곧 사과의 편지를 쓸까?

그러나 그의 사랑을 받아들인 후 나의 마음이 편안함을 얻지 못한 것이며, 지난 주 뉴욕시에서 만났다 헤어진 후의 태도가 많은 변화를 가진 듯한 사실을 종합해 보건대 그의 사랑이 완전한 것 같지 않음을 인식한 나로서 나의 지난번 편지는 마땅한 일이라 아니할 수 없다.

그러나 나는 D없이는 못살 것 같다. 1년의 긴 세월을 두고 꿈꾸었던 사랑의 실현을 어찌 그렇게 갑자기 잊으랴! 나는 지난 1개월 동안 맛본 생의 향락을 회상하고 미소를 금치 못한다. 아아, 우리의 사랑은 장차 어찌 되려나?

사랑은 인격과 취미에 근본을 두어야 한다. 고고한 인격과 동일한 취미를 가진 이들의 사랑은 언제나 변함이 없이 향상된다. 나는 결코 육(肉)의 사랑을 꿈꾸지 않는다. 우리의 사랑은 반드시 고매한 정신계를 목표삼고 자연과 인생의 광막한 진리 속에 들어 우주를 노래하며 생명의 꽃을 아름다이 가꾸는 것이어야 할 것이다. 정말 D가 이같은 취미와 위대한 심정(心情)을 소유하였을까? 그가 진실로 높은 지기(志氣), 넓은 심정의 소유자라면 어찌 근일 편지에 그 같은 세속적인 생각과 평범한 말을 토로하였을까?

아아, 그러나 나는 그의 사랑을 받은 자다. 그가 비록 내가 바라던 출중한 애인이 못되고 범속(凡俗)에 지나지 못한다 하더라도 나는 어디까지나 그를 나의 입장에 끌어올리지 않을 수 없다. 사람이 누가 허물이 없으며 누가 불완전한 부분을 갖지 않은 자 있으랴! 나는 인생의 전체를 보는 자 아닌가! 그리하여 만나는 자에게 인간이 밟아갈 바른 길을 논하는 자 아닌가! D가 비록 세속을 벗어나지 못하는 일개 미천한 이성(異姓)이라도 나는 그를 버릴 수 없다. 그가 지금 이 무한한 바닷가에 서 있다고 하면 그의 영혼은 반드시 저 바다와 같이 넓고 저 하늘과 같이 높아질 것이다.

5월 26일 목요일

어제까지 숙소를 정하지 못하여 방황하다가 어젯밤에 겨우 P시의 어떤 가정의 방 하나를 세내고 모든 짐을 풀었다. 여기는 시골 도시라 모든 것이 보잘 것 없으며 주민의 생활 정도도 그리 문화적이지 못한 것 같다. 이러한 방면의 미국생활을 연구함도 허사가 아님을 생각하고 나는 어떠한 환경도 나의 인생 연구에 반드시 이용될 것임으로 헛되이 보지 않으려 한다.

아침 9시경에 기상, 11시 경 비가 내림을 생각하지 않고 비치행(行) 차를 타다. 도로와 교통기관이 발달한 나라, 어떠한 악천후에도 여행을 계속 할 수 있다. 나는 첫날 저녁 해안에서 P시로 달릴 때에 본 저녁 풍경을 생각하고 빗물에 젖은 녹음을 껴안으리만치 반가이 맞았다. 정원마다 가꾸어 놓은 이름 모를 꽃송이들이 고개를 숙이고 잠잠히 있으며, 가랑비에 젖은 나뭇가지에 쪼록히 앉아서 졸고 있는 작은 새가 애처롭게 보인다.

오전은 이럭저럭 특별한 흥정이 없이 지냈다. 거리를 지나는 인물들은 대개 노동자뿐이요, 고객들은 아직 나오지 않은 모양. 비는 그쳤으나 날은 여전히 흐려 있다.

오늘은 플레이 랜드의 개장일이다. 처음 서는 오락장이요, 모든 설비가 새롭기 때문에 모두 오늘 많은 군중을 기대하였던 터에 이같은 우천(雨天)을 당하여 사람들의 얼굴에 불평이 가득하다.

그러나 오후부터 흩어지기 시작한 구름장이 두세 시 후에 모두 어디로 숨어버리고 비온 뒤에 나타나는 아름다운 하늘과 따스한 햇발이 대지를 덮어 인생과 자연의 흥을 북돋아준다. 그리하여 하나 둘 모여드는 아름다운 신사숙녀의 수가 점점 불어 우리는 노름놀기를 시작하였다. 플레이 랜드의 첫날, 반달이 뜬 토요일의 청순한 밤, 게다가 가슴이 부풀어오를 듯이 상쾌한 해변, 이 모든 인생이 한사코 추구하는 미와 향락이 들어찬 플레이 랜드의 첫날밤을 뉘 보기 원치 않았으랴! 그리하여 저녁 후에는 물밀 듯이 모여드는 대중이 어느덧 '라이' 오락장을 인산인해로 만들었다.

군중은 혼종(混種)이다. 어린이, 젊은이, 남녀노소, 흑인, 백인, 난봉패, 신사 등 가지각색의 인물들이 제각기 제 취미에 미쳐 날뛰는 모양이 '신기' 아니라면 다른 형용사를 얻기 어려울 만치 갖가지 행렬을 이루었다. 춤추고, 총 쏘고, 노름질, 가댁질, 말 타는 놈은 목마 위에서, 용도(龍道)에 오르는 자는 목사(木蛇) 위에서 환희와 쾌락에 취하여 밤이 깊은 줄 모른다. 질탕한 음악과 탈것 기계의 요란한 소리에 어울려 라이의 밤은 웃음과 취함과 환락의 오케스트라 세상이 되었다.

나는 이러한 군중의 한 노리개감이 되어 밤이 늦도록 무수한 남녀의 가댁질, 놀림을 받고도 인생을 가슴에 품고 일체를 사랑하며 웃고 살자는 철학을 그대로 실행하였다.

나는 자정이 넘어 상점 문을 닫고 버스에 몸을 실어 숙소로 돌아오면서 오늘 하루의 일을 비추어 인생살이의 전체를 활동사진처럼 그려보았다. 그리하여 혼자 미소를 띠우며,

"사람은 오락적 동물이요, 미국인은 세계 제일가는 오락적 인종이다." 말을 중얼거렸다.

5월 30일 월요일 맑음

　그저께 D에게서 온 몸과 마음을 나에게 맡기기로 다시금 결심하였다는 긴 편지를 받은 이후 나의 생활은 다시 새 빛과 새 기쁨을 얻게 되었다. 잃어버린 줄 알았던 사랑이 새로운 광채와 거룩한 형상을 하고 나타날 때에 세상은 전에 없던 미와 장엄을 노래하는 듯하다. 나는 일하는 중에도 사랑을 생각하고 육체의 피곤을 잊으며, 외로운 객창(客窓) 검은 밤중에도 사랑을 만나 모든 인생의 비애를 잊곤 하는 것이다. 이같이 나는 생활에 '사랑의 힘'이 얼마나 위대한 것임을 실제로 경험하게 되었다. 아아, 인생은 어찌하여 서로 싸우며 사람들은 어찌하여 서로 미워하며 질투로 아름답고도 아까운 생명을 허비할까! 사람은 참사랑을 모를 때까지 금수와 같은 생활을 면치 못할 것이오, 한번 육체를 초월하여 인생의 모든 미추, 선악을 포용하는 신성한 사랑을 맛볼 때에 참된 신의 생활에 들게 되는 것이다. 나는 이같이 D를 사랑하며, 나는 이같이 한번 희생으로 들인 사랑을 영원히 그 사랑을 위하여 살고 그 사랑을 위하여 죽으리라 한다.

　오늘은 Decoration Day라 하여 아침부터 시골 도시의 거리에는 악대의 행진과 새 옷 입은 군중의 왕래가 빈번하였다. 나는 침대 위에서 D에게 가는 정열의 편지를 쓰고 곧 플레이 랜드 일터로 차를 달리다. 오늘은 시골 와서 처음 보는 아름다운 일기다. 한가한 촌락, 녹음에 덮인 산과 들, 세상은 첫여름의 씩씩한 정기에 무르녹고 우주는 환락과 평화에 찼다. 산들바람에 가는 물결치는 대양의 내해(內海), 그 위로 지나가는 돛단배들이며 눈을 어지럽게 반짝거리는 해안의 모래사장과 이 모든 자연의 아름다움을 기운껏 노래하고 한없이 느껴 맞이하는 사람들의 열락(悅樂)! 아아, 천지는 웃음의 천지, 인생은 즐거워할 인생이 아니던가!

6월 1일 수요일

연일 좋은 날씨다. 플레이 랜드에 모여드는 군중은 매일 수천을 넘친다. 그 중에 나타나는 가지각색의 희극은 참말 이런 오락장이 아니고서는 다른 데서 볼 수 없는 재미있는 현상이 많다.

어떤 날 아름다운 두 청춘남녀 두 쌍이 왔다. 첫눈에 나는 그들이 불량 소년소녀들임을 짐작하였다. 그들의 주위는 향취와 알코올 냄새로 절었다. 그런데 마지막에 내가 발표하는 점수 집계에 그들은 노기를 품고 계집애들은 스테이크로, 사내들은 욕설로 나를 박해하였다. 나는 그네들의 타락한 인격에 울지 않을 수 없었다.

어떤 때 신사 내외분이 놀러왔다. 그들은 한 게임을 놀고 점수를 물으며 그에 상당한 물품을 청구하였다. 나는 그들의 요구에 따라 작은 수버니어(souvenir) 하나를 집어주었다. 이때 사내 신사는 와락 성을 내며 "이러한 게임을 가지고 와서 사람의 돈을 앗아가려고 하느냐?"고 질문하였다. 나는 이렇게 대답하였다. "이것이 누구의 게임이오? 만일 좋지 않은 게임인 줄 알았거든 왜 놀았소? 이 게임을 설치한 사람이 누군지 아시오?"

흑인 고객은 그리 많지 않다. 그러나 간혹 놀러오는 자(나는 그들이 흑인계 상류로 짐작한다) 중에도 그네의 인격이 보잘 것 없는 것을 많이 접한다. 그들은 대개 돈을 내지 않고 놀다가 도망치는 이가 많다. 어떤 날 놀러 왔던 부부 하나는 단 한 번의 게임을 놀고 작은 수버니어가 맘에 들지 않자 무수한 욕설과 보기 싫은 얼굴을 하고 간 적도 있다. 나는 그들의 저열한 민족성을 매우 한심하게 생각하였다.

그러나 간혹 가다가 정말 신사숙녀다운 이들을 만난 적도 있다. 그네는 반드시 게임을 놀고는 그에 상당한 물건을 받고 고맙다는 이외에 다른 말없이 돌아가며 그들의 태도와 표정에 품위를 나타내곤 한다. 나는 그들을 참된 앵글로 색슨이나 아니면 상류 미국인들로 짐작하고 무언의 경의를 표하였다.

나는 이렇게 가자각색의 인물들을 매일 만난다. 점잖은 어른, 심술궂은 아이놈, 좀스런 욕심쟁이, 야박한 상놈, 오만한 사내, 늙은이, 젊은이, 어린애, 계집애, 대체로 말할 수 없는 여러 종류의 계급의 인생을 본다. 이리하여 나는 신이 마련한 생의 버라이어티를 연구하고 기묘한 그의 경륜을 미소로 대한다.

6월 3일 토요일

잠결에 문 두드리는 소리를 듣고 눈을 떠보니 S부인이 우편물을 들고 내 침대 곁으로 온다. 나는 벌써 열 시가 넘었으리란 생각을 하며 전등 스위치를 틀어 블라인드에 가린 방을 밝혔다. 나는 소포를 끌러 D가 보낸 W교수 저(著)「교회와 운동」이란 책과「신앙의 빛」이란 시집을 찾았다. 나는 그대로 침대 위에서 '운동의 역사'를 읽고 수 편의 시를 읊었다. 그리고 D의 아름다운 손에 의해 묶인 향기 나는 리본을 들어 입술에 대어 보았다. 아아, 나는 이처럼 D의 사랑에 취하였다.(중략)

이들이 아침저녁으로 그리워 만나는 애인들의 화제가 되고, 이들이 조용한 곳을 찾아다니던 우리들의 발에 짓밟히던 애처로운 미물이었다. 아아, 나는 이 마르고 시들은 풀 위로 나타나는 D의 천사다운 얼굴과 아름다운 심정을 꽃과 같이 껴안았다.

나는 부리나케 D에게 가는 긴 편지를 쓰고 12시가 넘어 R해안으로 차를 달렸다. 아침부터 흐려오던 하늘에 빗방울이 듣기 시작한다. 나는 길가에 무성한 초목과 언덕 위에 가만히 앉아 있는 바위들을 보고 소리쳐 노래할 만큼 기쁨을 얻었다. 차안에서 손에 든 「신앙의 빛」을 폈으나 마음은 어느덧 길가 풀숲에서 조용히 웃으며 맞이하는 꽃과 함께 D를 생각하고 하염없는 명상에 잠겼다.

R공원 간이식당에서 점심을 먹고 상점 문을 열었다. 얼마 있다가 같이 일하는 뚱보군(君)이 왔다. 그는 러시아령 V항 출생, 어려서부터 해외를 떠돌다가 십오륙 년 전에 미국에 와서, 미국의 X중학교를 졸업하고 뉴욕대학 상과 2년을 수료한 자다. 본래 어떠한 가정교육이 있는지 모르나 조선어 교육도 얼마간 있는 듯. 그러나 그의 언사는 그리 품위가 없다. 영어까지도 똑똑한 영어가 아니다. 그는 왈패 성격을 가진 듯하다. 그의 말을 듣건대 대학시절에 여자에 빠져 야단이다가 공부를 내던지고 타락의 생활에 들었다 한다. 더욱이 사오 년 전에 자기 모친을 여읜 후부터는 세상에 믿을 곳이 없어져 자연히 주색과 도박의 세계에 몰입하게 되었다 한다.

그는 처음부터 나를 멸시하였다. 모든 일을 명령적으로 시킨다. 물론 우리는 다 같이 동등한 일꾼이다. 다 같이 제 일에 충실할 것이오, 남의 일에 이러쿵 저러쿵 간섭할 필요와 권리가 없다. 그러나 그는 매양 나의 뒤를 밟고 나의 일에 비평과 시비를 여지없이 내리는 자다. 나는 이런 인물을 대한 경험이 많아서 애초부터 복종적으로 그가 하라는 일을 실행해 주고 모든 짜증과 불쾌한 언사를 말없이 들어주었다. 그리하여 나는 사소한 일에 언쟁을 피하고, 또 그의 동포라 될 수 있는 대로 외국인에게 골육상쟁의 추태를 보이지 않으려 하였다. 그러나 최근의 그의 태도는 더욱 심해졌다. 나는 참다 못하여 D에게 이 일을 말하고 금년 여름철에 직장을 변경할 뜻을 보인 일도 있다.

그런데 그의 오늘 아침 태도는 많은 변화를 보인다. 첫째, 그의 얼굴에는 전에 볼 수 없었던 웃음이 계속해서 있고, 오늘 아침 자기가 할 일을 자기가 손수 하기 시작하며 나의 일까지도 도와주는 엄청나게 딴 사람이 되었다. 나는 이런 변화가 신의 도움인 줄로 생각하고 형제를 위하여 감사의 기도를 올렸다.

오후부터 빗발이 더욱 커졌다. 수십 명의 학생들이 검은 수염의 수사 선생님의 뒤를 따라 이 상점, 저 상점에서 기웃기웃 다닐 뿐 그 외의 관람자는 별로 보이지 않는다. 나는 어제의 분주한 날과 반대로 너무 무료한 오늘을 갑갑히 생각하며 그대로 상점 안에 앉아 일없이 왕래하는 일꾼들과 하늘에 덮인 검은 구름을 바라보았다. 비에 쌓인 R오락장은 검은 밤처럼 고요하다. 이따금 사방에서 터져나오는 시끄러운 음악이 흐린 바닷가에 졸고 있는 슬픈 영혼을 깨워주곤 한다.

나는 얼마 있다가 상점 문을 뛰어나와 가랑비 안개 속에 묻힌 바닷가를 방황하였다. 이처럼 나는 남 보기에 미친 사람처럼 비오는 바다 풍경과 안개 속에 들어 있는 해안을 사랑한다. 나는 옷이 젖는지 신발이 더러워지는지를 생각지 않고 이 바위에서 저 바위로, 이 모래사장에서 저 모래사장으로 헤매었다. 그럴 때마다 나는 발 앞에 달려드는 밀물과 재롱을 부리고, 먼 바다 가운데 한가히 노는 어선들을 말없이 바라보았다. 어제까지 광명과 희열과 평화에 찼던 높고 푸른 하늘, 광희(狂喜)에 뛰놀던 푸른 바다-이들을 둘러싸고 천지의 조화, 영원의 미경(美景)을 찬미하여 마지않는 해안 삼림의 조류들-이 모든 것들을 우수와 음울(陰鬱)에 덮인 검은 바다와 비에 젖어 힘없이 늘어난 나무들의 '오늘'에 대조할 때 이 말할 수 없는 해륙의 별경(別景)을 어떻게 그려야 할지 나는 알 수 없는 것이다.

이때에 나는 또 D를 생각하였다. 나는 어떤 비오는 일요일 저녁에 그와 더불어 M시의 Pine Grave를 방황한 일이 있다. 그때 우리의 마음은 광풍과 먹구름에 싸인 사랑을 꿈꾸었다. 그리고 광란노도에 헤매는 가련한 두 마음이 서로 껴안고 밤 가는 줄 모르게 의지할 데 없는 신세를 울어본 일이 있다.

지금 D가 여기에 있다고 하면 우리의 느낌은 그 어떠할 것인가?

나는 D와 같이 피서지 해안으로 가서 사는 일을 꿈꾸었다. 높은 뜻과 넓은 마음이 결합한 사랑의 즐거움! 우리의 눈에는 저 넘실거리는 대양과 드높은 하늘, 점점이 늘어 앉은 먼 섬들이며 흰 포장을 깐 듯한 모래사장이 모두 한 폭의 선경화(仙境畵)처럼 보일 것이다. 그리하여 우리는 천지를 노래하고 인생을 돕는 거룩한 하늘의 자녀가 될 것이다.

밤 9시에 상점 문을 닫은 것은 우천이라서 고객이 없기 때문이었다. 나는 버스에 몸을 싣고 밤비에 묻힌 삼림과 촌락을 내려다보았다. 숲 사이에 늘어서 있는 청결한 양옥들의 창문으로 가정의 꽃, 인생의 행복이 비치는 것을 보았다. 나는 D가 쓴 '홈'을 생각하였다. "우리와 같이 아름다운 사랑에서 탄생한 '가정의 꽃'은 그 얼마나 숭고하고 미려한 것이 되리오,"하고 한 말이 기억된다. 아아, 정말 '가정'이 그처럼 아름답고 행복한 것이 될까? 나는 어느덧 '홈'을 그리는 마음이 엄습함을 느꼈다.

사람

아아, 인생
하늘의 무수한 별들과
땅 아래 모든 보배를 가지고
그래도 부족하여

보이지 않는 세계를 꿈꾸어 마지않는 '사람'

그대는 우주의 왕이오

그대는 세계의 주인이 아니던가!

아아, 인생

육지에 무궁한 조화가 있고

바다에 무한한 장엄이 들어찼으나

이들을 바라보고

이들을 참으로 알 이는 오직 '사람'

그대야말로 조화의 절정

그대야말로 무한의 아들이 아니던가!

아아, 인생

날은 날마다 새 날이 오고

이러한 새 날과 새 누리에서

날마다 철마다 새 것을 만들어 내는 '사람'

아아, 그대는 신세계의 주인이오

아아, 그대는 모든 창조의 우두머리 아니던가!

6월 6일 월요일

오늘 아침에도 침대에서 편지 석 장을 받았다.

하나는 P시 제일국민은행에서 금전거래를 갖게 되어 감사하다는 글발이오, 그 다음은 D교 B박사에게서 온 것인데 오하이오 웨슬리안 대학에서 250불의 장학금을 나에게 준다는 통지서요, 세 번째는 D에게서 온 것이다. 편지지 석 장의 장황한 것임에 이따가 천천히 읽어보리라 하고 우선 세수를 한 후 아침 식탁에서 B박사에게 간단한 감사장을 쓴 후, 리버티 스퀘어에서 버스를 기다리며 D의 긴 편지를 읽기 시작하였다.

사연은 지난 일요일에 어떤 목사와 국제결혼 문제의 시비(是非)를 논하다가 반대설을 들은 후 마음이 불쾌해진 일과, 서부 미국의 인생이 더욱 각박하여 다른 종족을 배척하니 우리는 도저히 그곳에 가서 살 수 없다는 말과, 사방의 박해가 너무 심해져 가기 때문에 점점 적막한 생활에 들어간다는 비통의 글이었다. 그리고 또 자기의 나에 대한 사랑이 더욱 깊어가고 어떠한 난관이나 박해를 참아가면서도 진리와 신의 의지를 위하여 싸우겠다는 글발이 들어 있었다.

나는 버스 안에서 길가에 지나가는 말없는 화초를 바라보며 전에 D가 겪은 방황을 떠올렸다. 그는 처음부터 온전히 자기의 전부를 나에게 맡긴다 하면서도 한편으로 사회의 비난에 신경을 쓰고 후손의 불명예를 염려하는 것이다. 나는 이 일을 어찌 하면 좋을까 하고 다시 R해안의 한 모퉁이에서 D의 글을 읽었다. 아무리 보아도 그의 번민이 심상치 않은 것임을 숨길 수 없다.

어찌 하랴! 나는 종일 일하는 틈틈이 이 일로 번민하였다. 지금부터 아주 통신을 끊을까? 그러나 그는 내주 월요일에 나를 찾아온다. 지금 아무런 글을 보내지 않는다면 이는 남자의 체면이 아니다. 또 처음에 저 편에서 먼저 인연을 요구하였은즉, 저 편에서 이론(異論)이 있기 전에는 나로서 무엇이라 별다른 말을 끌어낼 수도 없다. 아아, 우리는 정말로 사랑에 얽혔으니, 우리의 장래가 참된 사랑의 표본이 될 수 있을까?

나는 밤에도 이 일로 인하여 아무 것도 할 수 없게 되었다. 나는 가슴에 가득 우울을 품고 자리에 누워 여러 가지 공상에 들었다. 당장에 기차를 타고 D삼림으로 D를 보러 가는 상상, 그리하여 최후의 담판으로 D와 영원히 이별하는 광경이며, 어떤 해안에서 나 혼자 세상의 모든 시비와 영달(榮達)을 헌신짝처럼 집어던지고 창파 깊은 물속으로 이백(李白)의 뒤를 따라가는 모습-여러 가지의 망상과 상념에 잠겨 어느덧 무의식의 잠에 들고 말았다.

6월 7일 화요일

두려운 꿈속에서 깨어나 잠을 이루지 못하고 D를 생각하였다. 어제 아침에 받은 편지의 회답을 써야 할 텐데 어떻게 하면 좋을꼬. 나는 불을 켜고 편지지를 꺼내어 'I'm sick. Please don't come to me. I have to keep silence. It may be short or life-long one.(나는 몸이 아프니 오지 마시오. 나는 혼자 있어야만 하오. 이 기간이 짧을 수도 있지만, 어쩌면 평생 갈지도 모르오.)' 라고 간단한 글을 적어 봉투에 봉해버렸다. 그리고 아침을 먹으려고 레스토랑에 갔다. 아무래도 나는 D에게 쓴 편지를 보낼 수 없다고 아침상에서 생각하였다.

나는 돌아와 다시 신사다운 편지를 써 일전에 받은 책자와 함께 우편국으로 갖다주었다. 그리고 이발을 하고 이럭저럭 점심을 마친 후 R해안으로 차를 달렸다.

들꽃은 여전히 웃으면서 나를 지나가며 대양은 어제와 한결같이 장쾌한 가슴으로 나를 껴안는다. 나는 어찌하여 인간사에 매어 쓰고 단 맛을 골고루 보며, 나는 무슨 일로 썩은 과거 일을 생각하여 고뇌에 빠져있는가? 나는 오직 현재의 최선을 위하여 노력할 것이오, 미래의 대아(大我)를 위하여 노력할 것이 아닌가! 나는 믿는 것이 하늘뿐이오, 섬기는 것이 내 주위에 있는 인생이며, 즐기는 것이 나의 목전에 나타나는 경이로운 자연이 아닌가! 그렇다. 나는 모든 과거를 온전히 죽음으로 장사하고 현재의 진리를 밟아 장래에 나타날 꽃과 영생을 위해서만 살 것이다.

6월 13일 월요일 아침

사랑하는 아그네스!

입원한 지 벌써 사흘이 넘었구려. 그동안 만사를 제쳐놓고라도 꼭 가보았어야 할 텐데 책무(責務)에 얽혀 벗어날 수 없는 몸이라 정인(情人)의 도리를 다하지 못하여 가슴 가득한 억울한 정을 토할 길이 가없어 이제 붓을 들었나이다.

일요일 밤(10일) 자정에 라이 해안에서 숙소로 돌아오니 내 책상 위에 '특별배달'로 보낸 정담어린 편지가 놓였더이다. 부리나케 봉투를 열어 그대의 언제나 변함없는 애정 깊은 글을 읽었소. 그리고 내일 온다는 기별을 편지 마지막에 읽고 전에 얘기하지 못했던 희열의 정이 북받쳐 어찌할 줄 몰랐나이다. 나는 세면실에서 목욕을 하면서부터 내일 내 눈 앞에 나타날 그대의 얼굴을 그렸나이다. 언제나 웃음이오, 언제나 하늘에 무엇을 바라는 애정과 우수에 넘치는 얼굴-나는 이를 천사의 얼굴이란 대명사 이외에 다른 말로 쓰지 못한다.- 이제 이러한 얼굴, 밤과 낮에 잊을래야 잊을 수 없는 사랑의 얼굴이 나를 보러 온다. 아아, 이 분에 넘치는 내일의 행복을 어찌 감당할 수 있을까 하고 정결한 온수에 피곤한 몸을 잠그며 생각하였소.

나는 자정이 넘어 침실에 들어서도 그대의 일을 생각하여 얼마동안 잠을 이루지 못하였습니다. 종일 힘든 일에 시달린 몸이건만 잠은 오지 않고 내일 지낼 일이 눈앞에 연방 배회하여 한 잠을 이루기에 많은 수단을 썼소이다.

라파엘의 마돈나를 내 자신이 경험해 보는 이상한 꿈에서 깨어나 베개 밑의 손목시계를 들여다보니 오전 다섯 시가 조금 넘었더이다. 나는 이 신기한 꿈을 말하지 않을 수 없소. 장소는 D삼림의 풀밭, 때는 햇빛 밝은 오후, 녹음이 무르녹는 어떤 여름날이었소. 나는 푸른 풀밭 위에 엎드린 모양으로 넘어져 귀에 요란한 새들의 지저귐을 들어가며 워즈워드의 시를 읽고 있었소. 이때 그대가 어디선지 모르게 살며시 내 곁으로 오더이다. 나는 모른 척하고 그대로 시 읽기를 계속하였소. 그대도 말없이 내 곁으로 와 나와 같이 나란히 엎드려 내 책을 같이 읽더이다. 나는 곁눈질로 그대에게 인사를 하고 웃음을 띠어가며 보던 책을 그대로 보고 있었소. 그러나 나는 무엇이 내 다리에 걸리적거리고 내 등을 내려누르는 것을 느꼈소. 나는 이 거북한 현상을 참다 못하여 고개를 돌려 먼저 그대의 미소에 찬 얼굴을 보고 그 다음 그대의 등에 걸터앉아 손장난에 열중한 어린 아기 한 쌍을 보았소. 그리고 내 등도, 내 다리에도 두서너 아기들이 자기네 놀이에 분주하여 나의 시선을 본 척도 안하고 있더이다. 나는 이 놀라운 현상을 소리 질러 묻고 싶었으나 그대의 의미 깊은 웃음과 거룩한 얼굴에 눌려 그대로 그 천진난만한 천자(天子)들의 놀이를 내버려 두었소.

아아, 이 무슨 꿈이오니까! 이는 내 일생에 처음 보는 거룩한 꿈이외다. 옛날 예수의 성모 마리아의 꿈, 천리(天理)를 순종하여 순박과 정직을 생명으로 살던 요셉의 꿈이 이러한 것이 아니었을까요? 나는 불현듯 그대가 늘상 말하던 '홈'을 다시 생각하였나이다. 그리고 혼자 우리의 그림 같은 장래를 상상하고 회심의 웃음을 금치 못하였나이다. 그러나 나는 잠을 더 자야 될 것을 생각하고 모든 공상을 쓸어버리려 하였소. 그래서 몸을 이러저러 돌아누우며 여러 가지 방법으로 잠을 청하여 보았소. 그러나 모든 것이 무효하였소. 생각하면 생각할수록 오늘 우리가 같이 지낼 일이 눈앞에 나타나는 것이외다.

"오전 8시부터 나아가서 맞자. 오는 차 시간을 말하지 않았으니 일찍부터 P시를 지나는 모든 차를 맞아야 한다. D가 오늘 밤을 여기서 자려나? 그러면 먼저 호텔을 잡아야 하겠다. 아니 무슨 꽃을 좀 사서 촬영할 때에 가슴에 안겨 주어야 하지 않을까? 수중에 있는 돈이 오늘 쓰기에 넉넉할까? 은행에 가서 좀 가져올까? 아아, 정류장 플랫폼에서 우리의 뜻 깊은 인사를 다른 사람은 어떻게 보리. D가 나에게 키스할까? 우리는 잠시 호텔에 들렀다가 곧 해안으로 차를 달린다. 이곳의 삼림도 좋고 농촌의 한가한 전원 풍경을 살핌도 매우 흥미 있는 일이다. 그러나 D의 이번 소원은 나와 같이 대양을 보고자 함이다. 그래서 나는 우리의 짧은 만남의 장소를 대서양의 해안으로 정한 것이다. 그리하여 대서양의 장엄함을 노래하며 바다의 절경을 바라볼 것이다. 아아, 우리의 사랑은 마침내 삼림 속의 사랑으로부터 대양의 사랑으로 옮아간다. 우리의 이상은 하늘같이 높고, 우리의 마음은 대양같이 넓어지며, 우리의 사랑은 바다 밑 같이 깊어 갈 것이다……"

이렇게 나는 두서없는 공상에 빠져 자는 둥 마는 둥 침대에서 뒹굴다가 바깥거리의 소란함에 더 잘 수 없음을 깨닫고 곧 자리에서 일어나 옷을 입고 세수를 마쳤소. 그리고 아침을 부리나케 먹어치우고 곧 정류장으로 발을 옮겼소.

아아, 나의 사랑하는 D! 방문을 나서 거리로 나오니 세상은 딴 세상이구려! 광명에 찬 드넓은 하늘이 나를 끌어안고 키스하며, 거리에 지나는 낯모르는 사람들이 나를 바라보고 웃음을 던져주었소. 세계는 사랑과 빛과 환락에 찼소. 나는 경쾌한 걸음으로 "오늘은 내 날이다."하는 우쭐한 마음으로 거리를 걸었다오.

여덟 시 차에 그대는 안 왔소. 물론 내가 일찍 일어나지 못할 것을 생각하고 늦게 오랴 하던 것이리라. 나는 정류장 구내를 나와 일전 호텔 주인이 말하던 공원을 찾아갔소. 나는 이곳에 와서 2주일이나 지났지만 아직도 이곳의 공원이나 다른 곳을 다녀보지 못하였소. 길가에서 장난질하는 아이들과 거리에 지나가는 어른들에게 물어 찾아온 공원이 보잘 것 없는 한 조각공지에 불과함으로 발견했을 때의 나의 실망은 여간치 않았다오. 그러나 이곳이 본래 작은 시골 도시요, 또 그리 개발된 곳이 아니니 무슨 큰 시설을 바라겠습니까? 나는 곧 발길을 돌려 이 시내에서 D와 같이 놀 곳은 없다 하고 숙소로 돌아왔소.

나는 아홉 시에 Gulick의 「유희철학(遊戱哲學)」을 들고 정류장으로 또 갔소. 이번에도 그대는 오지 않았소. 나는 적잖이 실망을 했으나 다음 차에는 꼭 만난다는 확신을 가지고 정류장 가까이 있는 어떤 공지를 찾아 한 시간 독서하며 지금의 실망을 잊으려 하였소.

가노라 간 것이 M.E. 교회의 구내였소. 나는 정원수림에 묻힌 층계 돌 위에 올라앉아 가지고 온 책을 몇 장이나 읽었소. 엷은 빛살이 내 등을 어루만져주고 청순한 대기가 나의 가슴을 시원케 해주는 아침나절의 집 밖 독서는 참말 말할 수 없는 별미라 생각되었소.

열 시 차를 보러 세 번째 정류장에 왔소. 하차하는 손님이 꽤 많았다오. 나는 어느 틈에 그대가 섞였을까 하고 무더기 무더기 승강구로 내려오는 사람들을 살폈소. 차가 떠난 뒤 모든 사람은 다 제 갈 데로 가버렸소. 그러나 그대는 이번에도 없었소. 애인을 만난다고 나왔다가 못 만난 연인의 심정! 이때의 말할 수 없는 고독을 그대는 생각하였나이까?

나는 할 수 없이 느린 걸음으로 숙소로 향하였소. 나는 열두 시경에 뉴욕에서 오는 차가 있는 줄 알았으나 모처럼 기대한 아침나절의 해안 풍경을 같이 못 보게 된 것을 매우 아쉽게 생각했소. 그러나 오후에는 만난다는 마지막 위로를 스스로 생각하고 거리의 상점들의 쇼윈도우들을 기웃기웃하며 이럭저럭 열한 시가 넘어 내 방에 들어왔소.

이때 나는 내 책상 위에 놓인 그대의 특별 서신에 눈이 번쩍 뜨였소. 아마 내가 나가고 없는 틈에 온 것이겠지요. 나는 한참이나 편지 뜯기를 망설였소. 필경 못 온다는 기별이겠지. 못 오긴 어찌하여 못 올까? 그렇게 벼르고 온다던 이가 못 온다는 핑계가 무엇일까? 하여간 편지를 뜯어 사연을 읽고 볼 일이다 하고 나는 봉투를 찢고 그대가 황망히 쓴 연서(戀書)를 읽었소.

Darling sweetheart,

I've been here several hours...... I have had quite severe pain in my left side. And now, sweetheart, more than ever I want to care for my body for the sake of our future happiness. I'm terribly disappointed not to have a chance tomorrow—to see you and see the ocean for the first time with you. But I'm very glad I was close to B. Hospital when the pain arrived...... It is nothing very serious but the time to begin is in the beginning of evidence that something is wrong. Perhaps I can come a later day this week......

사랑하는 그대여,

몇 시간 전에 나는 이 병원에 입원했습니다. 신체의 왼쪽 부위에 심한 통증을 느꼈기 때문입니다. 이제 나는 우리의 미래의 행복을 위하여 내 몸을 더 잘 돌봐야 하리라고 생각합니다. 내일 당신을 만나고, 또 당신과 함께 최초로 바다를 구경하기로 한 기회를 놓치게 되어 말할 수 없이 실망이 큽니다. 하지만 통증이 시작되었을 때 마침 B병원 근처에 있어서 다행이었습니다. 지금은 그다지 심각한 병이 아니지만, 통증이 시작되었을 때는 몸의 이상의 초기 증세인 듯합니다. 아마도 이번 주 내엔 갈 수 있을 것입니다.

편지를 읽은 후의 나의 실망과 놀라움은 이루 다 말할 수 없었소. 나는 곧 자리에서 일어나 그대를 찾아 뉴욕으로 간다고 모자와 책을 들고 거리에 나섰소. 점심때가 된지라 학교 아동들이 길 옆으로 무수히 지나갔소. 나도 점심을 먹고 간다고 늘 왕래하는 희랍인 요리점으로 갔소. 음식을 시켜 먹으며 다시 오늘 일을 생각했소.

"오늘 오후 5시에는 일터에 갈 몸이다. 이제 뉴욕을 갔다가 약속한 시간 전에 돌아올 수 있을까? 또 D가 입원한 병실이 개인실이 아니면 어떻게 하지? 그렇게 짧은 시간에 무슨 위로를 줄 수 있을까?"하는 등의 여러 문제를 생각하다가 마침내 갈 수 없는 조건이 다수임을 깨닫고 음식을 먹은 후 곧 방으로 돌아와 보시는 바와 같은 편지를 쓴 것이올시다.

나는 아무 신이 없이 일터로 몸을 달렸습니다. 그리하여 종일 상점 안에서 그대의 병상(病床)을 상상하였소. 날은 경 치게 맑고 바다 건너편 아지랑이는 더욱 심술 난 마음을 간지럽게 하였다오. 그러나 만나려다 못 만난 애인의 불편한 심정에는 이 모든 사방의 아름다운 풍경이 더욱 불평을 자아내게 하였소. 게다가 애인의 신세가 병중에 있다는 것을 생각하면 그 초조한 정경이 남 보기에도 처량하였을 것이외다.

7월 1일 금요일

또 붓을 들자. 그동안 말할 수 없는 실망과 낙담과 고심의 쓰린 경험을 토대로 하여 새롭고 거룩한 영의 거듭남을 어찌 무심히 지나칠 수 있을까? 번민의 까닭은 사랑 문제였다. D의 입원 후 질병의 원인을 생각하다가 이것이 필경 어떤 마음 고통의 결과가 아닐까 하는 추측으로부터, 이는 온전히 나와 관계된 일로 생긴 것이라 하여 마침내 D에게 물어본 일까지 있게 된 일과, 그후 일생에 잊지 못할 D의 무서운 편지를 받은 후 이로 인하여 몇 날 동안 침식을 잊은 일이며, 그리하여 마지막 편지를 쓴 일까지 있는 일과, 그후 D의 설명으로 오해를 풀었으나 대체로 이번 일을 거울삼아 내가 참으로 D를 소유하였는가, D의 사랑이 진정한 사랑이 될 수 있는가 하는 연구까지 나아간 여러 사건을 종합하여 보면 이삼 주간 일기를 못 쓰게 된 것도 결코 무리가 아님을 내 스스로 살필 수 있는 바다.

날씨는 점점 더 더워가니 해안에 모여드는 사람이 무려 수십만이다. 나는 일요일이나 토요일에는 식사할 시간도 없이 바쁘게 그들의 향락을 도와준다. 하늘은 천지만물을 각각 형상을 따라 생존권을 주었다. 나는 인생 중에 상하귀천의 인격차별이 없지 않음을 모르는 바 아니다. 그러나 신의 뜻을 가지고 일체로 사람은 사람대로 간과하며 그네의 향락과 생존의 자유를 무조건으로 인정한다. 이러한 의미에서 매일 만나는 각색의 인물을 신안(神眼)으로 보고 말없는 동정을 부어 준다.

7월 24일 일요일

3주간의 변화 많은 생활(내적인 변화)을 쓰자면 한없이 공책을 허비하여야 한다. 병원에 들렀던 D가 갑자기 수술을 하고 그 결과 인생의 가장 큰 보배를 잃어버려 가슴 아픈 사연을 맛보게 된 일이며, 그리하여 마침내 그의 가장 쓰라린 처지를 위로하기 위하여 B시 M. E. 병원을 방문한 일과, 그후 B박사로부터 우리의 사랑을 절대로 반대한다는 편지를 받은 후 나의 미래의 방향이 여지없이 전환된 일을 생각하면 생각할수록 지난 3주간 내가 무슨 큰 모험에 들었던 느낌이 없지 않다.

그러나 나는 결코 이만한 일에 실망과 낙담할 자가 아니다. 세상이 모두 일어나 나를 에워싸고 천지의 풍운이 말 못할 두려운 폭풍우를 퍼부을지라도 나는 얼마동안 모진 소요가 끝날 때까지 침묵을 지켜 다음 일을 응시할 것이오, 결코 나의 본심이나 위대한 경륜(經綸)을 잃어버리지 않는다. 어떤 때 두려운 악귀의 위협과 말 못할 시련이 무심히 평화 속에 잠자는 나의 어린 영을 놀라게 하고, 심지어 내가 사는 외로운 방 속의 하늘거리는 가느다란 불길까지 불어 꺼뜨리는 때가 없지 않았다. 그러나 나는 그럴 때마다 가슴에 가득 찬 용기를 발휘하여 다시 불길을 살리고 먼 장래에 나타나는 위대한 광명을 기대하곤 하였다.

나는 다시 머리를 흔들고 광명에 찬 아침 날을 향하여 일어난다. 나는 다시 움츠렸던 가슴을 펴고 축 늘어졌던 팔을 들어 멀리 보이는 푸른 동산을 향하여 달음박질을 시작한다. 구름 걷힌 새 하늘에 평화와 희망의 노래가 울리고 물 흐르는 산골짜기 푸른 벌판에 환락과 미의 아름다운 자연의 무용이 일어나기 시작한다. 나는 필경 다시 새 날을 맞이하고 신천지(新天地), 새로운 결심을 갖게 되었다.

7월 25일 월요일

8시 기상. D에게 편지를 쓰고 R해수욕장으로 차를 달리다. 해수욕복으로 갈아입고 풍덩실 대서양의 물결에 몸을 파묻으니 밤중에 지나가던 요귀(妖鬼)들이 어느덧 흔적 없이 내 머리를 떠나버리고 말았다. 나는 기운껏 달려드는 물결을 끌어안고 아침 날에 반짝거리는 금물결에 입 맞추며 롱아일랜드 해협을 헤엄쳤다. 그리곤 눈부신 백사장에 나와 따스한 세(細)모래 속에 몸을 굴리며 가지각색의 꿈을 꾸었다. 머리 위에는 다함 없는 창천(蒼天)이 차일을 쳐주고 내 발 끝에는 끝없는 대양이 아침 해의 세계, 광명의 우주를 춤춘다. 사방에는 녹음에 무르녹은 수림과 기묘하고 미려한 찬란한 의복으로 장식한 대자연이 웃음 웃고, 인생은 나를 위하여 춤춘다. 옳다. 그렇다. 우주는 내 집이오, 세계는 내가 뜀박질하는 무대이다. 아아, 나는 어찌하여 이 넓은 우주에 있어서 옹졸한 생각에 머리를 앓고, 아름답고 거룩함이 충만한 세계에 앉아 외롭고 슬픈 노래를 부를까! 나를 위하여 온갖 음악이 쉼없이 멜로디를 전하고, 나를 위하여 모든 인생이 한없는 사랑의 포옹을 주는 터에 내 어찌 우주의 무한한 미와 환락을 의미없이 지나치며, 내 어찌 생명의 달콤한 사랑을 허투로 간과할 수 있을 것인가!

그렇다. 나는 오늘까지 보배로 알아오던 졸렬한 생각, 온갖 비애와 적막함을 헌옷같이 집어 던지고 환희와 광휘에 가득 찬 아침 날의 평원에 나서서 기운껏 미래의 대 진리를 소리 지르며, 아름다움의 푸른 대궐에 들어가 생명에 약동하는 대 오케스트라에 싸여 노래와 춤으로 일생을 마칠 것이다.

7월 26일 화요일

나는 자리에서 일어나며 오늘은 결심하고 D에게 마지막 편지를 쓰리라 하였다. 우편함에서 마운틴 렉으로부터 온 D의 편지를 읽었다. "사랑하는 애인이여……"하고 끝없는 사랑의 긴 편지를 읽고 난 뒤 나는 또

한참이나 이 일을 생각하고 주저하였다. 그러나 나는 다시 용기를 내어 붓을 들고 단도직입적으로 간단한 편지를 썼다.

"나는 그대를 나의 영원의 정인(情人), 나의 영원의 아내로 사랑하노라. 그리하여 이 깊은 사랑의 정으로 그대를 떠나지 않을 수 없는 이유를 이렇게 쓰노라. 나는 남편 노릇할 줄 모르는 미물이오, 나는 어떻게 가정을 세워야 할지 알 수 없는 미욱한 사람이며, 나는 가난하고 천대받는 불쌍한 인간이노라. 이제 가만히 나의 장래를 생각하고 그대의 장래와 행복을 생각하면 나는 마땅히 그대를 떠나야 할 사람이노라. 사랑하는 이여, 조금이라도 이 일을 크게 생각지 말고 다시 마음을 돌려 나보다 더 크고 사랑 많은 사람을 찾아 백 년의 아름다운 행복의 꿈에 들라. 그대의 딸을 내 딸로 삼아 과거의 아름다운 행복의 꿈에 들라. 그대의 딸을 내 딸로 삼아 과거의 아름다운 로맨스의 기억을 내 일생의 가장 큰 보배로 지니고 내 목숨이 끝날 때까지 그대를 위하여 살겠노라."

라이 해수욕장에 나와 푸른 바다를 안고 구비진 모래판을 달릴 때 내 영은 알 수 없는 상쾌함과 활력을 느꼈다. 그러나 다시 구름 덮인 하늘을 쳐다보고 우수에 하늘을 쳐다보고 우수에 조아리는 푸른 숲을 둘러볼 때 내 맘도 알 수 없는 적막과 비애를 느꼈다. 아아, 인생은 이처럼 변화가 많고 세계는 이처럼 울음과 외로움의 놀이터이던가!

8월 22일 월요일

D로부터 생일선물이 왔다. 나는 그가 손수 만들어 보낸 가죽 주머니를 일생동안 사랑의 기념으로 몸에 지니지 않을 수 없는 운명을 갖게 된 것이다. 나는 이처럼 번민과 눈물의 여름을 장사지내고 새로운 가을의 맑은 천지에 나서 일생의 사업을 시작하고자 한다.

휴일이오, 게다가 우천(雨天)임으로, P. C. 도서관에서 잡지 열람으로 하루를 보냈다. 나는 Asia란 잡지에서 중국의 혁명담을 읽고 동양의 장래는 오직 교육보급 여하에 달린 것으로 더욱 느꼈다. 인도도 그렇고 아프리카도 그렇다. 이러한 의미에서 나는 O.W.U.에서 철학과를 마치고 교육연구에 일생을 바치려 한다.

나는 일전에 R해안에서 어떤 백인한테서 "몽골리안은 뇌가 없는 인종이오. 다른 민족의 지배하에 있기를 좋아한다"는 비평을 들었다. 나는 이 말을 일생 잊지 못할 경구로 삼고 동양의 수치를 씻고 세계의 멸망을 널리 구제해야 할 큰 사명을 지고 있다.

나는 무엇보다도 재래에 가지고 있던 모든 비열한 사상과 행동을 널리 바로잡고 새로운 정신과 건전한 성격을 가져야 하겠다. 말이나 모든 일을 함에 있어서 불철저하던 습관을 버리고 한번 '하리라' 작정한 결심을 따라 천부의 사명을 실행해 나갈 것이다. 이러한 뜻으로 나는 오늘부터 다시 신생활에 들어감을 느낀다.

하늘은 여전히 비 눈물에 젖어 있고 대지는 또다시 음침한 밤의 장막 속에 들어갔다. 그러나 얼마 안 있어 광명과 웃음의 아름다운 아침이 이 암흑의 세계를 뒤따라 잡고 말 것이니 나는 조금도 '오늘'의 우울과 번민을 한탄하지 않는다.

9월 9일 금요일 마운틴 렉스

어제 오후에 이곳에 왔다. D가 하도 와서 며칠 놀다가라는 바람에 R해안에서 9월 중순까지 있을 것을 그대로 뿌리치고 지난 금요일에 뉴욕에 와 교회목사와 코넬 오락장을 구경하고 어제 주야로 잊지 못하는 연인이 있는 곳을 찾아온 것이다.

이곳은 꽤 아름다움 산촌이다. 높은 산악이 있거나 울창한 삼림이 있는 것 같지는 않으나 분주한 세상맛이 없고 평평한 대지에 아름다운 들풀과 온갖 꽃들이 들어찬 맛이 그럴듯하고, 더욱이 사방에 널려 있는 호수 풍경이 자못 아름다워 부자들의 피서지로서 놀러 다니는 손님들이 많다 한다.

D가 있는 집은 꽃농장이다. 차일드 씨 미망인이 삼 남매를 데리고 말년의 생을 이처럼 꽃밭 사이에서 지내려고 꾸며 놓은 것이다. 장남 B는 게으름뱅이지만, 차남 C는 열 살배기 어린애로 꽤 영리하게 생겨 온 집안의 신망을 얻고 있다. 17세의 처녀 B는 시와 명상을 좋아하는 풍류의 아가씨, 그러면서도 가사를 부지런히 돌보는 효녀다. C부인은 내게 별달리 친한 빛을 보이지 않으나, B처녀와 C어린애는 나를 퍽 존경해 준다. 나는 한가한 시골에 처음 왔으며, 게다가 화초가 사방에 둘러 있는 맛이며, 또 D가 늘 곁에 있어 사랑과 웃음을 던져주는 바람에 사오 일간 선경(仙境)에 있던 아담과 같은 생활을 즐기고 있다.

9월 15일 목요일

그저께 정오에 멀리 자동차로 환송해 주는 D를 작별하고 어젯밤 뉴욕에서 오하이오 웨슬리언 대학으로 왔다. 미국의 중서부 천연자원의 보고(寶庫)인 오하이오 평원을 내릴 때의 쾌감, 동부에 비하여 온순한 듯한 인품들을 만날 때의 정감을 생각하면 이곳을 이삼 년 나의 거처로 삼음이 큰 행운이라 아니할 수 없다.

12월 9일 금요일

마침내 나는 D에게 이별의 편지를 쓰고 말았다. 1년을 넘어 쌓고 쌓아

온 사랑의 탑을 내 손으로 허물어 버린다고 하는 직감을 깨달았을 때에 내 영은 울고 붓을 들지 않을 수 없었다. 그러나 때와 처지는 나로 하여금 이러한 몰인정한 짓에서 벗어날 수 없게 만드니 이 모든 일이 하늘의 뜻이 아니던가!

오후 햇빛 틈을 타서 찰스 군과 교외로 차를 달리다. 나는 "이만하면 운전수 노릇하기 어렵지 않지?" 하고 농담을 한 일도 있다. 알란 포우의 「황금풍뎅이」를 읽었다.

내일부터는 새 날이다. 모든 쓰리고 더러운 기억을 망각하고 신생(新生)의 첫날을 맞는 날이다 아아 나는 이러하여 낡은 한 껍질을 또 벗어버린다.

12월 23일 금요일

사랑의 힘은 참으로 무서운 것이다. 두세 번 보낸 편지를 사절하였는데도 불구하고 D는 마침내 장거리 전화로 뉴욕에서 나를 불러 울음 섞인 호소를 하여 나를 잡아버리고야 말았다.

나는 다시 나의 과거 만사를 인연으로 생각하고 나의 온 심신을 D에게 바치기로 결심하였다. 아아, 나는 나의 미래가 어찌될지 모른다. 그러나 나는 오직 진리와 사랑을 내 생명으로 삼고 어떠한 처지, 어떠한 인간사(人間事)를 대하더라도 나의 본심을 잃지 않으려 한다.

오늘 저녁에도 나는 퍽 괴로웠다. 지난 주 나는 연일 D에게 편지를 썼다. 내 사랑이 D의 것에 비하여 매우 보잘 것 없는 것을 깨달은 뒤에 어찌 사랑을 더 분발치 않을 수 있는가? D는 지금 감기에 걸렸다고 한다. 아마 나의 지난 주일 소위(所爲)로 인하여 마음 고통을 겪은 여파가 육체의 병으로 돌아선 모양이다. 나는 D을 보고 싶은 생각도 있고 또 그동안 말 못한 고통을 준 일을 사과도 할 겸 뉴욕 출입을 해볼까 하는 생각도 있다.

1927년의 마지막 밤

추억

세 살의 지축걸음
코방아 배밀이에
울음과 상처
말 못할 고투의 길

밝으면 네 살
갈 길을 바라보니
끝 모를 험한 길
안 가면 안 된다네

새 힘을 다시 내어
용기와 굳은 의지
머나먼 하늘 밑
내 고향 찾아가리.

1. 천심(天心)을 가지고
2. 실재(實在)를 허심(虛心)으로 대하며

3. 사람을 위하여 온전히 자아를 희생하되

4. 악을 대할 때 어디까지나 자아의 높은 이상을 잃지 말며

5. 자아의 적(敵)인 나쁜 습관을 단호히 끊어 버리고

6. 바깥의 악마의 모든 유혹을 눈떠 보지 말며

7. 자아가 걸어갈 머나먼 길을 생각하며 부단의 노력을 경주할 것을 이 밤에 결심한다.

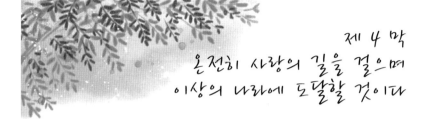

제 4 막
온전히 사랑의 길을 걸으며
이상의 나라에 도달할 것이다

1928년 1월 1일 일요일

1928년 첫날이다.

광명의 햇빛에 만물은 새 옷을 입었다. 북극의 서리찬 바람은 새 기운을 천지에 부어준다. 연말의 검은 밤에 묻혔던 우수와 졸음의 얼굴들은 다시 새 희망과 새 힘에 고개를 들고 다함없는 새해의 새 하늘을 바라본다.

간 해의 모든 울음과 방황의 기억은 새 배에 난 신생아의 생기 있는 첫소리에 물방울처럼 깨지고, 갓난아이의 첫 세상, 새 걸음이 시작된다. 방랑의 어제, 고민의 지난밤은 영원하지 못할 과거의 흐름, 머나먼 나라로 가버렸다.

나의 영은 신세계의 새 길을 밟고 섰다. 멀리 보이는 천지의 이상 세계로부터 은은한 신곡(神曲)이 울려온다. 지난날의 말 못할 고통, 헤매던 꿈은 이 날의 새 길, 새 소리를 들으려는 탄생고가 아니었던가?

이제부터 나는 온전히 사랑의 길을 걸으며 이상의 나라에 도달할 것이다. 이것이 나의 남은 생의 목적이다. 모든 생각과 모든 노력은 이 길 위에서 인간이 맛보지 못한 새 누리를 개척하기 위하여 바치는 희생의 제물이었다.

성스러운 법열! 이는 지난 며칠 동안에 경험한 나의 신령한 느낌이다.

인생의 모든 고락을 초월하여 무한계의 청정함, 순수함을 꿈꾸며, 세상의 모든 시비곡직을 넘어 이상의 진선미를 명상하는 맛, 공간에 얽매이는 모든 편협한 주의를 떠나 우주의 하늘을 가슴에 안고 생의 끝없는 춤에 뛰어드는 쾌감! 이는 찾는 이가 아니고서는 만날 수 없으며, 지내본 이가 아니면 그 맛을 짐작치 못할 법열이다.

하늘은 맑고 얼어붙은 땅을 녹이는 훈풍이 불어온다. 겨울 내 별로 볼 수 없던 다람쥐들이 남은 상수리 나뭇가지에 붙어 오르락내리락 재롱을 피우고 기운없이 쓰러진 묵은 잔디밭 위에 물 기운이 덮인다. 아아, 벌써 겨울이 다 지나고 봄철이 오려나? 때 아닌 봄날이라도 모든 것이 움츠렸던 가슴을 펴고 새 기운이 도는 것 같음을 볼 때에 어느덧 생각지 않던 봄이 온 것 같다.

1월 6일 금요일 밤

6시경 운동실에서 날듯이 씻은 몸으로 밖에 나왔다. 어느덧 그렇게 다정하게 내리쪼이던 석양이 간다온단 말없이 세상을 떠나가고, 동쪽 숲 속으로 살며시 명월이 잠자는 세상을 엿보려는 듯이 떠올라 온다. 말쑥이 푸른 하늘 위엔 반짝거리는 별들이 자다가 깨어난 어린 아기들의 눈망울처럼 반짝거린다. 그렇게 떠들고 뒤범벅이던 세상도 이제는 고요한 묵상에 잠잠하다.

나는 잠시 말로 할 수 없는 숭고함을 느끼고 차마 옮길 수 없는 발길을 옮겨 식당으로 향했다. 오늘 본 달은 전에 맛보지 못한 새로운 감상을 나의 가슴에 안겨주었다.

나는 달을 사랑한다. 고독을 좋아하고 신비를 느껴마지 않는 이라면 누구나 달의 온갖 모습의 특별한 맛을 몸으로 체험할 것이다.

1월 10일 화요일 아침

구름 낀 하늘이 연일 계속된다. 만물이 우수에 싸인 것 같고, 하늘이 비눈물로 덮인 듯하다. 거리에 다니는 사람들의 얼굴도 알지 못할 우울에 빠진 것 같다. 하늘은 이렇게 맑고 쾌적한 천기(天氣)의 뒤를 따라 흐리고 졸리운 세계를 번갈아 가져온다. 우주는 이렇게 선악, 미추, 고락의 연속된 운명에 들어차 있다.

나는 신년의 새로운 광명과 희열에 쌓여 세상 모르고 혼자 춤추고 노래하였다. 그러나 다시 인간세상의 흐리고 더러운 얼굴을 대하고 보니 나의 맑은 가슴에 새 구름이 덮이고 가볍게 춤추던 팔다리가 맥없이 늘어진다. 이리하여 나는 한밤을 울음과 기도로 지냈다. 그러나 나는 아직도 세상을 모르는 어린 아이였다. 광풍과 비바람에 시달려보지 못한 갓난 꽃봉오리였다. 어둠의 광야, 적막의 산중을 헤매어 보지 못한 처녀 사슴이었다.

나는 다시 넘실거리는 생의 대양을 바라본다. 나는 이 미치게 날뛰는 인생의 길을 건너가지 않으면 안 될 운명을 가졌다. 인간 세상의 모든 박해와 고생을 정복하고, 이상의 피안, 숭고한 세계를 실현해야 할 신의 뜻을 가졌다.

나는 어찌하여 실망하여, 어찌하여 전율하였는가! 생은 언제나 이렇게 험하고 길은 언제나 가파르다. 이러한 현실과 이러한 처지를 내 어찌 몰랐으랴. 나는 다시 울음을 거두고 새 하늘의 아름다운 빛을 바라본다. 온갖 위험과 암흑과 싸울 용기를 발동한다.

나는 다시 멈추었던 발걸음을 옮겨 놓는다. 오직 나의 높은 이상과 드넓은 자기를 펼쳐나갈 드높은 세계에만 나의 두 눈이 향해 있다.

1월 27일 금요일 아침

오늘로 제1학기 시험이 끝났다. 아침을 먹으러 아래층에 내려가니 벌써 누가 조간신문의 첫 페이지를 들고서 "드류 대학이 종합대학이 되었다"라는 구절을 읽는다. 나는 어떤 형제 부호가 1백 50만 불을 기부하고, T총장이 D학교를 종합대학으로 승격한다는 기사를 보았다. 식당에 가니 학교 재무위원이 나와 아침 채플 시간에 모두 모여달라는 교장의 전갈을 전하고 간다. 식사의 화제는 모두 이 한 문제로 돌아갔다.

채플에 갔더니 과연 T총장이 희색이 만면한 얼굴로 나와 지난 수년간의 계획이 이제야 달성되었으며, 학교 총재산이 4백 80만여 불에 달함을 고한다. 나도 이 집안 한 식구인지라 은근히 기쁨의 축하를 올리지 않을 수 없었다.

지난 토요일 저녁 일이 눈앞에 나타난다. 풍운이 자지 않은 밤중 수림 사이 울타리에서 봉화 주위에 둘러 서 있는 청춘 남녀의 이상한 얼굴들이 나타난다. 나는 본래 호기심이 많은 자라 대체 '위너 로스트'란 무엇 하는 것이며, 눈보라 광풍이 부는 혹독한 밤 속을 달리는 미국인 청춘남녀의 장쾌한 행동을 구경함도 무의미한 일이 아니란 생각으로 눈에 덮인 삼림을 찾아들었던 것이다.

젊은 혈기에 타는 가슴, 님 그리는 사랑의 불길, 천지를 휩쓸어 보는 대장부의 용기, 이 모든 특색을 가진 젊은이의 놀음! 나는 내 몸이 얼고 타는 연기에 눈이 매웠지만 그럼에도 불구하고 이 모든 인생의 의미 있는 활동을 살피지 않을 수 없었다.

친구여!
젊은 괴로움에 찬 방안을 뛰어나가고 싶은가!

어지러운 머리, 구슬픈 가슴을 헤치고 싶은가! 나오라.
가없는 대지, 다함없는 창공,
청춘은 번민의 실내를 뛰쳐나가야 한다네.

친구여!
좀되고 추한 꿈의 졸음에서 깨려거든
쓸데없는 사색, 무의미한 미래의 염려를 물리치려거든
나오라, 자연의 깊은 숲, 반짝이는 별의 신비
청춘은 꿈에서 깨야 한다네.

친구여!
잊지 못할 '한 벗'을 위해
타는 마음을 이길 수 없거든
나오라, 님의 소리 가져오는 바람결 따라
청춘은 광야에서 춤추어야 한다네.

친구여!
끓는 피, 들먹이는 주먹
하늘 끝까지 달려볼 용기 있거든
나오라, 눈보라 휘날리는 젊은이의 놀음에 끼어
하늘을 울리는 노래, 산천을 흔드는 고함을 다 같이 질러 보세
청춘의 놀음은 이러하거니.

2월 19일 일요일

어제까지 흐리고 눈보라치던 날은 갔다. 다함없이 푸르고 드높은 하늘 앞에 모든 추악을 덮어 놓은 백설(白雪)의 세계! 순결 통일, 단순의 우주적 표상을 대하니 겨우내 검은 방 속에 갇혔던 마음이 신천지를 만난 것처럼 경쾌해진다.

장로교회에서 D박사의 아름다운 설교를 듣다. 〈최선의 감상〉(필리피서 1:9)이란 제하에 바오로의 위대한 종교 생활을 배경으로 "인생의 모든 진선미를 골고루 감상함으로써 우리는 생의 진미를 획득할 수 있다"는 것이다. 나는 다시 졸리는 영을 일깨워 신천지를 바라본다.

역사상 위대한 인격자들이 밟아간 고해(苦海)를 건너 환희와 평화에 날뛰는 이상의 누리를 본다. 아아, 나는 다시 기운을 내야겠다. 그리하여 바오로가 맛본 인내의 열매(코린토II 6:4-5)를 나도 맛보지 않을 수 없다.

2월 20일 월요일

본국에서 이(李) 군이 보낸 「한빛」 창간호를 읽다. 육당(六堂)이 쓴 「백두산기」를 보고 아침 한나절 만고에 장엄함을 나타낸 거대한 산악과 천지를 상상하였다. 나는 아무래도 나의 혈육을 낳아 준 조선을 잊을 수 없는 동시에 그 안에 있는 모든 천연(天然)의 미와 장엄함을 길이 노래하지 않을 수 없다.

나는 다시금 나의 과거를 돌아보고 미래를 바라본다. 모든 부족함과 실망으로 얼룩진 나의 과거 반생애를 일생의 거울로 삼고 남은 생이나마 진리와 최선을 위하여 싸우지 않을 수 없다. 나는 다시 내 몸이 인생을 위하여 제물이 되었음을 굳게 믿고 있다.

세상에 들어찬 탁류, 가는 곳마다 만나게 되는 악마의 무리들은 용기 있게 물리치고 오로지 하늘에 싸여 있는 이상의 세계만을 꿈꾸며 생의 참된 경계(境界)에 들어갈 것이다.

2월 28일 화요일

못 견디게 햇빛 맑은 아침이다. 식당에서 돌아오니 책상 위에 D양의 편지가 놓여 있다. 어제 학교로 돌아왔으나 밤중에 전등이 꺼져 있어서 나를 만나지 못하였다고 그는 2주일 동안이나 신병으로 입원하였던 것이다. 그는 내가 보내준 글을 매우 재미있게 읽었다 한다.

R박사의 강의를 듣고 D를 만나 같이 강의실을 나왔다. 그는 오랫동안 입원해 있었으나 얼굴에 여전히 화색이 도는 것을 보아 대단한 병은 아니었던 것 같다. 나는 그의 이야기를 들으며 알 수 없는 기쁨을 느꼈다.

잊을 수 없는 아름다운 날, 알 수 없이 일어나는 신비의 감정! 생의 모든 고통과 울음을 온전히 잊어버린 에덴의 하루를 나는 오늘에야 맛보았다. 만물은 나를 위하여 춤추고, 온갖 노래는 나의 귀를 즐겁게 하기 위하여 부르짖음이 아니었던가?

나는 이 날을 노래하리. 영원히 기리리라.

2월 29일 수요일

별다른 일이 없었다.

밤에 D를 만나다. 나는 될 수 있는 대로 그를 피하려 하건만, 하는 수 없이 한 시간을 잃어버렸다. 나는 한층 더 조심해야 하겠다.

불어(佛語)와 싸우고 타고르의 시를 읽으며 자리에 들다.

3월 1일 목요일

알 수 없는 검은 구름이 하늘에 배회한다. 이따금 햇발이 얼어붙은 땅덩이를 쪼이다가는 다시 광풍에 몰리는 구름에 덮여 금방 가슴 답답한 날씨를 이루곤 한다. 인간사도 자연의 일과 조금도 틀림이 없다. 어제까지 웃음과 간지러움을 던져주던 다정한 벗일지라도 오늘은 알 수 없는 멸시와 냉소로 대해 주는 세상이니 옛날 희랍의 철인 헤라클레이토스의 말처럼 우주는, 또 그 가운데에 있는 자연과 인생은 조금도 정한 곳이 없이 변화무쌍한 우주 만물을 초월하여 만고에 변함없는 정신계, 이상계를 본다.

시간을 따라 나고 죽고, 앓고 시드는 대지의 번잡함, 그 위에 정처 없이 배회하는 구름을 뚫고 솟아오르면 언제나 한 모양으로 비추어 주는 광명한 태양이 있는 것처럼 기후의 변화, 인정(人情)의 불규칙함을 초월한 영원의 마음, 무한의 신이 계시지 않은가!

나는 다시 지금까지 경험한 모든 인간사와 자연의 유동적인 성격을 돌아보고 회심의 미소를 금치 못한다. 그리하여 나도 이 유동적인 인생의 일원이라는 것에 더욱 웃는다. 나는 어찌하여 지난날을 근심하고, 지는 꽃을 아까와 하였는가? 나는 어찌하여 인생의 무상함, 탁한 세상의 혼돈을 슬퍼하였던가! 세상은 언제나 변화무쌍이요, 인간사는 언제나 믿을 수 없는 것이 사실이다.

나는 인간의 본능을 타고 났다. 환경의 지배를 면할 수 없으리. 그러나 나는 자연을 넘어, 인생을 초월하여, 영원히 변함없는 이상의 아들임을 다시금 느낀다. 그러므로 나는 어떤 세상의 시련도 나의 가슴에 안은 보배를 앗아가지 못하리라 생각한다.

오라, 나의 외로운 영을 박해하는 모든 사탄의 종류들아! 나는 이미 어린이의 시절을 벗어난 지 오래다! 나는 한 뜻과 한 맘을 가진 신의 아들이로다.

나는 다시 마음을 정한다. 언제나 한 맘으로 인생을 대하고, 순수한 눈으로 자연을 감상하고자 한다.

3월 4일 일요일

이삼 일간 말할 수 없는 번민을 느꼈다. 책도 볼 수 없고 음식도 잘 먹을 수 없는 이상한 충동을 느꼈다. 나는 이 이길 수 없는 감정을 죽이기 위하여 온갖 방법을 써보았다. 신의 이름을 부르며 기도도 올리고, 정신을 독서에 집중해볼까 하여 이 책 저 책 되는대로 뒤적거려 보았다. 그러나 심정의 고통은 여전하였다. 그리하여 나는 최후의 수단으로 자살까지 꿈꾸어 보았다. 나는 이렇게 전에 경험하여 보지 못한 쓰라림을 맛보았다. 살고자 노력하는 것이 얼마나 우스우며, 공명을 위하여 인생의 모든 향락을 희생하려고까지 악을 쓰는 것이 얼마나 어리석은가!

그러나 나는 오늘 다시 한 잠에서 깨어났다. 청춘의 일시적 충동으로 일생을 그르치는 많은 청춘 남녀의 실정을 나는 오늘 확실히 깨달았다. 나는 내일부터 다시 새로운 결심의 활기 있는 발걸음을 옮겨 놓을 것이다.

오후에 제임스, 맥클린독 군과 모리스타운까지 산책을 다녀왔다. 메모리얼 병원에 있는 학교 친구 래드클리프 군의 문병차. 맥군은 대표적인 미국인의 성격을 가진 자로 도중에 자연에 대한 이야기와 인생 이론을 들려준다. 그는 말하되 나와 같은 동양인과 산책하면 많은 교훈을 얻는다고 한다.

저녁 식사 후부터 나의 마음은 더욱 평온한 느낌을 얻는다. 나는 내일부터 모든 이성(異性)의 교제나 쓸데없는 공상을 물리치고 온전히 나의 미래에 필요하고 인생의 향상에 유리한 공부에만 몰두할 것이다.

3월 5일 월요일 맑음

나는 전부터 D의 인격에 변태성이 있음을 의심하였다. 그런데 오늘 나는 우연히 그 진상을 알게 되었다. 나는 말할 수 없는 실망을 느꼈다.

이는 저녁 식탁에서 들은 사실과 지금까지의 교제에서 얻은 경험을 종합하여 내린 판단이다. 나는 몹시 후회했다. 도서관에서 그를 볼 때 더러운 여자, 위선자라는 욕설이 가슴을 뚫고 올라옴으로 할 수 없이 도서관을 뛰쳐나오기까지 하였다. 나는 이렇게 사람의 더러운 점을 볼 때에 이를 포용하는 힘이 적은 결점을 가졌다. 나는 오늘 또 한 잠에서 깨어났다.

나는 다시 죄인을 긍휼히 여기고 원수를 사랑하라는 예수의 말씀을 생각한다. 내가 언제부터 몇 번이나 이 교훈을 들으며 내 입으로 부르짖기까지 하였는가! 나는 이미 예수의 제자가 된다는 맹세까지 한 자가 아닌가! 내 어찌 친구의 흠을 덮어 주고, 그 죄를 용서해 줄 아량을 갖지 않을 것인가!

그렇다. 나는 어찌하였든 인간을 사랑해야 할 것이다. 그 행위의 선악을 막론하고 사람은 사람의 대접을 해주지 않을 수 없다. 세상에 나온 사람치고 누가 허물이 없으며 실수가 없을 것인가? 그렇다. 나는 예수를 따르는 수도자가 된 이상 친구를 더욱 더 사랑하지 않을 수 없다.

3월 7일 수요일

나는 어제 D의 글을 받고 모든 오해를 풀었다. 점심 후 다시 여는 만찬회는 내 날로 삼을 터이니 오후 7시 정각에 방문하여 같이 식당으로 가자는 소식을 들었다. 나는 알 수 없는 기쁨을 느꼈다.

플라톤을 읽고 김나지움으로 가서 맥도웰 감독의 강연을 듣다.

"우리는 미래에 살자. 과거 40년 전의 역사를 미루어 장래 40년 후에 될 것을 짐작하여 우리는 현재의 불완전, 불철저한 것을 미리 개조하지 않으면 안 될 것이다. 예수의 복음도 시대를 따라 새로운 적용과 선택이 필요하다. '그리스도는 어제나 오늘이나 내일이나 언제나 한 모양이다.'라는 성경 구절은 진리상의 진리가 아니오, 인격적인 진리다. 예수의 인격은 언제나 한 모양으로 살아 있지 않은가!"

칠순 노인의 젊은 목소리! 나는 말할 수 없는 용기를 얻었다.

오후 7시에 D를 방문. 여학생 기숙사에는 내빈 청춘 남녀로 만원이다. 나는 여 사감의 말을 듣고 나서 사람들 틈에서 D를 기다렸다.

얼마 만에 식당치장에 분주하던 D가 거실로 내려왔다. 자기 방으로부터 붉은 장미 한 송이를 가져와 나의 옷자락에 꽂아 주고 "기쁜 날이니 꽃과 같이 웃으며 즐거워하자"고 한다.

7시 반경 우리는 식당으로 올라갔다. 실내 가득한 전등, 촛불 휘황찬란한 속에서 환희와 담소에 젖어 나는 나의 존재를 잊으리만치 D와 함께 먹고 이야기에 취하였다. D의 얼굴에선 전에 보지 못하던 광채가 돈다. 나는 그의 아이같은 순진무구한 심정을 사랑한다. 그의 모든 사교법에 익숙하다. 나는 그의 춤에 어우러져 놀았다.

11시가 지나서 방으로 돌아왔다.

3월 8일 목요일 맑음

첫 봄날이다. 겨우내 찬 서리 속에 묻혀 있던 초목이 눈을 부비고 일어나는 것처럼 오랫동안 북극의 눈세계에 들었던 정서가 따스한 기운을 받아 알지 못하는 새에 싹이 돋는 것 같다.

그러나 나는 봄을 기릴 처지에 있지 않다. 일생의 대업을 목적한 큰 맘을 가지고 결코 잠시간에 변화될 짧은 봄에 속지 않는다. 나는 영원의 봄을 맞기 위하여 계절의 봄을 희생하지 않을 수 없다. 그렇다. 나는 모든 짧은 오락과 변화하는 아름다움에 속지 말고 영원한 즐거움, 절대적인 미를 동경할 것이다.

나는 종일 지난 밤의 일이 생각에 떠올랐다. 학우들의 놀림도 듣고, 어떤 불량한 백인들의 냉소도 본 듯하다. 그러나 나의 마음은 여전히 진리와 이상에서 변함이 없다.

3월 11일 일요일

일간 쌓인 눈이 녹기 시작하여 도로는 진흙으로 덮였다. 게다가 보슬비가 내리며 안개까지 끼어 세계는 자못 암영(暗影)에 잠겼다. R박사의 설교를 듣고 오찬을 맛있게 먹었다.

숙소로 돌아와 인도 철학을 펴놓았다. 그러나 나는 알 수 없는 힘이 나의 공부를 방해함을 느꼈다. 그래서 나는 일요 신문도 보고 자리에서 일어나 실내산책도 해보았다. 다시 정신을 차려 책상 앞에 앉았으니 역시 무효다. 이 무슨 까닭일까? 청춘의 고뇌? 아아 이것이 인생의 피치 못할 일일까? 생의 번민을 느끼기 시작한 마음에는 세상의 어떤 것도 이를 위로해 주지 못한다.

마침내 나는 D를 방문할까 하여 외투를 걸치고 방문을 나섰다. 그러나 먹구름 낀 하늘이오, 가랑비까지 내리니 여자는 선택에 불편을 느낄 것을 깨닫고 B군을 불러 같이 오후 산책을 떠났다. B군은 스웨덴 족으로 성품이 온유하며 공부꾼이다. 그는 말레이시아에서 철학을 전공하였다고 한다. 그의 언변은 그리 보잘 것 없으며 어떤 독창적인 주관이 있는 것 같지도 않다.

저녁 식사 후 식당에서 나오다가 누가 뒤에서 김! 하고 부르는 바람에 나는 돌아서서 D를 보았다. 그는 손에 작은 선물을 들고 "오찬 후에 만나려고 하였더니 군이 총총히 가서 지금에야 만나게 되었다"고 하였다.

나는 D와 약 1시간 가량 대화를 나누었다. 그러는 중에 나는 예기치 않던 D의 고백을 들었다. 그는 D교에 와서 아무 배운 것이 없다 하더라도 나를 알게 된 것만으로도 자기의 온갖 소득의 대상을 삼는다하며, 일생에 많은 친구를 만난 가운데 '참 벗' 세 사람을 얻었는데 나도 그 중에 한 사람이라고 한다.

나는 이 고백을 어떻게 들어야 할지 알 수 없다. D는 적이 변태성을 가진 것이 확실한데 그가 정말로 나를 일생에 잊지 못할 친구로 삼을까? 그러나 나는 모든 의혹을 집어던지려 한다. 아무리 조화, 변화에 찬 인간 사일지라도 잠시 들리는 진정의 소리를 경건한 태도로 듣지 않을 수 없다. 그리하여 신의 마음으로 이 모든 울음과 웃음, 배척과 환영을 대하지 않을 수 없다.

3월 15일 목요일

오늘도 사람의 믿음성 없는 면을 직시하고 한없이 고통을 느꼈다. 나는 본래 감수성이 예민한지라 인간의 허위와 죄악을 대할 때에 나에게 관계없는 일이지만 전 인류의 정의감을 생각하고 말할 수 없는 분개를 금치 못한다.

나는 세상을 위하여 울었다. 마침내 이러한 세상을 속히 보지 않으면 오죽 기쁘랴 하고 염세관까지 가졌다. 그리하여 모든 장래의 회포를 던져버리고 고향산천으로 돌아가 자연과 더불어 놀다가 말까 하는 생각까지 하였다. 이렇게 가슴 아픈 세상에 섞여 있으면서 무슨 인생의 참뜻을 가질 수 있을까!

그러나 나는 다시 '나'를 격려하여 의지를 더욱 굳게 하고자 한다. 인생의 작은 국면, 소인배의 생각을 초월하여 만고에 변함없는 이상세계를 꿈꾸며 여기서 모든 속세를 초월한 위인들과 사귀지 않을 수 없다. 이리하여 나는 다시 오늘까지 밟아온 대중의 길을 버리고 범인(凡人)이 밟지 못하는 영혼의 길을 개척하고자 한다.

3월 18일 일요일

일요일이라 오전은 인도철학 필기로 보냈다. 아침 내내 분주히 내리던 눈보라가 오후에 그쳤다. 그러나 하늘은 여전히 흐려 있다. 일전 D와의 약속을 이행하기 위하여 오후 4시에 여자 기숙사로 갔다.

그는 거실에서 나를 맞아준다. 그러나 그의 웃음과 모든 태도는 기계적이고 인위적인 것을 나는 보았다. 나는 억지로 자리에 앉아 그의 경험담을 들었다. 나는 어찌했던 인사치레로라도 조용히 들어주지 않을 수 없었다. 약 1시간 대화가 있은 후 나는 출입문을 뛰쳐나왔다.

저녁식사 후 나는 D에게 절교장을 썼다. 정직과 진리를 생명으로 삼는 나에게 어찌 허위와 위선이 따라올 수 있으랴. 나는 그동안 알지 못하는 사람과 사귀게 된 것을 말할 수 없는 치욕으로 생각한다. 나는 다시 지난날의 어린 경력을 거울삼아 가일층 높고 거룩한 생활에 들지 않을 수 없다.

3월 30일 금요일

어느덧 새해의 3월이 울음 속에 지나가 버렸다. 나는 과거의 모든 기억을 불살라 버리고 봄의 새 달을 맞이할 때에 새로운 결심과 날뛰는 용기로 일생의 대업을 시작하리라 하여 오늘 오후는 문서 정리에 바빴다. 나는 과거의 모든 불철저한 생각과 교제를 끊어버리고 오직 목전에 보이는 이상과 진리를 따라 나의 발걸음을 시도할 것이다.

봄이다. 보슬비가 내리고 서북풍이 물오르는 가지를 한껏 흔들어준다. 묵은 잔디밭에는 봄비에 씻긴 새싹이 파릇파릇 돋기 시작한다. 그렇다. 새 봄에 새 생명의 싹이 돋지 않을 수 있는가!

나는 나의 미래를 내다본다. 갈 길이 창창하다. 험한 준령과 가없는 벌판―어떠한 위험과 고난이 나를 기다릴지 모른다. 그러나 나는 생명이 남아 있는 한 최후의 일각까지 분투하며 전진할 결심이다.

3월 31일 토요일

Dear friend,

'Sitting in the meadow, he gathered spoil of flowers, plucking one after another with happy heart,' sang Euripides.

What a noble song it is! What a pure minded poet he is! We ought to enjoy nature. We should acquaint ourselves with her beauty sublime and love divine. Then we can find everywhere the Eden; we can sing always the song of glory.

But it is not spring yet to me. There are still clumps of black clouds roaming around the sky; heaps of old snow are still to be found on the mountain-vale.

Tomorrow will be the first of April. It will be a new spring month. The threatening clouds will be blown away during the night; the frozen dale will start to ring with the flow of soft murmuring in the next dawn.

Ah, what have you prepared for the great heart of tomorrow, friend? Have you cleaned your hand? Have you bought your new suits?

Let us not sleep tonight as the fine virgins did. Let us polish our lantern of spirit. Let us pour the oil of purity and eagerness into it. Let us light it with the flame of love. Let us string the barks of our hearts.

I know you are always ready to welcome the king of life. But I am not always. I do sometimes with the slumbering of the flesh; I am intoxicated sometimes with the strong wine of selfish ambition.

Oh, friend, how can I reach God? I know that if I have not the mind of God, I can have little appreciation of the beauty and goodness of the spring of life. I have been such a wanderer that I have neglected to prepare myself to meet the great heart of life. Please teach me your wisdom. Please lend me your hand to help me prepare my sanctification.

Perhaps you may not understand above sentences full of metaphors. But you can guess the struggle of my soul to get rid of the human limitations in order to fly up to the realm of spirit in this great season of rapture and beauty.

I am a spectator. I have no part in the world to mingle among the flowers to add the beauty of the spring. But I am quite satisfied to live with God on the heights, so that I can see the life and beauty more fully.

4월 4일 수요일

Dear friend,

I have found it-the ineffable joy and bliss of life. I have no word to explain it. I am intoxicated by the holy nectar. What a wonder! What a life!

It is a transfiguration day for me. The shower of the spring light, the fragrancy of the sprouting grass transfigure me into such a holy, radious being.

I feel that I am not mine. I have given up myself to the bosom of Him......

I'm sick, now, in the hours of God-the beauty of the spring.

Easter Morning

He is risen.

Through the dark nights of agony and persecution.

He won the final crown of victory

From the struggle of the shameful humility.

He wore the new garment of the eternal,

Over the old suits of the final.

He faced toward the glory of the morning-light.

Out of the dark and dreadful night.

He walks,

By the sparkling dew of the soft grass.

He lifts up his head toward the blue sky and prays.

I am the son, oh, Lord of eternity.

Then he heard the song of the resurrection

Around the beauty and rapture of the far horizon.

His soul began to roar over the mountain top

And met the joy and peace of the eternal hope.

4월 15일 일요일

청명한 봄날이다. 오후에 D양을 방문하여 같이 삼림을 산책하다. 나는 종래의 결심을 토로하며 약 2시간의 장황한 대화가 있은 후 우리는 마지막 이별의 악수를 나누고 헤어졌다.

나는 오랫동안 무거운 짐을 벗는 듯한 쾌감을 느끼며 기숙사로 돌아왔다. 그러나 저녁식사 후 나는 어쩐 일인지 공부를 할 수 없었다. 룸메이트인 P군과 함께 시가지 관광을 다녀왔다.

아아, 인생의 놀음! 알지 못하는 거미줄 속에 헤매는 중생들! 이 중에 내 몸도 한 분자인가 생각하니 가엾기 한이 없다. 사람은 어찌하여 울며 세상은 어찌하여 많은 번뇌와 투쟁이 들어찼는가? 습관과 인습에 얽혀 자유의 태양을 보지 못하는 인생, 물욕과 나쁜 습관의 포로가 되어 영원의 진리와 절대적인 미를 감상하지 못하는 속세의 인간들! 나는 언제나 이런 속세, 이러한 대중을 초월할 수 있을까!

4월 18일 수요일

수일간 몹시 괴롭게 지냈다. 영원히 헤어진다고 약속하였던 D에게서 장문의 편지를 받은 일이며, 다시 전에 만나던 숲 속에서 밤의 만남이 있은 일과 생전에 경험해 보지 못하던 심리의 동요를 얻게 된 일을 종합하여 생각건대 다시 숨길 수 없이 중요한 상황에 처했음을 직감하지 않을 수 없다.

나는 오늘 아침 철학시간에 일전 제출하였던 플라톤 논문을 돌려받았다. 점수는 C. 나는 말할 수 없는 치욕을 느꼈다. 나는 울음이 나는 것을 참고 채플로 들어가 명상에 잠겼다. 나는 금년 학업이 이처럼 보잘 것 없게 된 원인을 잘 안다. 이는 결함 있는 성격을 소유한 나에게 일대 시련이 1년 동안 찾아온 까닭이다.

나는 어젯밤부터 다시 모든 장애를 물리치고 제 길을 찾아 나의 이상을 향하여 걷기를 시작하였다. 오늘 아침에 만나는 모든 인간사와 자연은 나의 모질어진 영을 크게 자극시킨다. 나는 빛나는 태양, 푸르고 다함없이 드높은 창공, 정원에 갓 피어오는 화초를 대할 때에 전에 맛보지 못한 침묵과 청순함을 느꼈다.

나는 과거 1년의 모든 기억을 씻은 듯이 잊고 말련다. 아름다운 자연, 부드러운 인정의 모든 유혹을 물리치고 본래의 결심을 따라 처음에 계획한 일을 다시 시작하리라 한다.

나는 D에게서 긴 설교편지를 한 통 받았다. 나는 답장을 쓰다가 찢어버리고 말았다. 나는 다시 그에게 아무 글도 쓰지 않기로 작심한다. 나는 고국을 떠날 때 어떤 친구의 "미국 여학생을 삼가시오"라는 충고를 그대로 실행할 결심이다. 아니, 나는 이미 나의 일생에 아무런 이성과도 사귈 수 없는 운명을 가진 것이 아닌가! 옳다. 나는 오늘부터 부처와 신의 독생자 생활을 계속하지 않을 수 없다.

4월 24일 화요일

이는 참말 견디지 못할 비극이다. 나는 어찌하여 미움과 질투의 세상에 태어났는가! 나는 어찌하여 육체를 가진 인간이 되었는가! 신은 어찌하여 나를 이 죄와 더러움이 찬 누리에 보내어 나로 하여금 진흙탕 속에서 헤매게 하며, 말할 수 없는 인간의 쓰라린 음식을 맛보게 하는가!

나는 다시 인생의 울음을 거두려고 한다. 아무리 울어도 인생의 울음은 한이 없는 것이 아닌가! 나는 부득이 '인생'을 떠나지 않을 수 없다. 모든 인생의 행복이니 우정이니 영광이니 하는 노리개를 떼어버리고 온전한 초인(超人)의 세계, 신의 나라에 입적치 않을 수 없는 지경에 이르렀다.

아아, 오늘까지 내 손과 가슴 속에 들어 있던 모든 인생의 기억은 물거품처럼 사라지고 말 것인가! 이백이십 근에 불과한 적은 육체에 관계되었던 모든 친구니 친척이니 하는 개체들이여, 인생을 떠난 나의 영을 위하여 울고 이 빈 그릇을 흙 속에 묻어 달라.

4월 25일 수요일

D교에서 마지막으로 성만찬식에 참석하다. 그러나 나는 잔과 떡을 받지 않았다. 나는 과거 2년간의 지난 생활을 회고하고 말할 수 없는 참회를 느꼈다. 특히 최근에 만나는 말 못한 시련을 생각하니 인생의 죄와 더러움에 울지 않을 수 없다.

모든 것을 한바탕 꿈으로 잊자. 눈앞에 어른거리는 허깨비의 놀음에 신경 쓸 것이 무엇인가? 죽음은 죽음으로 장사 지내게 하고 산 자는 산 자로 더불어 활동과 창조에 들어가지 않을 수 없다.

저녁 식사 후 루이스 박사를 방문하다. 철학을 연구할 자가 주의할 점을 물었으나 특별한 답을 얻지 못하다. 그는 D교에서 계속 공부하기를 권한다. 나는 약 30분간의 대화를 끝내고 귀가하였다.

D에게서 8시경 만나자는 메모를 받았으나 나는 가지 않았다.

4월 27일 금요일

나는 어젯밤 일을 생각하고 또 한바탕 꿈속에 있었던 것을 직감하지 않을 수 없다. 어젯밤 저녁 후, D를 만나 같이 노천 기도회에 참석한 일과 10시경에 다시 만나 달빛어린 숲속에서 D의 최근 번민을 들은 일이며, 내가 말하지 않으려 했던 비밀까지 자백한 것을 생각건대 나는 아무래도 이 학교를 떠나기 전에는 D와의 교제를 피하지 못할 것으로 판단된다. 나는 생각하지 않으려던 그를 염두에 두고 오늘도 많은 공상에 빠져 헤맸다. 학년말 시험이 박두한 이때에 이러한 명상에만 잠겨 허송세월 시간을 보내는 신세를 내 자신이 돌아보아도 가소롭기 짝이 없다. 그러나 인생의 귀여운 '심정'의 놀음을 우습게 보는 자는 우습게보더라도 나는 어디까지나 깨끗하고 고상한 '심정'을 닦기 위하여 이 모든 시련이 결코 무의미한 것이 아니라고 생각한다.

저녁 후 B박사를 방문. 그는 나의 시(詩)를 아주 재미있게 듣다.

4월 29일 일요일

언제나 나는 일요일 예배를 가장 신성한 마음으로 올린다. 오늘도 아침에 시험 준비를 할까 하다가 11시에 교회를 다녀오다. 교회도 그리 없어야 할 것은 아니라고 생각하였다.

점심 후 세 시에 나는 전에 약속한대로 D를 방문, 우리는 삼림을 산책하다. 나는 D에게서 꿈같은 이야기를 들었다. 그는 전부터 생각에 둔 사람을 단념하고 나에게 의향이 있음을 말한다. 그리하여 T박사와 그 외 여러분에게 이민족과의 결혼 찬반을 알아본 결과 그들이 모두 찬성하였음을 종합하여 그는 단연히 이러한 결심을 한 것이라 한다.

나는 뜻밖의 소리를 듣고 어찌할 바를 몰랐다. 나는 D의 성격에 적지 않게 변태성이 있음을 모르는 바가 아니나 그의 오늘 이야기는 도무지 종잡을 수 없는 수수께끼다. 나는 좀더 D 자신의 행복을 생각하고 나중에 결정하여도 늦지 않다는 의견을 말하고는 헤어졌다.

나는 아무리 해도 이 일을 오래 끌 수 없는 일로 생각한다. 나는 작년 가을부터 무심결에 D를 따르게 된 것은 숨길 수 없는 사실이다. 그렇다고 사방이 모두 어려운 처지에 있음을 알고 있는 나로서 감히 다른 의사를 말할 수 없었던 것이다. 내가 1년간 남모르는 고민과 시간 낭비를 한 것은 오직 D 때문이었다. 그런데 오늘 저러한 고백을 들었으니 어찌 이 일을 옳게 결단할 수 있을까?

저녁 후 우리는 다시 삼림에서 토론을 벌였다. D는 세상의 모든 비웃음과 박해를 참아가면서도 마음을 변치 않으리란 결심을 말한다. 괴벽이 있는 D를 내가 모르는 바 아니오, 또 나는 범속을 초월하여 모험적인 생활을 즐겨하는 터이라 D의 저러한 주의와 용기를 찬미하지 않을 수 없다.

나는 마지막으로 D에게 나의 큰 비밀을 말하였다. 부모가 정해준 배필이 있으나 나는 그를 사랑하지 않으며 또 그와 법률상 결혼수속이 되어 있지 않은 사실을 고백하였다.

D는 단호히 내 손목을 잡고 "사랑이 없으면 결혼은 무효가 아닌가? 나는 그만한 일을 꺼릴 자가 아니다"고 말하면서 나의 목을 끌어안으며

최후의 애원을 말한다. 나는 할 수 없이 신 앞에서 내 마음에 끌리는 사랑을 박찰 수 없어서 D를 끌어안고 모든 것을 그대에 맡기었다.

나는 10시가 지나서 방으로 돌아와 피곤한 몸을 침대에 뉘었다. 오늘 일은 참으로 꿈속의 일 같다. 만일 이것이 꿈이라면 영원히 이 꿈에서 깨어나지 않았으면!

5월 4일 금요일

학년말 시험이 오늘부터 시작이다. 매일 빠짐없이 애인과 더불어 삼림을 산책하거나 한 자리에 앉아 정담을 나누기에 바빴던 나로서 학년말 시험이라는 커다란 방망이가 이마 위에서 번쩍거리니 정신을 좀 차리지 않을 수 없다.

R박사의 구약 강좌에서 땀을 흘리고 그래도 혼을 잃지 않았는지 점심 후 D를 만나 삼림을 산책하였다. 우리는 새들이 지저귀고 풀포기들이 향기를 뿜어 주는 조용한 빈터에 들어앉아 푸른 하늘의 한없는 정담의 세계에서 놀았다. 내가 동양의 아름다운 시나 풍경을 말해주면 그는 이것이 고맙다고 연방 나의 볼에 키스를 해주며 언제까지나 사랑과 명상의 세계에 빠져있기를 소원하였다.

나는 그래도 좀 정신을 차려보지 않을 수 없다 하고 4시에 맞추어 돌아가자고 D에게 말하였다. 나는 여자 기숙사 근처에서 D와 작별한 후 운동실로 달려가 땀 밴 몸을 깨끗이 씻어버리고 방으로 돌아오다.

나는 아무리해도 요즈음의 생활을 가치있는 것으로 긍정할 수 없다. 이는 아무리 보아도 나의 장래에 가장 큰 영향을 끼칠 수수께끼로 관찰하지 않을 수 없다. 사랑이니 이성이니 하는 것이 나의 생활을 간섭하는 동안 나의 장래가 과연 값있는 것이 될 수 있을까?

1929년 4월 18일 목요일

비와 바람에 시달리던 4월 상순도 어느덧 다 지나가 버렸는가. 오늘은 구름 한 점 없는 푸른 하늘에 조잘대는 종다리 소리가 사방에 찼다.

프랑스 혁명사를 들고 기도 집회실로 들어갔다. 기독교과의 주임인 Maeley 박사가 설교하신다. 논제(論題)는 구약 시편 149편을 통하여 미국 법률을 지키자는 철학이다. 나는 어느덧 미국 법령에 비인도적 사항이 들어 있음을 기억하여 씨(氏)의 논설을 매우 재미없이 들었다. 더욱 씨의 기도에 "우리의 법률은 신성하고 완전하고 합리적인 것이니…," 하는 말을 들을 때에 나는 무의식중에 반항의 분노가 북받침을 깨달았다. 나는 오하이오 웨슬리언 대학에 오늘처럼 기도회 시간을 불신성하게 지낸 때가 없다.

D에게서 편지가 왔다. C형하고 가댁질을 하다가 눈을 다쳤다고. 나는 D의 어린 장난 좋아함을 잘 안다. 나는 일전에 목격한 사실을 기억하고 D의 인격을 매우 낮게 보았다. 그래서 나는 불쾌한 회신(回信)을 써놓고 운동실로 갔다. 그러나 저녁밥을 먹으며 나는 다시 생각하였다. 나는 좀 더 불완전한 인격들을 용납하는 아량이 있어야 하겠다는 주의로 오후에 써놓은 D에게 갈 편지를 찢어버렸다.

나는 이리하여 모든 선악과 미추를 뛰어넘어 완전과 최선을 바라고 대인의 길을 밟으려 한다. 나는 어찌하여 소소한 인생의 무의미한 시간에 얽혀 고심하였던가. 나는 어찌하여 좁은 지면만을 굽어보고 캄캄한 대기(大氣)를 구역질하였던가. 아아, 나는 좀 더 하늘을 바라보고 무한과 영원을 그리는 위대한 영혼을 부르짖어야 하겠다. 아아, 플라톤의 땅속 동굴에 들어 있는 인생을 구제할 철리(哲理)가 내 가슴에 들어가소서.

5월 1일 수요일

아침 햇살이 어린 잎 사이를 통과하여 내 이마에 입 맞출 때 나는 다시 새 하늘을 바라고 새 달 새 날의 신세계로 나온다는 새 희망을 품고 자리에 일어났다.

Kirby Page의 채플 설교를 듣고 많은 감동을 얻다. "미국의 적은 일본이나 영국과 같은 나라가 아니오, 낮은 사상과 비열한 감정이다. 우리들은 어디까지든지 감정에 치우친 전투적인 행동을 버리고 토론과 이해에 바탕을 둔 평화적인 수단을 가져야 한다. 장래 우리들이 이러한 각오를 실행에 옮기게 되면 세상 사람들이 예측한 세계전란이 십 년 내에 다시 없어질 것이다"라고 한 맺음말은 미국인에게서 듣기 어려운 희망의 말이라 한다.

오후에 역사를 읽다가 나는 이러한 생각을 했다.

"세계 역사는 인물의 기록이다. 이는 좋은 인물, 나쁜 인물, 영웅 결사의 언행록 밖에 더는 못 된다. 나는 이런 여러 높고 낮은 개인의 역사담을 듣고 인류생활의 가치를 찾는 것이다. 이렇게 많은 역사적 인물 중에 만대(萬代)에 썩지 않는 진리의 빛을 비추는 이 그 얼마나 되는가? 중국에 공자, 인도에 석가, 아라비아에 모하멧, 유태에 예수, 희랍에 소크라테스, 로마에 마르크스 아우렐리우스, 독일에 루터…. 그 외 현대 모든 위대한 인물들의 산 교훈이 인류 역사의 광채다. 나는 이 영원에 흐르는 광명에 따라 고고한 누리 영생의 진리를 따라 달려갈 것이다. 나는 이러한 의미로 역사를 상고하고, 이러한 희망을 가지고 모든 학문을 대한다."

김 군의 자동차를 타고 13리의 드라이브에 나섰다. 나는 시속 35리의 속력으로 달렸다. 돌아오는 길에 천둥번개와 먹구름이 몰려오는 소낙비를 만났다. 빗방울이 차창에 부딪쳐 앞길을 잘 분간할 수 없는 것을 전속력으로 교외까지 왔다.

철도의 교차점 가까이 이르러 반대방향에서 오는 차를 발견하고 곁에 앉은 김 군이 내가 잡은 핸들을 흔든다. 나는 전에도 김 군이 나의 운전 실력을 못 믿어 자주 내 핸들을 잡아 흔드는 것을 불쾌하게 생각했으나 그대로 말없이 몰아왔다. 그런데 이번에는 일이 잘못 되느라고 핸들이 되는대로 달아남을 걷잡지 못하여 그만 별안간 곁에 지나가는 차와 충돌을 면치 못하였다. 나는 이 순간에 된 일을 황망 중에 잊어버리고 내일을 위하여 좀 더 크게 살기를 작심한다.

저녁식사 후 삼손 씨의 종교와 과학이란 강의를 듣다. 나는 별로 감동적인 이야기라 할 수 없음을 알고 오후에 겪은 일생에 잊지 못할 일대 경험을 묵상하였다.

1930년 3월 1일 토요일

나의 과거 4개월간의 미국 생활을 무엇이라 할까? 노동자, 애인, 학생 갖가지의 생활을 경험하고 난 생의 소득을 타산해 보아도 가슴속 영원히 지녀둘 보배를 얼마 얻은 것 같지 않다. 나는 필경 아무것도 얻지 못하고 주유천하(周遊天下)하여 무의미하게 세월을 보내고 말 것인가?

아아, 나는 무엇 하러 태어났으며 무엇을 위하여 살려는가? 나는 무슨 필요로 주야로 독서에 바쁘며 쓸데없는 언어와 사교에 몰두하여 진정한 '나'를 잊는가? 나는 언제나 자신의 정과 외계의 감정에 지배되어 내가 타고난 천부의 '무엇'을 발휘하지 못하고 범속(凡俗)의 탁류에 휩쓸려 하는 일 없이 세월을 보내는 운명에 들고 말려는가?

그러나 나는 아직도 무슨 힘을 느낀다. 과거의 모든 불만족한 생활을 거울삼아 미래의 꽃다운 생을 건설하고야 말겠다는 의지가 나의 가슴에 소리치고 있다. 그리하여 나는 날마다 만나는 사물에서 죽지 않는 가치를 얻으려 하고 남들이 떠드는 노랫소리에 귀 기울려 인생의 참된 비밀을 행하여 얻어 볼까 힘쓴다.

그렇다. 나는 죽지 않았다. 아니 나는 영원히 죽지 않으려 한다. 날마다 타오르는 나의 영의 불길이 나의 아름다운 영생을 창조하고야 말 것이다. 나는 이리하여 이 날 이 밤으로 참되고 거룩한 생의 기록을 시작한 것이다.

1930년 12월 6일 토요일

나는 지난 여름 오하이오 웨슬리언 대학에서 A.B.를 얻고 금년 가을 보스톤 대학에 와 있다.

나는 3년간이나 두고 쌓고 쌓아 온 사랑 문제를 아주 깨뜨려버리자 하고 지난 11월 중순에 이 일을 D에게 알렸다. 그리하여 나는 그에게서 받은 의복, 서신, 그림 등 모든 사랑의 기념물을 불에 던지고 말았다.

내 맘은 아직도 어리다. 그러나 생의 향락과 자연의 발동을 억제하고 민족의 대계, 우주 생명의 정신적 향상을 돕고자 전심전력을 희생키로 한 나로서 이만한 아녀자의 일로 어찌 마음을 쓰리까!

나는 이번에 보스톤 객(客)이 된 것을 무한히 행운으로 안다. 미국 문화의 발원지, 역사 있는 도시로 보스톤이 주는 교훈보다도 나는 여기서 간디의 친구, 중국의 혁명객(革命客), 팔레스타인의 성도, 러시아의 사회주의자들을 만나 새로운 결심과 감화를 얻음이 크다. 이 모든 영향이 나로 하여금 개인적 육체적 행복을 벗어나 높고 큰 대인의 세계를 꿈꾸게 한다.

그러나 D는 아직도 나를 떠나지 않으려 한다. 그는 신세 없는 불쌍한 처지에 있다. 그러나 내가 속히 그를 떠남으로 그는 새로운 행복을 맞아 아름다운 생에 들 것을! 그러므로 나는 어서 속히 이 일을 끝내려 한다.

1931년 3월 6일 금요일 아침

나는 마침내 D와 인연을 끊고 말았다. 그는 나보다 더 아플 것이다. 그러나 나는 일시의 몰인정한 태도를 가질지언정 더 이상 허위와 낙망에서 신음할 수 없다 하고 이러한 대담한 일을 했다.

나는 쓰라린 가슴을 얼마 동안 진정하기 어렵다 하여 B시를 떠날 준비를 했다. 그러나 교감의 권고를 들으면 여기서 모든 어려움을 당면하여 개척하는 것이 상책일 것이다.

나는 이리하여 철혈심(鐵血心)을 기른다. 민족과 진리를 위하여 사사로운 행복을 희생하자. 남아의 마음, 초인의 기개! 어찌 그리 어려운 것일까! 나는 모든 인정을 죽이고 이성과 진리의 세계에서 오로지 한 가지 일을 위하여 살 것이다.

이별

잘 가세요!
인간 사랑이 영생(永生)할 수 없다면
뜨거운 키스, 힘센 포옹이
언젠가는 시들어질 것을!

인생의 봄을 영원히 떠나게 된 설움!
잘 갑시다. 애인들이여!
짧은 봄꿈을 깨어나면
광명한 새 누리의 아침이
외로운 산길을 비출 터이니!

4월 5일 일요일

Dear Darling,

Why should I live? Life is meaningless. I depend implicitly on your loyalty and love and gave all mine. I can seek no other. Remember, Butler, January first 1929. Be free but please forgive and try to see my sincerity throughout even though I understood too late.

왜 나는 살아야 하나요? 인생이 무의미합니다. 나는 당신의 변치 않는 마음과 사랑에 전적으로 의지하며 나의 모든 것을 바쳤습니다. 나는 다른 사람을 찾을 수 없습니다. 기억하세요. 1929년 1월 1일을. 떠나세요. 하지만 비록 내가 너무 늦게 당신의 마음을 이해했더라도 저의 진실한 마음을 이해하시고 저를 용서하세요.

1931년 3월 23일

뉴욕에서 A. D

3월 말경 어느 날 나는 또 D에게로 돌아가 버렸다. 한 달이나 두고 발 버둥질을 하다가 나는 또 D를 끌어안아 주지 않을 수 없었다. D의 나에 대한 사랑은 과연 세계에서 드문 일이다. 이삼 주내에 십여 차례의 무정 한 글을 보냈건만 속달 편지로 전보로 갖가지 수단을 다하여 나를 소유 하고야 말았다.

아아, 나는 '인정'에 어찌할 수 없어 이삼 년간 두고 구박하는 애인의 달램에 넘어가 버렸다. 아아, 나는 장차 어떠한 길을 밟고 무엇이 되려는 가?

4월 7일 화요일 비

오늘은 5년 전 내가 처음 미국 땅을 밟은 날이다. 쌓아온 길을 돌아 보니 소득이 무엇인지 알 수 없다. 어젯밤부터 읽던 일기장을 덮어 놓고 나는 아침 내내 생각다 못하여 또 한 번 D에게 반역의 편지를 써놓았다. 그러나 점심을 먹고 깊은 생각으로 일하던 중 나는 문득 큰 진리를 발견 하였다.

나는 너무도 적은 일을 많이 생각하는 결점이 있다. 그러므로 나는 포 용력이 적고 대사(大事)를 위하여 적은 일을 대수롭게 아는 힘이 없다. 인생 문제를 씨리어스(심각)하게 생각하여 일상생활에서 만나는 모든 사 건을 몹시 윤리나 도덕법칙에 비추어보려 하였다. 다시 말하면 나는 완 고한 도덕주의를 밟아왔고 많은 인생 문제를 한 전형(典刑)에 틀어막고자 하였다.

그러나 사람은 한갓 동물이 아닌가! 습관이나 제도는 사람의 생활을 돕기 위하여 있는 것이오, 결코 '사람'이 어떤 기성 윤리에 노예가 될 순 없다. 다시 말하면 내가 애써 사회제도에 적응하려 애쓰는 것보다는 내 스스로 내 생활을 지배할 신종교, 신윤리를 창조하는 것이 무엇보다 의미있는 일일 것이다.

한 가지 예를 들어 보면 나는 몹시 타인의 감정, 사회의 여론을 두려워하여 어떤 때는 비관, 도피, 낙담, 말할 수 없는 불행에 빠진 일이 있다. 내가 과거에 너무 육신을 저주하고 그러나 D와의 관계를 한탄한 것이 오로지 나 개인의 주관보다도 '사회의 일'을 더 많이 생각한 연고다. 나는 너무도 퓨리탄 식이오, 그리하여 '인정'을 등한시한 것이다.

나는 먼저 인생으로 돌아가야 하겠다. 신인(神人)의 초자연적인 꿈에서 깨어나 과실도 많고 희노애락에 울부짖는 인간으로 돌아오지 않을 수 없다. 종교적, 전형적, 윤리적 생활보다도 실험적, 창작적, 예술적 생활을 따라 인생의 '가능세계'를 꿈꾸는 것이 신의 초자연계를 명상함보다 더 뜻있고 값있는 것이다.

나는 내 '인간본위의 철학'을 따라 먼저 내 생활을 개조하고 그리하여 수많은 생령(生靈)의 울음을 그치게 한 큰 사업을 생각지 않을 수 없다. 그렇다. 나도 남보다 못지않은 생의 특전을 가졌으니 세계에 보여 줄 무엇을 공부하기에 착수하자. 이리하여 나는 지금까지 가지고 오던 그릇된 인생관을 벗어 놓고 새 철리(哲理)에 토대를 둔 새 생활에 들어가야 한다.

오후 3시에 길에서 만난 M군을 붙들고 하버드 대학 철학 강의실로 갔다. 보자보자 하던 아메리카의 대철학자 듀이의 진상을 오늘에야 대한다. 생각하던 바와 달리 아무 위엄 없는 일개 노서생(老書生)이다. 길쭉한 얼굴에 테 없는 안경을 쓰고 보통 크기의 신체를 옮겨 아무 힘없이 강단에 나서서 여성적 목소리를 발하여 예술에 관한 강의를 시작하신다. 나는 강의의 내용을 주의하여 듣기보다 이 세계에 명망 높은 인생을 앞에 두고 쓸 데 없는 잡념에 들었다.

저렇게 기운 없는 행동을 가지고 어떻게 그 많은 세계적 찬양을 얻었을까! 좁은 이마에 주름살이 많으니 필시 공부하느라고 소년고생을 무척 한 모양. Effete Sast(Burlington, Vt, 1859)에서 나서 미국 서부 황야에 가 20년간 교육자 생활하기에 마음도 썩으리만치 썩었을 것이다. 반쯤 위엄 있고 반쯤 비애에 찬 입술은 강의를 하는 동안 한 번도 웃어 보이지 않으니 과연 침착한 철학자의 태도를 여지없이 드러낸다. 그의 한 가지 무서운 것은 안경 너머로 청중 각 개인의 중심을 찾아보려는 두 눈의 정기(精氣). 그러나 강의가 끝난 후 모든 청중을 다시금 둘러보고 질문자의 유무를 살펴 어떤 부인네의 면담요청을 친절히 받아주니 겉으로 냉정한 철인(哲人)의 심령이 새악시처럼 보드라운 것을 넉넉히 알 수 있다.

학부 학생 몇 명과 즐거움에 섞여 저녁을 먹고 일행이 다시 에머슨 관(館)에 모여 8시 화이트헤드 교수의 강의를 듣기도 하다. W씨는 과학자로 철학에 들어, 종교에 많은 흥미를 두고 이따금 아인슈타인처럼 종교가들의 칭송을 받는 이다.

W씨의 머리와 거동은 과연 학자 타입이다. 번대머리, 신경질의 손짓, 하이톤의 목소리, 참으로 자신 있는 철학자 같다. 게다가 청결한 이브닝코트를 입고 넓은 입술을 연방 담아가면서 원고 읽기에만 주의하니, 마치 옛날 희랍의 아리스토텔레스 시절의 학자 같다.

굽은 허리를 옮겨 강단에 내려 일반인들과 말할 때 보이는 웃음은 정말 인정 있는 선생이란 말을 누구에게서든지 들을 것이다.

9시 반 기숙사로 돌아와 본국서 온 아버지의 편지를 읽고 주헌(周憲)의 성적이 좋다는 이야기를 들으니 기쁘다. 더구나 조선어 학습이 재미있다는 D의 편지는 전에 없는 애착심을 갖게 한다.

4월 8일 수요일 맑음

다정스러운 뉴잉글랜드의 봄날이다. 학년말이 가까워 공부할 것은 많으나 방에 앉아 있고 싶은 생각이 적어진다.

점심을 마치고 오다가 방을 같이 쓰는 G군을 붙들고 재판소 구경에 들어갔다. 청사에 들어가 아무리 다녀도 누구 하나 질문하는 이 없으니 과연 자유의 나라가 분명하다.

우리는 어떤 작은 형사재판실 문을 열고 들어가니 벌써 판사의 사실 심문이 시작된 모양, 방청석은 만원이다. 범인은 택시 운수수. 사건은 술 먹고 운전하다가 길가의 차를 들이받은 일. 물론 금주국이라 사건은 심상치 않은 모양이다. 한참 검사와 범인의 담론(談論)이 있은 후 12인의 배심원들과 범인은 후문으로 나가 버리고 만다.

다음 사건은 어떤 처녀 범인을 붙들어 들이고 간통죄의 논고를 하는 것이었다. 낯모를 부인들과 경관들이 처녀를 판사석에 가까이 데려다 놓고 무엇이라 수군거리더니 12인의 배심원들을 불러 범죄의 사실을 말한다. 얼마간 또 사람들이 왔다갔다 수군거린 후 서기는 범인을 향하여 2년간 집행유예를 언도한다.

모든 것이 어린애 장난 같다. 물론 자유가 많은 나라라 일반 사무처리가 평범해 보임은 누구나 본받을 일이다. 그러나 이 모든 입법 현상, 사람이 사람을 정죄(定罪)하고 수감하는 등의 일은 인생 문제를 총체로 관찰하려는 철학자, 이상인(異想人)의 눈에는 그리 신기한 것이 아닐 것이다.

저녁 식탁에서 나는 두 신학생의 세계평화론을 주의하여 들었다. 한 분은 교회의 전도사라 예수의 이상을 그대로 실현함으로써 평화가 온다고, 다른 한 분은 사회주의적 신학생이라 전쟁은 평화를 얻는 유일한 수단이라고 주장한다(그는 세계전란에 군인으로 나가서 싸웠던 R군이다).

나는 V군이나 R군의 논점에 다 같이 옳고 그름이 들었음을 본다. 물론 교육자, 정치가, 철학자의 평화관이 다 각기 이치에 닿음은 더 말할 것 없다. 그러나 전쟁은 결코 개인의 의지 여하에 달린 것만이 아니오, 이는 반드시 역사적, 사회적인 필연 과정에 따라 생기는 것이므로 개인의 심리, 사회심리를 분석 연구해야만 해결할 수 있다. 그리하여 개인과 사회가 어떤 가상(假想)의 법칙을 세우고 실험적 평화군을 적용함으로써 인류는 싸움을 영원히 없앨 수 있을 것이다.

4월 10일 금요일 맑음

S군의 자동차를 타고 일행 세 사람이 뉴잉글랜드의 서부 백여 리 되는 산지(山地)를 향하여 떠났다. S군은 웬체스터, C군은 버몬트, 나는 힌스데일 N.H.로 각각 다음 주 일요일 설교하기 위하여 가는 중.

청명한 초봄의 오후, 새싹이 온 산야에 퍼져나오는 시절이라 오랫동안 도시에 묻혀 있던 좁은 시야가 끝없이 터져있는 창천(蒼天)과 장거리 평원을 대하니 말할 수 없는 즐거움을 느낀다.

동행친구들은 앞자리에 앉아 미국 청년들이 즐겨 말하는 이성(異性) 이야기에 바쁘다. 나는 차의 뒷자리를 차지하고 좌우에 지나가는 봄의 촌락과 산천을 무한히 즐긴다. 길가 잔디밭에는 어린이들이 떼 지어 공치기에 바쁘며 어떤 저수지 가에는 벌써 혈기 있는 묘령 남녀가 수영복을 입고 끓어오르는 정에 못 이겨 물가를 달음질친다.

갈수록 보이는 것은 봄의 산야요, 만나는 이마다 얼굴이 넘치는 것이 봄의 즐거움이다. 파릇파릇 오는 봄바람은 말 못할 봄의 향기를 내 입에 부어준다. 볼수록 봄의 단장, 들을수록 봄의 노래! 아아, 세계는 벌써 봄의 술에 취하려고 졸음의 입을 벌린다. 젊은 시골 계집들이 밭가를 시름없이 걸어가며 들판에 멋없이 다니는 강아지 무리 또한 첫 봄의 따스한 날을 한없이 기린 듯하다.

우리 차는 점점 산 고개, 굽은 비탈을 자주 만나 하늘에 오를 듯 빽빽이 서 있는 송림(松林)을 뚫기도 하고, 세세토록 변함없이 흘러 있는 굽이굽이 여울진 시내를 따르기도 하며 초봄의 행락을 말없이 싣고 간다. 이따금 사람들이 모여 사는 시골도시를 지날 때의 잠시의 휴식을 하고는 그저그저 달음질로 생명을 삼는 기계!

해질녘에 목적지인 H촌에 오다. 교회 목사는 신병으로 입원중. 그리하여 모든 예배 준비를 내가 맡아야 할 처지. 목사 사택에 있는 노파는 내가 동양인임을 보고 적이 불쾌한 느낌인 듯. 사실상 이러한 벽촌에서 나고 자란 사람으로 생전 못 보던 유색 인종을 어찌 대번에 좋아할 수 있으랴. 그러기에 S군이 길에서 만일 뜻이 맞지 않아 못 있게 되면 자기 있는 곳으로 오라 한 것이 아닌가! 그러나 나는 동물계에서 얼마 떠나지 않은 인류임을 잘 안다. 동물들은 어떻게 하나 자기에게 좋게 하는 이에게 해를 주지 않는다. 그런고로 나는 식사 후 노파의 하는 일을 도와주며 여러 가지 말로 그의 심사를 누그러뜨려 주었다. 과연 나의 노력이 무효로 돌아가진 않았다. 저녁을 치운 후 노파의 태도는 아주 전에 없던 친절한 주인이 되었다.

나는 몇년 전 오하이오 주에서 대학 공부할 때 경험한 일이 잊혀지지 않는다. 크리스마스 때 어떤 지방 교회에 설교차 갔었다. 교회 목사가 정해준 숙소의 주인들이 처음 보기에 매우 친절한 모양이었으나 내 잠자리를 보여줄 때 나는 그들의 마음이 금수나 다름이 없음을 알았다. 그들은 내가 잘 침대의 린넨 침대 시트를 모두 벗겨가고 더러운 보료와 매트리스만 남겨 두어 나로 하여금 하룻밤 몰인정한 학대에 울게 한 일이 있다. 나는 이러한 미국의 기독교인을 알기 때문에 이번의 잠자리도 매우 의심했다.

그러나 이 집 노파의 태도는 정말로 변했다. 잘 때가 되어 목욕 준비를 손수 차려 주며 아름다운 침실을 보여준다. 나는 맘 놓고 짐을 풀어 이삼 일의 숙소를 정한다.

나는 신문을 보다가 목욕하고 열 시에 내 침실로 들었다. 시트를 내리고 작은 전구를 밝히니 신부의 방에 차려 놓은 화려한 치장이 생각난다. 미인의 반나체화, 아름다운 석양에 떠도는 돛단배의 그림, 삿된 기운이 없는 한 어린 아기의 귀여운 얼굴들의 명화가 좌우 벽 위에 걸려 있다. 타원형의 말끔한 거울, 색 비단 포목이 덮인 작은 테이블, 모든 차림차림이 어느 것 하나 '홈'을 연상시키지 않음이 없다.

옷을 벗고 두 내외가 자는 넓은 침대에 몸을 실으니, 아아 이 어인 쾌감인가!

양의 털에 감기는 듯한 부드러운 감각이 팔다리에 떠올라 내 몸은 어느덧 전에 일찍 누워 보지 못한 깃털 매트리스에 잠겨 들어간다. 내 몸은 마침내 애인의 보드라운 살이 현실처럼 닿음을 느끼며 하염없는 그리움의 꿈에 들다.

4월 11일 토요일 맑음
새로운 봄 아침이다. C노파가 차려준 아침을 먹고 교인 탐방을 나선다.

교회 문 안을 들어서니 조선의 시골 교회와 다름없는 퇴락한 기분이 든다. 몇몇 교인을 만날 때 그들의 얼굴에서 아무 종교적 기분이 있지 않음을 살피고 교직자의 불충실한 허물과 인생 전체의 약점을 여지없이 알 수 있다. 나는 이번 기회를 이용하여 미국의 농촌 정신생활이 어느 정도에 있음을 잘 볼 수 있다.

정오에 돌아와 점심을 먹은 후 라디오 음악을 듣고 C노파와 체스를 두다. D에게 편지를 쓰고 오후 산책에 나서다.

4월 12일 일요일 맑음

나는 정오까지 조선 시골교회에서 보던 바와 다름없는 기계적이고 습관적인 교인들과 컴컴한 방에서 반나절을 지냈다. 세계의 정신적 통일이 각개인의 상호이해와 생의 이채로움을 사랑하는 심리에 있다는 나의 설교를 그들은 정말 알아들었을까?

오후 세 시에 나는 L군의 차를 타고 Moody의 출생지를 방문한다. D.H. 무디 씨가 비록 무식한 전도인이었을지라도 그의 위대한 공적은 Northfield Seminary와 M. Hermon의 두 남녀 학교가 있는 날까지 언제나 살아남을 것이다. 그러므로 나는 그가 출생한 가옥과 그의 살이 묻혀 있는 묘소를 보면서 많은 경의를 표하였다.

나는 남강(南岡) 선생의 사연이 무디의 것에 못하지 않음을 새삼스러이 느낀다.

4월 13일 월요일 맑음

오늘은 이삼 일 묵던 힌스데일을 떠난다. S군의 차에 올라 7시 반에 말할 수 없이 아름다운 N.H.(뉴햄프셔)의 산지를 이별한다. 아침 해의 광명한 빛, 새싹이 돋아오는 수림의 봄 냄새, 말없이 쏴쏴 흘러내리는 산골짜기의 시내, 이 중에 1시간 40리의 속력을 내어 고개를 넘고 산비탈을 돌며 푸르고 푸른 송림을 꿰뚫어 3백 리의 길을 2시간여에 주파한 '인간의 행락'에 나는 전에 없이 이 현대문명이 주는 편리와 자연의 오묘함을 또 한 번 찬미하여 마지않는다.

나는 여전히 보스턴 학생이 되어 일과 공부의 길을 밟는다.

4월 15일 수요일 맑음

D에게서 온 두 편지를 읽다. 그는 여전히 열렬한 사랑을 준다. 나는 부끄럽다. 그러나 나는 인간 생활이 사랑 이외에도 많은 부분에 생각을 둘 곳이 많다고 생각한다. 더욱이 한번 청춘의 쾌락을 맛본 이로 어찌 육체의 환락을 초월하여 정신적 창조의 큰 생활을 동경치 않으랴. 그리하여 나는 거짓없이 D에게 이 말을 써보냈다. 그렇다. 나는 지금부터 모든 정력을 무슨 '사업'에 바치지 않을 수 없다. 아아, 나는 본다. 머나먼 수평선상에 나타나는 꿈의 세계, 진리의 누리가 손짓하고 있음을!

밤 9시에 하버드 음악 도서실로 다과상 심부름꾼이 되어 베근 음악구락부 주최의 러시아인 음악회에 있다. 회가 끝나자 나는 검둥이 잰이토를 도와 펀치와 비스킷을 먹이다. 나는 위층에서 어떤 음악가 한 분이 한 여자와 비밀한 관계를 맺는 광경을 보다. 서양인들은 이런 일을 예사로 한다. 물론 동물적 지위에 있는 사람들을 어찌할 수 있으랴.

나는 여기서 큰 진리를 배우다. 비록 정당한 애인을 동반하여 왔을지라도 음악의 묘미에 취하는 동안 사람의 심령은 육체의 현실을 망각하고 보이지 않는 세계를 하룻밤이라도 꿈꾸어야 할 것이다. 그러나 이들의 행동은 어떠한 경우에나 육체적이다. 그러면 저런 음악가의 음악은 음악의 영이 들어 있지 않은 가치없는 음악이다. 비천한 생각이 충만한 사람의 속에서 위대한 예술을 어찌 찾아볼 수 있을까?

그렇기 때문에 나는 오늘밤의 음악회는 무가치한 음악회라 생각한다. 과연 금전을 탐하여 노는 음악이 무슨 참된 음악을 보일 수 있으랴! 이런 영이 없는 음악을 들으러 오는 미국인 부호들의 영이야 더 말할 것 없다. 러시아의 퇴락(頹落)한 망명객 귀족과 미국의 백만장자들의 뜻없는 하룻밤 놀이를 나는 이렇게 웃어버린다.

기숙사에 돌아와 몸을 깨끗이 씻고 자리에 눕다. 나는 한동안 철학적 사색에 들다. 사람의 세계는 많다. 음탕한 사람은 어디를 가나 무슨 일을 하나 음란한 것을 생각하고 육체의 세계에 노닌다. 재화를 탐하는 사람은 눈에 보이는 것이 모두 재화다. 이같이 사람은 누구나 각기 소유하고 있는 세계가 있다. 높은 예술가는 밤낮으로 꿈꾸는 것이 거룩한 예술의 궁전이오, 위대한 사업가는 언제나 자아를 잊고 민족을 위한, 세계를 위한 행복만을 생각한다. 그러므로 생은 말할 수 없이 수많은 세계가 있다. 이 많은 세계 중에 가장 높은 세계를 위하여 여기에 살며 이를 주야로 기리는 심령이야말로 크고 영원한 가치의 세계를 가진 사람이다. 아아, 나는 과연 큰 세계를 언제나 꿈꾸는가?

4월 19일 일요일 맑음

이상적 봄날이다.

보스턴 화원을 지나가며 새로 돋는 수양버드나무의 싹과 맑은 호수에 떠 봄빛을 그리는 청춘남녀의 행락을 볼 때 나는 어느덧 봄의 향기가 내 가슴을 열고 고요히 들어옴을 깨달았다.

거리에는 새 옷 입고 교회당에, 놀이터에 가는 사람으로 찼다. 최신식 경쾌한 자동차를 살같이 몰아 호기 있는 청춘을 자랑하는 미인과 행세꾼! 간편한 운동복을 입고 요란한 자동 자전거를 몰고 수백 리 수천 리의 봄맞이 여행에 나선 처녀와 총각! 아아, 오늘의 아름다운 세계에는 웃음과 행복만이 퍼진다. 잠시도 쉼 없이 춤추고 있는 아지랑이 먼 수평선, 오직 빛이요 오직 뜨거운 사랑을 땅위에 부어 주는 드넓은 하늘, 이 무한한 천공(天空)에 노니는 새들의 노래와 인생의 재주는 생명의 꽃 시절을 더욱 빛내고 더욱 찬미한다.

심포니 홀, 커뮤니티 교회의 예배에 참가. 하버드 철학교수 호킹 씨의 〈종교의 용도〉에 대한 강의가 있다. 나는 일전 호킹 교수의 저서 『Types of Philosophy』를 읽고 신이상주의자인 그를 무척 재미있게 생각하였다. 생각과 달리 장방형의 뚝뚝한 남성적 얼굴에 빛이 나는 이마와 검은 윗수염을 가졌다. 입이 적은 까닭인지 음성은 가늘고도 높은 여성적 음성이다. 그러나 적이 쾌활한 태도, 활기 있는 손짓이 지나치게 학구적이 아님을 잘 말해 준다.

그는 종교를 변호하려 하지 않고 인생이 종교에서 얻는 바가 무엇인가 하는 의심을 토로한다. 현대는 과연 종교 존망지추(存亡之秋)라 러시아, 터키, 멕시코, 중국의 모든 현상은 우리들로 하여금 무엇보다도 중국의 장래를 더욱 생각하게 한다. 러시아는 이미 십여 년을 무종교 생활에 있었으며 터키는 종교를 없애려다가 마침내 정치와 종교를 분립시키게 된 것이다. 그러나 러시아의 대중이나 터키 인민의 다수가 종교를 동경함은 최근 보도를 통해 명백히 밝혀졌다.

그러나 우리들은 미국인들이 가진 무가치한 종교에서 무엇을 얻을까? 호킹 씨의 말을 들으면 우스운 예가 많다. 어떤 신앙심 깊은 부인이 인생의 대소사(大小事)를 신에게 물어 실행하였는데, 하루는 기도하고 사온 신발이 구멍 뚫어진 것이 되었다고 한다. 이런 부인네의 신은 사람을 무척 놀리기 좋아하는 신이다. 또 한 예를 들으면 인도의 어떤 선교 부인이 치통이 있어 신의 치료를 기원하다 못하여 치과의사의 손을 빌어 아픈 이를 뽑아버린 후에 "신의 손으로 이같은 은혜를 입었소" 하고 기도를 올렸다 한다. 이렇게 과학이 발달한 세상에도 이런 미신적 종교가 많은 것을 들으면 종교의 존재를 저주하는 이들을 조금도 나무랄 수 없다.

호킹 씨는 가치있는 종교인의 예로 간디를 말한다. 육체의 보잘 것 없음과 그 민족의 한심한 처지에도 불구하고 간디는 실로 위대한 인물이다. 그의 위대한 인격의 요소는 두 가지라 한다. 첫째, 그는 박애심으로 세계의 살아있는 영들을 덮는 이오, 둘째, 그는 언제나 고상한 세계를 꿈꾸어 마지않는 이라 한다. 인생이 종교에서 얻을 것은 실로 이 두 가지 외에 더할 것이 없다. 세계인이 아메리카를 종교국가라 하지만 우리는 과연 종교를 종교답게 쓰지 못한다. 우리는 너무도 우리의 심령을 값싼 사물에 마춰시킨다. 우리는 너무도 사색이 없고 생각이 없고 선별함이 없다. 우리는 너무도 쓸데없이 분주하여 참된 사물을 잃어버린다. 우리는 좋은 물질이 너무 풍부한 반면에 더 좋은 무엇을 잃어버린다. 우리 집에 있는 라디오와 우리가 매일 보는 무가치한 신문, 잡지가 우리의 영적 진화를 도적질하는 것이다. 호킹 교수의 말씀은 참으로 지당하다.

오후 세 시 반에 보스턴 공중 도서관 강연실에서 렉싱턴 연사 강의와 사진을 구경하다. 강사의 말처럼 미국의 독립전쟁은 1775년 4월 19일 렉싱턴 전으로 시작된 것이다. 지난 겨울 알링턴 하워드 회의에 초대를 받아 갔을 때 콩코드와 렉싱턴을 구경한 일이 있지만 미국 혁명의 첫날에 생긴 자세한 이야기는 오늘 비로소 들었다.

혁명 전의 실상을 묘사한 사진은 실로 순진한 아동들에게 전쟁의 심리를 여지없이 불어넣을 것이다. 아아, 이 무용한 애국적 군국주의가 존재하는 날까지 우리는 언제나 저런 장난에 홀릴 것이다.

　D가 또 싫어진다. 그의 일전 편지를 들으면 벌써 수년 전부터 나에 대한 사랑이 적었다 한다. 그러면 그의 그간의 행동은 모두 헛것이었던가? 그 소위 동정적 사랑이란 무엇인가? 오, 그렇다. 나도 그를 진정으로 사랑하지 않는다. 그러면 우리는 둘 다 위선자가 되었다. 나는 더 이 일을 생각하지 않으려 한다. D는 너무도 사람을 깎아내리려 한다. 나는 내일 오늘의 D의 편지를 보고 이 일을 처리하련다.

For, look, the winter is past;

The rain is over and gone;

The flowers appear on the earth;

The time of the singing birds is come.

And the voice of the turtle-dove is heard in our hand;

The fig-tree ripeneth her green figs,

And the vines are in blossom;

They give forth their fragrance.

Awake, O north wind; and come, thou south;

Blow upon my garden, that the spices thereof may flow out.

Let us get up early to the vineyards;

Let us see whether the vine hath budded,

And its blossom is open,

And the pomegranates are in flower.

보라, 겨울은 가고
찬비도 그쳤으니

꽃들이 대지에 나타나고
새들이 노래할 시간이 다가오네.
염주비둘기의 구구거리는 소리 들리네.

무화과나무는 초록색 무화과를 맺고
포도는 꽃을 피워
그 향기 바람에 날리네.

오, 깨어나라 북풍이어
오너라 그대 남풍이어
내 뜰에 불어와, 그 향기를 날리게 하라.

아침 일찍 일어나 포도밭으로 가자.
포도나무의 이파리가 싹을 냈는지 보자.
포도나무는 꽃을 피웠네.
석류나무도 꽃을 피웠네.

4월 20일 월요일 맑음

D는 후회의 편지인 듯한 글을 써보냈다. 나는 이 도덕적 사랑을 어찌하면 좋을지 알 수 없다.

오후에 무카이 보오 군과 같이 벙커힐(독립전쟁 당시의 옛 싸움터) 기념탑 구경을 다녀왔다. 그리곤 내가 소유한 모든 책자를 두 궤짝에 담아 조선으로 보낼 준비를 하다. 밤에 세계적으로 유명한 여자 마술사의 재주를 T극장에서 보고 모든 근심을 잊고 잠시 웃어버렸다.

4월 21일 화요일 맑음

강 목사가 보낸 감리교회보를 보고 퍽 흥분되었다. 같이 공부하던 군들이 감리사(監理師)가 되느니 목사가 되느니 하는 기사를 읽을 때에 나는 어느덧 젊은이의 명예욕이 동함을 전에 없이 느꼈다.

아아, 나는 칠팔 년간 계속한 종교 공부를 앞에 놓고 지금 망설인다. 나의 주의 상으로 취미와 환경 상으로 나는 교회 일을 평생 사업으로 하기 어렵다. 그렇다고 십 년 공부 나무아미타불 격이 되면 그 무슨 일일까! 그러나 나는 전생의 모든 어리석은 일을 거울삼아 이 봄에는 내 양심이 허락하는 참된 길을 밟기 시작하려 한다.

4월 22일 수요일 맑음

나는 지난 밤 우수에 젖어 많은 고생을 하다. 머리는 점점 더 혼란해지고 나는 더 나약해진다. 어제 오후 운동실에서 배구공을 여러 번 놓쳐 선수인 B군과 W군에게 무척 잔소리를 들은 일이 잊히지 않는다. 그렇다. 근심이 많은 사람으로 애써 오락을 얻자 함이 한갓 무용한 일 같았다.

나는 오늘 내 인생의 전환기로 삼으려 한다 오래 전에 버린 농촌 교육의 임무를 다시 짊어지고 근 십 년이나 분투한 교회 일을 버린다. 그러나 아무 결과 없이 지나간 십 년의 생활이 무용(無用)한 것은 아니다. 내 도덕생활의 가치, 기독교나 다른 종교나 철학에 대한 이해를 얻게 됨이 적지 않은 일이다. 나는 이제 4주간 공부를 더 계속함으로써 S.T.B를 얻는다. 그리곤 오로지 나의 실제 노력의 토대를 농촌으로 하고, 할 수 있는 대로 문예와 철학 방면에 개인적인 취미를 두어 나머지 이삼십 년의 생활을 살아볼까 한다.

나는 불철저한 애인일망정 D를 거두어주지 않을 수 없다. 그런고로 나는 D에게 이 사정을 써보내려 한다.

D의 글을 보니 나는 더욱 측은한 마음이 난다. 나는 나의 3년간 쓰라린 생활이 사방의 박해로 인한 것임을 안다. 그러나 이제 O. W대학과 B대학을 다 마쳤으니 더 고생이 없으리라고 작심한다.

나는 정오에 일터로 가서 전에 없던 분한 일을 보고 종일 쓰라린 가슴을 진정하느라고 힘들었다. 나는 당장에 학교를 떠나 귀국할 마음이 퍽 많았다. 그러나 저녁을 먹으러 가면서 나는 노여움을 풀고 곱건 싫건 모든 인종을 대하리라 마음먹었다.

밤에는 학생회에서 주최한 스프링 파티가 있다. 나는 학생들이 법석거리는 바람에 아무 것도 못할 줄 알고, 재미있건 없건 함께 섞여 놀려고 한다.

파티를 하는 중에 많은 결심을 한다. 나는 좀 더 남의 부족함을 이해해 주고 어떠한 사람이나 평등으로 대하는 관용의 태도를 길러야 하겠다. 아무리 싫은 세상이라도 인정의 눈으로 보면 다 같은 세상이다.

4월 24일 금요일

어젯밤 K. Mayo의 「Mother India」에 나타난 무서운 일이 생각난다. 나는 이 어리석은 인도 민중을 잡아먹는 '종교'를 저주하여 마지않았다. 아아, 인류 역사의 마술은 종교가 아닐까? 이집트와 바빌론 문명의 터만 남은 것이 종교 때문이며, 페르시아, 그리스, 중세기의 모든 문화의 멸망도 기타 종교의 탓이 아닐까? 나는 조선의 갱생(更生)과 인류의 장래를 위하여 종교의 존재를 극히 의심한다.

그러나 인생은 언제나 이상을 동경하고 그리하여 보이지 않는 세계를 그려 마지않는 동물이니 나는 도저히 종교를 없이 할 수 없다. 사실상 한 문명의 쇠퇴, 한 민족의 멸망은 죽은 종교, 편협한 종교 탓이오, 결코 종교 그 자체만을 나무랄 수 없다. 그런고로 나는 내 나라의 갱생, 세계의 향상을 위하여 생명 있는 진리의 종교가 매우 필요하다고 믿는다.

다음 일요일 설교하기 위하여 B시 동북방 30리쯤 되는 글로스터(Gloucester)에 오다. 밤 9시에 기차에서 내리니 K군 부부가 반가이 맞은 자동차가 있다. 나는 정성껏 만들어 놓은 잠자리에 들어가며 D를 생각한다.

4월 25일 토요일 맑음

아침 식사 후 T군과 K군의 인도를 따라 미국의 이름 있는 G군의 어망제조회사 공장 구경을 가다. 토요일이므로 휴업이다. 그러나 공장 직원의 친절한 설명을 따라 많은 이야기를 들었다. 무수한 기계의 배치, 조직적인 사업 진행은 과연 공업국인 아메리카를 흠모케 한다.

우리 일행은 G항의 생선 배 구경을 가다. 오전 3시에 나가 7시간 동안에 잡은 수천 근의 어물(수백 불의 가치)을 판매도 하고 소금에 절여 담그기도 하는 어항의 참 풍경과 냄새! 나는 어렸을 때 나 사는 향촌에서 십 리나 되는 어항에 내려가 보고 냄새 맡던 일을 새삼스러이 느낀다. 어부의 생애는 동서가 다름없다.

그의 더럽고 무지한 행색, 선박의 초라한 일이며, 생선 비린내에 덥혀 있는 그의 환경!

점심을 먹고 십여 명의 남녀 고등학교 학생들과 등산을 시작, 나는 향기에 찬 봄날의 화창한 오후 꽃봉오리 핀 청춘을 따라 봄의 행락(行樂)을 말할 수 없는 행복으로 안다. 일행은 돌각 담을 넘고 잡초 우거진 습지를 건너며 송진 냄새에 찬 청송(靑松)의 울창한 숲을 통과하여 제각기 제 기쁨 제 노래를 부른다.

산정에 올랐을 때 우리 일행은 동북간에 보이는 대양을 대하고 말할 수 없이 상쾌한 흉금을 터놓는다. 나는 이 기회를 타 십여 인 미국 학생에게 인생의 보배인 자연미 감상법을 이야기하다. 나는 말할 수 없이 거룩한 신비의 대양을 쉬운 언어로 표현하고자 했으나 어린이들의 순진한 마음이 얼마나 이를 알아듣는지 알 수 없다.

4월 26일 일요일

폭풍우의 날이다. 교회에서 신도들이 '광풍(狂風)이 주(主)를 얻지 못하네' 하는 찬미를 부를 때 나는 문득 노도가 밀려오는 세상일지라도 경건한 심령은 언제나 평화 속에 있음을 깨닫다.

나의 설교는 성공적이었다. 나는 말할 수 없는 만족을 느꼈다.

오후 목사 내외와 해안 구경을 떠나다. 자동차 속에 앉아 바람과 빗속에 춤추는 태양의 물보라를 바라보는 재미, 일생 처음 대하는 풍경이다. 나는 내 앞에 보이는 대서양 너머의 구라파를 생각한다.

밤 11시에 학교로 돌아오다. 어제 온 D의 편지를 읽고 세계를 정복한 듯한 쾌감을 느끼며 잠이 들다.

5월 2일 토요일 맑음

오전에 쓰던 W씨의 전기를 내던지고 캠브리지로 갔다. 하버드 대학 피바디 박물관, 동물관, 미술관, 세미틱 박물관을 보고 오후 3시 M.I.T.에 가서 개방일을 기회 삼아 모든 설비를 관람하다. 저녁을 사먹고 밤 9시까지 기계의 요란한 소리에 미쳐 실험실 구내를 방황하다.

B시로 돌아오며 나는 '과학의 세계여!'하고 중얼거렸다. 과연 콩트의 말이 옳지 않을까? 신화시대, 철학시대를 지낸 인류는 오늘 과학만능시대를 만난 것이 분명하다.

나는 조선 일을 다시 생각한다. 우리의 한심한 살림을 구제할 길은 어디 있는가? 청년들이 모두 과학의 힘에 미쳤으면 오죽 좋으랴!

5월 6일 수요일

졸업생 만찬회에 가다. 정각이 지나서도 사람은 얼마 오지 않았다. 더욱이 미국의 통례(通例)인 사교 담화가 있으므로 정각보다 한 시간이 넘어서야 본 만찬회가 열린다. 사교니 친교 도모니 하는 것은 모두 겉치레이다. 몇몇 가까운 친구끼리 이 구석 저 구석 모여서 이야기하다가 밥상 앞에 가서도 자기네 가까운 그룹만이 모여 담소를 즐긴다. 만찬회의 목적과 성질을 꿈에도 생각지 않고 평소에 사사로운 친구가 아니면 외면하여 버리고 만다. 나는 이 장래 성직을 맡을 교회인도자끼리도 겉치레와 질투와 미워함이 있어 보임을 혼자 탄식하였다. 그러나 미국인들도 신인(神人)이 아니오, 동물계에서 적이 진화된 인생이니 어찌 완전하기를 바랄 것이냐! 이러한 기회에 더욱 내 인격을 지킴이 나의 본분이다.

만찬회는 여전히 쓸데없는 담화와 의미없는 노래로 시끄러웠다. '그 나라에 들어가면 그 나라의 풍습을 따르라'는 공자의 말을 생각하고 나는 그들의 순서를 쾌히 따라갔다

졸업생 장래를 예언한다는 이의 부름에 나는 일어났다. 그는 나에게 '장래 조선의 비숍'이란 이름을 준다. 나는 어쩔 수 없이 망설이다가 자리에 앉아버렸다.

아아, 나는 내가 하고자 하면 할 수 있다 하였다. 그러나 나는 오늘날의 기독교 조직 하에 무엇이나 맹종하고 들어갈 생각은 없다. 그러면 나는 어찌할 것인가? 내가 칠팔 년 종교 방면으로 나아온 것은 무슨 결과를 낳았나? 그러나 나는 또 한 가지 D의 문제가 있다. 나는 그와 함께 조선사회에 나서길 주저한다.

5월 7일 목요일

오전 3시에 잠에서 깼다. 나는 어젯밤부터 생각하던 서양인의 인종차별 문제나 개인의 앞길과 D의 일을 순서 없이 생각하느라고 다시 잠을 이루지 못하다. 나는 먼저 아무 인도적 희망이 없는 현대 문명을 저주하고 인간의 모든 허위와 투쟁을 비관하여 내 생명까지도 살 필요가 없다는 염세주의에 들어갔다. 나는 아무 희망도 얻지 못하고 죽어버릴까? 내가 이 말세에 더 살면 무슨 이득을 얻을 것인가? 사람들은 언제나 동물적인 태도를 벗어날 수 없고 그 소위 도덕가니 종교가니 하는 인생들은 더욱 더 위선과 질투심을 키우는 것이 아닌가? 아아, 인생은 언제나 이같이 미신과 허식의 노예에서 벗어나지 못한다. 그러면 니체나 쇼펜하우어의 인생관이 그럴듯한 인생관이 아닌가?

그러나 나는 갈릴리 성지를 다시 돌아본다. 그는 '사랑'이라는 절대의 무기 하나만을 가지고 인생의 모든 부족함을 관용하며 악인들의 박해를 감수한 것이 아닌가? 그는 언제나 이상적인 신의 세계를 갈망하고 혼탁한 세상을 넘어 완전한 세계를 꿈꾸는 것이다. 이 작은 지구의 표면에서 벗어나 영원을 생각하고 보다 더 나은 누리의 아름다운 진리를 꿈꾸어야 할 것이다.

현대의 내로라하는 백인 문명은 오로지 사오 세기의 젊은 역사를 가진 것뿐이다. 이삼 세기 동안에 세계의 패자가 된 앵글로색슨족도 장차 이집트나 바빌론의 운명을 면치 못할 것이다. 흙에서 나온 힘과 금력(金力)이 마침내 흙의 멸망을 따라 없어질 것은 의심없는 사실이다. 모든 인생노름은 시간문제이다. 지구의 생명이 영원한 것이 아니라면 이 위에서 벌어지는 사람의 장난도 또한 어느 때 절멸하고 말 것이다. 우주의 조화신(造化神)은 조그마한 지구를 어느 때 부수어 버리고 또 다른 세계를 장난삼아 일구어 놓을 것이 분명하다.

아아, 그러면 남는 것이 무엇인가? 흙이 녹아버리고 생물이 물에 돌아가면 우주에 떠도는 것이 허무뿐이다. 그러면 내 어찌 이 작은 세상사를 위하여 걱정하고 번민할 까닭이 무엇인가? 더럽고 미운 모든 세상사를 한결같이 사랑하고 감상함이 큰 사람의 일이다. 옳다. 나도 예수나 석가나 또 다른 위인들처럼 이 작은 지상의 일을 초월하여 영원한 세계를 사랑하여 만물을 내 품 속에 안아 줌이 무엇보다 아름다운 생활일 것이다.

나는 오전 6시까지 세 시간 동안을 사색에 잠겨 있다가 어느덧 다시 잠에 들었다.

5월 15일 금요일

5월 중순이다. 나는 B대학에서 특별 졸업시험을 보고 조선을 향하여 샌프란시스코 항으로 가다가 D에게 잡혀 뉴욕시에 와 있다. 여비로 저축하였던 적지 않은 돈을 여기서 낭비하고 나는 다시 이번 여름도 백인의 노예가 되어 노동하지 않으면 금년 안으로 집으로 돌아갈 것 같지 않다.

그러나 나는 집으로 가야 하겠다. 조선이 보고 싶고, 동족이 그립기 한이 없다. 마음속에 끓어오르는 적막과 우울을 무엇이라 말할 수 없다.

6월 1일 월요일

나는 D를 작별하고 몰래 샌프란시스코 항을 향해 가다가 펜실베니아 해리스버그에서 D가 보낸 지급전보를 차안에서 받고 다시 뉴욕으로 돌아왔다.

D는 과연 희세(稀世)의 여걸이다. 삼사 년을 두고 달램과 성냄과 짜증과 모든 수단을 피우며 떨어져 나가려는 나를 굳이 붙들어 영원의 죄수로 만들어버렸다.

나는 이제부터 사회의 비평과 오해를 평생 면치 못한다 하더라도 D를 버릴 수 없는 운명에 빠졌다. 그리하여 다시는 전에 갖고 있던 모든 졸렬한 생각을 일소해 버리고 오직 인류에게 바칠 '어떤 사업'만을 위하여 나의 심신을 희생하련다.

6월 5일 금요일

오후 4시 반에 리버사이드 교회의 포스딕 목사를 찾아 학비운동을 해놓고 D의 여관에 왔다. D는 내가 C대학에 입학하게 된 것을 무한히 기뻐한다.

6월 13일 토요일

D는 마침내 뉴욕을 떠나 여름학교를 가르치기 위하여 버지니아로 갔다. 나는 한 달 동안 가까이 살던 무질서한 생활을 정리하고 공부를 시작한다.

7월 1일 수요일 맑음

D의 소원을 이루어 주기 위하여 컬럼비아 대학에 입학. 하기에 킬래트릭 교수의 교육 철학을 전공.

9월 1일 화요일

벌써 구월이다. 조선 청년들이 학교로 모여드는 날이다. 나는 오늘 아침에 만주에 있는 목사의 편지를 받고 종일 심사가 불안하여 공원과 해안을 산책하고 있다.

여름 동안 두고 삭혀버리려 애쓰던 사회 통념이 여전히 내 심장을 녹이고 나와 D의 관계를 나무란다. 아아, 나는 아무리 해도 D의 소원을 이루어줄 것 같지 않다. 한 민족이 존망지추(存亡之秋)에 있는데, 일개 여자 때문에 못한다는 것은 너무나 소인의 일이다.

더구나 K선생의 교훈을 생각하면 나는 천하에 말 못할 죄인인 것 같다. 나는 너무도 육체적 향락의 미국 생활에 동화가 된 것 같다.

아아, 이 일을 어찌할까?

12월 18일 금요일

나는 오전 3시에 일어나 세수를 하고 묵상에 들다. 나는 점점 물질의 속박을 벗어나 자유와 해방이 기다리고 있는 정신적 세계에 들어간다. 그

동안 문제이던 철학적 견지(見地)를 대강 처리하고 나니 인생의 가장 고귀한 생활이 종교와 정신적 사색 이외에 다른 데 없음이 더욱 느껴진다.

이른 아침 예배를 드릴까 하고 성 요한 교회당으로 갔으나 문이 닫혀 들어가지 못하고 새벽의 뉴욕 시가를 허방지방 돌아다니다가 작은 불란서 교당에서 아침 기도를 드리고 T.C.로 왔다.

밤에 D에게 달라진 사실을 말하고 가장 거룩한 기도를 올린 후 기숙사로 돌아오다. 나는 이 날을 잊지 못할 큰 날로 생각하련다.

제 6 막
결혼을 약속하다

1932년 2월 18일

차일드 박사의 "사회조직의 최우선 요소는 경제생활이다"란 말을 평함.

C박사의 말은 서구인의 근본사상(역사적, 철학적)을 숨김없이 표현했다. 더욱이 오늘날 자랑하는 앵글로 색슨 문명의 핵심이 경제제일주의에 있음이 사실이다. 인생의 모든 행위가 물질적 만족-의식주-에 기초를 둠으로써 많은 사람들은 무엇보다도 황금을 많이 생각하고 영토를 탐내며 타인의 생존권까지 박탈하려고 애쓰는 것이다. 지금 국제상에 나타나는 모든 희비극, 한 사회 안에서 문제시되고 있는 범죄, 혁명, 빈곤 등의 모든 한심한 현상은 근본적으로 이 C박사가 주장하는 논제에 기초하고 있는 것같이 보인다.

그러나 사실상 인생에서 첫 번째로 생각해야 할 것이 경제적 문제일까? 인류의 진보가 진실로 경제적 필연에 뿌리를 박은 것인가? 인생의 모든 노력의 참뜻이 물질적 필연을 위하여 성립된 것인가? 그러면 그러한 도상에 선 인류의 전도는 어떠할 것인가?

생물의 존속에 경제 문제가 객관적으로 중대한 자리를 잡고 있음은 누구나 잘 안다. 이는 자연의 필연적인 현상이다. 마치 공기가 어디나 있음으로 생물이 이에 적응하여 호흡하며 산수와 초목이 주위에 널려있기 때문에 유기체가 이를 섭취하여 생존하는 것이다.

　생명은 다른 것이 아니요, 이러한 환경과 더불어 적응하는 현상을 의미한다. 태양과 지구가 서로 이끌며 돌아가는 바람에 지상에 계절이 생기고 남녀가 서로 합쳐져서 한 가정이 성립되는 것처럼 외계의 물질과 유기체가 서로 교합하여 작용함으로 생명이라는 이상야릇한 현상이 생긴다. 물론 유기체와 그 환경의 작용이 다른 모든 기계적 운동에 비하여 한층 복잡하고 더욱 신비로움은 더 말할 것 없다. 그리하여 우주의 모든 천체가 서로 관련되어 운행하는 사실은 누구나 어찌할 수 없듯이 유기체가 주위의 물질과 교류하여 존속함도 사람이 어찌할 수 없는 자연의 필연적인 일이다.

　그러면 사람이 자연의 법칙을 따라 공기를 마시고 음식을 섭취하여 살아감은 천연(天然)의 엄연한 사실로 고치지 못할 일이다. 인생이 이러한 자연의 법을 따라 생명을 유지함은 사회라는 인류의 독특한 집단이 있기 전부터 있는 것이다. 또한 어린 아이가 세상에 나오는 날부터 어머니의 젖을 찾아 무의식중에 개체를 보존하듯이 사람이 밥을 먹고 물을 마시며 살아가는 것도 무의식적 행위 또는 본능적 행위라 아니할 수 없다.

　그런데 오늘날 인류 사회의 착잡한 문제가 인류의 물질 생활에 관계되어 많은 사람들이 인생의 모든 활동을 경제 중심으로 돌리려 한다. 다시 말하면 인생의 최우선 목적은 의식주를 앞세우고 사는 것이라 한다. 그러나 인생 대 의식주가 유기체 대 환경의 자연적 사실이라 하면 사람이 밥 먹고 사는 것이 인생의 목적이라는 것은 굳이 말로 할 필요가 없는 당연한 일이기에 우리는 이를 인생의 목적이니 목적이 아니니 하고 싸울 필요가 없다. 다시 말하면 사람이 밥 먹고 사는 일은 사람이 육체를 가지는 것과 같은 일이다. 그러면 누가 이미 자연법칙에 따라 생겨난 육체를 다시금 돌보고 사람은 이 육체를 위하여 산다 만다 하고 공론(空論)할 여지가 없으랴! 사람은 곱게 생겼든 밉게 생겼든 하늘의 법칙대로 받은 제 육체를 어찌할 수 없이 긍정하고 인생의 할 일에만 힘쓰는 것이다.

유기체 대 의식주는 삶의 근본이다. 태양과 지구의 운행이 주야를 생기게 하는 근본 조건이라 하면 누구나 태양과 지구가 주야를 위하여 있다 할 수 없고 또는 주야가 태양이나 지구를 위하여 있다 할 수 없는 것이다. 이들은 모두 자연의 필연적인 사실로 사람은 이러한 절대 법칙의 조건 아래서 사람이 할 수 있는 일만을 위하여 근심할 것이다. 그러니 우리는 경제 문제가 인생의 최우선 문제다 아니다 논란할 것 없이 사람이 먹고 사는 것은 당연한 일로 알고 정말로 사람이 할 만한 의미있는 목적과 이상을 생각할 것이 아닌가!

그러나 오늘날 대다수의 인류가 밥 먹는 일을 위하여 싸우고 부르짖는 마당에 나의 학문적 소리는 실로 꿈속의 말처럼 들린다. 지금 동서양의 선진국 정객들이 날마다 다투는 일은 무엇이며, 인류학자들이 발견하는 원시인들의 사회는 무엇을 증명하는가? 이들이 모두 개체나 혹은 종족 유지를 위하여 노력하는 것이 아니라 하면 과학적 사실을 너무도 무시하는 것이 아닌가? 그보다 더 한층 들어가 다윈으로부터 생겨난 모든 생물학적 원리가 인생의 궁극적 목적이 밥을 먹고 종족을 번식시키는 일임을 증명하는 것이며, 세기(世紀)를 내려오면서 모든 철인(물질주의자)들이 마르크스가 말한 경제적 철학을 수긍하는 것이 아닌가?

이 모든 과학적 발견과 철학적 조건을 여기에서 검토할 기회가 없거니와, 나는 이러한 논리를 어느 정도까지 시인한다. 왜 그런가 하면 이러한 관찰이 어느 정도까지 사실의 현상을 폭로하기 때문이다! 그러나 이 여러 주장이 근본적 사실을 더할 나위 없이 잘 드러내 보인 것이라 주장하면 나는 많은 의심이 머리에 떠오름을 금할 수 없다. 불만은 나만 가진 것이 아니다. 가장 쉬운 예를 들어 말하자면 물질주의가 성행하는 반면에 정신주의가 있고, 약육강식의 전쟁주의를 상대하여 상호질서의 박애주의가 성행하며, 경제 만능의 황금주의와 함께 사람의 도리를 끝까지 부르짖는 청빈주의가 많이 나온 것이다.

평범한 눈에 진실같이 보이는 현대가 경제만능주의를 진리처럼 떠받들고 있으니 이 인류사회를 어떻게 형언할까? 누구는 20세기를 과도기로 보고 또 어떤 이는 말세가 오느라고 이 모든 혼돈 상태가 나타난다 한다. 또는 비관 또는 낙관의 소리로 사람들은 제 맘대로 세상을 본다. 그러나 모두 공통적으로 보는 점은 하나이니, 곧 사람에게 부족한 점이 있고 시대가 병들어 있다는 것이다. 다시 말하면 이 세상은 인생의 오해와 무식과 죄악으로 사람들이 사는 사회에 많은 불행과 더러움을 가져온다는 것이다.

나는 이러한 사실을 기본으로 하여 많은 사람들이 부르짖는 경제만능주의를 비평하련다. 사람들은 본디부터 자연 그대로 법칙에 따라 생겨나는 물질에 만족해야 할 것이다. 사람과 사람에 붙어사는 동물 이외에는 모두 자연적 생활을 따라 본능적으로 근심없이 생존한다. 우리는 동물계의 경제 문제를 알 수 없거니와 비교적 소수의 육식 맹수를 제외한 이외의 모든 생물과 식물은 겉으로 드러난 아무 불행없이 자연적 생활에 만족을 얻는 것 같다. 그들은 얼마간 노력하여 자연 속에서 입과 배를 채운 후에는 그 나머지 시간은 각자의 흥미 있는 일로 매일 매일을 지낸다 할 것이다. 물론 불의의 천재지변이나 사망, 질병으로 인한 불행한 운을 자연계에서 어찌할 수 없는 일이나, 인간처럼 자기네들이 무지와 죄과로 자기네들의 불행을 초래하는 일은 적다 하겠다.

사람들의 불행은 자기네의 잘못과 사회에서 전래되는 나쁜 습관에 원인이 많다. 사람들이 날마다 의식주를 걱정하게 됨도 이 두 가지 큰 잘못으로 인하여 된 것 가운데 하나다. 보라, 여러 해를 두고 쌓여 내려온 사유재산 제도가 사람의 마음을 마취시켜 더욱 쓸데없이 황금축적의 사업에 몰두시키고 여기에 따라 이러한 계급제도, 가족, 군주정치에 평민의 자유와 발전을 순탄치 못하게 한 것이 아닌가? 실로 재래 사회의 윤리, 정치, 종교, 예술 등 모든 생활이 잘못된 이상을 전하고 그리하여 인민의 본심을 구속하므로 무지몽매한 행동을 계속하게 했다. 상고시대의 노예제도, 중세의 농노제도, 최근의 자본주의적 산업제일주의가 만민이 부르짖는 소리가 되었다.

우리들은 이러한 제도나 어투를 탓하기보다 먼저 두뇌 있는 사람들이 말하는 사회 성립의 기초나 인생의 궁극적 목적 여하를 깊이 성찰하여 사람의 근본적 오해를 풀지 않으면 안 되겠다. 처음부터 말해온 바와 같이 사람이 사는 뜻이나 사회생활의 기본은 경제적 만족만이 아님을 알 것이다. 사람이 밥을 먹고 이성을 찾음은 자연스러운 충동이오, 생의 근본적 생활이니 만일 여기에 무슨 폐단이 생기고 불행이 일어났다 하면 이는 인생이 자연의 순리를 저버리고 부자연스러운 (개인적이나 사회적) 속박과 무지에 들어간 까닭이다.

그러면 인생의 목적이나 궁극적 의미는 무엇인가? 우리는 먼저 사람이 천성으로 타고난 사실을 들어 사람의 할 일을 고찰하자. 육체적 생존을 긍정한 한 유기체가 할 일은 '새로운 인생을 창조하는 것'이다. 다시 말하면 생명의 진정한 의의는 '새 것'을 창조하는 데에 있다. 육체를 보존하고 갖가지 실험적 생활에 분주한 모든 유기체는 언제나 '새로운 무엇'을 지어내고 발견하려는 데에 목적을 두고 있다.

그러면 사람이 생존하려는 의의가 자연의 환경에 순응하는 것 이상, 좀 더 나아가 새로운 것을 창조하려는 데에 있음이 명백하다. 개인의 (특히) 뜻있는 활동은 온전히 이러한 방면에 있다. 유희성이나 명예욕이나 진취성은 모두 이 새로운 무엇을 창조하려는 데에 있다. 아니, 의식주를 구하고 이성을 그리워함도 결국은 인생의 창조적 욕구를 만족하려 함에 기인하는 것이 아닌가? 그렇다면 생명의 참뜻은 필시 전에 경험치 않은 신세계를 찾는 데에 있다 하겠다.

　이리하여 우리는 사회의 기원이 무엇보다도 인생의 창조욕을 만족하기 위함에 있음을 다시금 말한다. 사람이 개인의 힘으로 다할 수 없는 일이 많으므로 단체의 집합력(集合力)을 빌어 우주에서 드문 광대한 창조를 실행하고자 함이다. 그런 까닭에 인간의 집단적 행동, 곧 사회의 조직은 다른 곳에서 볼 수 없는 위대한 힘과 고고한 가치를 가지고 있다. 이러한 의미에서 사회의 근본 의의는 인간의 숭고한 창조적 행위가 가장 크다고 하겠다. 사람은 이 사회를 의지해서만 위대한 창조적 행동을 할 수 있는 까닭이다.

　C박사의 논제는 사실의 근본에 어긋날 뿐 아니라 인생의 다른 여러 방면의 활동과 모순되는 점이 많다. 우리가 경제 활동이 인생의 근본 목적이오, 사회조직의 중심이라고 말한다면 사람이 추구하는 도덕이나 종교, 예술적 활동이 말할 수 없는 타격을 받는다.

　의식주를 추구함이 생의 최우선 과제라 하면 뉘 도덕률을 존중시하며, 인생의 고상한 사업을 꿈꿀 자 있으랴. 설령 경제만능주의를 찬동하는 자로서 대종교가가 되고 성자나 탁월한 인물이 된다 하더라도 이러한 행동의 밑바탕을 살펴보면 위선적 모순이 많이 들어 있을 것이 사실이다. 엉겅퀴에서 무화과를 딸 수 없듯이 사람의 마음에 의식주만을 급선무로 생각하면 그러한 속에서 고결한 창조를 기대할 수 없음이 분명하다.

맥콜 교수의 행복론

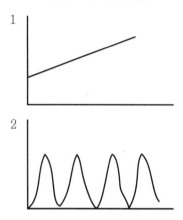

나의 행복 플레이트

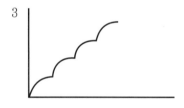

1932년 5월 22일 일요일 맑음

나는 D와 함께 미국에서 모은 서적을 상자에 넣고 목록을 꾸며 조선으로 보낼 준비에 바빴다. 학년 시험을 마치고 여행 수속을 마친 뒤 남은 이삼 주간의 뉴욕생활은 온전히 의미있는 일에 바쳐야 한다.

포스틱 박사의 마지막 설교를 들었다. P씨의 예수관은 언제나 그 인격적 위대성을 중심으로 보는 까닭에 늘상 예수 신자들이 말한 미신적, 교리적 말이 적다. 그러나 그도 충실한 예수교인이라 예수를 세계 제일의 고상한 인물로 치는 것은 예사다.

5월의 석양을 따라 허드슨 강변을 산책하다. 따스한 바람을 받아 너울거리는 새봄의 아름다움이 많다. 그러나 나는 이렇게 봄을 즐길 행운아가 아님을 알고 곧 돌아와 일터로 가다.

1932년 5월 23일 월요일 맑음

H. G. 웰즈(Wells)의 「생명의 과학」을 읽다. 생명은 생명에서 나왔지 결코 다른 무생물체에서 온 것이 아니란 말은 정신주의, 신비주의를 근본적으로 긍정하는 것이다.

그러나 생명의 존재 범위는 지구를 넘어 8리 이상을 초월할 수 없고, 7리 이하의 해저도 내려갈 수 없는 우주의 극소권만을 갖고 있을 뿐이다.

이렇게 생명의 무한한 가치와 동시에 미미한 처지를 생각할수록 알 수 없는 것은 '생명'임을 또다시 느끼게 된다. 그러나 우리는 생명의 유래와 궁극의 뜻을 토론하기보다도 생명의 특색인 활동과 번식과 갱신을 위하여 보다 더 아름다운 정서, 보다 더 섬세한 이지(理志)를 닦아 거룩한 생을 이룸이 본분이다.

고주(孤舟) 선생의 〈졸업하는 형제와 자매에게〉를 『동광(東光)』 3월호에서 보고 많은 교훈을 얻었다. 나는 그에게 나의 소감을 쓸까 하다 말았다.

강(姜), 정(鄭), 김(金) 3형제들이 공부하시는 성경 신학교로 가서 저녁을 먹고 졸업식을 구경하다. 축하의 말을 의미있게 듣다. 계시와 진리와 광명을 부르짖는 인생의 향상심(向上心)을 어디서나 본다.

6월 1일 수요일

오늘은 콜롬비아 대학의 제178회 졸업식 날이다. 청명한 일기(日氣)라 연일 준비한 옥외 식장에는 내가 전에 보지 못한 아름다운 장식을 꾸며 놓았다.

나는 D의 소원을 이루어 주기 위하여 대학 행렬복을 세내어 입고 7천 명의 학, 박사 졸업생 대행렬에 참가하다. 오후 4시부터 7시까지 걸리는 성대한 식을 나는 일생에 잊을 수 없으리만치 많은 지루함과 감동과 얼떨떨함으로 지냈다. 그리고는 D와 함께 중국원(中國園)에서 열린 조선 학생들의 축하 만찬회에 참석하다.

동무들의 많은 축복을 받고 10시에 기숙사로 돌아오다. M.A.가 그렇게 명망 있는 학위인가? 내가 무엇으로 이를 얻은 것인가?

6월 12일 일요일

D와 아침을 먹고 조간신문을 읽다가 나는 교회로 갔다. 조선인 사업은 어디나 불규칙적이요 성의가 없어 보인다. 예배도 순서가 없고 설교자들의 진부한 논리는 듣는 이에게 오히려 싫증을 줄 뿐이다. 나는 2시간 넘는 지루한 예배를 보고 돌아오다.

며칠 후면 서로 헤어져 여러 해 떨어져 있게 되는 터라 D는 잠시라도 나를 곁에 두고자 한다. 종일 그를 도와준다.

나는 요사이 뉴욕에 와 있는 선배들의 연설과 강론을 많이 들었다. 그들이 늘 하는 말은 도덕적 진리다. 그러나 종래의 도덕률이나 이론을 말하고 실제의 적용에는 그럴듯한 의미와 가능성을 말하지 않으니 너무도 막연한 교훈이다. 이는 마치 앵무새 모양으로 어려서 도덕 선생에게 배운 경구나 잠언을 그대로 외우고 책에서 읽은 문구를 기계적으로 낭독하는 것 같다. 여기엔 아무런 이지적(理智的) 연구라든가 의식적 경험이 없는 것이다.

현대인은 결코 추상적 진리나 재래의 소위 권위 있는 도덕률에만 만족하지 않고 이들이 진리인 이유를 의식적으로, 과학적으로 설명하고, 여기에 따라 생기는 경험의 사실을 보여주어야 한다. 그러나 조선의 선생들은 아직까지 계명을 줄 뿐이오, 이론과 실행이 적으니 한심하다.

6월 25일 토요일

나는 지난 16일에 뉴욕에서 퍼린 호를 타고 대서양을 건너 어젯밤 사우드앰턴에 상륙하였다가 오늘 아침 런던에 왔다. 나는 여행의 피로함이 극도에 달했으나 대영제국의 서울을 한 시 바삐 본다고 종일 거리를 방황하며 이상야릇한 앵글로 색슨의 살림을 구경하다.

오후에 장덕수(張德秀) 씨를 만나 그의 인도로 의사당, 웨스트민스터 사원, 버킹검 궁전을 보다. 어느 곳을 보든지 런던은 고풍(古風)이 감돌고 있는 보수적 색채가 많다. 나는 이미 세계 제일의 도시 뉴욕에 있었던지라 이곳의 시가지와 건축물이 내게 아무런 흥미를 주지 못하고 오직 그들 속에 들어 있는 역사적 사실이 많은 주의를 끌 뿐이다.

PART 2

기행문

성냥갑처럼 쌓여 있는 건물들 사이에서

헤매던 피곤한 눈들이 신선한 초원

광활한 시야에 접하여 어느덧

선경의 입구에 이른 듯한 맛을 자아낸다.

나의 방랑기
—로키산맥을 넘어서

구월이라 중순, 학생들은 학교로, 신사들은 피서지에서 도심지로 몰려오는 첫가을의 어스름에 나는 태평양 해안의 신도시(新都市)인 로스앤젤레스를 떠나 아메리카 대륙 횡단 길을 넘었다. 흑인 짐꾼이 찾아주는 좌석에 앉아 짐을 정돈하고 나니 어느덧 차는 슬그머니 먼 길의 첫걸음을 걷기 시작한다.

나는 친척도 없고 벗도 없는 타향의 길인지라 누구 하나 굿바이, 사요나라를 불러주는 이 없어 적잖이 무료함을 느꼈다. 그러나 낯모를 예쁜 아낙네, 어린이들이 차창 밖에서 손을 흔들고 열심히 보내주는 정을 나 역시 동감하지 않을 수 없다.

천리의 장거리 여정에 오른 내가 탄 풀맨 차는 보내는 손님들을 싣고 사정없이 친구와 애인을 떠나 교외로 나아온다. 성냥갑처럼 쌓여있는 건물들 사이에서 헤매던 피곤한 눈들이 신선한 초원, 광활한 시야에 접하여 어느덧 선경의 입구에 이른 듯한 맛을 자아낸다. 나는 꿈같이 사라지는 서녘 하늘의 불빛을 쳐다보고 가슴에 떠오르는 나그네의 감회를 새삼스러이 느꼈다.

어스름에 싸인 과수원과 농가 사이를 지나 수많은 간이역을 정차도 하지 않고 동쪽으로 달아나는 급행열차의 분주한 모양을 깨달을 때에 나는 태평양 너머 머나먼 서쪽의 하늘 아래서 새벽의 곤한 잠에 들어 있을 '어머니의 집'을 생각 안할 수 없다. 나는 무슨 일로 그립고 그리운 조국을 떠나 더욱 더 먼 길을 걷지 않을 수 없는가? 이 몸은 갈수록 생소한 땅이요, 볼수록 기이한 사람들 속에 파묻혀 날마다 밤마다 유랑의 설움을 가지고 살아야 하는 팔자인가?

나는 점점 암흑의 베일 속에 들어가는 창밖의 산천을 아까와 하며 눈이 뚫어지도록 바깥을 내다보고 앉아있었다. 지난 3개월간의 미국 도회지 생활이 활동사진처럼 나타난다. 내가 팔로알토에서 점심때에 버스를 타고 그 이튿날 새벽에 로스앤젤레스에 와 흥사단(興士團)을 찾아간 일, 그후 1주일이나 넘어 겨우 어떤 아파트의 청소부로 고용되어 어제까지 노동한 결과 북미대륙의 동해안을 구경할 여비를 마련하게 되었던 것이다. 그리고 미국은 온 지 3, 4개월 동안에 겪은 모든 작고 큰 기억이 마음의 한구석에서 단편적으로 떠올랐다.

나는 처음에 미국 오기만 하면 어떤 좋은 수가 생겨 공부하고 생활하기에 아무 염려 없을 줄로 알았다. 그리하여 샌프란시스코 상륙 후 2주일을 여관에 묵으며 맘대로 미국의 시가지를 활보하고 즐겼다. 활동사진, 미인 구경, 공원 산책, 서양요리, 도서관 출입 등 어느 것 하나 서양의 살림에 서투르기만 한 나의 마음을 경이로 채우지 아니함이 없었다.

마켓 스트리트(시장통)의 번화한 상점을 지나가는 맛, 백(白)씨가 경영하는 신한민보사(新韓民報社)를 방문할 때에 경험한 10층의 고층을 승강기로 오르내린 일, 일생에 처음 본 거대한 시청과 도서관을 관람하던 모든 일이 나로 하여금 별천지의 꿈같은 생활로 지나게 하였다.

금문공원의 나무 아래에 노니는 미소녀를 볼 때에 동요하던 마음, 태평양 해안의 클리셔프 하우스에 나가 바위에 부딪혀 깨어지는 물보라를 굽어보던 일, 그리고 그 곁 유리 집 속에서 맘대로 노니는 어족(魚族)의 미인을 구경하다가 끝없는 서녘 하늘에 떨어지는 일몰의 장관에 취하여 밤까지 숙소에 돌아오지 못한 일…. 이 모든 인생과 자연의 향락과 아름다움 속에서 나는 내 신세가 어디에 놓인 것인지도 모르고 지냈던 것이다.

그러다가 나는 내 호주머니에 남은 달러가 얼마 되지 않음을 발견하였다. 그래도 나는 여기 조선 동포가 많으니 걱정할 것 없다 하고 천천히 그들에게 노동할 만한 장소를 알아보았다. 그러나 나는 마침내 전부터 와 있던 조선인들이 나의 숙식문제에 아무런 관계가 없음을 깨닫고 과감히 내 손으로 내 운명을 개척한다고 하며 손수 어떤 세탁소의 일도 얻어 보고, 팔로알토 S씨의 집 사환까지 되었다가 지난 6월 중순에 로스앤젤레스로 온 것이다.

이런 생각 저런 생각으로 캄캄하여진 창밖을 뜻없이 바라보다가 진행하던 차가 슬그머니 멎는 바람에 나는 다시 현실의 세계로 돌아왔다. 차안은 눈이 부실 듯한 전등으로 밝았다. 사람들이 어수선하게 창밖을 내다보니 내리는 이는 별로 없고 두세 명의 손님이 분주히 승차하였다. 차는 다시 달리기 시작하였다. 나는 이제야 어떤 노처녀인 듯한 여자 한 분이 내 맞은편에 앉아 있음을 알았다. 그는 길쭉한 얼굴에 큰 눈이 조화없이 상반부 안면에 박혀 있고, 검은 사지 드레스 웃통에 나타는 목이 말없이 여위어 뵈는 서른 넘은 객(客)이었다. 내가 차창에서 머리를 돌려 실내를 바라보는 것을 보고 읽던 책을 덮으며 그는 이렇게 나에게 물었다.

"당신 중국사람?"

이 질문은 동양인 치고 누구도 면할 수 없는 미국인의 우리에 대한 첫 인사다. 나는 적이 불쾌한 마음이 일어나 곧 고개를 흔들며,

"아니오, 나는 조선 사람이오,"라고 대답해 버렸다. 그러나 그 여자는

나의 냉정한 대답에도 물러서지 않으려는 듯 다시 나를 향하여 사정하듯이 묻는다.

"그런데 어디를 가셔요? 시카고?"

"아니오, 나는 뉴욕 가요."

"그러면 우린 시카고까지 동행이구려."

"예!"하고 나는 자리를 다시 잡으며 그 여자와 대화를 피하기 위하여 곁에 놓아두었던 잡지 한 권을 펴들었다. 그러나 나는 그 부인이 아직까지 내 몸에서 시선을 옮기지 않음을 알고 또 밉든 곱든 시카고까지 삼사 일 같이 갈 인연이 있는 친구이니 그리 냉대할 수 없다는 생각이 들어 그의 동그란 눈을 건너다보며, 물었다.

"실내가 좀 덥습니다."

"예, 참 그렇소. 더욱이 만원이 되어 그렇구려."

그 여자는 곧 말하며 유심히 나의 일거수 일투족을 살폈다. 그러나 내가 책장을 뒤적뒤적하며 재미있는 대목을 찾는 중에 그 여자는 이렇게 물었다.

"당신 무엇을 하시오, 세탁소?"

이 여자가 미국인 전체가 동양인을 세탁쟁이로만 아는 습관에서 벗어나지 않았음을 알고 적이 분함을 이기지 못하여,

"아니오!"하고 더욱 책을 주의하여 읽는 듯하였다.

그러나 나는 문명국인 아메리카에도 무식한 사람이 많음을 알고 또 이 미국 부인 한 사람만이 동양인을 천시하는 자가 아님을 깨달아, 할 수 있는 데까지 호의로 이 무식하고 거만한 양키들을 대하리라고 생각하였다. 그래서 그 후로는 며칠 길동무가 된 이 미국 여자를 공손히 대해 주고 말동무도 되어 주었다.

잡지를 얼마간 뒤적거리고 나니 흰 옷 입은 흑인 포터가 와서 잠자리를 챙겨준다고 좀 일어나 휴게실에 다녀오기를 청하였다. 그래서 미국 부인은 차의 동쪽 부인용 세면실로, 나는 차의 서쪽 신사용 세면실로 헤어졌다. 나는 세면도구를 가지고 내부 출입구를 나와 한쪽으로 치우쳐 구부러진 복도를 돌아 외부 출입문을 거의 절반이나 가서 남쪽 벽의 중앙에 푸른 커튼이 늘어진 입구로 들어섰다. 벌써 세면소에는 나보다 먼저 온 신사들과 그들이 내뿜는 담배 연기로 가득 찼다. 나는 이를 닦으며 서쪽의 작은 문으로 변소에 들어가는 것을 발견하고 긴 밤의 준비를 마치고 나와 세수 후에 풀맨 회사의 전용인 흰 구름 같은 수건에 얼굴을 닦고 자리로 돌아왔다. 포터는 벌써 아래층의 내가 잘 침대 준비를 마치고 위층의 미국 부인 자리를 준비하는 중이었다. 나는 새로 만든 흰 담요의 침대 위에 앉아 푹신한 베개에 팔을 고이고 포터가 가려주는 푸른 휘장이 늘어지기를 기다렸다. 그러는 동안 나는 우리 자리 건너 차의 남쪽 아래층 침대에 젊은 내외가 앉아 주고받는 키스와 굿 나이트 밤 인사 소리를 들었다. 남편이 위층으로 올라가자 그들의 두 침대를 가려주는 휘장이 아름다운 기차의 로맨스를 내 눈 앞에서 가로막아 버리고 말았다. 나는 흑인이 간 뒤 옷을 벗고 깨끗한 자리에 몸을 묻은 뒤 한참 동안 명상에 들었다.

그들은 어떠한 남녀일까? 신혼여행? 혹은 잠시 정이 들어 기차에 동행하는 이들? 나는 이들의 문제로 여러 방면에 쓸데없는 상상을 지어냈다. 지난 달에 프라이슨 아파트 상층 발코니에서 본 청춘 남녀의 키스, 또 공원 산책 중 불시에 목격한 정남정녀의 포옹! 아아 나는 이 모든 인간의 애정의 표현인 그림을 보고 불현듯 젊은 피가 빨라짐을 느끼지 않을 수 없었다. 그러나 나는 다시 소스라쳐 이런 쓸데없는 공상을 버리고 아름다운 경치나 쓸모 있는 인간사를 생각하리라고 마음먹었다.

 캘리포니아 주는 미국의 Eureka라 하여 부유한 땅, 신개척지, 요새지로 유명한 곳이다. 로스앤젤레스는 캘리포니아 주가 자랑하는 아름다운 도시다. 겨울에 춥지 않고 여름에 덥지 않아 사시사철 휴양객이 끊이지 않는 곳, 각 방면으로 신흥도시의 기분이 넘치는 태평양 해안의 낙원이라 할 캘리포니아 주와 로스앤젤레스를 나는 떠나간다. 신수가 불길하여 요세미테의 경승지(景勝地), 화이트 레이 산의 천문대를 올라가 보지 못한 한이 없지 않고, 남가주의 보배인 카타리를 섬을 곁에서 보면서도 가보지 못한 것은 참으로 유감천만의 일이었다.

 그러나 나는 내가 본 것만으로도 일생에 잊지 못할 캘리포니아 주의 자연의 아름다움을 가슴속 깊이 간직하였다. 웨스트렉 공원의 달밤, 헐리웃 산의 아침 풍경, 베니스 롱비치의 석양, 그외 구슬처럼 아름다운 인공(人工)과 자연의 절경! 아아, 나는 이 모든 태평양 해안의 인연 깊은 놀이터를 버리고 알지 못하는 동쪽 대서양의 파도를 그리워하며 밤을 세워가는 게 아닌가?

 나는 이런 궁리 저런 궁리로 몸을 이리저리 굴리다가 이따금 머리 위 창틀에 설치한 작은 전등을 켜고 책도 읽으며 등 앞에 길쭉하게 박힌 거울에 내 얼굴을 물끄러미 쳐다보기도 하고, 초인종을 눌러 포터에게 음료수나 한 병 사다먹을까 하다가 회중시계의 바늘이 열두 시에 가 닿음을 깨닫고 그냥 다시 자리에 누워 로스앤젤레스로 돌아가는 꿈을 생각하며 어느덧 잠에 들고 말았다.

 새벽의 곤한 잠에서 눈을 뜨니 밤새도록 허우적거리며 달려온 나의 기차는 어떤 인가 없는 광야를 헤매고 있었다. 어느새 아침 해가 들판에 퍼져 단풍이 들려고 하는 풀대궁의 영롱한 이슬방울에 반사되었다. 나는 차안에서 보는 일출 광경을 곤한 잠으로 인하여 놓치긴 했으나 지금 내 침대에서 보이는 창밖의 일대 아침 풍경은 일생 처음 보는 명화처럼 생각되었다.

나는 위층 침대의 서양 부인이 어느새 세수를 하고 돌아오는 것을 보고 나도 일어나야하겠다 하면서 그냥 차장에 비치는 천만의 파노라마에 홀려 아홉시까지 누워 있었다. 그러나 나는 나 혼자만이 이 차를 점령한 것이 아니요, 또 아침 식사 때를 놓치면 어제 저녁 경황 중에 저녁을 굶은 배를 더 굶길 수 없다 하여 따스한 잠자리를 뛰쳐나와 세면소로 달려갔다. 세면소는 여전히 흡연객으로 가득 찼다. 실업가, 신사, 학생, 관리, 각 방면의 인사들이 제각기 제 생각을 그리며 궐련초, 여송연을 한 입씩 토하고 어느새 자리를 거두고 푸른 카펫의자에 새로운 흰 덮개를 씌워놓았다. 나는 내 건너편 자리에 앉은 서양 여자에게 아침 인사를 주고 식당차로 가서 아침밥을 청했다. 이곳저곳의 원형 식탁에는 말쑥한 남녀가 이삼 인씩, 사오 인씩 떼를 지어 둘러앉아 저들끼리 대화에 분주하였다. 나는 말동무, 친구, 애인도 없어 흰 옷 입은 흑인 웨이터가 아침밥을 가져오는 동안 내 식탁 위에 놓인 두 송이 아름다운 장미를 보다가 멋없이 옆 식탁의 웃음소리에 고개를 돌려 낯모를 시선들과 마주치곤 하였다.

커피를 마시고 내 자리로 돌아와 종일 자리에 앉아 읽을 서적을 정리하고 차안을 둘러보았다. 내 좌석 건너편에 앉았던 남녀 중 남자는 밤새 어디 갔는지 보이지 않고 여자만이 홀로 앉아 아침 세수를 마친 뒤 연주 물감을 가지고 얼굴단장에 골똘하였다. 내 자리에서 서너 좌석 넘어 뚱뚱한 유태인 여자 곁에 상인 비슷한 남자의 신문 읽는 모양과 또 좀 더 앞으로 대학생 둘이서 나누는 끝없는 대화와 웃음이 더욱 나의 주의를 끌었다. 그외 남녀 승객은 대개 말없이 차창을 통하여 수시로 변화하는 경치를 감상하기에 바쁜 모양, 나도 언제나 읽을 수 있는 책을 보기보다는 찬란한 태양빛에 멱 감은 다시 못 볼 이국의 아침 경치를 놓치지 않음이 의미있는 일이라 하여 몸을 돌려 차의 북쪽에 전개된 원시적인 평원을 대하였다.

차는 어느덧 캘리포니아 주를 나와 애리조나 주의 북쪽 지방을 지났고, 지금은 유타 주의 남쪽 경계 지역에 들어오는 중이었다. 보이는 광야는 절반이 사막이었고, 열대성의 못 보던 풀들이 여기저기 나 있으며, 끝없는 수평선, 하늘과 땅이 마주 붙은 곳에 가물가물 보이는 수림이 운치 있어 보였다. 동북간으로 힘들지 않게 건설한 철도 연변에 이따금 지나가는 잡역부들이 물끄러미 우리 차를 바라보고, 또는 몇십 리 거리마다 서 있는 작은 간이역의 역부들이 우리를 맞이하고 보내는 이외에 사람이라고는 볼래야 볼 수 없는 처녀지의 여행을 나는 전에 경험하지 않은 것이 아니었다. 시베리아의 기차여행은 태고적 삼림지대를 지나든가 혹은 끝없는 초원 목장을 구경할 수 있었음에 비하여 지금 여기에 보는 사막의 길은 언제나 꿈꾸던 사하라의 여행을 조금이나마 실현하는 듯하였다. 철도와 웬만큼 멀리 떨어져 있는 신작로로 이따금 먼지를 뽀얗게 일으키며 불완전한 길을 힘들게 달리는 먼 거리 여행 자동차의 모습은 마치 아프리카의 대상들이 피곤한 낙타를 몰아 끝없는 사막을 헤매는 듯하다!

가다가다가 어떤 푸른 풀 우거진 골짜기 안에 샘물이 흐르고 있음을 볼 때에 나는 문득 내 스스로 오아시스의 맑고 시원한 물을 생각하고 목이 마르는 듯하였다.

아무리 보아도 싫지 않고 아무리 가도 끝없는 경치는 기차여행의 즐거움을 한껏 맛보게 해주었다. 기이한 바위, 낯선 초목을 대하고, 하늘 높이 떠도는 이국의 구름을 바라볼 때에 나는 하염없이 현실을 잊고 우주

대자연의 무궁한 미와 오묘한 꿈을 한없이 그렸다.

웨이터가 열차를 돌아다니며 나누어준 특별 점심을 먹고 자리에 돌아오니 나와 마주앉은 서양 부인이 말동무 하나를 얻어 대화에 분주하였다. 내가 자리에 앉자 먼저 온 부인이 나를 자기와 말하던 부인에게 소개하였다. 이 새로 온 부인도 역시 30이 넘은 미스나 얼굴은 스물서넛처럼 앳돼 보였다. 두 볼엔 아직도 분홍색의 처녀다운 색챌 잃지 않았고, 머리의 치장, 눈과 코의 조화, 곱게 다문 작은 치아들이 동양미를 표현하는 것 같았다. 더구나 말씨의 유연함과 은근한 표정이 은연중 사람의 정을 끌었다. 인사가 끝나고 기차에 대한 말, 바깥의 풍경에 대한 의견이 교환된 뒤 나는 더욱 그 여자를 알고 싶어 이렇게 물었다.

"중국에 친구가 계시면 당신도 그를 따라가 선교 사업에 착수하지 않으시렵니까?"

B(그 여자의 이름)양은 얼굴에 미소를 띠며, "예, 퍽 가보고 싶어요. 더구나 우리 아버지께서는 아시아 문제에 많은 흥미를 가지고 계세요. 그래서 동양에서 온 학생이면 집으로 불러 이야기도 하고 만찬도 같이 자시곤 하지요."

"춘부장께서는 어느 대학에서 근무하십니까?"

"W대학이에요."

"그러면 댁내가 모두 기독교 사업에 헌신하였습니다 그려."

"그러나 나는 아직도 외국 선교사가 될 만한 자격을 얻지 못하였습니다."

B양은 반웃음으로 말을 마치고 나를 유심히 쳐다보았다. 나는 불현듯 그 웃음 섞인 두 눈에 근심과 슬픔이 깃들어 있음을 살피고 고개를 돌려 차창에 쌓인 먼지를 손수건으로 닦으며, 화제를 돌렸다.

"이 사막 지대엔 항상 이렇게 먼지가 많은가요?"

그러자 출입구로 급히 들어오는 열풍(熱風)이 역시 흙투성이의 공기를 차안으로 몰아넣었다. B양은 손수건으로 입을 가리며 말하였다.

"그런가 봐요. 이 지방의 오후 여행은 언제나 이렇게 먼지바람을 겪는 모양이에요."

나는 자리를 다시 잡고 어떤 화제를 잡아서든지 B양의 비밀을 알고 싶어 그 여자를 유심히 쳐다보았으나 지금은 몇 분 전에 가졌던 심각한 얼굴이 없어지고 처음 인사할 때에 가졌던 천진난만한 미소를 다시 보이며, 물었다.

"당신 C대학에 가서 무슨 과를 택하시렵니까?"

나는 우물쭈물하다가, 대답하였다.

"글쎄요, 아직 무슨 확실한 작정이 없으나 아마 철학을 공부하고 종교학과에 들어가 볼 듯합니다."

B양은 "종교!"하는 말에 다시 귀를 기울이며, "그거 참 좋은 생각을 가졌습니다. 나도 대학에 있을 때 종교를 매우 좋아했지요. 그러나 종교문제가 퍽 알기 어려운 것이지요?"

하고 나를 똑바로 쳐다보았다. 나는 그의 시선을 피하여 창을 내다보며, "글쎄, 참 그런 가 봐요. 세상에 하도 많은 종파와 교리가 있으니 정말 이렇다하고 단순한 종교의 진수를 붙들기 어려운 모양입니다."

B양은 더욱 이 문제에 흥미를 가진 듯이,

"정말로 사람들은 너무도 물질적 현실에 노예가 되어 잘못된 길을 걷고 있어요. 우리 기독교에도 얼마나 많은 미신과 우매함이 있는지 몰라요."

하고 적이 분개한 말투로 내게 말했다. 나는 점점 더 이 여자를 가까이 하고 싶었다. 외양의 아름다움에 처음부터 이끌렸는데 지금 그의 마음속에 장미 같은 사상(思想)의 영이 들어 있음을 알고 보니 나는 더할 수 없이 이 여자를 알고 싶었다. 그러나 나는 처지와 환경이 더 이상 이 처녀의 내부를 탐색할 수 없어서 이야기하던 문제를 그대로 계속하여, 물었다.

"인류 역사에 진정한 종교 생활을 한 이는 얼마나 될까요?"

B양은 여전히 진지한 어조로,

"예수, 소크라테스, 석가, 스피노자, 그외 무수히 깨달음을 얻은 종교인들이겠지요. 그들은 모두 자기의 영이 깨달은 진리의 종교를 신봉하고 바깥에서 주입된 교파적이고 기계적인 미신을 배척한 것입니다."

하고 자못 열이 올라 말하기 시작하였다.

우리는 이렇게 종교, 문학, 예술, 사상 등 각 방면의 화제로 지루한 기차여행의 한 나절을 보냈다. 석양볕이 더욱 모래언덕을 태울 때 B양은 마침내 자리에서 일어나며,

"나는 동양의 특색과 서양의 장점을 조화한 이상적 문명이 우리 앞에 꼭 있을 줄 알고 이를 위하여 당신과 우리 사이에 완전한 이해와 기대를 가져야 될 줄 압니다."

하고 내 등 뒤 서너 좌석 넘어 자기 자리로 가버렸다. 나는 그를 보내고 창밖을 내다보다가 황금색의 석양 광선이 가을색이 완연한 풀 대공을 더욱 물들여 줄 때 어느덧 스르르 눈을 감으며 잠시 오수에 들어갔다.

누군가 곁에서 "솔트레이크! 저게 솔트레이크!"라고 외치는 바람에 눈을 번쩍 떠 차창을 내다보니 과연 북쪽에 수평선상에 해면(海面) 같은 게 솟아올라와 있었다. 해는 벌써 높은 서산머리에 올라앉아 산 앞쪽으로는 어둠이 깔리기 시작하고, 오직 동쪽 하늘에 남은 구름이 마지막으로 힘

있게 쏟아지는 낙조(落照)를 받아 더욱 붉게 타는 것이었다. 우리 차는 지루한 사막을 다 지나고 산과 수목이 무성한 인가 있는 도시를 바라보며 달음질쳤다. 나는 아름다운 석양의 시간을 쓸데없이 허비한 것을 한탄하면서 점점 커져오는 호수 부근을 바라보았다. 하나이던 호수가 둘로 보이고, 한쪽 호수 위에는 철교 같은 것이 설치되어 있으며, 호수 북쪽 일대가 검은 선으로 둘러친 것 같았는데 아마도 무성한 삼림지대가 가까이 있기 때문인 듯했다. 나는 오직 이 모든 아름다움의 세계에 들어와 세속의 어지러운 마음을 잊고 잠시 천상계(天上界)를 묵상할 뿐….

마지막 햇살이 구리 광산이 흔한 산 정상을 입 맞추고 사라질 때에 하룻밤을 피곤하게 달려온 우리 차는 마침내 솔트레이크 역에 닿아 오랫동안 가두어 두었던 사람들을 한바탕 토해내었다. 나는 사람들과 같이 플랫폼을 거닐다가 1시간 동안 정차한다는 말을 듣고 정거장 구내에 들어가 저녁밥을 사먹었다. 그리고 신문 가판대에 가서 유타 주의 명소(名所)를 박은 그림엽서를 뒤적거렸다. 하늘에 떠 있는 자연 석교(石橋), 유타 주 대학의 건물, 호수에 가로 놓인 철교 등 많은 그림을 구경하며 내 마음은 자못 어둠에 싸인 이국의 재미있는 명소를 상상하였다. 오늘 차안에서 미국인이 말하던 애리조나의 그랜드 캐년과 유타 남쪽 경계선의 자이언트 파크, 브라이스 캐년에는 언제나 아름다운 색채와 자연의 기묘한 조각품들이 널려 있다고 한다. 유타 주 경계선 안의 여기저기 널려 있는 사막에는 아름다운 몰몬 처녀들이 여행객들을 시중들어 주는 오아시스가 많고 황금에 취하여 석굴을 배회하는 광부들의 로맨스가 또한 듣기 좋다고 한다.

그러나 나는 이 모든 장관을 찾아볼 형편이 아니었다. 차안에 다시 몸을 싣고 동으로 가자고 고함치는 기적소리를 들을 때에 나는 새삼스럽게

B양을 생각했다. 그러나 그는 이미 이 차를 내려버린 지 오래다. 아아, 그러면 그는 호수 역까지 오던 길이었는가? 어찌하여 나는 이 인연 깊은 사람에게 행선지를 묻지 않았던가. 어찌하여 나는 차가 역에 닿을 때에 그를 찾아보지 않았던가.

차가 멎어 모든 사람이 서둘러 하차하는 동안 나는 너무도 내 육신의 안일과 기이한 환경에만 눈이 어두워 모처럼 사귄 친구를 잊어버렸다. 그러나 사람의 일은 모른다. 어느 때, 어느 곳, 잃어 버렸던 이를 다시 만나는 수가 없지 않으니! 나는 이처럼 희망을 갖고 달려가는 기차를 따라 밤중에 로키를 넘을 준비에 바빴다.

밤 아홉 시가 넘어 포터가 만들어 놓은 대로 나는 침대 속에 파묻혔다. 그러나 30시간의 긴 기차 여행 동안 전혀 육체를 움직이지 못한 탓인지 오라는 잠은 안 오고 쓸데없는 공상이 머릿속에 뭉게뭉게 피어오르기 시작했다. 오늘 하루 종일 본 산천과 초목이 주마등처럼 오가고 차안에서 대한 곱고 미운 얼굴들이 서로 다투어 내 앞에 나타났다. 그 중 뚱뚱한 유태 상인 마누라의 얼굴과 B양의 자태가 더욱 뚜렷하였다. 나는 B양의 일을 더 많이 생각하였다. 그리하여 나는 어느덧 달콤한 로맨스가 있는 기차 여행을 꿈꾸었다. 아아, 나는 또 죄를 지었다. 큰일을 목적하고 해외에 나온 몸으로 내 무슨 생각을 하였던가! 나는 자리에서 벌떡 일어나 무릎을 꿇고 신의 이름을 불렀다.

차창을 내다보니 희미한 달빛에 바위와 산 등이 눈앞을 스쳐지나가곤 하였다. 그리하여 차는 느린 걸음으로 힘든 소리를 내었다. 나는 어느덧 우리 차가 로키산맥을 지나는 것이라 직감하였다. 아, 오랫동안 바라던 로키를 이제야 넘는구나 하고 나는 뚫어지도록 잿빛에 싸인 숲과 계곡, 시내를 주시하며 새로운 명상에 현실을 잊었다. 나는 미국의 유명한 국민공원이 대개 로키 산맥을 연하여 있음을 알고 로키의 미, 로키의 장엄함이 세계적으로 칭송을 받는 것이라 생각하였다.

몬태나의 북쪽에 있는 글래시어 공원을 비롯하여 와이오밍 주의 황석공원(黃石公園), 콜로라도 주의 로키 산 공원 등은 누구나 다 아는 명승지다! 그러나 이들을 눈앞에 보고 그리면서 실제로 그 대자연의 조화와 기묘한 경치를 관찰하지 못하니 말할 수 없는 유감이었다. 그러하되 나는 지금 대하는 달밤의 로키를 기리며 이러한 생각을 하였다.

나는 오늘 밤 이 로키의 대산준령을 넘음으로써 북미 대륙의 신문명을 실제로 대한다. 백인이 발 들여 놓은 지 4백여 년 전에 있던 원주민과 그 문화는 간 곳이 없고 새로 주인이 된 민족의 일대강국을 보게 된다. 미국인의 최근 번창한 문화는 겨우 1세기의 노력―19세기의 기계문명―에 불과하건만 지금 세계의 패권을 쥔 나라 중에 그 누가 미국의 정치, 산업, 교육의 새 제도를 우러러보지 않는 자 있는가! 세계 최대의 건물, 그 많은 자동차, 전기, 라디오 등의 무수한 문명의 이기, 나는 이렇게 물질문명의 정점에 달한 황금의 나라에 초라한 행색을 나타내러 오는 것이다.

그러나 이 찬란한 미국 문명이 정말로 영원성을 가진 것인가? 다시 말하면 이 문화가 영원한 완전한 행복과 번영을 전 인류에게 줄 것인가? 나는 처음부터 미국의 모든 것을 잘 관찰하고 장단점을 가려 인류 생활에 유용한 것을 살피지 않을 수 없다. 전부터 선배들이 말한 바를 기억하건대 미국은 너무나 물질에 치우친 문명과 현실적 실리주의에 기초한 나라라 한다. 그러면 미국도 역시 바빌론이나 로마의 운명을 면치 못할 것이니 이 일이 진정 그렇게 될 것인가? 나는 아직 미국에 발을 들여 놓은 지 얼마 안 되기 때문에 이 일을 그리 쉽게 판단할 수 없는 것이라 생각한다.

여하간 나는 미국에 많은 희망을 두고 온다. 지대로 보나 시대로 보나 미국은 많은 책임과 희망을 가진 나라다. 대서양 건너 유럽의 문명, 태평양 건너 아시아의 문화를 수입하여 신개척의 땅에 동서 제국의 조화로운 신문명을 창조할 나라! 아, 미국의 앞길과 책임이 그 어찌 영광된 것이 아닐까!

더구나 나는 미국인이 개척자, 선봉자가 되는 힘이 있다는 말을 들었으니 결코 재래의 침략적이고 이기적이며 무력적인 유럽 문명에 속지 않고 정신적, 애타적, 우주적인 동양식 문화를 천대하지 않아 이들의 장점을 종합한 새로운 인도(人道)와 정의를 밟고 나아가기를 깊이 믿는 바다.

나는 이러한 의미로 미국 관광을 떠났다. 그리하여 내가 보는 바에 좋은 것이면 우리의 살림에 적용하고 그렇지 않은 것이면 전철의 거울을 삼아 세계문화사상 가장 값있고 항구적인 재료를 모아볼까 한다.

나는 이러한 결론을 내리고 다시 자리에 누워 2억이 넘는 생명의 고운 잠을 축복하고 1만여 리의 아름다운 산천을 가슴에 안으며 어느덧 로키 산중의 꿈속의 나그네가 되어버렸다.

날은 밝고, 차창에 비치는 세계는 지난 밤 소낙비에 씻긴 미국 중서부의 유명한 평원이다. 이따금 나타나는 작은 언덕이 없지는 않으나 한없이 넓은 광야를 달리는 기차에 앉아 보이는 것이라곤 수평선에 닿은 하늘뿐이다. 우리 차는 아마 콜로라도 중부를 지나는 것 같다. 여기 저기 떠있는 구름을 뚫고 나와 벌써 한참 올라온 아침 햇살이 초가을의 반쯤 단풍진 들꽃을 더욱 붉게 한다. 나는 새삼스럽게 이 드넓고 끝없는 미국 평원을 대하고 전에 예기치 않던 욕심이 난다.

미국은 아직도 태고적인 지대, 사람이 발 들여 놓아보지 않은 처녀지가 많다. 나는 손바닥만 한 땅 조각이 없어 밥 굶고 헐벗는 조선 사람들을 생각한다. 어찌 조선뿐이랴. 일본이나 중국의 남방, 인도, 유럽의 모든 불쌍한 농민들을 이렇게 빈 광야에 데려왔으면 그 얼마나 시원할 것인가! 그러나 이제는 할 수 없다. 미국의 이민법은 이러한 처녀지를 독점하고 타민족의 이민을 엄금한다. 그러나 장래의 인구문제는 시베리아, 남북만주, 중앙아시아, 남북 아메리카의 처녀지를 개방하여 세계인구 밀도를 조절함에 있지 않을까? 사람들은 아직도 베이컨이 말한 〈종족의 관념〉을 떨쳐버리지 못한다. 그런고로 민족주의, 인종차별이 성행하여 자유천지인 지구상에 마음대로 살 수 없고 뜻대로 왕래할 수 없는 것이다.

미국의 대평원은 서쪽으로 로키산맥, 동쪽으로 알레간니 산맥, 북쪽의 호수 많은 캐나다, 남쪽의 따스한 멕시코만의 사이에 들어 사방 백여만 리(1,341,646리)의 대륙을 가진 것이다. 이 사이에 세계적인 강 미시시피가 흐르고 그 연안으로 세계에 유래 없는 옥토가 누워있다. 프랑스인이 처음 왔을 때엔 이 강을 세인트루이스라 하였으나 미국이 된 후 인디언들이 가르쳐준 미시시피(물의 아버지)의 명칭을 그대로 사용하게 된 것이다. 동쪽의 알레간니, 서쪽의 로키산맥에서 발원한 두 물줄기가 중부 평원의 57개의 작고 큰 강물과 합쳐져 멕시코만에 쏟아지는 것이다. 강 길이는 2천5백 리, 3백 척의 기선(汽船)이 해구(海口)에서 5백 리까지 부상할 수 있다. 57개의 대소 하천 중 미주리(2천 5백리), 알칸사스(1천 3백리), 붉은 강(1천리), 오하이오(9백 59리)가 최대이다.

나는 아직 대평원의 입구에 있으면서 태고적부터 내려온 퇴락(退落)한 강변, 흐트러진 잡초, 무성한 삼림의 역사를 상상하기에 바쁘다. (알렉시드 토크빌이 쓴 「미국의 민주주의」). 나는 백인이 들어오기 전에 많은 민족이 이 무인 평원에서 활동하고 있었음을 짐작하고 토크빌 씨의 글을 읽었다. (25페이지 이하)

"이 광야에 그래도 사람은 없지 않다. 많은 유목민들이 삼림의 그늘 속과 푸른 풀 우거진 목장을 따라 평야를 여기 저기 이동하였다. 세인트 로렌스 강 입구로부터 미시시피 삼각주, 대서양 연안에서 태평양 연안까지 이 신대륙은 원시인의 활동무대였던 것이다. 이 원시인들은 구리빛 피부와 길고 빛나는 검은 머리를 가졌다. 그들의 엷은 입술, 툭 튀어나온 광대뼈며 작고 통통한 신체가 모두 어찌 보면 동양인과 다름없었다."

나는 어떤 인종학자가 몽고족의 일파가 베링 해협을 건너 북미로 왔다고 한 말을 기억하고 또 내가 샌프란시스코 항에서 실제로 본 홍인종을 참고하여 동양적 인종임을 토크빌 씨의 기록에 첨부하였다.

비록 원시인들이라도 그들의 생활에 예의와 법도가 있었음을 토크빌 씨의 말을 미루어서도 잘 알 수 있다. 나는 기차 여행의 지루함을 잊기 위하여 그 책을 계속 읽었다. (27페이지)

"온후함, 겸손함이 그들이 평소에 가지는 태도였으나 한번 투쟁의 기분에 들면 잔학무도하기 짝이 없었다. 홍인종이 한번 친절을 보이면 자기의 살이라도 베어주고 자기의 잠자리를 내어주는 관용을 보이되, 만일 그들이 한번 노하면 원수의 뼈를 갉아먹는 야만성을 가졌다. 그들이 가졌던 유명한 태고적 공화국의 역사를 잘 알 수 없으나 그들의 고매한 태도, 자주독립의 기개는 제퍼슨 대통령이 쓴 「버지니아 기 (Notes on the state of Virginia, p. 148-)」를 보아 잘 알 수 있다."

이 「버지니아 기」의 몇몇 일화는 이러하였다. 이리코이스 홍인종이 백인의 침략을 받았을 때 노인들은 도망가지 않고 나라의 존망을 끝까지 지켜보았다. 그들의 용기는 옛날 로마인들이 고을 민족의 침입을 받았을 때 행한 용기 그것처럼 한번 원수의 손에 잡히면 절대로 생명을 애원하는 법이 없고 도리어 무수한 욕설을 퍼부어 원수의 손에 속히 죽기를 바랐던 것이다. 과연 홍인족들은 백인의 문명을 부러워한 적도 없고 백인의 침략을 무서워한 일도 없다. 그들은 백인의 무수한 박해를 잠잠히 받고 굶주림과 죽임을 그대로 당한 것이다. 현재 남아 있는 홍인족은 결코 옛적의 용감한 홍인족의 혈통을 조금도 갖지 않았다. 한다. 그러므로 그들의 유명하던 문화도 제도도 현재 발굴중인 미국 중부의 유적들을 보아 약간 상상이나 할뿐이요 아직 역사가는 누구도 모른다. 정말로 홍인종의 운명은 더할 것 없이 멸망의 위기에 처했다. 지난 5월에 팔로알토에서 본 스탠포드의 홍인종 학생은 백인화된 전형(典型)을 여지없이 나에게 드러내었다.

나는 글을 읽다 말고 다시 구름 덮인 평원을 내다보았다. 나는 무수한 홍인종들이 나뭇가지로 엮을 토굴 속에서 단순한 기구들을 가지고 생활의 필수품을 마련하기에 바쁜 모양들을 상상하였다. 그리고 저 멀리 수평선상의 무정한 백인 한 떼가 말을 달려 이 불쌍한 원시인 부락을 정복하러 왔다. 방황과 분노에 어쩔 줄 모르는 홍인종의 남녀노소는 활과 칼과 방망이 등 모든 무기를 들고 나서나 아아 현대의 발달된 총칼을 가진 백인의 재주를 어찌 당할 수 있으랴! 나는 그만 백인이 쏘는 총소리에 이에 따라 넘어가는 홍인종의 죽음을 붙들고 어느덧 빠져들었던 기차의 오수에서 깨어났다.

내가 탄 차는 하루 낮, 하룻밤의 긴 세월을 허비하고도 미국의 중부 대평원을 다 건너지 못하였다. 3일째 되는 기차의 아침을 대하면서 우리는 그동안 실컷 보고 또 본 초원의 엉성한 꼴을 다시 보게 되었다. 미시시피 강 상류에 가까운 까닭인지 이따금 대규모로 갈아 놓은 전답(田畓)이 드문드문 나타나고 기차가 정차하는 촌락의 정거장마다 개척민의 분주한 활동을 넉넉히 볼 수 있었다. 여러 날 비가 온 까닭인지 지면은 진흙투성이고 아직도 검은 하늘에 배회하는 구름들이 무슨 변을 또 다시 내릴 것 같았다.

　지난 두 달에 나는 싫증이 나도록 기차의 바깥 세계를 즐겼다. 차가 점점 동부 쪽으로 가까이 가자 음침한 날이 많아지고 인구의 조밀함을 따라 사람의 발길이 더욱 잦아짐을 보았다. 나는 사계절 언제나 봄인 남부 캘리포이아 주를 또다시 생각하였다. 나는 문득 메트로폴리탄 극장에서 본 〈커버드 웨건〉이 생각났다.

　수천 리의 무인공야를 건너 오리건의 길을 찾아가는 파이오니어 일행! 그 속에 나타난 한 미인을 중심으로 일어나는 고풍의 로맨스! 카우보이의 두령으로 평민 남녀의 앞길에 나타나는 인디언과 멕시코 강도들의 침입을 용감히 물리치고 애인이 들어 있는 커버드 웨건 일행을 무사히 인도하는 소설 속의 주인공! 내가 지금 차안에서 내다보는 저 평원의 흙을 자세히 살펴보면 칠팔십 년 전에 황금의 신대륙인 태평양 해안을 향하여 가던 백인 이민들의 피땀이 남아 있을 것이다. 나는 어느덧 익살꾼인 꼬마아이의 밴드에 맞추어 부르는 '오, 수잔나'의 노래 소리를 다시 듣는 듯하였다.

　정오쯤 되었을 때 우리 차는 아이오아주의 어떤 촌락 역에 머물러 몇 시간 동안 쉬게 되었다. 이유는 며칠간의 홍수로 인하여 미시시피의 어떤 지류에 놓인 철교가 범람한 까닭이다.

　나는 조선에서 당하는 많은 수재를 생각하고 미국의 이재민을 동정하지 않을 수 없었다. 사실상 이 나라의 천재지변으로 인하여 당하는 빈민의 고생도 큰 문제다. 플로리다와 멕시코만 근처에서 일어나는 회오리바람의 재해, 미시시피 상류, 모든 지류에서 당하는 홍수, 그외 크고 작은 천재, 인재로 인하여 생기는 수십만의 빈민들을 미국의 현대과학으로도 어찌하지 못한다. 그러나 빠른 교통기관, 많은 협동적 노력으로 조선처럼 그렇게 한심한 지경은 당하지 않는다.

기차의 승객들은 대개 승강장에 내려 산책도 하고 촌락의 아이들이 팔러온 신문을 사서 홍수 기사와 사진을 읽기도 하였다. 나는 칼리지 보이들과 다른 청년들이 모여 서 있는 곳으로 가서 그들의 대화를 엿들었다. 그들의 대화는 기차의 장시간 정차를 기회삼아 촌락에 있는 활동사진 관람을 가면 어떨까 하는 것이었다. 오락을 즐겨하는 미국 청년들이라 이상하지 않은 일이다! 그러나 나는 연전에 읽은 춘원 이광수의 소설 「무정」을 생각하고 삼랑진역에서 개최한 김형식 내외의 수재민 동정 음악회가 여기도 있으리라 하며 침대 열차의 안팎에 있는 여러 유지 신사들을 유심히 바라보았다.

우리 차는 마침내 '안전'하다는 통지를 받고 오랫동안 달려온 여행을 다시 계속하였다. 철로의 좌우를 보니 과연 홍수로 씻긴 흔적이 여실했다. 웅덩이에는 아직도 붉은 황토물이 고여 있고 작은 시내의 어구엔 씻겨 내려온 모래가 사태를 이루었다.

나는 외롭게 서 있는 수없는 촌락을 지나며 서녘 하늘에 붉게 타는 저녁노을을 보고 사정없이 휩쓸어간 홍수의 뒤 자취, 황량한 평원을 멋없이 살폈다. 물의 정복! 옛날 노아 때부터 사람들을 못살게 굴며 많은 희비극을 창조한 물! 아아, 나는 희랍 철인 탈레스가 말한 〈물의 신비〉와 창세기에서 기록된 신이 움직이는 지구의 원시시대를 꿈으로 보는 듯하였다.

해가 지는지 서쪽 하늘의 구름은 더욱 진홍색이오 하늘에 찬 흰 구름이 모두 분홍빛 고기비늘이 되어 버렸다. 기차는 어느덧 아이오와 주와 일리노이 주 사이를 흘러가는 미시시피의 상류를 건넌다. 나는 쳐다보던 석양의 하늘을 버리고 철교 아래로 말없이 흘러가는 현대식 기계 창고,

동력소, 모든 공업 건축물이 나란히 서 있어 원시적인 자연미를 찾는 눈에는 아무런 것을 주지 못한다.

나는 으레껏 세계의 유명한 큰 강에는 좌우 강변에 수양버들이 서 있고 아리따운 별장과 기묘한 암석, 이름 모를 새들이 노래하여 마지않는 낙원이 있으리라 생각한 것이다. 그러나 실제로 대하는 이 강의 현상은 어떠한가? 석탄 연기에 더러워진 벽돌집, 콘크리트 집의 공장 연기뿐! 발밑에 흐르는 물까지도 감탕빛, 모든 잡물들이 섞여 있다. 본래의 아름다운 자연, 그것은 이렇게 현대인의 과학적인 이용에 정복당하고 말았다.

이 강의 하류에 놓여 있는 세인트루이스나 뉴올리언스에 가보면 더욱 미국인의 과학열 때문에 자연미를 볼래야 볼 수 없는 공업도시를 의심 없이 볼 것이다. 이와 같이 자연을 변화시켜 인공적 산업을 많이 발달시킨 나라는 살고 그렇지 못한 민족은 죽는 것이 현대가 아닌가?

일리노이 주에 들어서는 철로 연변에는 보이느니 인가(人家)요, 들리느니 기계 소리였다. 남쪽에 날아가는 우편 비행기인가 어두워가는 하늘에 가늘게 들리는 프로펠러 소리! 멀리 전등이 반짝거리는 넓고 곧은 시가지에는 개미 같은 자동차 떼가 무리지어 달아난다. 나는 덧없이 사라지는 붉은 하늘을 쳐다보며 다시 현실을 망각하는 상상에 들었다.

"내가 봄 미시시피와 일리노이 주의 남쪽을 훨훨 날아가 옛날 아브라함 링컨이 출생한 작은 오막살이가 있다. 거기서 좀 더 남쪽으로 켄터키 산지(産地)를 가보면 아직도 원시인적인 농가에 수수한 처녀들이 길쌈하는 광경을 본다. 이 자연 그대로 남아 있는 아메리카의 남국(南國)에는 아직도 세계에 없는 아리스토크라시(aristocracy)와 인종차별이 또한 그대로 남아 있다고? 이따금 들리는 린치 사건의 보도와 흑인이 마음대로 백인이 타는 차와 음식점에 들지 못하는 사실은 이를 넉넉히 증명한다. 아아, '흑인의 설움!' 나는 어느덧 스토아 부인의 이야기책을 기억한다. 성인 같은 톰을 때려죽이던 남쪽의 목화밭은 여전히 많은 흑인들의 노동으로 꽃피고 열매 맺어 돈 많고 지위 높은 이들의 세력을 더하게 한다던가?"

내가 쓸데없는 공상에 들어 있을 때에 시간들은 줄달음질쳐 어느덧 밤 아홉 시를 지났다. 사람들이 부수수하고 짐을 정리하며 부인네들이 몸치장을 새로 하는 모습이 아마도 시카고 시가 멀지 않은 것이다. 나와 마주 앉은 미국 처녀도 리본을 정돈하며 손가방을 열어 차표 검사를 하고 안심한 듯이 자리에 앉았다.

실제로 검표원들이 차안을 돌아다니며 표를 조사하고 나에게 와서는 시카고에서 좀 더 동쪽으로 가는 나머지 차표를 내어 주었다. 창밖의 밤 세계는 어느덧 등화같이 밝은 도시의 근교가 나타났다. 차의 속력이 점점 줄어들며, 그동안 자주 작은 정거장의 승객들을 남김없이 싣던 우리 차는 마침내 하늘에 닿는 건물, 전차, 자동차의 분주한 사이를 뚫고 이삼일의 지루한 여행을 쉬었다. 차는 벌써 시카고 유니온 정거장 구내에 들어온 것이다.

나는 좀 더 동쪽으로 가는 손님들의 뒤를 따라 바꾸어 탈 차를 찾았다. 그러나 어떤 이의 말을 들건대 우리는 버스를 타고 다른 정거장으로 가서야 뉴욕 행의 기차를 탄다고 한다. 나는 영문을 모른 채 포터의 뒤를 따라 승객용 버스를 타고 한참 만에 러셀 정거장으로 왔다. 그러나 내가 탈 차는 벌써 뉴욕으로 가버렸다.

오늘 오후 도중에서 홍수로 인하여 몇 시간 동안 지체하였기 때문에 우리는 연착이 된 것이다. 신사 숙녀의 오락과 이들의 즐김을 돕는 현대 과학의 무수한 설비를 구경하였다. 나는 아래층에서 올라가는 층계에 이르러 좌우 손잡이 테두리를 닦고 있는 흑인 역부를 주시하였다. 그는 사흘에 밥 한 끼 얻어먹지 못한 사람처럼 처참한 얼굴에 기운 없이 일하고 있었다. 나는 어느덧 이 불쌍한 흑인 노동자의 비애에 찬 세계와 아래층 광장에서 먹고 마시며 웃음과 만족에 취한 가진 자들의 세계를 대조하였다.

나는 이 밤 안에 떠날 수 없음을 다시금 깨닫고 정거장 가까이 있는 어떤 여관에 들어 하룻밤 자기로 하였다. 며칠 동안 기차의 지루함을 쉴 겸, 또 내일 잠시만이라도 세계의 이름 있는 시카고 시를 구경도 할 겸 내가 타고 온 기차의 연착은 오히려 천재일우의 기회를 나에게 주었다. 나는 피곤한 몸을 깨끗이 씻고 부드럽게 청결한 침대에 기어들어 강으로 유명한 시카고의 밤을 상상했다.

C시에 번창한 다운타운은 루프(Loop)란 별명을 따라 공중 건설된 전차선이 사방 주위에 둘러있는 상업의 중심지. 그 속에 들어있는 거대한 빌딩들이 또한 장관이라고 한다. C시는 또한 공원설비로 이름이 있단다. 미시간 호수를 연하여 워싱턴, 제퍼슨, 링컨의 여러 공원을 달리는 아침 운동, 호수의 달밤, 서쪽 도시들의 작고 큰 촌락의 석양, 이 모두 여행자의 마음을 한없이 달래는 시카고의 명물이다. 나는 내일 이 명소들을 다 찾고도 세계에 이름 있는 스틱 야드(도살장)를 가보지 않으면 C를 구경했다는 말을 누구에게도 할 수 없을 것이다. 그렇다. 나는 싼 자동차를 세내어 이 모든 곳을 다 보고 시카고 대학과 에반스톤의 노스웨스트 대학까지 나아가본다. 그리고 조선 형제가 경영하는 음식점에 들러 밥을 사먹고 내일 밤차로 목적지에 가리라.

나는 이렇게 내일의 프로그램을 짜고 시카고 시의 중심에 들어 오백만 형제를 축복하며 잠에 들었다.

뉴욕기(記)

1. 첫 인상

내가 D대학을 다니던 미국에서의 첫 겨울이다. 나의 미국 학생 생활의 첫 가을은 너무나 분주하여 날마다 30마일이 못되는 근거리에 세계 대도시인 뉴욕이 놓여 있다는 생각을 하면서도 가보지 못했다. 그러다가 학교에서 견학단이 간다는 말을 듣고 나는 여기에 참가하여 평소에 그리던 뉴욕을 처음 대면하게 되었다.

뉴욕시 저널 스퀘어에서 나는 생전 처음으로 지하철을 탔다. 어두컴컴한 구름다리를 걸어 내려가 환전소에서 잔돈을 바꾸어 가지고 남들이 하는 대로 승강장으로 들어가는 문 앞에 이르러 수전기(收錢器)에 십 센트 은전을 넣고 회전목책을 지나 플랫폼에 들어섰다. 지하라 햇빛은 볼 수 없고 전등이 밝아 있어서 승강장 위에 놓여 있는 신문 잡지 판매소, 기둥 옆에 달린 자동 캔디, 껌 판매소, 그 외 역부들과 승객들의 동작을 살필 수 있었다.

지하철은 꼭 우리나라에서 본 터널과 같다. 오직 정차장과 승강장이 있는 부분이 넓고 상하좌우 벽에 백회칠을 하든가 아니면 백색 패널을 붙여 전등 빛을 받아 번쩍거릴 뿐이오, 그외 차가 진행하는 부분은 암실처럼 보통의 철도 터널이다.

내가 벽에 붙어 있는 광고의 그림을 보는 동안 같이 온 학생 하나가 내 어깨를 툭 치며 물었다.

"당신 이번 여행에 재미 좋으시오?"

나는 재미 많이 본다는 말로 대답하고 차의 행선지를 물었다.

"우리는 허드슨 강을 건너 뉴욕 서33가에 이를 것이오."

덜컹거리는 기차소리가 들리자 기관차 떨어져나간 몽당차 같은 열차가 한쪽의 검은 굴속에서 툭 튀어나온다. 나는 승객들이 쏠리는 곳으로 달려갔다. 차가 정차하자 차의 중앙과 좌우에 달린 출입문들이 자동적으로 개방되었다. 손님들은 순식간에 올라타고 차는 어느덧 문들을 닫고 또 다시 달리기를 시작하였다. 이렇게 차의 도착과 출발시간이 합쳐서 1분도 되는 것 같지 않았다. 나는 여기서부터 뉴욕 시민들의 바쁜 행동과 빠른 기계적인 생활을 보기 시작하였다.

대낮같이 밝은 차안에는 우리나라 서울 전차 안에서 보는 것처럼 벤치에 앉은 사람, 천정에 매달린 손잡이를 잡고 서 있는 사람, 각양각색의 남녀와 각국 인종을 볼 수 있었다. 차장은 차안에 들어올 필요가 없고 열차 사이에 박혀있는 문 여는 기계에만 종사하였다.

나는 이렇게 자유에 넘치는 지하철에 들어 머리 위로 지나가는 허드슨 강물을 생각하였다. 만일 이 지하굴이 터지기라도 하면 바다 같은 허드슨 강물이 우리의 차안으로 여지없이 들어올 것이다. 그러나 현대의 공학은 결코 이러한 불상사를 내지 않을 것이다. 나는 걱정할 필요가 없다 하고 차의 천정 굽도리에 달라붙은 무수한 광고 그림들을 구경하였다.

차는 어느덧 우리 일행이 내릴 뉴욕에 왔다. 나는 분주히 학생들이 가는 곳을 따라 뉴욕의 지하세계에 올라섰다. 내가 처음 접하는 뉴욕은 무엇인가? 한없이 곧고 넓은 시멘트의 거리! 그 좌우에 산악처럼 들어서 있는 스카이스크래퍼! 땅이 움직이면 금방이라도 쏟아질 듯이 깎아 세운 고층 건물들 사이로 보이는 푸른 하늘이야말로 수백 척 깊은 우물에서 바라보는 조각난 하늘, 그것을 연상시킨다. 이 중 수많은 자동차의 떼! 아무리 분주한 뉴요커일지라도 트래픽 신호등이 지시하지 않으면 이 거리에서 저 거리로 건너갈 수가 없게 된 규율에 따라 움직이는 기계의 도시!

나는 유니온 광장과 5번가(街)의 원형 광장으로 가서 한없이 당황하여 오도 가도 못하는 꼴을 생전 처음으로 경험하였다.

일행은 5번가에 놓인 외국 선교회사 빌딩에 올라가 지도자의 말씀을 듣고 공산당 본부와 학교, I.W.W. 본부, 흑인 부락인 할렘 등을 견학하였다. 나는 동행이 가는대로 따라가며 깨끗한 거리, 번화한 상점을 들여다 보느라 길가에 지나가는 사람들과 동행을 잊기까지 하였다. 그리하여 시골뜨기의 행색을 외국인에게 보인 것이 한두 번이 아니었다.

밤이 되어 D삼림의 고요한 기숙사에 들어 피곤하고 혼돈한 머리를 쉴 때 내 눈 앞에는 뉴욕의 장대한 건물, 자동차, 고가전차, 지하철도, 기타 모든 신기한 세계적인 명물들이 앞다투어 나타났다. 그러나 나는 아직도 뉴욕의 실체를 모른다.

2. 그 이듬해 겨울

5월 중순이 되어 D교는 문을 닫았다. 나는 여름철에 돈을 좀 벌어야 다음 학기에 공부를 계속한다 하고 뉴욕의 직업소개소를 찾아오게 되었다. 차안에서 D교 식당 감독 C부인을 만나 호복근역에 내렸다. 나는 의외의 길 안내자 C부인을 따라 그가 가는대로 정거장과 맞붙은 연락선 대합실에 들어갔다. 대리석으로 장식한 높고 큰 기둥과 광활한 페이브먼트에 들어오니 많은 사람들이 한편 벽에 붙은 철갑 대문들을 쳐다보며 그

문이 언제나 열리기를 기다리는 모양! 각각 철문 위에는 '크리스토퍼가', '버클리가', '제23번가' 등의 커다란 패찰이 달려 있었다.

제23번가 행의 출입문이 열리자 C부인이 나를 향하여 "우리가 탈 배가 왔소" 하고 앞장서서 걸어갔다. 나는 철문과 페리(연락선)을 연결한 복도를 지나 마치 이 방에서 저 방으로 옮겨오듯 어느덧 배에 올라온 몸이 되었다.

나는 어려서 부친을 따라 박천강(현 대령강)을 건너가던 일을 생각했다. 70리 길을 종일 걸은 피곤한 몸으로 어스름한 강변에 서서 강 건너에 있는 뱃사공을 소리쳐 불렀었다. 그리하여 뱃사공이 끌고온 목선이 강둑에 채 닿기도 전에 내가 바지를 벗고 아버지를 따라 강물을 얼마 걸어 들어가 연락선에 기어오르던 일이 엊그제 같건만 벌써 20년이 지났다. 그리하여 오늘 나는 90리 길을 한 시간에 달리고 그 수많은 기선이 왕래하는 허드슨 강의 페리 호 위로 고은 신발에 먼지 한 점 묻히지 않고 정거장 출입문에서 단 걸음에 오른 것이다. 아아, 나는 과학의 힘, 문화의 자랑을 다시금 탄복하지 않을 수 없었다.

배는 땡땡 소리를 몇 번 내더니 선미(船尾)에 물보라를 일으키며 부두를 떠나왔다. 아침 내내 흐려 있던 날이 여전히 굽실거리는 물결과 강변의 건물들을 안개로 쌌다. 뛰~ 또~ 빽빽~ 하고 제 일을 위하여 동서남북으로 흩어져 떠가는 허드슨 강구의 수백 척 크고 작은 선박! 수천 톤의 광석을 실은 목선을 끌고 허위적거리는 소기선(小汽船), 이삼 량의 화물차를 실은 삼판을 곁에 달고 용감하게 저어가는 똑딱선, 그 외 가지각색의 여객선, 페리 호, 화물선들의 활동은 실로 세계 제일의 도시인 뉴욕항을 자랑하는 허드슨의 물보라를 더욱 높인다.

C부인은 뉴욕 사정을 잘 아는 이라 맨해튼의 하늘에 솟아 안개에 싸인

작은 빌딩을 내려다보는 스카이스크래퍼를 일일이 소개해 주었다. 나는 이 여러 건물의 왕(王)들을 쳐다보고, 기기묘묘한 모양을 무어라 표현할 수 없었다. 어떤 집은 하늘을 뚫을 듯이 뾰족한 머리끝은 한없이 뻗었고, 어떤 집은 평평한 사막면을 첩첩이 쌓았으며, 또 어떤 집은 둥그런 돔을 머리 위에 집어쓴 것이 마치 페어리랜드에 이루어 놓은 별천지와 같았다. 과연 안개가 걷히고 맑은 빛이 저 기묘한 세계를 비추면 누구나 그 인조(人造)의 장엄을 찬탄하여 마지않았을 것이다.

나는 구름 낀 하늘이건만 만고에 태연히 흐르는 허드슨 강과 그 좌우에 자라나는 신흥국의 웅장함을 대하고 무량한 감개를 느꼈다.

구라파로부터 들어오는 사람들의 여행기에는 뉴욕의 동남부를 처음 대하는 인상과 자유 여신상의 의미 깊은 환영이 많이 적혀 있다. 더구나 정부의 사명을 띠고 오는 정객과 유명한 학자, 사업가들이 맨해튼 나만의 팻터리 부두에 내릴 때 뉴욕의 시장 이하 신문기자, 각 회사 단체 대표자들이 나와 성대한 환영 행렬을 이루는 것이다. 그러나 나같은 무명객(無名客)에게는 택시 캡들이 '택시, 택시' 하고 맞는 이외에 아무도 나의 행색을 눈 떠 보는 이 없었다.

나는 배에서 내려 C부인을 따라 '23번가의 크로스 타운 전차'를 타고 업타운으로 가기 위하여 피프스 에비뉴(5번가)에서 '청색 코치'의 버스로 바꾸어 타며 가슴에 울렁거리는 이국의 감회가 더욱 새로웠다.

세계에서 가장 깨끗하고 넓은 거리는 뉴욕의 피프스 에비뉴! 여기는 지하, 지상에 다니는 전차를 들여놓지 않고 단순히 자동차만이 다니게 된 남북 대통로였다. 한 마장씩 가다가는 으레껏 동서로 가로 뚫린 거리를 만나며, 거미줄 같은 뉴욕의 도로를 통제하는 교통 전광(電光)의 명령을 따라 푸른빛이 보일 때엔 달리고 붉은 빛이 나타날 때엔 꼼짝 못하고

서 있는, 조수같이 밀려다니는 자동차 떼! 나는 이 기물(奇物)의 바다에 앉아 좌우에 지나가는 훌륭하고 장엄한 건물과 이 속에 진열한 동서의 문물에 경이의 눈길을 주었다.

제 41번가를 지날 때 C부인은 좌측에 보이는 장대한 대리석 건물을 가리키며 "저것이 뉴욕시 공중 도서관이다"라고 말하며 2백여만 권의 장서가 있다고 말했다. 나는 그저 "아, 그렇습니까!"하는 말밖에 더 무슨 말을 못했다.

제 57번가의 드높은 세인트토머스 대성당, 제82번가의 미술 박물관! 나는 이들의 내부를 보기 전부터 그 대규모의 외양에 무한히 감동하였다. 줄달음질치는 자동차가 한참동안 가도 인가 없는 수림이 끝나지 않는 좌측의 공원지대를 보고 나는 C부인에게, 물었다.

"뉴욕 시내에 저렇게 큰 공원이 있구려?"

"아! 뉴욕의 센트럴파크는 세계에 자랑하는 이상적 공원이오!"

그리고 나서 부인은 그 안에 설치한 운동장, 음악당, 저수지 등 산수에 둘러싸인 갖가지 놀이터가 많이 있음을 소개하였다.

버스에 오를 때부터 오기 시작한 보슬비가 점점 큰 비가 되어 우리 일행이 중앙공원을 다 지나기 전에 물의 장막을 도시에 퍼부었다. 나는 그래도 빗물에 섞인 차장을 뚫고 내다보이지 않는 뉴욕의 업타운을 상상하였다.

3. 타향에서 만난 고향사람

빗속에 버스에서 내려 K형이 계신 인터내셔널 하우스를 찾았다. 허드슨 강변의 높은 언덕에 서서 세계 각국 학생의 발길을 한없이 받아주는 10여 층의 신식 기숙사! 회전출입문을 밀고 들어서 문어귀에 앉아 있는 안내 부인에게 우선 K형을 만나게 하여 달랬다. 그 젊은 부인은 탁자 앞에 배치하는 사설 전화로 K형을 불렀다. 그동안 나는 사면 벽화의 아름다움에 홀렸다. 얼마 있더니 전보다도 더욱 넓어진 두 볼에 넘치는 웃음을 띤 K형이 팔로어에 나타났다. 그는 튼튼한 손으로 나를 잡아 흔들며,

"아아, 김 군! 이게 얼마만이오?"

나는 너무나 반가움을 이기지 못하여 아무 말 없이 K형의 뒤를 따라 그의 방으로 갔다. K형은 오랜만에 만난 고향인을 위하여 오후에 할 일을 전부 취소하고 나를 접대하였다. 점심을 먹고 다시 방으로 돌아와서도 우리의 화제는 옛날의 학교생활과 고향 친구들의 이야기로 밤을 잊었다. 비는 여전히 퍼붓고 피차에 흉허물 없는 마음은 서로 만나지 못하고 지난 여러 해의 과거를 언제 다 이야기할지 몰랐다.

"그런데 김 군이 종교니 철학이니 하는 말은 알 수 없구려. 조선의 현실로 보거나 또한 세계의 대세를 살필지라도 우리는 그렇게 '잠꼬대의 학문을' 배울 필요가 없지 않은가? 김 군도 공연한 소리 말고 응용과학이 발달된 미국에 와서 하다못해 구두 만들고 자동차 고치는 기술이라도 배우는 것이 무엇보다 상책인 줄 아네."

나는 K형이 여러 세월 미국에 있으며 실용주의적인 미국생활에 물든 것을 짐작하면서 그의 말이 어느 정도는 지당한 것을 인정하였다. 더구나 K형은 컬럼비아 대학의 박사과정에 있어서 세계 각국의 물정을 잘 알고 조선의 갱생도 물질적인 힘에 있음을 깨달아 이 주의를 조선 청년의 머리에 넣어 주기로 작심한 것이다. 나는 이러한 K형의 계획을 무한히 동정하지 않을 수 없었다.

나는 뉴욕에 있는 조선인의 실정을 알기 위하여 이렇게 물었다.

"뉴욕의 한인 사회 이야기를 좀 들려주구려."

K형은 이마를 찌푸리며,

"흥! 뉴욕사회? 수백 명에 불과한 소수 민중이 부조화가 말이 아니라오. 그 중 공부하는 학생이라야 수십 명이 넘지 않지만 아직도 옛날의 당파 싸움, 지방색 등 갖가지 병에 든 동포가 많은 모양! 이것이 모두 우리 눈이 어둡고 도덕적 훈련이 없는 까닭이구려. "

"아아, 그러면 형님도 '도덕 철학'을 무시하진 않는구려! 대관절 뉴욕 한인사회의 기관들은 어떻습니까?"

"기관이야 교회 하나, 무슨 단, 무슨 회의 사회단체가 있지만 실제로 이렇다 할 민중을 대표한 기관이 없구려."

나는 이런 이야기를 듣다가,

"해외에 그렇게 지도자가 될 인물이 없습니까?"

하고 물으니 K형은 적이 흥분한 어조로,

"사람들이 너무도 소위 옛날 유명하다는 인물을 맹종하려 드니 일이 되오? 군이 좀 더 있으면 알겠지만 미주의 한인은 대개 A파나 R파에 속하여 각 파의 우두머리는 인격 여하를 불문하고 칭송하며 상대파의 인물은 아무리 잘났어도 못된 놈이라 하고 배척하는 걸."

K형의 이야기는 너무도 막연하여 해외 조선인 실상에 무식한 나에게 아무런 흥미를 주지 못하였다. 다만, 조선인 대개가 무지하고, 단결심이 적고, 공중 도덕심이 약하다는 것만을 막연히 느끼면서 K형의 침대에 같이 누워 다시 옛날 O교 낙원을 생각하며 잠에 들었다.

4. 크라이슬러 빌딩

어떤 도회지의 전면(全面)을 한 눈에 구경하자면 비행기를 타고 공중에 올라가는 것이 가장 필요하다. 그러나 뉴욕 전시가지를 살피는 데에는 비행기까지 탈 일이 없고 그 흔한 스카이스크래퍼의 꼭대기에 올라가도 사면팔방의 대도시를 남김없이 볼 수 있다. 그러나 나같이 돈 없는 여행객이 많은 돈을 들여 비행기를 세낼 수 없으니 사람이 쌓아 놓은 높은 콘크리트 건물의 신세를 져볼 것이다. 이것이 생명에 안전한 편으로나 또 세계 일류의 고층건물을 관찰하는 점으로나 매우 의미있는 일이다.

전에는 사람들이 세계에서 제일 높은 건물이라 하면 울워스 빌딩이나 싱거 재봉회사의 건물을 말했다. 그러나 오늘의 뉴요커는 크라이슬러 빌딩이나 엠파이어스테이트 빌딩을 알고 다른 높은 건물들은 거들떠보지도 않는다. 그러니 나도 중세의 고딕 양식의 울워스 빌딩을 나중에 볼지라도 먼저 현대식의 찬란한 크라이슬러의 꼭대기에 올라 대도시 뉴욕의 생활에 바쁜 낮 풍경을 보고, 최근에 건축한 백여 층의 엠파이어스테이트에 올라 고요한 별 앞에 춤추는 뉴욕의 밤 로맨스를 들어볼까 한다.

크라이슬러 빌딩은 뉴욕의 다운타운 제42번가의 렉싱턴가 중간에 놓여 있는 칠십여 층의 세계 제2의 고층건물이다. 나는 출입문을 들어서서 관람권 매표구에 가서 50센트를 내고 표를 산다. 안내자의 지시를 따라 초고속 승강기를 타니 한참 만에 제50층에 도착하였다. 거기서 다른 승강기로 바꾸어 타고 관람 탑이 있는 제71층의 꼭대기에 오른다. 만일 처음부터 완행 승강기를 타면 몇 분을 지나야 목적지에 이른다. 승강기 실내는 엷은 철판을 둘러싸고 아름다운 장식을 덧붙여 마치 전등으로 밝혀진 소규모의 일등칸 객실 같다. 출입문 위를 보니 아라비아 숫자로 나타났다가 사라지곤 하는 각층의 넘버가 있어 누구나 자기가 바라는 층에 온 것을 미리부터 알 수 있다. 승강기의 속력이 매우 빠른 듯한데 신체에 느껴지는 요동을 감각할 수 없으리만치 수천 척의 공중을 안전하게 운행한다.

제복을 입은 승강기 운전수의 지도로 제71층의 관람 탑에 오르니 사방에 열린 창문으로 서늘한 여름 공기가 경이에 찬 내 얼굴을 획 하니 스쳐간다. 하늘을 찌를 듯이 높이 솟은 고딕 탑의 내부 천정에는 하늘에 천사들이 날고 크고 작은 별들이 운행하는 그림으로 덮여 마치 천상의 별세계에 이른 듯한 소감이 든다. 과연 실내의 모든 설비는 낙원을 연상시키지 않는 것이 없다. 부드럽고 푹신하여 몸이 빠져드는 안락의자에 묻혀 수정구 속에 들어 있는 몇 송이 아침 장미를 들여다본다든가 푸른색이 무르녹은 주위의 벽화에 눈길을 주어 공중에서의 오수를 청할진대 이 어찌 지상에 차려놓은 행락이 아니고 무엇이랴!

그러나 스카이스크래퍼의 장관은 그 내부의 설비보다도 높은 탑 속에서 내려다보이는 바깥세계의 장엄함에 있다. 아침 해가 떠오르기 전 머리를 내밀어 배회함을 볼 수 있다. 동남으로 멀리 보이는 태양과 하늘이 마주 붙어 가물가물 보이는 곳에 한 점 흑점(黑點)은 아마도 다른 세계에서 이 세계로 보내는 평화의 기선인가! 그러니 나는 천상에 올라 구름 아래 있는 인간세계의 모든 행동을 남김없이 감시할 수 있는 큰 사명을 가졌다.

과연 하늘에서 맞이하는 태양! 더구나 저 멀리 신비의 속살거리는 바다와 육지가 마주 붙은 수평선의 태양은 상상만 하여도 내 몸에 말할 수 없는 간지러움을 준다.

그러나 아침 햇살에 실실이 풀려 사라지는 흰 구름 사이로 가물가물 내려다보이는 인간의 뉴욕은 꿈보다 참된 현실의 장엄함을 나타낸다. 실낱같이 흐르는 북강(北江)을 건너 검은 숲이 보이고 서북쪽에 새로 놓인 워싱턴 대교 앞으로 흘러오는 허드슨 강!

그 맞은편에 뉴저지 주의 산언덕과 작은 호수들이 더욱 운치 있다. 다시 머리를 돌려 동강(東江)을 살피자, 역시 아침 안개 속으로 뚜렷이는 보이지 않으나 상류로부터 엘켓, 퀸스보로, 윌리엄스 벅, 맨해튼, 브룩클린의 오대 철교가 장엄하게 걸쳐져 있고, 그로부터 롱아일랜드의 상부 대 뉴욕의 일부가 되는 퀸스와 브룩클린의 여러 도시가 가물가물 나타난다. 머리를 조금 돌려 동남쪽에 끝없이 출렁거리는 대서양의 파도를 바라보다가 발 앞에 우뚝 솟은 페들노스의 자유의 여신상의 횃불을 쳐다보니 내 몸이 다시 뉴욕의 고층 건물 속에 들어 있음을 실감한다.

탑에서 내려다보이는 뉴욕의 시가지는 어떠한가? 거리 위를 가물거리는 인간의 행동은 그저 생명 없는 한 '점(點)'이오, 여기에서 우러나는 삶의 소리는 하늘의 쉼없는 음파(音波)와 함께 하늘을 무찌르려고 중천에 서 있는 내 귀를 충동한다. 아아, 개미 같은 인간의 보잘 것 없는 행위가 이처럼 웅대한 세계와 여기에 들어 있는 불가사의의 창조적 음향을 끊임없이 말하는 것이다.

사람의 놀음은 볼수록 이상하고, 천지에 나타나는 각가지 조화는 들을수록 신비롭다. 그러나 나는 영원히 이 하늘과 인생의 중간 세계에 들어 있을 운명을 타고 나지 않았으니 바삐 이 탑을 내려가 다시 인간세계에 휩쓸리지 않을 수 없다.

5. 노동소개소

모닝사이드 공원의 높은 언덕에 비치는 아침 해는 푸르름이 무르녹은 포플러와 은행나무의 잎새를 뚫고 비에 씻겨 말갛게 된 도로를 비추었다. K형은 나의 신수가 이러한 아침 풍경에 취하여 늘 행운아가 못됨을 알고 아침 식사 후 곧 나를 다운타운에 있는 한인 노동소개소를 데려다 주었다.

노동소개소에는 일을 얻으러 온 조선, 중국, 필리핀 등의 노동자들로 가득 찼다. 좁은 실내에 빼꼭히 들어앉은 인물들이 입에서 담배가 떨어지지 않고 타니 방안은 굴뚝같이 연기에 가득하였다. 그래도 어두컴컴한 구석을 살피면 신문 보는 사람, 값싼 잡지를 읽는 사람, 생전에 처음 듣는 기담을 이야기하는 사람 등 제각기 소일거리를 가지고 있고, 또 한 구석을 살피면 사오 인씩 작은 테이블에 둘러앉아 체스나 장기로 무료한 시간을 보내는 무리도 있어 대합소는 과연 뉴욕의 다른 곳에서 볼 수 없는 동양인의 오락장이 되었다.

나는 먼저 사무실로 들어가 노동소개소 주인(조선인)을 향하여 방학 동안 할 일을 주선해달라 하니 P씨(소개소 주인)는,

"그래, 무슨 일을 원하시오? 쿡(요리)이나 버틀러(음식상 심부름꾼) 일을 하시면 웨이지(임금)가 괜찮고 일 얻기도 어렵지 않지만……."

"나는 미국 온 지 얼마 되지 않아 그런 일을 몰라요. 아무런 것이나 할 만한 일을 소개해 주구려."

"그러면 하우스 월(청소부)나 디시워시(그릇 닦는 일) 같은 것이 마땅하겠구려."

그러자 곁에 놓인 전화가 울려 P씨는 수화기를 손에 대고,

"오리엔탈 임플로이먼트 에이젠시… 헬로… 예스… 예스, 위 해브 플렌티 보이스… 예스… 탱큐…" 하고 전화를 마친다.

P씨는 내 이름을 장부에 기입하더니,

"그러면 봅시다. 무슨 일이든지 하나 얻어드릴 터이니 걱정 마세요."하였다.

나는 고맙단 말을 P씨에게 하고 대합실의 군중과 연기 속에 다시 들어와 박혔다.

아침 내내 더럽다 추하다는 감정을 가지면서도 나는 갖가지 동양인들과 이야기하지 않을 수 없었다. 그리하여 나는 그들의 생활을 알아보기 위하여 알아들을 수 없는 영어(브로큰 잉글리시)일망정 더욱 주의하여 들었다.

그들의 대화는 대개 그들의 노동에 관계된 것이었다. 중년의 한 중국인은 어떤 부잣집 요리사가 되었다가 주인마누라의 까다로운 성격을 못 이겨 뛰쳐나왔고, 또 한 조선청년은 버틀러가 되었다가 그 집 쿡과 싸우고 더 있을 수 없어 그 호화롭게 차려놓은 밀리언에어(백만장자)의 별장을 떠났다고 한다. 또 어떤 젊은 쇼퍼(자동차부)는 주인집에서 일하는 메이드(하녀)를 데리고 밤마다 주인집 자동차를 타고 외출하여 밤이 깊도록 놀다가 주인에게 들켜 할 일 없이 쫓겨났다는 둥 실로 말할 수 없이 흥미 있는 이야기들이 내 귀에 들어왔다.

일해 먹기는 과연 어려운 모양이다. 같이 일하는 하인들의 질투와 또는 가혹한 주인의 성격 때문에 부득이 있던 곳을 떠날 수도 있고, 또 주인마누라의 음탕한 환경에 빠져 놀다가 주인 남편에게 들켜 좋은 자리를 나오게 되는 여러 가지 예를 들으니 돈 많은 미국에 있는 노동자일지라도 조금의 밑천도 없이 늘 막벌이꾼의 행세를 면치 못하게 되는 것이 사실이었다. 아아, 불쌍하고 천대받는 미국의 동양인 노동자! 그들의 직업이란 오직 개인 주택의 더러운 노동이오, 그래서 모은 돈은 매춘부에게 갖다 바치거나 그렇지 않으면 저들끼리 탐하는 도박에 음주에 탕진하여 버리는 것이다. 그들의 눈에는 20세기의 찬란한 과학 문명이 아무런 의미가 있어 보이지 않고 다만 허황되게 들은 아메리카 자유주의와 데모크라시가 그들의 방탕한 생활을 더욱 부추겨 줄 뿐이었다.

나는 이러한 궁리를 하며 창밖에 요란히 들리는 쇠망치 소리와 자동차와 기계들이 부르짖는 세계를 내려다보았다. 뉴욕 다운타운의 낮 세계! 비즈니스 시간! 사람들은 남보다 먼저 빨리 이 거리에서 저 거리로 건너가며 대통로에 줄줄이 닿는 승용차, 운반차들은 지마다 앞장서서 자동 교통신호가 변하기 전에 이 블록에서 저 블록으로 달려가려 한다. 도로 인부들은 가두어 파놓은 하수도 속에 들어 공사에 바쁘고 수십 층의 스카이스크래퍼를 짓는 철공, 건축공들이 공중에 앉아 철강기둥을 뚫는 소리가 도시에 가득 찼다. 아아, 나는 이러한 백인의 활동세계에 살면서 할 일이 없다고 이 방에 앉은 저 무지의 동양인들이 찾는 일은 무엇인가 하고 생각하였다.

P씨가 앉은 사무실에는 사람 쓰려는 백인 남녀 주인이 자주 왕래하며 대합실에 모인 하인이 될 인물을 불러 많이 관찰하고 갔으나 나를 보자는 사람은 없었다. 나는 너무도 궁금하여 곁에 앉은 어떤 한인(韓人)에게 이렇게 물었다.

"일 얻기가 꽤 어렵구려."

"당신 언제 왔소?"

"흥! 나는 지금 여기 에브리데이 오기를 파이브 위크가 되어도(5주간 매일 온다는 말) 잡(일)이 없는 걸요."

"당신 무슨 일을 하시오?"

"난 쿡도 하고 론드리(세탁)도 하고 카(자동차)도 부리고 별것 다 하지만 찬스(일 얻을 기회)가 없는 걸 어찌하오."

이 말을 들으니 나같이 아무것도 모르는 숙맥에게 더욱 찬스가 없을 것 같았다. 그러나 내가 여기서 일을 못 얻으면 달리 얻을 도리가 없으니 날이 가고 달이 넘어도 직업소개소를 찾아오지 않을 수 없었다.

6. 코넬 오락장

오늘은 제155주년 미국 독립 기념일이다. 집집이 국기를 내걸고 모든 사무를 쉬며 사람마다 하루의 '굿 타임'을 얻기 위하여 시골에 있는 일가 친구의 집을 찾아가든가 비치(해수욕장)나 혹은 명산(名山)을 향하여 떠난다.

독립기념일은 크리스마스 다음 가는 미국의 큰 명절이라 거리마다 청소년들이 폭죽을 터뜨리는 등 다운타운의 유명한 연극이나 활동사진을 보러 가는 둥 대체 1년 동안 바라고 바라던 모든 오락의 욕망을 오늘에 다 이루려 하는 것 같다.

이웃집 대사(大事)가 내게 무슨 관계이랴만, 사람들이 너무도 어수선하니 경축기분에 무관심한 나이라도 궁둥이를 들먹거리지 않을 수 없다. 그러다가 점심을 먹고 나니 옆방 친구 해리스 군이 소리를 높여, 말한다.

"어디 좀 가보지 않을 텐가? 이렇게 덥고 떠드는 날에 아무 것도 안하면 무엇이 되겠는가?"

나는 일 개월이나 부모님께 편지를 못한 것을 생각하고 또 성탄절에 받은 몇몇 친구의 연하장에 답장을 할 생각도 있어서 H군을 향하여, 말했다.

"오, 나는 오늘 오후에 편지를 좀 쓸 테야"

"어디에? 스위트하트한테?"

"아니, 본국에 계신 어른들과 친구."

"그런 것이야 있다가 해도 관계없으니… 그런데 자네 코넬 아일랜드 구경을 했나? 뉴욕에 있다가 코넬 오락장을 못 보고 돌아간다면 누구에게 뉴욕에 있었다는 말을 하겠는가?."

H군의 말을 들으니 그럴 듯하다. 나는 전부터 코넬이 세계적 명성을

들고 언제든 한 번 찾아볼 기회를 기다리던 차라 H군의 유혹은 나의 마음을 사로잡았다.

우리는 컬럼비아대학 정류장에서 최대급행의 지하철도(I.R.T.)를 잡아타고 타임스퀘어에 내려 코넬 섬으로 가는 지하철도(B.M.T.)로 갈아탄후 한 시간쯤 달린 끝에 브룩클린의 동해안에 붙어 대서양의 끝없는 물결을 대하고 있는 세계 일류의 오락장에 왔다.

차에서 나와 정류장의 구름다리를 내려가니 우리는 벌써 코넬의 대통로에 들어선다. 좌우 상점이나 가건물에서 부르짖는 사람들의 외치는 소리는 실로 이런 세상을 꿈에도 못 본 나의 마음에 많은 신기함을 준다.

"아이스크림! 오, 아이스크림!"

"온리 파이브 센츠! 온리 파이브!"

"히어스 아이스콜드 오렌지 에일 폭스!"

대체 알아들을 수 없는 '바벨'의 소리가 천지에 가득 찼다.

나는 H군이 곁에서 설명하는 소리를 들으면서도 이 세상이 무슨 세상인지를 모르겠다. 전에 O. 헨리의 「사백만불」이란 단편집을 읽고 코넬 오락장은 과연 문인들과 행세 객이 볼만한 유명한 곳인 줄 알았건만, 보이느니 청량음료를 파는 가건물, 음식점, 쇼 하우스, 무슨 집 무슨 집하여 나의 눈에는 이렇다 할 볼거리가 없다. 그래도 사람들은 계집애, 사내애 할 것 없이 물밀듯이 밀려들어 사람들이 발을 옮길 수 없으리만치 인해를 이루었다. 외치는 소리는 경찰관들이 타고 다니는 비상 자동차의 경적소리와 어울려 천지를 휩쓸어 갈듯이 높다.

H군은 내가 머뭇머뭇하며 불안해하는 기색을 보고 어떤 일본인이 경영하는 롤링 볼 게임 스탠드로 끌고 들어간다.

"유 노우 재패니스 게임, 돈츄?" (자네 일본 게임을 할 줄 알지?)

나는 고개를 저으며 모른다는 뜻을 보인다. 그는 카운터 위에 놓인 동그란 나무 공을 쥐어 장방형의 나무상자 한 끝에 열린 여러 구멍을 향하여 굴려내려 보내며, 말한다.

"유 두 저스트 홧 아 이 엠 두잉," (나 하는 대로만 해)

그래서 나는 H군을 따라 일본인이 집어주는 대로 무수한 볼을 굴린다. H군은 전부터 이런 놀이에 익숙한 터이라 교묘한 수단으로 볼이 적은 숫자가 써 있는 구멍에 들어가려고 하면 다른 볼로 쳐내어 기어이 수많은 구멍에 들여보내고, 아무데도 들어가지 않은 뒷볼을 다른 볼로 쳐자기 앞으로 가져오기도 하여 그 노름이 실로 재미가 끝이 없는 것 같다.

우리는 얼마 동안 논 값으로 50센트씩을 지불한다. 일본인들은 나에게 작은 담배 재떨이 하나, H군에게 일제 화병 하나를 상으로 준다. 그러니 내 기술은 H군의 그것만 못한 것이 빤히 드러난다.

H군은 내가 사람 많은 장터에 나와 정신없어 얼떨떨해 하는 모양을 알아채고 에어코스타를 한번 타자고 제안한다. 나는 너무도 굴곡이 많게 얽어 놓은 공중 철도를 쳐다보며 전에 타보지 않았다는 뜻을 비친다. 그래도 H군은 나를 붙들고 승강장에 들어가 남녀 승객을 싣고 방금 떠나려는 차의 한 칸을 차지한다. 차부는 벌써 밖에서 기계를 틀어놓아 차의 진행을 돕는다. 차는 50여 척 차도의 정상을 허위적거리며 기어올라오더니 절벽같이 가파른 철로 위를 질풍같이 낙하한다. 나는 처음부터 손잡이를 단단히 붙들었으나 갑자기 거꾸로 박히는 열차의 속력과 젊은 여자들의 찢어지는 목소리를 듣고 내 몸이 어디로 갈지를 모를 만큼 얼이 빠졌다. 나는 곁에 앉은 H군도 잊고 살같이 달리는 열차 안에서 온 세상을 잊는 순간적 대질주를 경험한다.

몇 분이 지나 우리는 다시 안전한 지상을 걷는다. 나는 미국인들이 '폭력의 세상'에 사는 사람들이라 왜 이런 대질주의 오락을 좋아하는지 알 수 있다.

우리는 다시 인도를 걸어 사람들이 많이 몰려 서 있는 어떤 가건물 앞에 섰다. 가건물 안을 들여다보니 오륙 인 젊은 여자들이 반나체가 되어 서 있고 그 곁에 남자가 무어라 연설이 바쁜 모양이다! 연설의 요지는 이러하다.

"이 여자들은 특히 동양에서 데려온 유명한 무용수들이오. 이들의 몸짓과 애교는 인간의 말 못할 향락을 자아내는 것이오. 여러분 다 10센트만 내시고 이 안에 들어오시면 생전 처음 보는 아름답고 재미있는 유희를 구경할 수 있으니 주저하지 말고 들어오시기를 바랍니다."

나는 동양여자가 어찌 백인종일까? 하고 속으로 의심하였다. 그때 H군이 이렇게 말했다.

"저들은 하루 노동자들에게 음탕한 무용을 팔아먹고 사는 여자들! 매춘제도를 금한 미국이 불쌍한 홀아비 일꾼들에게 유일한 오락을 주는 곳이니……."

나는 일전에 누구한데 들은 말을 기억하고 이렇게 묻는다.

"아니, 컬럼비아 대학의 어떤 사회학 선생의 말을 들으면 뉴욕시내에 매춘부들이 30만이 넘는다던데 저들이 다 그러한 이들인가?"

"글쎄, 그것은 알 수 없으나 이 여자들은 허가를 얻어 공공연히 영업을 하는 것이니 저렇게 10센트를 내고 들어가는 사람들이 마침내 50센트나 1불을 내고 나오는 것 아닌가."

나는 H군을 붙들고 음악소리 요란하게 들리는 '메리-고-라운드'와 어린이들이 좋아하는 목마에 오른다. 과연 귀여운 아기들과 춤추며 돌아가는 목마의 세계에 들어오니 그렇게 요란히 떠들고 분주한 세상이 온통 꿈만 같다. 그러나 이 순수한 재미도 불과 몇 분이 못 가서 끝나니 돈을 더 내지 않으면 말 못하는 목마의 등이라도 떨쳐나오지 않을 수 없다. 나는 오락으로 넘치는 거리를 버리고 언제나 보아도 싫지 않은 대양을 접하기 위하여 H군의 의사를 묻는다. H군은,

"베리 굿! 해안으로 나가세. 그런데 우리 '베드 하우스'에 가서 수영복을 세내어 입고 물에 좀 들어가 보지 않을래?"

"글쎄, 난 보드워크 위에서 H군이 헤엄치는 바다를 내다보고 싶으니 어찌할까?"

"아아, 그러면 나 혼자 들어가란 말이야?"

그러는 중 우리는 어느덧 발을 옮겨 놓을 수 없이 사람으로 가득 찬 보드워크에 나와 선다. 아아, 한없이 뻗쳐 있는 백사장에도 색색의 수영복에 감겨 있는 남녀의 육체가 깔려 있다. 그러면 수백만 인생이 덮여 있는 피서장에 내가 맛보려는 바다의 미는 어디에 있는가?

나는 그래도 사람들이 다 점령하지 않은 바다의 수평선을 건너다보며 공중에서 쏟아지는 오뉴월의 더운 햇빛을 씻어가는 해풍을 맞으며 말 못할 상쾌함을 느낀다. H군은 우연히 마주친 해수욕장에 나온 여자 친구의 손짓을 보고 나의 권고를 무시할 수 없게 되었다.

나는 홀로 사람들 속을 헤맬 수 없어 해안의 한 끝 외로운 장소를 찾아 한편으로 노래와 웃음과 오락에 섞인 세상을 듣고, 또 다른 편으로 말없이 넘실대는 대서양의 파도를 건너다보며 하염없는 환상에 묻힌다.

7. 뉴욕의 밤

나는 지금 엠파이어스테이트 빌딩의 105층의 정상에 섰다. 1천 2백여 척의 발밑에 뉴욕의 밝혀 놓은 전등불빛의 바다가 끝을 알 수 없게 펼쳐

져 있고, 하늘에는 가을하늘의 헤일 수 없는 별들이 말없이 반짝거리고 있다. 신인(神人)의 재주를 다하여 이룩한 공중누각에 앉아 하늘의 별과 땅 위의 억만 등화(燈火)가 주고받은 속삭임을 보는 재미 ─실로 선경(仙境)의 맛이 아니라면 다른 말로 표현할 수 없는 별천지의 장관이다.

여기서 보는 뉴욕의 밤은 상하좌우 어디나 있는 별의 세계라 하늘과 땅을 분간할 수 없는 밤하늘 중간에 앉아 말할 수 없는 우주의 신비를 느낀다. 이는 마치 하늘에 닿는 산악의 높은 봉우리에 앉아 억천만 리 밖에 보이는 별들을 꿈꾸는 천문학자나 끝없이 터져있는 빈 사막의 오아시스에 누워 인간의 유구한 역사를 생각하는 시인의 그것을 연상시킨다.

등대가 반짝이는 물 위를 넘어 남해의 잔잔한 물결을 저어오는 나그네의 노래나 북쪽 산의 검은 숲속에서 속삭이는 청춘의 밤 로맨스를 들을 것 없이 끝 모를 허공에 떠올라 이별의 속삭임을 들어주고 저 별의 말없는 속삭임을 포옹해 주는 '신비의 놀음'에 취하는 것도 인생의 버릴 수 없는 낙이라 아니할 수 없다.

그러나 뉴욕 시민, 아니 아메리카인 전체가 이 보이지 않는 '하늘의 즐거움'을 얼마나 이해할 것인가? 그들의 눈에는 언제나 실질적으로 맛있는 것이 아니고는 만족을 얻지 못하고, 육체의 간지러움을 주는 미인의 껴안음이 아니면 다른 데서 즐거움을 못 얻을 것 같다. 그러면 내가 어찌하여 뉴욕의 밤에 들어앉아 말없는 '별의 세계'의 한없는 적막의 달콤한 비애를 그려마지 않을 것인가? 나는 이 부질없는 '허공의 꿈'을 버리고 '현실의 춤'에 날뛰는 뉴욕의 불바다에 오락가락하는 군중의 밤을 내려다보자.

내 발 앞에는 어떤 호텔의 옥상 공원이 나타난다. 푸른 야자수와 온갖 화초로 엮은 무대 속에 무수한 남녀가 허리를 마주 끌어안고 노니는 밤의 무도회가 있다. 들으라, 질탕한 오케스트라의 소리! 보라, 아름다움의 극치에 달한 화장과 애교에 넘치는 행복의 남녀! 그들의 율동적인 무용과 환락의 전율에 물결치는 인간 진미의 향취!

그렇다. 뉴욕의 밤은 춤과 사랑의 밤이다. 타임 스퀘어에서 브로드웨이를 오르내리는 백만인 향락객의 소원은 춤과 이야기로다. 연극과 사진으로 미치고 날뛰는 '사랑'의 충동을 만족하게 하는 그것이다. 첩첩히 쌓아 올린 파라마운트 빌딩의 메인 플로어에 들어가 최신 작품인 〈공학남녀(共學男女)의 사랑의 공개장〉을 보든가 푸른 전등이 높이 나타나는 '럭스' 극장에 들어가 그 유명한 오케스트라의 음악을 듣는 것이 모두 사람의 감정에 피치 못할 사랑의 놀음이 아니고 무엇인가?

뉴욕의 사방에 늘어서 있는 많은 극장, 무도장, 카바레 등을 찾아가 보면 세상에 말 못할 가관이 나타날 것이다. 할렘의 흑인 부락에서는 유명한 물라토 걸들의 나체무용이 있고 다운타운의 찰리칭, 댄싱 팰리스에도 먹고 마시는 일 이외에 음탕한 일이 많다고 한다. 그 외 거미줄처럼 엮어 놓은 뉴욕의 골프장, 심포니 음악회장, 당구장, 무엇 무엇 등의 존재는 모두 뉴욕 시민의 밤놀이를 위하여 존재하는 것이다.

이리하여 뉴욕의 밤은 분주하게 떠들던 기계적 임무인 낮의 사업을 잊고, 웃음과 농담과 사랑과 행복으로 마시고 춤추는 오락의 세계를 데려 온다.

그러나 뉴욕의 대낮같이 밝은 밤거리에도 애처로운 비애의 현실, 깜깜한 범죄의 음모가 없지 않다. 밤이 새도록 질탕하게 즐기던 쾌락이 피로에 넘어가고 새로운 아침 해가 곤히 쓰러진 남녀의 머리를 비출 때 비상 자동차의 사이렌 소리와 함께 병원에 들어오는 죽음과 부상자의 무리! 이들은 아마 밤새에 나타난 강도의 무리나 깡패 일파와 경찰 사이에 일어난 대접전

의 결과일 것이다. 이리하여 뉴욕의 밤은 정말 잠자고 쉬는 밤이라기보다
는 기쁨과 슬픔이 만나 날뛰는 인생의 대낮을 그대로 계속한 것이다.

8. 리버사이드 파크

뉴욕에 구경거리가 하도 많고 소일할 장소가 부지기수라 하지만 내가
제일 좋아하고 연인처럼 날마다 찾아가는 곳이 바로 리버사이드 공원이
다. 이는 내가 거처하는 집에서 멀지 않고 또 다른 공원보다 깨끗한 맛
이 있기 때문에 그러할 뿐만이 아니라 이곳과 관련된 많은 생각과 느낌
을 잊을 수 없는 까닭이다. 그래서 나는 언제나 뉴욕에 오기만 하면 이
유명한 허드슨 강변에서 잠자리를 잡고 맑은 날 흐린 날 할 것 없이 이
곳을 배회한다.

리버사이드 공원이 내게 정드는 까닭은 그 발 앞을 굽이굽이 돌아 흐
르는 허드슨이 있기 때문이다. 만고에 하루같이 출렁거리는 물결 위에
날마다 변하는 인생과 자연의 기기묘묘한 장면을 생각할수록 언제나 이
물보라를 따라 오르내리고 싶다. 뉴욕은 이 허드슨 강이 있음으로 해서
살고 아메리카의 자랑은 뉴욕의 위대함을 앞세운 까닭이다.

먼저 허드슨의 자연적인 절경을 생각하자. 본래 강물이란 언제나 새로
운 장관을 창조함으로 사람이 이를 항상 동경한다. 조금 전에 흘러간 강
물은 영원히 가버리고 시시각각으로 나타나는 것은 심산유곡에서 오는
새로운 물보라의 신기한 움직임뿐이다. 이는 곧 우주 대자연의 쉬지 않
는 창조적 활동적인 미(美)를 나타내고 있는 것이다.

이른 새벽 만물이 고요할 때 리버사이드로 나가면 희미한 대기에 들어
말없이 누워 있는 허드슨 강이 이상한 손짓을 하며 맞는다. 이는 마치 세
상이 모두 잠에 들었건만 나 혼자 자지 않고 보다 더 큰 바다의 세상을

향하여 가노란 말을 중얼거리는 것 같다. 그리고 느릿느릿 흐르는 수면에는 알 수 없는 신비의 사자(使者)들이 새로운 태양의 속살거림을 하늘에 전하는 듯하다. 이리하여 허드슨의 물결은 사람이 일어나기 전부터, 아니 태고적부터 생명의 알 수 없는 약동을 시작한 것이다.

붉은 햇살이 솟아 강 언덕을 덮었던 아침 안개가 벗겨지면 거울같이 반짝이는 물결이 멀리 보이는 뉴욕 북부의 깊고 넓은 허드슨 계곡을 흘러 맨해튼 섬의 서쪽을 지나가 바다에 쏟아짐을 한 눈에 볼 수 있다. 뉴저지 주에는 깎아 세운 듯한 절벽의 팔리세이드가 연이어 있어 그 위에 위태롭게 서 있는 수림이 보기 좋고, 뉴욕과 뉴저지 두 주를 이어놓은 워싱턴 철교 앞으로는 수없는 기선, 목선들이 강 한가운데를 오르내린다. 이리하여 뉴욕의 더 분주한 아침 손님은 여객선이라든가 짐배가 밤새 고요하던 물보라를 흔들어 주기 시작한다.

그런고로 허드슨의 낮 경치는 활동에 사업에 뒤덮인 뉴욕을 모르곤 알 수가 없다. 물이 만들어 놓은 하구의 부두들을 살피면 동서 대륙의 물자들이 모두 허드슨의 물보라를 통해 모인 것임을 알 것이오, 강 언덕에 붙어 하늘을 찌를 듯이 솟아오른 만악천봉(萬嶽千峰)의 공중누각들이 또한 그 자태를 반사해 주는 허드슨이 없고는 아무 의미가 없음을 알 것이다.

리버사이드 파크서 보는 대 허드슨의 강물은 이렇게 두 가지 측면의 의미를 가진 것이다. 북쪽으로 강의 상류를 우러러 대자연 속에 파묻힌 산악 사이를 흘러오는 물과 뛰뛰빵빵하고 왕래하는 선박들이 뒤덮인 흐린 물 섞인 하류의 현대식 항구를 지나가는 물 두 가지다. 따라서 리버사이드 파크의 발 앞에 출렁거리는 강물에서 옛날 허드슨 탐험대가 들어오기 전 인디언이 발 씻던 암석을 찾아볼 수 있고, 다른 한편으로 현대인의 재주를 다하여 파놓은 강의 저수로, 지하철의 흉물스런 장난을 본다. 그러나 아무리 사람들이 흐려 놓은 강일지라도 리버사이드에서 보는 허드슨은 언제나 자연미 그것을 잃지 않았다.

물 위에 비친 석양의 붉게 타는 노을이라던가, 흐린 날의 안개에 싸여 보일락 말락 하는 수상선의 모양은 모두 한 폭의 그림이 되어 아깝지 않다. 더구나 저물 무렵의 강이라든가 어둔 밤의 별세계에 누운 강물은 더욱 신비롭다. 따라서 맑은 날과 흐린 날, 밤과 낮을 막론하고 리버사이드에 나와 언제나 새로운 미(美)를 창조하여 마지않는 허드슨의 장관을 보지 않을 수 있을까!

유럽
여행기

1

1932년 6월 오전 10시, 나는 북부 독일 로이드 회사의 퍼린 호를 타고 뉴욕 항을 떠났다. 제42 부두에 내려와 배에 오르며 보내는 이, 가는 이의 외침소리를 들으니 외로운 내 가슴에도 마음여린 여자들이 흘리는 눈물이 차오르는 듯하다. 그러나 나는 애처롭게 보내는 이 하나 없는 처지라 젊은 애인을 두고 가는 청년들의 마음이나 늙은 어머니를 보내는 어린 딸아이의 마음과 같은 슬픔이야 느껴볼 수가 있을까?

정각에 무수한 고동을 울리며 움직이기 시작한 배는 힘있는 소(小)기선의 안내를 받아 허드슨 강의 중류에서 발걸음을 옮긴다. 소기선이 부두로 돌아갔다가 미처 배에 오르지 못한 부인 선객 하나를 데려다 진행하는 본선에 올린다. 배는 어느덧 제 속력을 내어 맨해튼의 남단을 돌아 자유의 여신상 곁으로 작별의 목례를 하고 스태튼섬과 롱아일랜드의 좁은 해협을 지난다. 마지막으로 하늘에 뾰족뾰족 솟아오른 공중누각의 뉴욕을 쳐다보니 오륙 년의 인연 깊은 미국생활이 새삼스럽기 그지없다.

그러나 미국은 나의 조국이 아니라 떠나가는 서러움이 장차 보려는 대륙의 찬란한 문화를 예상하는 바람에 아무런 힘을 주지 못한다. 그렇다. 사람은 뒤에 놓고 떠나는 땅을 아쉬워하고 우는 것보다도 앞으로 오려는 신세계의 대 희망을 바라보면서 고함치며 달음질쳐야 할 것이다.

지정한 선실에 들어가 짐을 풀고 일주일 넘게 지낼 바다위의 해상생활을 정돈한다. 두 사람이 있게 된 방이나 나는 독신이라 도구들을 전부 나 혼자 사용할 수 있는 행운을 얻었다.

거울 앞에 놓인 세숫대야에 얼굴을 씻고서 선반 위에 놓인 생수를 따라 마시니 아침 내내 길 떠나는 준비에 분주하던 정신이 다시금 새로워짐을 느꼈다.

오후의 밝은 햇빛이 군중이 오가는 갑판 위로 내리쪼인다. 사람들은 저마다 멀어져가는 대륙을 향하여 감개가 무량한 듯하다. 석별의 눈물에 젖은 얼굴이 숙연해지고 외치던 소리가 사라지자 선객들은 말없이 보내는 산천을 향하여 마지막 인사를 하는 것이다. 그들의 마음과 마음은 말할 수 없는 회한과 행복과 애석함 등의 복잡한 감정으로 가득 차 있다.

독일 배라서 선객의 대부분은 독일인이다. 대개 여러 해 미국에 이민을 와서 미국 시민이 되었건만 조상들이 살던 조국을 방문하기 위하여 처자들을 데리고 대해(大海)를 건너는 것이다. 그들의 평소 언어는 영어였으나 조국의 배에 올라 동포끼리 모이는 곳에 오니 미국에서 별로 써보지 못하던 모국어가 나오는 것이다. 내 귀에는 한 마디도 알아들을 수 없는 외국어지만 그것을 통해 예로부터 전래되어 오는 독일정신을 기념하는 그들의 애국심을 존경하지 않을 수 없다.

저녁때가 가까워오자 선객들은 출입구 가까이 설치된 바(Bar)로 달려가 금주국가에서 수 년 동안 마셔보지 못한 맥주와 위스키를 사먹기 시작했다. 나도 독일 맥주는 어떠한 것인가 하고 군중이 몰리는 곳에 가서 제일 적은 유리잔에 한 잔을 사먹는다. 맛은 조선의 탁주나 막걸리와 다를 바가 없다. 맥주를 좋아하는 독일인들의 술 마시는 법은 과연 탐스럽고 호탕하다.

선객이 의외로 많아 전체를 3등분하여 한 그룹씩 식사를 한다. 나는 세 번째 그룹에 포함되어 첫째와 둘째 그룹이 식사를 마치기를 기다리는 동안 홀로 갑판을 거닌다. 안개에 싸여 확실히 보이지 않는 미국 동해안을 마지막으로 살핀다. 석양의 배경을 받아 말없이 멀어져가는 뉴욕, 코네티컷, 뉴잉글랜드의 산천이 새삼스럽게 정이 든다. 나는 여기서 홀로 쓰라린 경험을 맛보며 인생과 인연을 맺고 자연과 정을 들인 일이 한둘이 아니었다.

밤이 늦어간다. 선객의 대부분은 남녀 할 것 없이 바의 문전에 모여서 맘껏 마시고 대화에 들어간다. 그들은 마치 사랑하던 자매들이 떨어져 살다가 오래간만에 만나 평소 그리던 마음을 털어놓는 것 같다. 어떤 이는 울음 섞인 눈으로 하소연을 하고, 어떤 이는 무슨 원통한 일이 생각나는지 팔을 휘두르며 알지 못할 말을 중얼거린다. 꿈속에 그리던 고국의 강토를 대한다는 기분이 맥주의 취기와 합쳐져 오랫동안 눌려 살던 마음을 풀어 놓는 것이다. 이리하여 마시는 술잔이 탁자에 넘치고 피어오르는 향기가 선실에 가득 찰 때 군중은 오래토록 잊었던 옛날 고향의 노래와 시가 이 입 저 입으로 나오기 시작하여, 밤을 잊은 채 진행하는 기선의 추진기 소리와 어울려 터져나갈 듯한 노랫소리가 공중에 충만하다. 대서양 위의 첫 밤은 아쉬운 이별에서 과거의 쓰라림을 잊고, 희망과 달콤한 기대의 현실을 비는 축배로 넘친다.

2

밤새도록 쉬지 않고 달려온 배는 사면팔방 돌아보아야 물밖에 없는 대양의 세계를 그대로 걷고 있다. 밤새도록 취하여 놀던 인생을 조금도 나무람이 없이 고이 실어온 공(功)으로 자리에서 일어난 여객들은 바다와 배를 한껏 찬양하였다. 앞으로 밀어닥치는 잔물결을 곱게 갈라 좌우로 헤치고 두 갈래의 배설 같은 거품리본을 이끌며 퍼린의 뱃머리는 사람의 시비와 공론을 듣는 둥 마는 둥 동으로 향하여 간다.

아침이 끝난 뒤 사람들은 저마다 여러 날 해상에서 지낼 준비로 의자와 담요를 세내고 육지에 있는 친구들에게 안심하라는 전보를 보내는 등의 여러 일에 바쁘다. 어떤 이는 인사과장이 전하는 서신을 읽고 회답을 쓰며, 어떤 이는 배에서 출간한 일보를 보며 밤 사이에 생긴 사회상을 연구한다. 나도 D가 보낸 본보야지(여행 떠나는 사람에게 하는 인사말)의 특급전보를 받고 반갑다. 상중하 갑판 여기저기 자리를 잡고 반쯤 누워 흐물대는 바다의 얼굴을 내다보는 군중의 신세야말로 행운이라 아니할 수 없다. 위로는 천지에 충만한 뜨거운 햇빛이 사람들의 살 색깔을 더욱 빛내고, 발밑으로 평온한 바다가 천여 명의 생명이 붙어 가는 선체를 순조롭게 밀어줄 뿐이다.

오늘 같아서는 대서양의 항해를 누가 저주하며, 항해의 위험함을 누가 이야기할까? 아이들은 배 난간에 기대어 손을 벌리면서 배 허리에 부딪쳐 깨어지는 푸른 구슬의 물결을 껴안으려 하고, 사람들은 망원경을 들어 멀리 나타났다 사라지는 어선들을 감상하기 바쁘다. 요람처럼 흔들거리는 배의 요동은 오수에 들기 좋아하는 손님의 머리를 더욱 숙여 주고 이따금 간지럽게 겨드랑이를 스치며 지나가는 해풍이 또한 나그네의 마음을 더욱 시원케 할 뿐이다.

인간의 복을 타고나지 못한 나로서 이러한 대양의 즐거움을 만나 어찌 감회가 없을까? 나도 1불을 내고 갑판 의자를 사서 햇빛 많이 내리쬐이는 갑판의 한구석에 가로누워 산타야나의 최근 저서인 「원리의 세계」

를 읽기 시작하였다. 그러나 멀리 원형의 수평선상에 반짝이는 물보라를 쳐다봄이 어려운 철학서를 읽는 것보다 더욱 재미있다. 그리하여 어느덧 공상과 환상에 빠져 어릴 적에 읽은 로빈슨 크루소의 모험담이 떠오르기도 하고, 허생(許生) 발견했다는 남해의 사시장춘인 낙원 풍경이 상상에 나타나기도 한다. 실상 이 편안한 물결을 따라 남으로 남으로 갈라치면 인간의 생로병사를 모르는 무인도가 많지 않을 것인가? 아아, 그러면 나는 낡은 세계로 다시 돌아가는 것보다 이 잔잔한 대양의 물결을 밟고 더러움이 일찍이 침입하지 않은 강남의 천국을 찾아갈 것이 아닌가? 나는 이렇게 현실적인 바다의 장엄함을 잊고 끝없는 꿈의 나라에 들어 한낮을 보낸다.

땡땡땡 하고 저녁식사를 알리는 종이 울린다. 머리를 들어 남쪽 하늘을 보니 회색 구름이 뭉게뭉게 하늘과 바다를 배회하고 서쪽 하늘의 그것을 넘어가려는 석양에 물들어 봉숭아꽃처럼 뭉게뭉게 떠다닌다. 이러한 때에 보는 하늘과 바다의 구름은 일층 조화롭고 더욱 아름답다. 대낮에 보던 바다는 그저 찬란하고 광명에 찬 단순미의 바다 풍경이었으나, 지금 보는 그것은 신비로운 운치와 알 수 없는 색채가 배후에 들어 있는 불가사의의 미인 같다. 차츰차츰 시간이 지남에 따라 변화하는 물빛과 구름의 움직임은 못 견딜 만큼 사람의 마음을 설레게 하는 미의 극치다!

모든 화가들이 다투어 기리려는 산 그림이다! 바다의 저녁 풍경, 석양의 바다!

어스름이 덮이니 십오 리의 시야가 점점 좁아진다. 자줏빛으로 물든 하늘과 물이 회색으로 변하고 낙조의 남은 불길이 텁텁이 일어나는 검은 구름에 깔려 바다의 밤은 급하게 배의 주위를 휩싼다. 종일토록 온갖 유희와 쾌락에 세상을 모르던 아이들은 선실로 들어박히고 오직 말없이 거니는 신사들만 잠자리의 운동으로 갑판 위를 방황할 뿐이다. 이럴 때 사람의 마음은 우주의 알 수 없는 침묵을 주시하고 인생과 자연의 깊은 대화를 듣는다. 이리하여 바다의 밤은 천지의 모든 색채와 차별적인 특성을 한결같이 무한한 검은 가슴에 안아버리고 만다.

3

밝아오는 태양이 아직도 바다 밑 용궁을 떠나오기 전, 암흑을 뚫고 달음질치는 우리 배는 어느 곳에 숨었다가 달려드는지 알 수 없는 광란의 파도의 위협을 받았다. 그렇게도 순탄하고 평화롭던 바다가 밤새 세상의 온갖 것들을 뒤덮고 천지를 한꺼번에 들여 마시려는 물보라를 이룬 것이다. 사람이 재주를 다하여 만들었다는 현대식 기선이라고 육지에서 수천 리 무변대해에서 사정없이 달려드는 태양의 노여움을 받지 않을 수 없다. 사실 천 톤의 철선이 태산같이 일어서 달려드는 파도를 어찌할 수 없었다. 그러나 이 배의 운명에 의지했던 인생들이야 더 말할 것 없는 불행을 면치 못하게 된다.

나는 이렇게 불행한 지경에 빠진 사람 가운데도 더욱 불행한 자다. 신체가 약하여 남보다 먼저 병고에 들게 되고 또 해상경험이 적어 미리부터 불의의 재난을 방지할 아무런 준비를 갖추지 못했다. 그리하여 선체가 이상하게 동요하기 시작한 새벽부터 나는 대장에 들어있는 모든 것을 토해 버리고 장차 오려는 생사의 길을 기다릴 뿐이다.

잠자리에 누운 몸이 배의 너울거림에 따라 침대의 이쪽에서 저쪽으로, 이 모퉁이에서 저 모퉁이로 연달아 굴러다니기 시작한다. 머리맡 세면대 위에 놓였던 물 잔이 저절로 굴러 떨어져 최후의 운명을 당하고 천정에 달린 전등들이 말없이 흔들거리며 불빛을 농락한다.

그러나 이 선실 저 선실에서 울려퍼지는 신음소리가 점점 커져서 울음이 되고 기침과 구역질이 갑자기 쏟아 버리는 구토 설사의 대역병을 이루었다. 사람의 탄식소리, 부인과 아이들의 고통의 부르짖음은 실로 세상의 모든 고락 행복을 담아오던 인간 선박의 종말을 고하는 듯하다.

아아, 이것이 세상에서 말하는 파선의 전조요, 노도의 희롱이었던가? 이것이 사람들이 말하는 대서양의 특징이며, 그리하여 수많은 생명이 여기에 삼켜져 막을 아무런 힘이 없다. 동서의 끝없는 해양의 한구석에 발을 들여놓자 세상의 말 못할 고통과 위험을 당하고, 그리하여 장차 어떤 순간에 사라져 없어지고 말지 알 수 없는 나의 신세야말로 생각할수록 가련한 일이다.

그래도 나는 살기를 도모하고자 걸어다닐 수 없는 몸을 일으켜 배의 의무원을 방문한다. 그는 다년간의 경험이 있는 자라 이만한 해상 폭동을 조금도 두려워하지 않는지 나의 급급한 말을 냉정하게 들으며 병원으로 가잔다. 남자 병실은 어느새 만원이 되어 나는 부인병실에 이미 누워 있는 한 남자 곁의 침대에 가 누웠다. 바다는 더욱 나를 삼킬 듯이 날뛰고 아픔에 부르짖는 인생의 비참한 외침은 더욱 높아진다.

의사들은 병자들을 위하여 분주하다. 산소호흡기를 병자들의 코와 입에 대어 주는 등, 기진맥진한 손님에게 주사를 놓아주는 등 여러 방법을 써서 죽어가는 인생들을 살리려 한다. 나는 두통과 구역질이 끊이지 않고 사지가 녹아들어가 세상에 귀한 것이 하나도 없음을 실감한다. 끊임없는 선체의 요동에 따라서 시시각각으로 일어나는 구역질과 위장을 비트는 고통이 오늘로 나를 죽여버리고 말 것 같다. 간호원들의 응급조치를 받고 나서도 나는 여전히 비관적인 마음을 버리지 못한다.

이러한 장면에서 인간의 심리는 생각할수록 부질없고 허무의 밑바닥일 뿐이다. 편안할 때 가지던 물질적 탐욕, 인간적 애증, 정신적 갈망이 아무런 힘을 주지 못한다. 여기에는 하나님도 없고 돈도 부질없으며 세상의 부귀영화가 아무 의미가 없다. 죽음의 선상에 선 사람의 마음은 오직 조금이라도 고통을 면할 수만 있고 실낱만큼이라도 연속할 수 있는 생명만을 갈구한다. 어제까지 아름답게 보였던 천지가 더럽고 무섭다.

나는 이번 재앙을 피하여 다시 살아난다면 다시는 바다 여행을 하지 않으리라. 런던까지 살아서 간다면 이미 사놓은 마르세이유행 일본 선박 회사의 배표를 물러버리고 시베리아 철도를 탄 후 대륙을 횡단하여 가리라. 다른 사람은 모르되 나만은 바다 여행을 다닐 운명을 타고 나지 않았음이 명백하다.

그러나 아무리 풍파가 심하고 천지가 뛰놀지라도 강하고 경험 있는 사람은 까딱없이 견딘다. 그들은 이 험한 날에도 배불리 아침을 먹고 사무에 분주하며 인사를 차린다. 그들에겐 자연의 위협이 무섭지 않고 도리어 이 흉물 속에 들어있는 장엄함과 아름다움을 찾는다.

약한 자에게는 병과 죽음이 있는 법이요, 힘 있는 자에겐 이 모든 악이 아무런 세력을 발휘하지 못한다.

나는 이러한 고통, 염려, 안타까움의 모든 감정을 가슴에 품고 사흘 동안이나 병치레를 하였다. 바다의 노여움은 하루를 계속하지 않았지만 그 영향으로 나처럼 병에 걸린 사람이 아직도 많다고 한다. 그들은 나처럼 이틀 동안이나 금식하고 말 못할 고통을 겪었다. 나는 나흘째 되던 날에 아침을 먹고 일어났다. 먹어야 산다. 먹어야 산다. 하고 억지로 먹은 효과가 없지 않다. 나는 어느덧 새 용기를 얻고 새로 살 희망을 가지게 되었다.

점심때 의사는 날더러 방에 가도 좋다고 하며 아직까지 배 멀미를 하는 남자 하나를 병상에 데려다 눕혔다. 나는 할 일없이 천지가 빙빙 돌아가는 머리를 가지고 돌아왔다. 그러나 나는 구역질이 나는 배 냄새를 피하기 위하여 갑판 위로 나왔다. 여기서 배 멀미를 앓지 않은 손님들의 오락과 대화로 찬 첫날에 보던 낙원을 다시 보았다. 간지러운 햇빛, 부드러운 바람, 장엄한 물결—모두가 새로운 희망을 주는 듯하다. 아아, 나는 부질없이 바다를 저주하고 인생을 한탄하지 않았는가! 사람들의 말을 듣건대 그렇게 험악하던 물결이 도리어 통쾌한 것이었고, 암흑에 싸인 자연이 이상한 계시를 주었다고 하건만 나는 어찌하여 이삼일 동안 말 못할 고통에 빠졌던가?

그러나 내 병상을 차지한 병자는 이 오후에 그만 세상을 떠났다 한다. 그러면 이번 대서양의 노여움이 얼마나 많은 생명을 빼앗아갔을까? 가슴 아픈 애통함과 눈물이 흘러있는 무수한 선실이 대양에 떠있는 배 안에 있다면, 바다도 육지와 못지않은 원한과 고통을 간직하고 있음이 사실 같다. 그러면 배위의 생활이야말로 인간의 모든 생활을 축소하여 간직하고 있는 것이라 하여도 과언이 아니다. 여기에 사랑이 있고 미움이 있으며, 탄생도 있고 죽음도 있는 것이다.

4

하늘은 하루 동안의 공포의 대가로 아름다운 날씨를 제공한다. 안정을 되찾은 배의 항해와 더불어 병상에서 가졌던 불안을 점점 잊어버리고 다시 바다가 정다워지며 해상 생활이 도리어 상쾌한 일이라는 생각을 가진다. 이리해서 나는 밤만 새면 갑판 위에 뛰어올라가 밑에서 솟아오르는 붉은 아침 태양을 맞이하고 끝없이 출렁거리는 파도를 노래한다. 바다의 공기는 그렇게도 시원하여 나의 뱃속을 깨끗이 씻어주며, 물 위에 내리쪼이는 여름날 빛이 나의 얼굴을 선원의 얼굴처럼 태워준다.

선객들도 나처럼 아름다운 항해를 몹시 즐긴다. 남녀노소를 막론하고 배의 좌우현에 붙어 이따금 떠오르는 어족의 물보라를 보던가, 멀리 지나가는 선박들을 망원경으로 살피며 무리무리 떼 지어 앉아 서로의 취미와 의견을 교환한다.

배 위에서의 생활은 다양한 인물들로 이루어져 있다. 노동자, 노예 등이 있는가 하면 귀족 부호의 자녀들이 섞여 노는 것도 이채로운 일이오, 대학교수나 연구생들이 보통학생들의 여행단에 싸여 장난치며 노는 것도 미국이 아니면 다른 데서 보기 드문 장면이다. 하기는 조각배에 올라 광대무변한 바다 위에 뜨니 다른 사회를 생각하기보다 눈앞에 나타나는 인간들과 (상하 귀천을 막론하고) 사귀며 해상의 단조로움을 잊어야 할 것이다.

이러므로 어떤 때는 40년간이나 충실히 빵 굽는 직업에 종사한 이와 산책하며 그의 인생관을 듣고, 또 어떤 때는 어물상, 포주, 기술자, 농부들과 섞여 농담을 한다. 더욱이 미천한 처지에 있는 여성들이 배 한 구석에 모여앉아 말하는 희망을 엿들으니 눈물이 난다. 또 포복절도 할 일도 많다. 처녀들은 좋은 인생을 보내기 위하여 혼자의 힘으로 산다고 하고, 나이 먹은 남녀는 서로 의견이 맞지 않고 질투하는 것이 무서워 서로 결혼하기를 주저한다고 하고, 또 이미 결혼한 남녀들도 제각기 행복을 누리기 위하여 자식 낳기를 싫어하는 가정을 이룬다고 하니 신시대의 남녀는 참으로 알 수 없는 일이 많다.

이 배에도 다른 세상에서 볼 수 있는 과격한 사상을 가진 이와 보수적인 사상을 가진 이들의 논쟁이 있다. 하버드대학에서 농업경제를 연구했다는 S박사는 미국의 자본주의를 그럴 듯하게 변호하고, 소위 유랑객을 자처하는 뚱뚱보 M군은 공산주의를 찬미하여 종교나 옛 도덕 윤리를 모조리 공격한다. 나는 흔히 이 같은 무신론자들에게서 과거 기독교의 무수한 죄악을 비판하며 현대 사람들의 문명을 저주하는 소리를 듣는다. 더구나 청년들보다도 장성한 사람들이 신사상 이야기를 많이 하는 것은 도저히 조선에서 볼 수 없는 현상이라 할 수 있다.

이리하여 대서양의 작은 세계에 떠도는 인생들은 제작기 제 생각을 가지고 제 맘에 드는 놀이에 지루한 배의 세월을 보낸다. 운동을 즐기는 사람은 테니스, 수영, 투구 등의 재미있는 경기에 바쁘고, 카드나 바둑을 좋아하는 자들은 사교실에 모여앉아 동전내기나 맥주 내는 투전에 골몰해 있다. 늙은이들은 종일 의자에 걸터앉아 눈을 감고 지나간 시절의 생각을 꿈꾸며, 이렇게 이상야릇한 장면을 지켜보는 예술가들은 다투어 그 현상을 화폭에 옮기려 한다. 이도 저도 못하고 외로이 서 있는 사람들은 본 파도를 종일토록 들여다보고 있을 뿐이다.

5

대서양의 아름다운 날은 밤이 되니 더욱 운치 있고 재미있는 일이 많다. 기선에서 준비한 밤마다의 음악회, 무도회, 활동사진 등의 지루한 항해를 잊게 해주는 프로그램과 갑판 위에서 밤이 깊도록 즐길 수 있는 정남정녀의 밀회 같은 것이 도리어 어떤 젊은이들로 하여금 바다여행을 탐하게 만드는 것이다.

음악은 누구나 할 수 있는 것이라 젊은 학생들이 모여앉아서 자기네끼리 준비한 바이올린, 손풍금, 하모니카로 온 군중을 놀라게 할 만한 즐거움을 주고, 노동자끼리는 그들의 독특한 민요나 잡가(雜歌)를 노래하여 젊은 남녀의 마음을 어지럽게 한다. 그런고로 배에서 제공하는 오케스트라나 직업적 음악단이 그리 환영을 받지 못함이 이상하지 않다. 음악회가 열리는 때 선객 중에 유명한 성악가나 기악가가 있다면 그들이 주는 음악으로 선객들을 무수히 끌어들여 성황을 이루는 수가 있다.

부인들과 아이들이 제일 좋아하는 것은 활동사진이다. 나도 어떤 날 밤 독일 사진은 어떤가 하고 상영실에 들어갔다. 보이는 것은 모두가 독일 작품이다. 현대에 성행하는 탐정극, 사회극이 주된 주제이고, 이따금 독일의 유명한 경치를 광고 삼아 보여준다. 알프스 산맥의 기묘한 자연은 볼수록 사람의 마음을 끌어 유럽에 발을 들여 놓는 손님은 모조리 달려간다고 한다.

독일 작품은 많이 본 일이 없어 모르거니와 미국의 그것에 비하여 아직도 미비한 점이 많다. 첫째, 배우들의 태도나 예술적 가치가 너무도 모방적임을 숨길 수 없고, 한 가지 장면을 되풀이해서 관람객을 지루하게 만드는 것이 큰 허물이다. 그뿐 아니라 그리 복잡하지 않은 사건의 플롯을 칠팔 권의 장편으로 만드는 것이나 그림 장면 간간이 넣은 설명적인 어구가 너무도 긴 것이 미국사람의 마음을 불편하게 하는 것이다. 물론 사진 전체가 슬로우 모션이라면 그동안 사람들에게 사고의 여유를 주게 됨으로써 많은 이익이 있다고 할 수 있으나 대체로 뜨고 긴 사진은 관람객의 지루함을 자아내는 것이 예사다.

선객의 흥미를 가장 자아내는 것은 무도회다. 배 위에서의 무도회는 어떤 양식이나 규칙에 얽매이는 것이 적고 재주가 능한 자나 그렇지 못한 자나 다 같이 어울려 노는 것이다. 사실상 여러 날 해상에서 단조로운 생활을 계속하는 사람들이라 이러한 사교장에 들어서서 서로의 안면과 상대방의 재능 여하를 가릴 것이 없다. 어떤 수단으로든지 무료함을 덜고 지루한 시간을 많이 없앤다면 그것으로 배 위 무도회의 목적을 달성하는 것이다. 그래서 젊은 남녀들은 평소의 안면 여하를 막론하고 팔을 걷고 그리 넓지 못한 무도회장에 들어가 서로 궁둥이를 비벼대며 춤을 춘다.

무도회 중에는 제일 우습고 재미있는 때는 가면무도회가 있는 날이다. 이 밤에 사내아이들은 계집애의 우스운 복장을 차리고 계집애들은 남자의 복장을 차려 포복절도할 가장행렬이 배 안에 넘친다. 얼굴에 검은 먹칠을 한 흑인 부인이 중산모자와 대관복을 입은 뚱뚱보 남자와 덩실덩실 춤을 추는 것이다. 해군 유니폼을 입은 사나이가 키가 하늘에 닿는 인도 여자의 허리에 매달려 돌아가는 모습 등이 모두 장관에 가관을 더한다. 장내는 울긋불긋한 채색 깃발이 날고 하늘에서 퍼붓는 꽃송이 분가루가 마루 위에 깔리면 난간에서 관객이 던지는 수없는 채색 리본이 춤추는 남녀의 허리를 마주 매어 곱돌고 곱돌고 한다. 이리하여 대양의 밤은 환락의 달콤한 키스와 사랑의 끝없는 춤으로 깊은 밤을 새우고 새로운 날을 맞는다.

날마다 계속되는 동북풍이 명랑한 날씨를 주어 우리의 여행은 재미와 쾌락으로 넘친다. 이같이 칠팔 일을 지낸 뒤 아침에 선객 중 한 사람이 내 곁에서 "육지다! 육지다!" 하고 외친다. 눈을 들어 그 사람이 가리키는 방향을 바라보니 과연 멀리 수평선 끝에 검은 구름으로 덮인 산이 나타난다. 이는 결코 헛된 구름 산이 아니오, 암석이 있고 나무가 여기저기 나 있는 아일랜드다. 우리 일행은 벌써 대영제국의 서남해에 들어 간간이 설치한 등대들을 보아 넘기며 오래간만에 만나는 육지를 눈이 닳도록 바라보는 것이다.

배는 이럭저럭 콘월의 남단을 지나 잉글랜드 해협을 항하여 내닫는다. 어떤 이는 유럽대륙을 우현에서 보았다 하나 나는 오직 좌현에서 보이는 영국의 산천을 관망하기에 종일 해를 보낸다. 사실상 내가 온 길을 생각하면 생각할수록 많은 의미가 있다. 콜럼버스가 동인도를 간다고 아메리카 신대륙을 항하여 대서양의 신항로를 개척한 이후 서양문명이 지중해로부터 대서양에 옮겨진 일. 그리하여 서남유럽의 라틴 민족들의 세력이 꺾이고 중서 유럽의 앵글로 색슨, 게르만 민족들이 대두하게 된 것이다. 과거 수세기의 백인종의 활동무대는 대서양의 해로를 따라 펼쳐졌던 것이오, 그리하여 아메리카를 정복하고 아프리카와 아시아의 여러 민족을 압도하게 된 것이다. 최근 세계 문제가 대서양을 떠나 태평양으로 가버렸다 하지만 아직도 유럽 열강의 활동이 내가 오는 길에 잠재해 있으며 또한 장래 인류 전체의 복리를 위해서도 세계 만민이 골고루 이 길을 건너다님에 있을 것이다.

나는 시간에 시간을 내어 내가 오는 유럽이 어떠할까를 생각한다. 어려서부터 꼭 한 번 보았으면 하던 현대문명의 발생지를 실제로 대하게 되니 나의 마음은 더욱 기대감에 부푼다. 이미 유럽 문명의 후손인 아메리카를 보았으므로 도시의 형태와 주민의 풍습을 짐작하지 못하는 것은 아니나 그 문화의 본토를 보지 않고는 참으로 현대 서양문화의 진수를 알기 어려울 것이다.

오랫동안 바다만 보다가 육지를 대할 때의 반가움은 실로 경험해본 사람이 아니면 모를 일이다. 하물며 먼 대양을 건너 처음으로 유럽을 오는 사람들에게야 오늘 나와 같은 느낌이 얼마나 많을 것인가? 학생으로는 교실에서 날마다 듣던 역사적 영웅이나 세계적 문호의 탄생지를 본다는 기대에 가슴이 벅찰 것이오, 여행가로는 명승지와 이름 있는 도시의 찬란한 문물들을 상상할 것이다. 이미 유럽에 살았던 사람이라도 다시 고향 산천을 대한다는 생각이 가슴에 새로운 감회를 느낄 것이다. 나도 이미 유럽 땅을 밟은 다음엔 어떤 설움을 받을지 알 수 없거니와 오늘 같아서는 마치 무슨 큰 선경(仙境)에나 오르는 듯한 기분을 느낀다.

배는 종일 불란서와 영국 두 나라 사이에 놓인 바다에서 헤매다가 밤이 되어서야 사우샘프턴 항구에 들어왔다. 그것도 끝까지 다 들어가지 못하여 부두에서 마중 나온 작은 배에 나처럼 영국에 오는 손님을 내리고 다시 발틱해를 향하여 항로를 잡는다. 나는 좀 더 가야할 선객들이 배 위에서 외치는 굿바이 소리를 들으니 새삼스러움이 생긴다. 어두운 북해(北海)를 헤치고 헤엄쳐가며 사라지는 저 배 속에는 풍랑에 같이 시달리고 맑은 날에 같이 노래하던 어린이들과 부인네, 젊은 친구와 노인들이 타고 있다. 저들은 언제 또다시 만날 것인가!

내가 탄 작은 배는 한참 만에 영국의 남해안 항구 중의 하나인 S시에 닿았다. 나는 세관에게 가방을 보이고 곧 런던행 기차에 올랐다. 때는 밤 2시가 넘었다.

6

나폴리에서

나폴리에서 선원들이 닻을 가지고 씨름하는 통에 나는 더 잘 수 없었다. 자리에서 일어나 수영복을 입고 갑판 위로 뛰어가니 어느새 배는 나폴리항에 닿았다. 아침 해에 빛나는 반월형의 항구는 아직도 아침 안개에 잠겨 있는 나폴리 시민을 다 깨우지 못했으나 기선을 마중 나오는 조사원, 사무원, 관리, 노동자들을 실은 적은 목선과 발동기들이 배의 주위를 수없이 왕래하니 항구는 그래도 활기를 띠는 것 같다.

이태리의 명물은 상륙하지 않고 배 위에서도 잘 볼 수 있다. 나폴레옹의 모자에 연미복을 입고 장검을 허리에 매단 순경들이 목선에 오르고 검은 셔츠에 육혈포를 찬 파시스트 청년 관리들이 목선 위에서 배를 감시한다. 그외 해군복을 입은 수상경찰이라던가 카키색 옷을 입은 세관원들이 라던가 하는 사람들로 분주히 좌현에 달린 사닥다리에 오르내린다. 다른 열강처럼 정말 설비가 완전하지 못하여 외국배를 바다 가운데에 정박하게 하면서도 외래 승객을 조사하는 데에는 남 못지않게 하는 모양이다.

시가지가 그리 청결치 못하다 하니 마르세이유항 부두에서 맞던 먼지를 더 맞기 싫어 상륙해볼 생각이 없다. 또 오후 4시면 출항한다 하니 나폴리 고적을 더 자세히 찾아볼 시간도 없다. 더욱이 일요일이라 시가지의 상점이나 박물관이 열려 있기를 바랄 수도 없는 일이다. 그렇다면 차라리 배 위에서 먼눈으로 베스비우스 화산을 바라보며 그 앞에 묻힌 옛날 로마 제국의 폼페이를 꿈꾸어 봄이 오히려 나은 일이다.

지금 내가 앉은 갑판 위에서 정면으로 보이는 산이 곧 역사에 유명한 베스비우스 화산이오, 그 동남쪽 산 밑에 폼페이 고도(古都)가 묻혀 있단다. 산정상이 툭 잘라져 역대에 여러 번 사람의 도시를 뒤덮는 분화가 터져나왔음을 알 수 있다. 부챗살처럼 벌어진 산허리에는 흑갈색 용암이 흘러 있어 나무들이 많지 않다. 산 정상의 화구(火口)에는 아직까지도 증기나 화기(火氣)가 나오는지 잿빛 구름이 항상 배회하고 있다.

옛날 음탕한 도시로 유명한 폼페이가 저 화산의 분출로 하루아침에 묻혀버린 것처럼, 몇 해 전 고고학자들의 발굴로 많은 이야기 거리가 생겼다. 기원 후 79년에 베스비우스가 폭발되었다 하나 아직까지 폼페이 시의 유래와 이 근처 모든 고적의 역사를 분명히 알기 어렵다 한다.

폼페이 시의 건설에 대하여 한 가지 이야기가 있으니 이는 곧 희랍장군 허큘리스의 서적과 많은 관계가 있는 까닭이다. 당시 남부 이태리가 희랍의 식민지가 되었을 때 허큘리스는 폼페이 근처에서 에르콜라노 시를 건설했다. 그때 폼페이 동남 살로우 강변에 있던 도시에 큰 일이 생겼다. 이는 곧 스페인 지방에 있던 골 족이 침입한 것이었다. 그래서 시민은 명장 허큘리스가 반도에 와 있다는 말을 듣고 곧 사자를 보내어 데려왔다. 큰 인물의 도움으로 살로우 시는 무사하게 되었다. 허큘리스가 살로우를 떠날 때 시민들은 배가 떠날 준비를 하는 동안 강변에 큰 잔치를 베풀어 장군의 공훈을 크게 찬미했다. 이때 전 도시의 미인의 가무라든가 찬란한 장식이 세상에 드문 폼프를 이루었음으로 그 자리에 일어난 신도시를 폼페이라 명명하였다 한다.

이러한 이야기가 어느 정도까지 믿을 만한지 알 수 없다. 희랍인이 이태리 반도에 발을 들여놓기 전부터도 오스칸 족이 창설한 살로우, 노세라, 놀라 등의 여러 도시가 이 근처에 있었다. 또한 현재 발굴중인 폼페이 시의 고적은 로마제국 전성시대의 그것이 많다고 하니 대체로 폼페이 시는 희랍 로마의 혼합적 문명을 참작하여 그같이 화려한 도시 생활을 가졌던 것이다.

당시 화려하던 시민의 살림은 갑자기 매몰된 폼페이 시의 고적을 통하여 살아있는 그림처럼 나타낸다. 실내에서 재미있는 장난에 취하였다가 급격한 천재지변에 고민하는 얼굴로 화석이 된 모든 것이 실로 그때의 생활을 그대로 볼 수 있는 재미있는 역사적 증거물을 남겼다.

한 가지 후세 사람에게 참고가 될 만한 유물의 예를 들면 이러하다. 병영의 문전에서 파수를 보고 서 있던 군인이 도시 전체를 뒤덮는 화재가 머리에 쏟아졌지만 까딱하지 않고 군인 자세를 변치 않고 서서 그대로 화석이 되어버렸다. 군복이 흐트러짐이 없는 것으로나 모습이 엄숙한 것을 보면 아직까지 당시 로마군인의 이름 있는 자태를 넉넉히 살필 수 있다. 이같이 세상에 음탕한 도시로 유명한 폼페이에서 예술적 가치, 찬란한 문물제도, 시민의 용감함을 잘 공부할 수 있는 것이다.

이렇게 유명한 도시 폼페이를 하루 만에 덮어 베스비우스의 장난은 그 후도 여러 번 계속되어 대개 12회나 넘는 폭발의 자취를 그 각각의 지층(20여 층)의 특이함을 통해 알 수 있다. 제1차의 대폭발은 위에서도 말한 바와 같이 서기 79년 8월 14일 오후 1시라고 소(小) 플리니스가 자기 삼촌인 대(大) 플리니스가 조난자를 구제하다가 죽은 사실을 쓰면서 말했으나, 아직까지 학자들의 의견이 분분한 모양이다.

폼페이 고적 발굴을 시작하기는 나폴리 왕국이 불란서의 부르봉왕가의 손에 있을 때부터다. 어느 날 나폴리 교외에서 우물을 파다가 거대한 극장을 발굴하면서부터 에르콜라노 시의 옛터를 알게 되고 그리하여 1748년에 고고학자들이 대 운동을 일으켜 도시의 벌판이라는 곳에서 대리석상을 얻었다. 그러나 불란서 왕국의 발굴은 다분히 금전 보물을 얻자는 욕심에 기초를 두었기 때문에 모처럼 캐어 놓은 역사적 유물을 그대로 다시 파묻게 되었다. 그리하여 실제적으로 조직적이고 학술적인 연구를 위한 발굴을 실로 이태리의 정치적 통일이 있은 후부터다. 이때에 정부의 힘으로 박물관을 세우고 폼페이의 유적을 가져다놓기 시작했다.

최근에 폼페이는 스피나졸라(Spinazzola) 씨의 '신 발굴법'에 의하여 새로운 국면에 접어들었다. '신 발굴법'이란 발굴한 유물을 그 자리에다 그냥 두고 옛 도시를 그 자리에 세우자는 것이다. 분수가 있던 정원은 그와 똑같은 분수를 만들어 두고, 대리석 비가 넘어진 자리엔 그 비석을 그대로 그 자리에 석회땜질을 해가면서 세워두는 것이다. 이리하여 구경하는 사람은 옛날의 터에 살아 있는 폼페이를 보게 된다. 이러한 신 발굴의 작업은 아직 크게 활성화되지 못했으므로 120년 후라야 나머지(3분의 1) 옛 도시를 전부 재건할 수 있다고 한다.

이미 발굴한 부분을 보아 최초 폼페이 시 건설자의 생각을 잘 알 수 있다고 한다. 시가지제도는 우물 정(井)방법을 채택하여 동서로 대소 데쿠마니의 2대 통로가 있고, 남북에 대소 카르도의 2대 통로가 있어서 전시가지를 아홉 부분으로 나누었으니 이는 곧 맹자가 말한 정전법(井田法) 그것과 같은 것이다. 도시의 전면은 타원형으로 되고 그 주위에는 성벽을 쌓았으며 사방에는 2개씩 출입문이 있어서 사방 합쳐서 8개의 문을 두었다. 이러한 모든 것이 동양식으로 보이니 아마도 로마의 문화도 동양의 것을 많이 참작한 것이 아닐까?

그러나 아무리 동서의 문물을 겸비했던 로마의 문명이라도 시간의 오래됨과 자연의 흐름을 이기지 못했다. 하물며 시민이 안일에 빠지고 부도덕한 윤리에 젖어 백년대계를 잊었으니 무슨 말을 하리오.

이는 남아 있는 유적에서 남녀의 음행(淫行)이 발견되고 부귀한 집 설계에 베네리움(성교실)이 있음을 보아 넉넉히 알 수 있다. 더구나 모든 예술적 작품에 춘화 같은 것을 공공연히 발표하려 했으니 폼페이 시의 유물은 실로 만대에 적지 않은 이야기를 줄 것이다.

나는 이렇게 폼페이의 찬란하고도 미비한 인간 생활의 전형을 그리며 베스비우스의 구름을 바라보았다. 배 떠나는 시간이 멀지 않은지 그림엽서와 조각물을 든 사람과 아이들이 배에 올라 승객을 못 견디게 한다. 나는 독서에 열중하는 체했건만 한 아이가 와서 보석 목도리와 담배를 사라고 조른다. 어린 누이동생에게 유럽을 다녀온 선물로 줄까 하고 100프랑 정도의 보석 목도리를 사게 되었다. 더욱이 나폴리의 산호학교 작품이라 하면 유럽에서 이름이 있다 하여 산 것이나 나중에 자세히 살피니 귀 떨어진 보석이었다. 그러니 이태리의 아이들까지 사람을 속여 가면서까지 금전에 취해 사니 한심한 일이다.

오후 4시에 내가 탄 배는 다시 긴 고동을 울리며 항해를 시작했다. 나폴리의 굽이진 해안과 뭉게뭉게 떠오르는 베스비우스의 구름이 점점 멀어져간다. 이태리 반도를 곁으로 지나며 그렇게 유명한 포도주 한 잔과 마카로니 한 그릇 먹어 보지 못한 것이 한이다. 더구나 로마 사는 로마 문명의 중심지로나 현재 이태리의 수도로 보나 볼 것이 많을 것이다. 그러나 나는 그렇게 옛 문화를 못 견디게 사랑하는 자가 아니니, 성 베드로의 교회당이나 앰피시어터를 못 보고 간다고 그리 아쉬운 생각은 없다. 그렇지만 로마는 볼 것이다. 현대 문화 르네상스의 중심지인 이태리의 수도를 안 보고 어찌 유럽을 보았다 할 수 있을까?

지중해에서

어제 이태리 반도의 우측 해안을 지나온 기선(汽船)은 그 이튿날 아침에 시실리의 암벽을 돌아 옛날 지중해의 심장이라 할 만한, 아테네, 카르타고의 세 길이 만나는 해로를 걷고 있었다. 구름 한 점 없는 일기는 맑은 하늘과 푸른 바다를 더욱 아름답게 한다. 배가 점점 남쪽으로 감에 따라 처녀를 간지럽게 할 만한 맑은 햇빛이 머리 위를 쪼이고, 신선한 바다의 향기를 담은 훈풍이 겨드랑이에 들어와 단조로운 여행에 조는 마음을 깨워준다.

물결은 푸른 초원에 깐 비단 폭처럼 너울거리고 이따금 떠오르는 어족(魚族)들이 여기저기 적은 물보라를 짓는다. 이같이 말없이 남아 있는 지중해의 물은 아직도 고운 색시처럼 순하고 아름다운 자태를 잃지 않았건만 이 위에서 놀던 옛날의 영웅호걸은 어디로 간 것일까? 주인공들이 퇴장한 뒤에 있는 무대에 올라 나 혼자 부르짖는 에필로그라 이미 사라진 인간의 번영과 장엄함을 그 얼마나 기억하게 할 것인가?

여기서 노를 저어 에게 해에 들어가 보자. 서양문명의 가장 유력한 근원지인 희랍문화가 여기 있는 이루 헤아릴 수 없는 작고 큰 섬들을 배경으로 하여 일어났다 하니 여러 섬을 저어 다니며 도처에 남아 있는 고대인의 유적을 찾음도 많은 의미가 있을 것이다. 그렇지 않아도 옛터에 남아 있는 고대인의 유적을 무심히 보지 않는 고고학자들이 지금 황폐한 섬의 유적지를 돌아다니며 옛사람들이 지어 놓은 궁전의 기초와 호화로운 생활의 잔여물인 금석의 예술품을 파고 있다고 한다.

이러한 고내문명의 열렬한 사랑은 물론 아테네의 유적을 가봄으로써 더욱 명백해진다. 아테네는 발칸 반도의 남부 요충지에 있어서 옛적 이집트, 바빌론, 페르시아로부터 수입한 동방의 문화에다 자신의 독특한 창작을 보태어 서구문명의 기초를 쌓아 놓은 곳이다. 이곳에 남아 있는 판테온, 올림픽 운동장, 극장 등의 무수한 옛터를 찾고 이곳에서 발견한 대리석상과 예술작품을 살펴보면 희랍의 죽지 않는 문화가 우리들의 마음을 아직까지 흔들어 준다.

우리는 직접 호모의 시를 읊고 소포클레스와 에우리피데스의 비극을 보진 못하였을지라도 이들이 보여 준 문화의 샘물을 마시고 자란 수많은 문인, 걸사(傑士)의 소리를 들은 것이오, 페리클레스 시대의 유명한 정객과 철인의 실제 강의를 들은 적은 없을지라도 이들이 걸어 다니던 아테네의 길거리에서 그들의 발자취를 찾고 아카데미, 김나지움의 옛 강단에서 떠들던 그들의 인생문제를 우리도 가지게 된다.

이와 같은 아테네의 문물과 스파르타의 무용(武勇)이 애틀랜틱 바다를 건너 새로 건설되는 로마의 전성시대를 꾸며 놓았다는 것은 새삼스러이 다시 말할 필요가 없거니와, 배를 남으로 저어 바다를 사이에 두고 시실리와 마주보는 아프리카의 튀니지를 가볼지라도 모래에 묻히고 묻힌 옛 자취가 분명히 한 때의 번영과 인간의 재주를 그대로 표현하는 것이다.

우리는 한니발의 장쾌한 함대가 로마를 공격하러 가는 군사들을 싣고 이태리를 향하여 떠나는 모습을 못 보았을지라도 당시의 군함을 저었을 노예의 피땀이 아직도 이 바다의 푸른 물에 섞여 있음을 볼 것이다.

우리 배는 쉼없이 슬픔과 기쁨이 교차하면서 섞여 흐르는 지중해의 물결을 말없이 저어가며 밤을 보내고 새날을 맞는다. 지금은 옛날 바오로가 죄수가 되어 로마로 갈 때 정박했다는 구레데의 서쪽 해안을 지난다. 높은 산악이 연이어 뻗쳐나간 긴 섬이라 반나절을 소비하고도 떨쳐 버리지 못하면서 기선이 허덕거리는 것은 결코 해로 때문이 아니라 연일 계속되는 지중해의 좋은 날씨를 아껴 산고수려한 강산의 풍경을 즐기려는 때문이 아닐까? 참으로 이렇게 곱고 편안한 바다의 여행은 육지의 경치를 보지 못하기 때문에, 가다가 이따금 만나는 해안의 나무와 돌이 그렇게도 반갑고 귀여운 것이다.

그러나 사람은 이렇게 편안함을 즐기고 평화를 꿈꿀 때 더욱 장차오려는 재앙을 생각하여 예방책을 강구해야 한다. 아무리 순탄해 보이는 바다일지라도 어느 때 어떤 경우에 배를 뒤집어엎고 사람을 빠트려 죽이는 난폭함을 일으킬지 알 수 없다. 그리하여 선장의 명령으로 우리는 소위 보트 젓는 연습을 하게 된다. 선원 선객이 총동원하여 구명대를 띄우고 구명보트를 내려놓는 것이다. 방화에 종사하는 선원들은 소방기를 들고 분주히 달리며, 보트를 담당한 수부들은 기계를 틀어 보트들을 좌우측에 붙인다. 모든 준비가 철저하고 선원, 승객의 움직임이 이처럼 민첩하니 어떤 불의의 사고가 일어날지라도 우리 배는 인명을 잃을 염려가 없을 것이다. 그런고로 지금의 기선 여행은 육지의 그것처럼 안전한 것으로 빈는다.

햇빛을 즐기는 지중해의 항해는 밤을 맞으면 더욱 재미있는 일이 많다. 일본인의 배라서 그런지 악대가 있어서 음악을 하든가 무용회 같은 것이 있지 않다. 그러나 오늘밤에는 활동사진이 있다 하여 저마다 즐기던 바다의 달빛을 버리고 데크에 모여 그림이 나오기를 기다린다. 그러던 중 3등 선실에 있는 이집트인들을 만나러 자주 내려오던 1등 선실 이집트인 여자가 남자 친구들이 불어 주는 피리와 북소리에 맞추어 자기 특유의 춤을 춘다. 나는 미국에 있을 때 코넬 아일랜드에서 이러한 춤을 본 듯한데, 이 여자가 그곳에 가면 많은 돈을 벌 수 있을지 모른다. 아니, 이 일등 손님은 이미 그러한 사업에 종사하는 것이 아닐까?

조금 있다가 나오는 사진은 매우 평범하다. 처음 배우는 일본인의 사진술이라 미국처럼 그렇게 웅장한 것을 바랄 수는 없는 것이 아닌가? 어쨌든 그들이 무엇이나 서양 것이면 모방하려고 대드는 것이 감동할 만한 일이다. 이같이 배우려는 정신을 갖고 노력하면 장차 자기네 특유의 문화가 외래의 그것을 받아들여 일찍이 보지 못한 신문명을 건설할 수도 있는 것이다. 그러나 그들이 정말로 그만한 도량과 꾸준한 정신이 있는가?

이튿날 아침 일찍 우리 배는 지중해의 동남단, 아시아-아프리카양단에 접한 곳에 와서 섰다. 항구 이름은 세이드, 아침을 먹고 시가지 구경을 나선다. 집들은 아라비아식의 포치가 많은 방갈로들이오, 사람들은 다양한 인종이 혼합하여 산다. 여기서 흑백황 각색 인종이 뒤섞여 수에즈 운하를 통행하는 동서양의 배 손님들이 주는 돈을 상대하고 살아간다고? 그래서 그런지 첫 거리에 들어서서 만나는 아이 어른들의 귀찮은 듯한 대꾸가 나로 하여금 오랫동안 시내를 돌아다닐 수 없게 한다. 카페를 지나면 음식 심부름꾼이 무엇을 사먹으라 이끌고, 잡화상점을 지나가면 점원들이 자기네의 물건을 사라고 졸라댄다. 가두에선 돈을 구걸하는 사람, 담배를 빌리는 아이들이 따라오고, 시장에 들어서면 짐꾼들이 손에 조금 있는 것이라도 빼앗아 자기네 둥지에 두며 돈 벌게 해주기를 간청하다 못하여 위협을 한다. 남루하고 더러운 원시적인 옷을 입은 군중과 이 집, 저 가게에서 나오는 파리 떼와 악취는 더욱 거리를 다니기를 싫게 하여 나로 하여금 급히 기선으로 돌아오게 한다.

기선 위에서도 토산품인 카펫, 장식물, 그림엽서 등을 파는 이집트인들이 승객을 조른다. 머리에는 붉고 설 달린 토이기(터키) 감투를 쓰고 윗저고리를 입은 채 맨발로 다니는 토인들의 요구는 실로 세상의 다른 곳에서는 접할 수 없는 시끄러움이다. 여자들이 아직까지 눈만 내어 놓은 검은 베일을 쓰고 거리에 나오는 것이나, 다 죽어 가는 듯한 동작을 가진 사람들이 거리에 가득한 것을 보니 이집트의 문명도 많은 노력과 시일이 걸려야 할 것임을 잘 알겠다.

나는 기선이 떠나려고 준비하는 동안, 몇 분 전부터 돈을 얻기 위하여 다이빙을 계속하는 토인들을 바라보며 그들이 아직까지도 미개한 이유를 찾고자 노력하였다. 열대지방이기 때문에 게으른 성질을 기른 것이 큰 원인이 아닐까? 그렇지 않으면 물질과 색정에 눈이 어두워 남이 건강하게 사는 것을 보지 못함인가? 그렇지 않으면 자기네끼리의 단결력이 없어서 굳은 고체를 만들지 못하여 마침내 다른 민족에게 눌려 오랜 세월을 보낸 까닭이 아닌가? 대개 이러한 민족들의 미래는 어떠한가? 이렇게 미개한 민족을 오래 전부터 지도한다고 자칭하던 선진국은 어떠한 계획이 있었던가?

문명이 뒤쳐진 처지를 이용하여 원주민들로 하여금 영원히 자기네 노예가 되기를 바라지는 않았는가? 그러면 이러한 계획이 정의와 인도(人道)에 적합한 것일까? 나는 이러한 의문과 또 구미문명의 여러 가지 모를 점을 남겨두고 고적을 먼 눈으로 바라보며 유럽과 아메리카로 들어가는 관문을 떠나 아시아로 향했다. (이집트 신흥국에 대하여 달리 쓸 길이 있기로 이만 함.)

김주항 선생
약력

　김주항 선생님은 1899년 7월 1일 평안북도 정주군 옥천면 갈산리에서
태어나시고 87년간 한국과 만주, 미국 등지에서 사시다가 1986년 3월 16
일 서울 서대문구 홍은동 303번지에서 돌아가셨습니다. 그를 기억하는
친척, 친구, 친지와 이 책의 독자를 위해 그가 살아가신 길을 간략히 정
리해 적습니다.

1899년 7월1일

　평안북도 정주군 옥천면 갈산리에서 父 김기태와 母 홍씨 사이에서 태
어나심. (그러나 탄생 후 호적 신고가 1년 늦어진 관계로 선생에 관한 모
든 기록의 나이가 1년 작게 기록되었습니다.)

1903년 경

　선생의 나이 4살 때 아버지가 첩을 집에 들인 관계로 모친과 함께 가
난한 친척 집으로 쫓겨감. 그러나 친척 집이 워낙 가난했기 때문에 거기
서도 환영받지 못하고 다시 부친 집의 계모 밑으로 돌아옴. 주로 애기를
돌보든가 심부름을 하는 고되고 서러운 어린 시절을 보내며 초등학교를
마침.

1910년 경

초등학교를 마치고 중학교에 진학하려 하였으나 부친이 학비를 대주지 않자 부근의 절로 도망을 가 그곳의 승려에게 몸을 의탁함. 그러나 승려가 부친에게 편지를 보내 아들이 승려가 되기를 원하는가 물었을 때 부친은 선생의 중학 학비를 대주겠노라고 약속하고 오산 중학교에 입학시킴.

1916년 경

선생은 오산 중학교를 졸업하고 그곳에서 교편을 잡음.

1919년 3월

일제의 지배하에 있던 당시 전국에서 독립운동이 일어나자 애국 운동의 요람이었던 오산 중학교의 학생과 교사에 대한 검거 선풍이 불어 닥침. 선생은 한 농부의 도움으로 몸을 피하고 만주의 독립군에 가담하기 위해 시베리아로 도주함. 시베리아에서 당시 독립군에 제대로 교육받지 못한 사람들이 많은 것을 보고 독립군에서 나와 교육 사업을 시작함. 이때 기독교를 믿는 청년들을 만나 기독교를 받아들임.

1925년 경

서울에 돌아와 감리교 신학대학에 입학함. 여기서 선교사 데닝(Demning)를 만나 그가 번역 요청한 기독교 관계 서적을 번역함. 데닝 씨의 주선과 번역료를 여비로 삼아 미국 유학을 결심함.

1926년

미국 서부에 도착하고 나니 25센트밖에 안 남아 식당, 세탁소에서 일하거나 빌딩 청소 등으로 돈을 저축함.

1926 ~ 1928년

드류(Drew) 대학에 입학, 신학을 전공함. 여기서 장래의 부인 아그네스 데이비스 양을 만남.

1928 ~ 1930년

드류 대학 교수의 권유와 장학금 주선으로 오하이오 웨슬리안(Ohio Wesleyan) 신학교에 편입, B.A. 자격을 얻음.

1931년

동부 보스톤 대학교에 편입하여 S.T.B.(Sacred Theology Bachelor) 학위를 획득.

1932년

다시 뉴욕의 컬럼비아 대학에 편입하여 교육학 석사 학위를 얻음. 이 무렵 아그네스 데이비스 양과 결혼하기로 약속하고 한국에 귀국, 지금의 홍은동, 당시의 수색 등지에 땅과 집터를 구입함.

1934년 8월 7일

아그네스 데이비스양이 두 달간의 배 여행 끝에 한국에 들어옴.

1934년 10월 2일

아그네스 데이비스 양과 결혼식을 올림. 그후 6년 반 동안 땅을 일구고 집을 짓는 등 정착할 준비를 함.

1940년
다시 미국으로 돌아감. 도쿄 – 샌프란시스코 – 미주리를 거쳐 시카고, 네브래스카 등지에서 일함. 네브래스카에서는 한때 농학을 공부했음.

1944 ~ 45년
2차 대전이 발발하자 미국의 전략첩보대(OSS) 요원으로 만주에서 일함.

1946 ~ 48년
미군정 당시 미 군정청 대 시민공보부 책임자로 일함.

1948 ~ 1961년
미군정이 철수함에 따라 함께 미국으로 돌아가 13년간 지냄. 한때 미국의 소리 방송국에서 일한 적도 있음.

1961 ~ 1986년
1960년 경 당시 미국을 방문하고 있던 고황경 박사(전 서울여대 총장)의 요청으로 귀국할 것을 결심, 한국으로 돌아옴. 3년간 서울 여대의 터를 정리하고 건물을 짓고 농사를 가르침. 그후 집에서 꽃을 가꾸는 농업에 전념함.

1986년 3월 16일
사망. 부인 아그네스 데이비스 김 여사와 미국에 양아들 데니 씨가 있음.

이 김주항 선생의 연보(年譜)는 부인 아그네스 데이비스 김 여사가 말로 전한 것을 제자 이병기가 번역 정리한 것임. (1989년 8월 15일)